U0520835

初禾 著

月光沉没

中国言实出版社

图书在版编目(CIP)数据

月光沉没 / 初禾著. —— 北京：中国言实出版社，2024.3

ISBN 978-7-5171-4768-8

Ⅰ.①月… Ⅱ.①初… Ⅲ.①长篇小说－中国－当代 Ⅳ.①I247.5

中国国家版本馆 CIP 数据核字（2024）第 052880 号

月光沉没

责任编辑：宫媛媛
责任校对：张国旗

出版发行：中国言实出版社
　　地　　址：北京市朝阳区北苑路180号加利大厦5号楼105室
　　邮　　编：100101
　　编辑部：北京市海淀区花园路6号院B座6层
　　邮　　编：100088
　　电　　话：010-64924853（总编室）　010-64924716（发行部）
　　网　　址：www.zgyscbs.cn　电子邮箱：zgyscbs@263.net

| 经　销：新华书店 |
| 印　刷：三河市春园印刷有限公司 |
| 版　次：2024年4月第1版　2024年4月第1次印刷 |
| 规　格：880毫米×1230毫米　1/32　10.5印张 |
| 字　数：316千字 |

定　价：55.00元
书　号：ISBN 978-7-5171-4768-8

月亮高悬于天，
从未沉没，
却将所有的光亮和所有的温度，
毫无保留地给予了他。

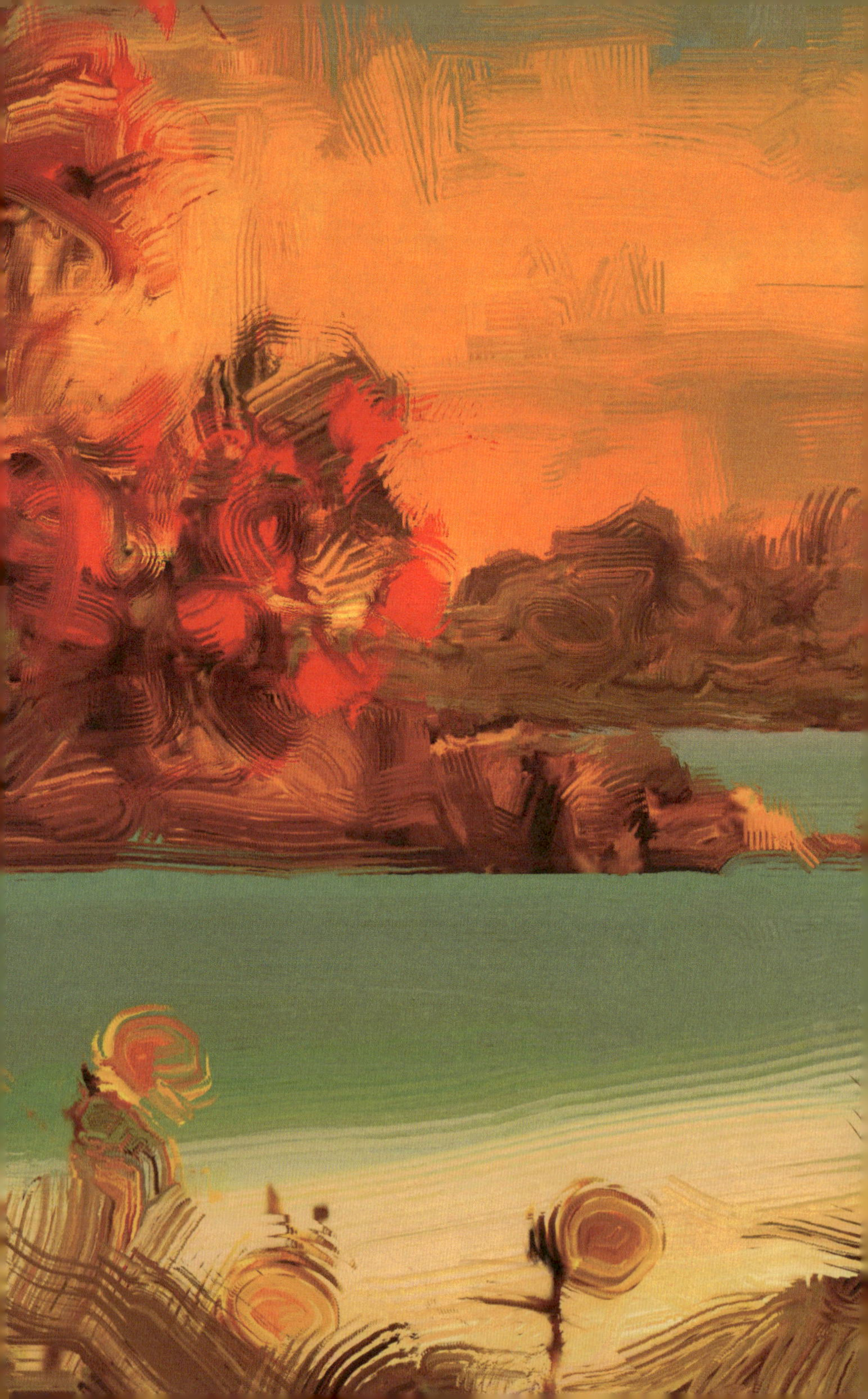

那时发生的一切，
是尚且年少的他们无法面对也无法抗衡的灾难。
矛盾和谎言是上天给予人类的残酷的馈赠。

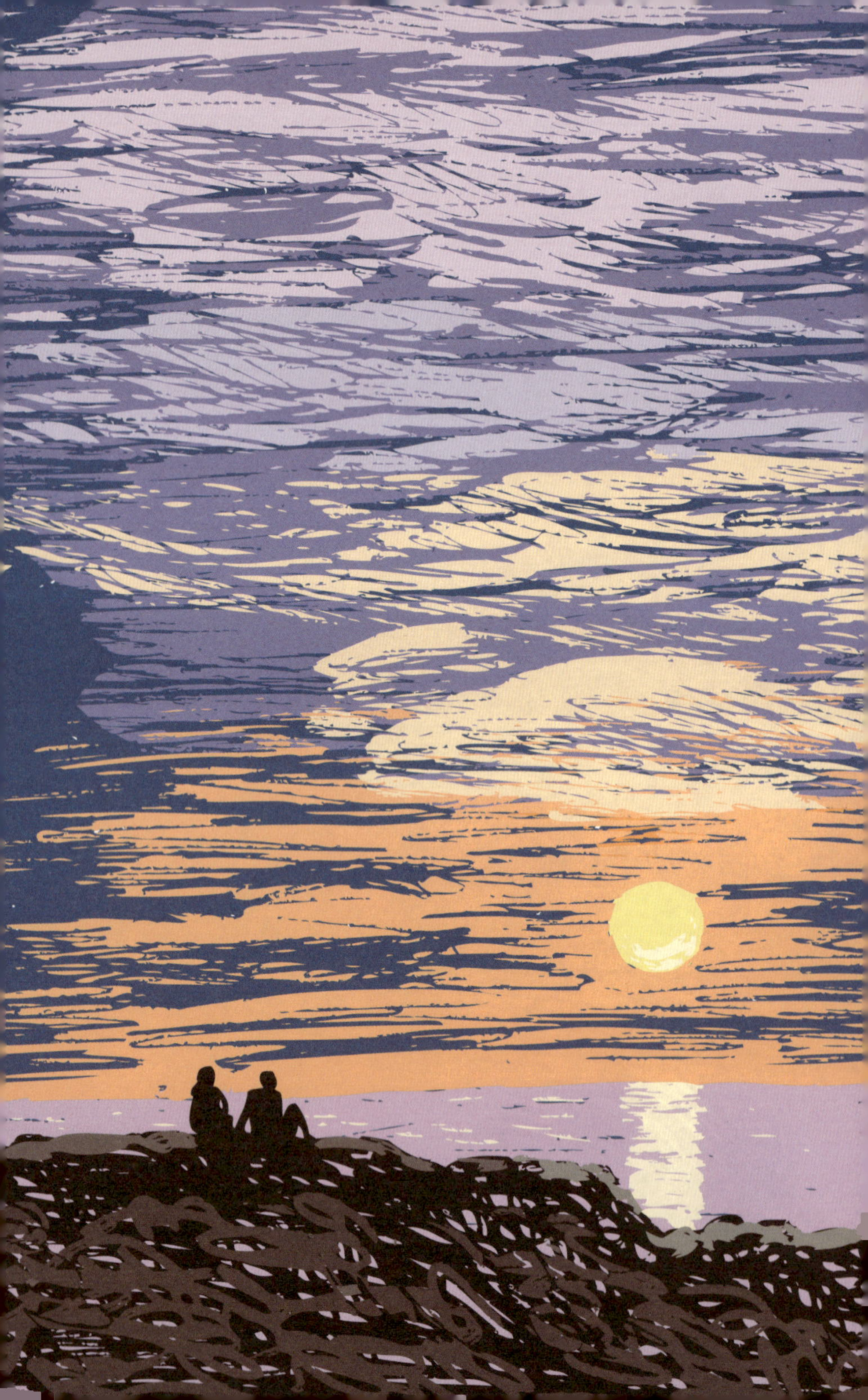

目录

年少时的光　　　001
普通同事　　　029
兴奋什么呢　　　056
我也不会对你客气　　　083
主人，监控到你心跳加速　　　111

厄运　　　140
荆哥，我害怕　　　165
找不到雁椿　　　199
自己人　　　236
月光不沉　　　268

番外　绵叶村的黄沙　　　299

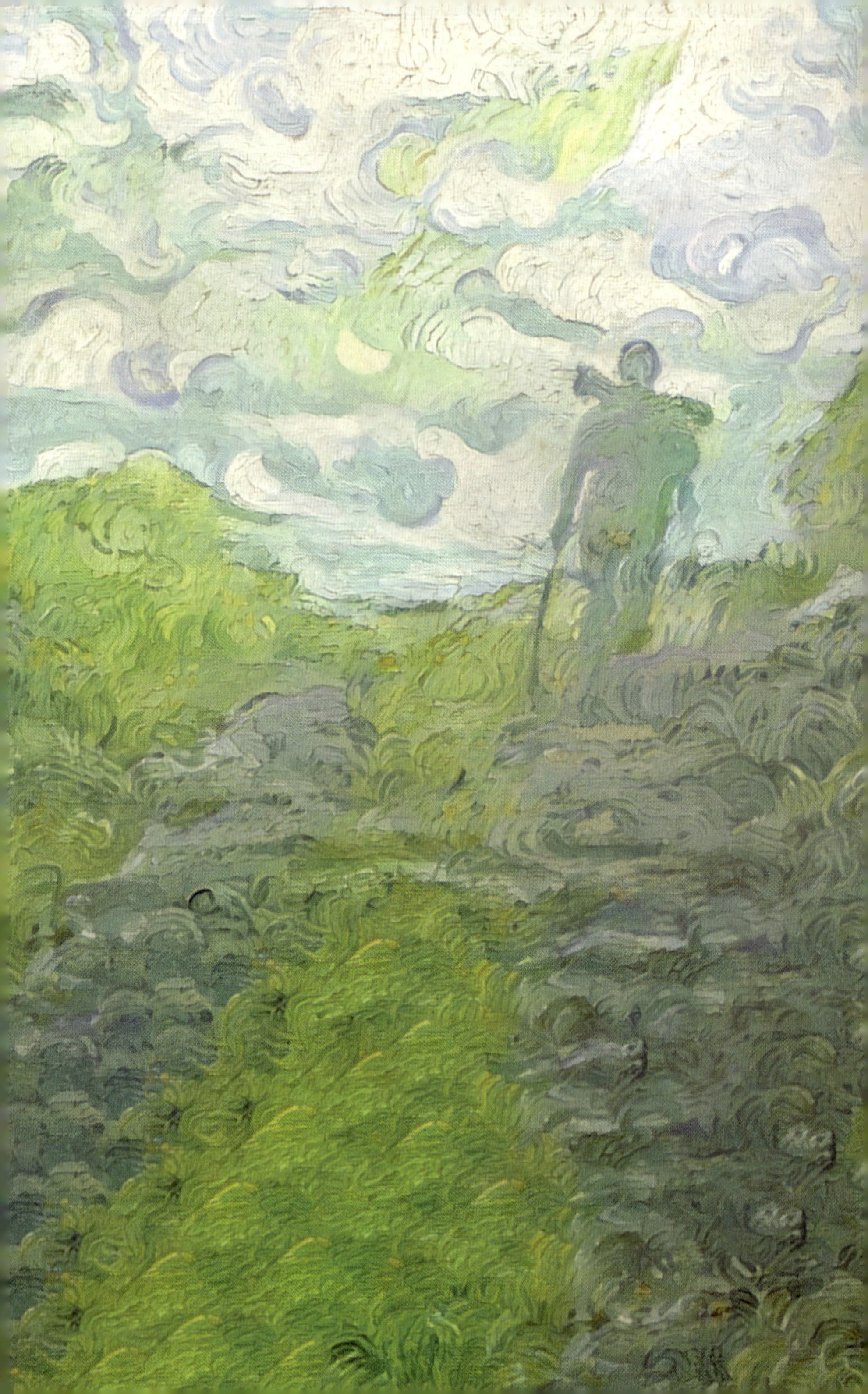

年少时的光

那孩子比绝大多数坐在同一个位置上的成年人都从容，刺眼的灯光打在他脸上，从监控里看，他的目光像泡过多次的茶水一样寡淡。

他正在向对面的刑警讲述杀害一名二十二岁男大学生的经过，平静坦然，唯一的情绪起伏恐怕是兴奋。

这个孩子，在为杀了个人而兴奋。

雁椿盯着监控，眉心极浅地蹙起，若有所思。

这间讯问室里除了他，还有他的助理和七八名警员，时不时响起几句脏话，以及低沉的叹息。

一个月前，骊海市发生了一起凶杀案，被害人被杀死在学校久不使用的活动室内，全身刷着一层白色颜料，其上以浅褐色绘出骨骼，地上铺满黄色树叶，乍一看像是一具枯叶中的骷髅。

此案影响恶劣，市局立即成立专案组，却迟迟未能抓获凶手——凶手很狡猾，具备反侦查意识。警方将被害人的人际关系筛了个遍，竟没发现有作案嫌疑的人。再加上被害人被画成骷髅，凶手心理诡异难解，支队长叶究不得不将雁椿叫到专案组来。

那个叫淡文的孩子就是根据雁椿的分析抓到的。

淡文在市重点实验班就读，在班上人缘不错，被带走时没人相信他杀了人。

他却以一种近乎炫耀的口吻承认罪行。

这是个具有犯罪人格的高智商凶手，动机仅仅是他看见被害人在奢侈品店打工，发现对方骨相完美，不成为骷髅可惜了。

讯问还在继续，雁椿有些反胃，以研究中心那边还有事为由离开了。

因为涉及青少年犯罪，所以叶究脸上全无案件侦破的轻松，将雁椿送到楼梯边，"雁老师，这次又辛苦你了。这种天生犯罪者最不好查，唉，幸亏有你。"

雁椿反胃感更加严重，翻江倒海的，肩背都不禁弯了弯，面上却没有露出丝毫异样，微笑道："协助警方本来就是我的工作，不然我挂个顾问的名头干什么？最辛苦的还是你们。"

"嗐……"叶究摇摇头，"话不能这么说。对了，年前说的侧写培训，研究中心准备得怎么样了？虽然有你在，但我们还是得给年轻警察培养下侧写意识。"

雁椿怕再说下去自己就要当着叶究的面吐了："准备得差不多了，你们给商量个时间。叶队，我先走了啊。"

车开出一公里，停在一座商场边，雁椿疾步走入卫生间，终于将堵在胃里的东西吐了出来。

这座商场定位高端，此时正是工作时间，几乎没什么人。雁椿站在洗手台边，摘下腕表和细边眼镜，抹了把脸。

镜子里的人穿着深灰色条纹西装，裁剪得体，腰身劲瘦，头发往后梳成不怎么标准的背头，面颊消瘦白净，是非常斯文又有点傲气的长相。

如果忽略那道有些茫然的目光，便堪称职场精英。

雁椿盯着自己看了一会儿，甩了下头。他并非总是这样，事实上，他难得失态一回。市局卫生间人太多，刑侦支队谁都认识他，他才忍了一路，跑来商场吐。

五分钟后，他平静下来，眼神也随之沉静清明，他再次洗手，将眼镜和腕表戴回去。

袁乐说他这样像个斯文败类，他并不否认。

时间不早不晚，并非饭点，雁椿在商场里随便找了家餐厅。

这一周待在刑侦支队，压力大任务重，三餐都是随便解决的，但他好打发，对市局的食堂情有独钟，如果不是刚才突然情绪上来，他还能再蹭一顿晚饭。

叶究有次拿他开玩笑，说支队的顾问这么多，他是唯一一个不嫌食堂的饭难吃的，真是看不出来。

后来他从唯一一个不嫌食堂的饭难吃的顾问，成了唯一一个待了三年还没被气走的顾问。

骊海市局能人辈出，破案都是靠自己，很少借用外部力量。

但和许多地方一样，骊海也有一个背靠大学的犯罪研究中心，为刑侦支队提供帮助。但多年来派去的顾问和刑警不对付，彼此瞧不上，派遣时间一到就麻溜儿走了。

雁椿四年前来到骊海刑事侦查学院任教，年纪轻轻就被选入犯罪研究中心，一年后又以顾问的身份去刑侦支队报到。

他一身西装，看上去和刑警们格格不入。但第一次接到任务，就让大伙儿大跌眼镜——以前的顾问从不出现场，结案之后写一份报告就算了事，他不仅去了现场，连法医痕检的活儿都顺便干了。刑警们风餐露宿，一天接着一天地熬夜，他也跟着熬，开会时大家都靠烟吊着，一个个胡子拉碴的，他却还是神采奕奕地端坐着，除了眼中有不少红血丝，整张脸看上去和来报到时一样白净。最值得一提的是，他思路清晰，直击要害，几天后就和大家一起把案子破了。

支队和顾问的矛盾其实就是一个巴掌拍不响，雁椿这一去，马上改变了刑警们对顾问的看法。他专业能力在那里，吃得了苦，性格还不错，谁还不乐意收着？

顾问的派遣时间只有一年，但叶究跟研究中心说了，他们就要雁椿，换谁都不行。研究中心那边起初还有些为难，支队到底是一线，要苦得多累得多，雁椿是研究中心的人，两头都要顾，一年倒能坚持，年复一年下去怕是吃不消。

雁椿却愿意两边跑。

做研究的目的不正是为了高效率地破案吗？

简餐送上来了，是牛排、蔬菜沙拉和冷面。吃到半途，雁椿又加了一份烤小排。

在高强度工作之后，给他再多食物他都能吃完。

今天这样的情况纯属例外。雁椿在国外专门研究犯罪心理，什么变态案例没接触过？骊海过去那些盘根错节的案子，他也都参与其中。

这次要说哪里特殊，大约因为犯罪嫌疑人还是个少年。

雁椿并未与淡文面对面，少年的视线穿过监控才与他交会。但在"对视"的一刻，他仿佛感到少年看见了他，那些血腥扭曲的动机和作案过程根本不是讲给对面的刑警听，而是讲给他听的。

就像一个顽劣的小孩，在向唯一懂自己的伙伴讲述一件自己刚完成的"壮举"——比如肢解了一只蜘蛛，扯断了老鼠的尾巴，杀死了班主任的博美犬。

尽管他撇开视线，不去看监控，淡文的声音还是不可抵挡地响在他耳边，冷静得可怕。

那一瞬间他心中猛然蹿起一个念头——这样的孩子不该活在世界上，他是瘟疫，是病毒，是怪物！

而另一个声音又道——那你为什么长大了？

雁椿平静地吃完最后一块烤小排，正要离开，手机振动了起来，是助理唐薛打来的。

现在不管是作研究还是查案,都实行智能化、数据化,年前支队和研究中心制订两个重点计划:其一就是叶究跟他提的侧写培训;其二是引进一体化智能设备。

国内外不少科技企业正在做警用的犯罪监测软硬件,不仅能分析具体的案子,还能对刑警进行心理引导。

市局因为雁椿的关系,与研究中心关系缓和,将选择合作企业的事交给研究中心去做。

唐薛这通电话打来,就是告诉雁椿已经初步定下三家企业,评估结果差不多,都是值得信赖的合作方。最后选哪一家,还是让市局决定。

雁椿叹气。

唐薛知道他在叹什么气,笑道:"老师,那我这就把资料发给你啊。你给把个关!"

雁椿收到压缩包,打算回去再看。叶究他们对引进一体化智能设备反应冷淡,他就算让叶究选,叶究也会推给他。

回研究中心的路上,雁椿车开得心不在焉。那少年凶手的事到底影响了他,他情绪不断向下沉,想起十年前的一些片段。

"你就是凶手吧!是你杀了郁小海!"

"真残忍,你还是人吗?你怎么下得去手?"

"什么?雁椿不是凶手?不可能!那凶手是谁?他肯定是凶手!"

"没有证据就等于无罪吗?没有证据只说明你们警察无能!"

雁椿开不了几分钟就不得不深呼吸一次,将脑海中的声音压下去。最后干脆让音箱读唐薛发来的报告。

"屿为科技拥有业内顶尖的技术团队……"

"砰——"

一声闷响随着冲击从前方传来,雁椿瞳孔一缩,视线穿过挡风玻璃,落在前面的黑色越野车上。

刚才他走神不知道开到了哪里,眼睛看见前面的车减速,脑子非但没有反应过来,还莫名其妙地加速,这一撞才给他撞回了神。

事故是他的全责,他知道自己该下车去看看,却完全不想动。

刚才那些从许多年前翻涌上来的声音让他出了一身冷汗,因为车上没有别人,他不需要像在市局那样控制表情。现在不用照镜子,他也知道自己脸色一定是苍白的,说不定还有些狼狈。

他尽力调整呼吸,这时,黑色越野车驾驶座的门打开,一个穿着黑色衬衣与西裤的男人走了下来。

男人朝他走来,背光,他没看清楚对方长相,只看出个头很高。

男人敲了敲车窗,他将车窗降下去,音箱还在念报告:"这是屿为科技最新推出的重头项目……"

"你……"男人的手似乎顿了一下,雁椿余光扫见那只手修长利落,颇有力量感。

他难得手忙脚乱,关掉音箱,"稍等,我这就出来。"

在后视镜里看到撞自己的那辆轿车时,荆寒屿就有了某种感觉,这种感觉催促着他走近,甚至忘了确认车牌号。

此时这道声音证实了他的感觉。

撞他的人是雁椿,他们竟然以这种方式提前重逢了。更巧的是,雁椿还在听屿为科技的产品介绍。

雁椿打开车门时,神情已经近乎无懈可击。但在看清男人的容貌时,这惯于揣摩人心的犯罪心理顾问竟然卡壳了。

"荆……荆寒屿!"

多少年没见了来着?有十年了吧?

离开寰城一中时,雁椿念高三,十九岁,现在他都快三十岁了。

十九岁是他迄今为止人生中最混乱的一年。这些年来,关于过去的一切都在渐渐褪色模糊,被他放在曾经的错误和扭曲里。

很多人他其实都不大记得了,就算突然出现,他也想不起名字。但与荆寒屿对视的一瞬间,他就认出来了。

因为这个人,是年少时照亮他的一道光。

他没想到自己开车多年,唯一一次撞车,竟然是把这道光的座驾给撞了。

荆寒屿露出并不热切的吃惊:"雁椿?是你?"

雁椿是真的惊讶,兴奋中带着点不安,以至于心绪不宁,未注意到面对这尴尬的重逢,荆寒屿和自己的反应其实截然不同。

荆寒屿的惊讶分明是假装出来的,甚至有些从容。

但若雁椿像平常一样冷静,看清了这份虚假的惊讶,也只会认为是自己看错了。

"没想到是你。"雁椿在不断地心理暗示下平静下来,"你也在骊海?"

荆寒屿点头,惜字如金:"去年年底才来。"

此时虽然不是交通高峰期,但马路上到底不是叙旧的好地方。况且雁椿并没有叙旧的打算,荆寒屿看上去也并不热络。两人很快拍照取证,通知保险公司。因为后续还有赔偿上的事宜需要沟通,雁椿给荆寒屿留了自己工作用的电话号码。

荆寒屿将车开走时朝他笑了笑,"再见!"

雁椿回以礼貌的微笑,也道了声"再见",却知即便同在一座城市,今后也没有多少再见的可能。

但与荆寒屿重遇这件事就像一杯后劲奇大无比的酒,到了晚上,雁椿才后知后觉地上头,做了一整夜关于高中的梦,好的坏的,明亮的残忍的。好像他所有的生命力,都在十六岁到十九岁那三年里爆发了。

一周后,保险公司通知雁椿,说荆先生的车已经修好了。荆寒屿没有亲自打电话来,雁椿以为这场重逢到此为止,他们不会再见。

但下午去市局和屿为科技的代表见面时,他们就又见面了。

荆寒屿是屿为科技的老板,而屿为科技是雁椿最终选定的合作企业。

荆寒屿穿得比上次见面时正式,打了条灰蓝色的领带。屿为科技来的人不少,有两个技术骨干打扮的人。但负责讲解设备应用的却是荆寒屿。

雁椿不可能像没资历的小警察那样往后缩，叶究早给他安排好了座位，就在会议室第一排中间。那里和讲台只隔着一条并不宽敞的过道。

他现在与荆寒屿的距离近到什么程度呢？荆寒屿那低沉的嗓音就像在他耳边开了个环绕低音炮。他只需要抬头，就能看清荆寒屿随着说话而小幅度滚动的喉结。

荆寒屿今天穿了一件条纹西装，现在正搭在椅背上。荆寒屿穿的黑色衬衣扣到了最上面一枚纽扣，就在喉结下方。除了领带，衬衣上没有更多的装饰。领带打得很完美，就像荆寒屿给他的一贯印象。

雁椿轻轻摇了下头，将视线从荆寒屿身上移开。

坐下后他几乎没有与荆寒屿对视过，视线最高时，也只到了他那利落的下巴。荆寒屿说了些什么，他一个字都没听进去。

忽然，荆寒屿却叫到他的名字。

"雁老师，你好像有疑问？"

雁椿像个上课时走神被老师抓包的学生，猛然抬头，见荆寒屿正微笑地看着自己。

雁椿记忆中的荆寒屿不怎么笑，天之骄子都是很冷漠的，总是雁椿傻傻地对他笑，他偶尔被惹烦了，也会弯一弯唇角。那是不怎么情愿的笑，以至于这么多年过去，雁椿还是能一下子就想起来。

现在荆寒屿的笑从容却陌生，有种职场性的虚假感。

但荆寒屿的眼神却很深，让雁椿觉得那笑里还藏着什么。

可有什么是他一个心理专家看不出来的？

雁椿感受到来自整个会议室的目光，荆寒屿为什么突然叫他？

"我……"

"你刚才摇了下头，是哪里没有听明白吗？"

雁椿张了张嘴，根本答不上来。他连荆寒屿在讲什么都不知道。

一时间他甚至以为是荆寒屿故意捉弄他，可怎么会呢？

荆寒屿是个正直的人。就算私底下会逗他，但当着很多人的面不会。

"没关系，有哪里没听明白可以随时打断我，操作涉及不少细节，我可以多演示几遍。"荆寒屿不再只盯着雁椿，"后续我们也会派员工常驻，随时更新数据，给大家提供最好的服务。"

叶究坐在雁椿旁边："没听懂就问啊，害什么羞？"

雁椿无语。

"我也没听明白，那我问了？"

叶究说问就问，荆寒屿耐心地重新演示了一回。

雁椿松了一口气，讲解继续进行，他却再次走神。

刚才的情形，其实出现过不止一回。

寰城一中是市重点，荆寒屿从初中部免试直升，开学摸底考试直接拿下第一，是当之无愧的学神。雁椿却是从桐梯镇的学校转过去的，成绩在桐梯二中鹤立鸡群，到了寰城一中却徘徊在实验班的中下游。

考不过班上的尖子生还有很多别的原因，比如他无法像其他同学那样将精力集中在学习上。

荆寒屿有阵子给他补物理。寰城一中校园很大，有许多空置的教室供学生上自习、休息。荆寒屿找了一间，勒令他坐在第一排中间。

他居然辜负"荆老师"的好意，不看黑板，思绪开始游荡。

"雁椿！"凉凉的声音从斜前方传来。

他暗道糟了。

"我刚才在说什么？"

"你说……"

荆寒屿"啪"的一声将习题本拍在桌上："下次考试还想让物理拖后腿？"

他没什么诚意地低下头。这态度惹恼了荆寒屿，"荆老师"转身就走。他赶紧追上去，好说歹说，把他给哄了回来。

之后他又走神了几次，好在是学神亲自给补课，他那丢人的物理分数总算给拉了回来。

离开寰城一中时，他不会想到当年的情形会以这种方式重现。

荆寒屿和以前不一样了，那时一道题讲过一遍，他如果还没有听懂，荆寒屿就会皱眉，虽然会继续给他讲，态度上也没有问题，但是他能察觉到荆寒屿的烦躁。

如果第二遍他仍然没听懂,荆寒屿就会生气了。总之不会像现在这样面带笑容,耐心周到。

这让"重现"有种微妙的错位感。这错位感又让雁椿感到某种岌岌可危。

当年的老师和同学以为他是因为那起命案才黯然离开寰城一中的,但其实不是。他只是不得不远离荆寒屿,才让自己消失。

他花了十多年的时间筑起一座自认为安稳的堡垒,堡垒关住了他的邪恶,他从里面走出来,能浅浅为社会出一分力。但荆寒屿居然来到了他的堡垒下。

他头一次怀疑自己的堡垒是否坚固?

令人哭笑不得的是,居然是他选中了屿为科技。那天撞了荆寒屿的车是个意外,但选择屿为科技绝不是意外。三家企业各有优势,与谁合作都没问题,他最后是被屿为科技的"屿"字吸引,给出身为顾问的重要意见。

雁椿心中很不安宁,整场会都心不在焉。结束后他站起来,不巧又与荆寒屿的视线对上。

叶究直来直去,要给荆寒屿隆重介绍雁椿。

"荆总,这位就是我之前跟你说的雁椿,雁老师!我们这次合作,主要是研究中心那边在出力,我们成天跑现场,是雁老师对比了很多资料,向我建议和你们屿为科技合作的。"

叶究逢人便显摆支队的雁老师,雁椿几次想打断他,无奈他嗓门大、气势足,雁椿只得作罢,恨不能挖个地洞躲起来。

荆寒屿很给面子地听着,态度既不亲近也不冷漠,有种职场惯有的距离感。

最后荆寒屿没有故意提到两人是高中同学,向雁椿伸手,"雁老师,合作愉快。"

雁椿握住那只手时,其实有些犹豫。但他猜自己的表情应当管理得不错。

荆寒屿一握即放,和一般的商业握手没有区别。之后就是安装调试设备、更新数据,荆寒屿没亲自做,似乎是和市局的领导们沟通去了。

雁椿回到自己在刑侦支队的独立办公室,大脑放空了会儿,才渐渐冷静，自言自语道："我在担心什么？"

十年前他还是个疯狂又邪恶的少年，都能生生将恶意压下去。现在他的病已经治好了——起码被控制住了。

他们只是普通的合作者，就像他与支队的合作一样。

想通这一层，雁椿心绪平息，脸颊也退了热。

他情绪起伏的时候，脸会发烫，但不会变红，看上去始终淡定从容。但要揭穿他也容易，只要碰碰他的脸颊就感知得到他脸上的温度。

这是他的秘密，迄今为止只有一个人知道。

"怎么躲在这里？吃饭了去不去？"叶究推开门，"去食堂。"

雁椿这阵子都待在研究中心，一听去食堂，立即站起来。

刑警们个个吃饭积极，食堂里热闹非凡。

刚和屿为科技打了交道，话题自然围绕这个合作伙伴。技侦用到设备的机会最多，副组长蒋慧慧早就做了功课："屿为科技在追踪这块特别有东西，他们有个技术负责人以前就是干刑警的，老板要做警用，把他给挖过去了。"

雁椿边吃边听。唐薛发给他的资料只有产品介绍，没有小道消息，也没有老板档案，否则他也不至于今天才知道荆寒屿是老板。

"屿为科技是家新企业，没做多少年，但手头有核心技术，就今天演讲那个荆总，听说就是技术员出身，几个专利投进去，屿为科技马上就起来了。"蒋慧慧继续说，"人家还是个青年才俊，海归创业，凭技术拿到投资，白手起家，牛人啊！"

技侦一小孩说："慧慧姐看到长得帅的就使劲夸，我不牛吗？也夸夸我。"

大家哄笑，雁椿却在想，荆寒屿是自己创业的吗？

他原本以为屿为科技背靠荆氏索尚集团，毕竟荆寒屿是荆家这一辈中的翘楚，但听蒋慧慧的意思，荆寒屿似乎完全没有依靠家庭！

雁椿适时打住，告诫自己这些事听听就行了。

傍晚，所有设备调试完毕，屿为科技一行人离开市局，正好赶上晚高峰，堵在跨江大桥上。

李江炀说："邪门儿了，你别是来革我的职的吧？我哪没让你放心，你居然亲自来跟这项目？"

屿为科技有两尊"佛"，一尊自然是老板荆寒屿，另一尊则是技术总监李江炀。二人在国外认识，志同道合，一同打造了屿为科技。

屿为科技总部在寰城，这几年飞快发展，在很多城市都开了分部和工作室。

荆寒屿坐镇总部，李江炀四海为家，最近几个月待在骊海市。

市局这个项目不算小，但李江炀也没想到荆寒屿会亲自来，来了还不走了。

他与荆寒屿是同甘共苦的交情，当初没有投资，人员不齐，就他们两个技术大拿顶着，吃住都在实验室，出结果时都熬得胡子拉碴。

正因为这样，他才连试探都没有，直接就跟荆寒屿"算账"。

"你回寰城，这里和南方的生意交给我。"荆寒屿坐在后座，正在看窗外的江水。夕阳将天空染成赤金，江水铺开金箔，他不由得眯起眼。

李江炀吃了一惊："你开什么玩笑？我管不了总部！"

"我在骊海有些私人事务。"荆寒屿淡淡道，"总部不交给你交给谁？"

"那也……"李江炀只是想问明白荆寒屿来插手他的工作干吗，没想跟荆寒屿换工作，这一问把自己给套住了，又十分好奇荆寒屿有什么私人事务，"我做不了你那些，你让何野给你守着总部。"

荆寒屿轻嗤："你潇洒了这么多年，早该回去收收心了，还想让何野替你？就这么说定了，我留在骊海，你明天就回去。"

李江炀无语："你是个暴君，谁受得了你？"

荆寒屿没理他。

李江炀是话多的人，越扯越远："我都受不了你，你太独裁了！哎，你到底有什么私事啊？这么多年也没见你忙过什么私事。咱们在骊海也就市局一个重点项目，其他都是小的……"

荆寒屿挑了下眉尖。

李江炀终于反应过来，震惊地看着后视镜："寒屿，你那私事不会是，不会是抓人吧？你找到他了？在骊海？不会在市局吧？难道是刑警？"

荆寒屿笑了声:"开你的车。"

李江炀吓完自己,半天才挤出一句:"那,那你跟他好好说啊。"

也不怪李江炀这个反应。几年前他和荆寒屿还没回国,当时他也不知道荆寒屿出身豪门,只知道这人强,还特别清高。李江炀年轻时一无所有,做什么都只能拼命。攻下一道关键技术难题时,他约荆寒屿去喝酒,趁着酒意天南海北地一通神侃。

他问:"荆哥,等咱的公司开起来了,上市了,做成业内顶尖,咱发了财,你最想做的是什么?"

荆寒屿平时话就少,喝了酒更加沉默,眼神发直,也不知道在想什么。李江炀自己也喝得舌头捋不直,就见他摩挲着手腕上的一根绳子。绳子一看就不值几个钱,上面绑了块小石头,国内路边十块钱能买三条那种。

荆寒屿不理人,李江炀就自己说:"我要给我爸买套大别墅,对,还有车,他这辈子被那女人欺负惨了,我,我可怜他……"

李江炀没一会儿就把自己眼睛说红了,说不下去,就再不吱声,闷头喝酒。

好一会儿,他突然听见荆寒屿嘀咕,什么谁欠谁的。

"你说啥?"他推了一下荆寒屿,"谁欠你钱?"

荆寒屿喝醉了,眼睛红得吓人:"我要把他抓回来。"

李江炀听蒙了:"抓谁?"

"他跑了……"荆寒屿懊恼又愤怒,话说得颠三倒四,"不成功也要把他抓回来……"

李江炀半醉不醒的:"那,那抓回来你要怎样?"

荆寒屿抬起手臂,遮住眼睛,李江炀看不见他的表情,只能看见他的喉结轻轻发抖。

"抓回来……惩罚他,把他手脚锁住……看他再敢跑……"

"你,你犯法啊!"李江炀越听越觉得荆寒屿在说胡话。但这么些年下来,荆寒屿活得一板一眼的,他再回头想那次酒后说的话,恍然大悟,那分明是酒后吐真言!

他们荆老板看着高冷正派,居然一肚子坏水!

"听兄弟一句劝。"他苦口婆心道,"我知道你不痛快,但无缘无故把人关起来本来就犯法,袭警更犯法!你可千万别冲动!"

车往前挪了一大截,荆寒屿才说:"放心。"

李江炀不是很放心。他和荆寒屿都是对自己特别狠的人,不然也没有屿为科技的今天。

"放心,他不是警察。"

那天在市局开完会,雁椿就没再去过了。但他每天打开群消息,几乎都能看见刑警们聊屿为科技。

能在微信上随便说的当然不是案情细节,叶究当初对引进智能辅助设备不冷不热,觉得这玩意儿看着高端,其实没什么作用。现在真装上,他们却尝到了甜头。

一群糙老爷们儿没事就在群里交流一下使用心得,有时还喊上雁椿,问他有没有空过来测试心理分析板块。

雁椿以在忙研究中心的公益项目为由推辞了。

他给自己画了一条警戒线,刻度分明且精细,荆寒屿就在警戒线的另一边,现在他离警戒线还很远,暂时算安全。

荆寒屿的突然出现虽然是他始料未及的,但他和十年前已经不一样了,他看得见那条警戒线,只要他不越过去,他们之间就算有工作上的往来,也不会发生任何他应付不了的情况。

所以年少时的很多痛苦只是因为当时自己还不够强大,被逼到绝境就只能发疯、逃离。现在他却可以在"安全区"待着。

这样想来,重逢似乎也不是件坏事。

但群里说荆寒屿连续三天到局里调试设备时,雁椿皱了皱眉。

研究中心和刑事侦查学院这边也有相似的智能辅助设备,合作公司通常会派人驻扎,随时提供服务。但哪家公司是老板亲自上门服务的?

又过了几天,雁椿看见群里有人叫自己,进去一看,聊天记录里发了好几条"荆老板",叫他的是蒋慧慧,让他快来和荆老板打个招呼。一个没见过的头像说,没事,雁老师应该很忙。

雁椿眼角沉沉地跳了几下，跳得他视线都有些扭曲了。

他连忙点进那个头像，是一幅没什么特点的风景照，昵称十分直白，直接就是荆寒屿。

他们把荆寒屿拉进来了！

这个群不是刑侦支队的工作群，和支队有点关系的人都可以加，但也不是什么关系都能加，家属就不行。雁椿打破了刑警对顾问的偏见后，也被拉了进来。

所以这个群拉人还是有原则的，必须是工作上被认可才行。

雁椿差点点开荆寒屿的朋友圈，最后还是忍住了，退到群里来，聊天记录又发了十多条。

他凌晨才回复。

　　雁椿：刚才在忙，没看见，欢迎。

"欢迎"后面本来还跟着一个"荆总"，但他像是觉得这两个字烫手似的，发出之前又删掉了。

这是他计算出的最佳回复时间，他一个打两份工的人，半夜不睡觉是常事，荆寒屿高中作息规律，像个机器人，晚上 12 点前一定睡觉，现在应该也不会睡得太晚。他这条消息发出去，荆寒屿明早才会看到，说不定已经被早上的信息湮没。

但不管怎么说，他寒暄过了，不失礼。

然而一分钟后，荆寒屿竟然回了。

　　荆寒屿：谢谢。

不冷不热的两个字，雁椿看了半天，最后索性丢开手机。

夜里没怎么睡好，早上雁椿赶到研究中心时连着打了几个哈欠，眼眶轻微泛红。

月光沉没

"昨晚干什么去了？难得见你这么没精打采。"袁乐递来一杯咖啡，眼睛上仿佛写着两个大字——好奇。

雁椿接过咖啡，撒了个谎："看市局的材料。"

"啧，他们也真不客气，逮着你薅，都给薅秃了。"

"秃不了。"

袁乐是雁椿的同事，两个人年纪相仿，关系不错。雁椿刚把咖啡喝完，就有人来通知，说活动马上开始，赶紧去会议厅。

雁椿说最近在忙研究中心的公益项目，这句话没撒谎。现在社会上越来越关注儿童身心健康，中心每年都会筛选一批孩子，免费提供心理辅导。

今年这一批都是从比较落后的地方选来的，他们目光或茫然，或胆怯，或愤怒；有的受过虐待，有的自幼没有父母，有的患有自闭症……总之都是可怜人。

如果没有公益项目，以他们的家庭，是绝不可能带他们看心理医生的。

雁椿被分配了四个小孩，最后一个被送进来时，他已经很疲惫了。但那小孩的资料就像在他血管里推了一管清醒剂一样，令他突然亢奋起来。

小孩叫小敢，家乡在绯叶镇，父母双亡，现在在姑母家生活。姑母并非有意苛待他，只是家里经济条件不好，又有自己的两个孩子，经常顾不上他。长时间下来，小敢心理便出现了严重问题，认为自己是个不应该存在的废物。一年时间里，小敢已经自杀过三次，身上还有许多自虐的伤痕。

雁椿见过不少相似的案例，小敢这种情况，最重要的是扭转他的想法，他不是废物，他对抚养他的家庭是有作用的。

这是一个需要长时间跟进的过程，而现在，小敢还封闭着自己。

雁椿说："我小时候也住在绯叶镇，你去过绯叶村吗？那里有好多杏花。"

小敢起初一直低着头，反应非常迟钝，直到这时眼中才泛起一点光："去，去过。"

雁椿伸出右手，手掌对着小敢："那我们是老乡。"

小敢看着他的手心，犹豫地抠着手指。雁椿耐心地等待，脸上始终保持微笑。小敢终于鼓起勇气，也举起右手，轻轻在他掌心一击。

雁椿笑道："那你喜不喜欢杏花？"

"喜欢。"

"知道绯叶镇为什么叫绯叶镇吗？"

小敢摇摇头。

"因为杏花含苞，满村绯色。"雁椿发现小孩子对自己的用词有些生疏，于是在纸上画一棵杏花树，旁边写一个"绯"，"就是红色，开花之后，杏花会渐渐变白，成了粉红。"

"那……"小敢第一次主动提问，"为什么不是绯花村？"

"问得好。我小时候也总是对这个问题感到疑惑。"

小敢显然被吸引住了，睁大眼睛看着雁椿。

"后来村里的阿婆说，杏花一开，大家都只看得见花，看不见叶，叶不就被忽略了吗？可是花与叶是一体的，就像血浓于水的家人，就算暂时看不见，也不该被忽略。"

雁椿说得很慢，还停下来，让小敢消化。

"如果叫绯花村，那叶子会不会难过呢？"

小敢低下头，好一会儿说："会。"

"所以就叫绯叶村，有花也有叶。"雁椿说，"后来镇和村一个名，也叫绯叶镇。对了，从镇里去村子得坐车吧，谁带你去的？"

小敢低声说："是姑姑。"

"除了姑姑，还有谁？"

"还有姐姐和哥哥。"

"春游啊，真好……"

雁椿引导小敢回忆姑母一家待他的好，证明他并不是那片被遗忘的叶子。

简单的一场辅导并不能立刻帮助一个小孩，但结束时，小敢心底那片漆黑已经被打破了。

四场辅导结束，已是晚上8点。雁椿累得没食欲，独自回到办公室休息。

他闭上眼，理所当然的黑暗没有降临，铺陈在视网膜上的是一片粉红的花海。

月光沉没

绯叶村在西北高原，出村的路特别漫长，像是永远都开不到尽头似的。

住在那里的人灰扑扑的，房子是土黄色，好像总也洗不掉那些沙尘。可奇怪的是，那里的天最蓝，云最白，水最清，春天杏花开的时候，像云彩落到了人间一般。

雁椿和荆寒屿第一次相遇就是在绯叶村。

三月是杏花漫山遍野的季节。荆寒屿是跟着爷爷寻访民俗工艺匠人的富家小少爷，雁椿是被拐卖到绯叶村的可怜娃，他们当时都是八九岁的年龄，境遇却是天差地别。

雁椿被拐来绯叶村时还小，只记得以前住的地方有六七层高的房子，挨着房子的路很窄，巷子里有两个轮子的车穿来穿去，有时跑到马路边，看得见更大的车。

妈妈带他坐上公交车去公园，挤进人群里给他买棉花糖。周围太吵了，一群比他大一些的小孩从他面前冲过，他被越挤越远，着急地喊妈妈，但妈妈没有听见。

他被一双手抱起，视线被遮挡，醒来时已经不在那个公园了。

人贩子带着他在各个城镇辗转，最后将他卖到绯叶村。他起初害怕，但大约是适应力出众，没多久就习惯了这个贫穷村子的生活。

直到那辆锃亮的轿车出现在村口，他才想起以前在马路边看到的大车。

绯叶村没有这样的车，他眼巴巴地看着车想：里面坐着的人是来接我的吗？

车门打开，下来的却是他不认识的人：一位是面容严肃的中年男人，一位是头发花白的爷爷，还有一个看上去比他大一点的男孩子。

男孩很明亮——他从自己贫乏的语言库中搜索不到其他词来形容男孩。

整个绯叶村包括他自己都是脏兮兮的，像罩着一块烂布。男孩却很明亮，这明亮大概来自男孩的眼睛和皮肤，也可能来自那没有污渍的衣服。

雁椿的目光不由得黏在男孩身上，男孩穿的是浅粉色的衬衣、灰色格子裤、白袜子、黑靴子。男孩发现被人盯着，看向雁椿，皱着眉，似乎很不高兴。

雁椿冲他笑，他别过脸去，拉住身边爷爷的手，指着雁椿，不知说了什么。

雁椿吓一跳，爷爷却微笑着点点头。

当天晚上雁椿就做了个梦，梦里自己和男孩的打扮一模一样，男孩抓着他的手，将他推上车，说要带他回去找妈妈。

醒来后雁椿愣了好一阵，懵懂地想，自己其实还是想回家的。但他不能跑，也不能告诉别人。阿婆说，小孩敢跑，就抓回来打死喂狗。

雁椿每天干完农活，就满村子溜达。男孩跟着爷爷，他便远远跟着男孩。他跟了几天，男孩突然转过来，冷声冷气地问："你是谁？为什么老是跟着我？"

"我，我想和你玩。"

男孩打量他，他下意识地扯了下衣角，想让自己整洁一点。但这衣服是大人的旧衣服改的，扯得再平整，都又黄又旧。

"为什么？"男孩防备地问。

雁椿想了想："因为你好看。"

他不是因为男孩漂亮才跟着，他有自己的计划，可他跟自己说，这也不算说谎，男孩是真的好看。

男孩睁大了眼，光都灌进去，更亮了，像宝石。

爷爷笑着说："反正你也不想学，去吧，跟弟弟玩去。"

那时他们都以为雁椿年纪更小，因为他又瘦又矮，宽大的衣服将他的身板衬得更加单薄。

雁椿领着不大情愿的男孩去村口看杏花，男孩应该没见过这么壮观的杏花林，面色好看了些。

雁椿心里打着算盘："你当我哥哥吧。"

男孩问："你几岁？"

雁椿挺胸抬头："我九岁！"

男孩表情忽然变得很奇怪，半天才吐出两个字："骗子。"

雁椿惊讶，怎么能这样说他呢？

"你这么小，怎么可能九岁？"

"可我真的九岁了！"

"你顶多六岁!"

"那,那你几岁了?"

"八岁。"

"呀——"雁椿说,"那我才是哥哥,你是弟弟呢!"

男孩脸色更臭:"你是骗子!"

两个人在杏花树下吵架,雁椿急于证明自己真的九岁了,但男孩怎么都不信。风吹得大了些,男孩被落了一头花瓣,雁椿指着他笑。

男孩生气了,转身就走。

第二天,雁椿拉着阿婆去找男孩,让大人来证明自己真的九岁了。

男孩信了,但还是很惊讶:"你怎么这么矮?"

雁椿有点没面子:"会,会长高的呀。"

"那你叫什么名字?"

"燕子!"那时雁椿被改了名字,买他的那户姓张,他的新名字叫张燕。

男孩说:"但你不是女孩。"

雁椿也不喜欢这名字,只好说:"男的就不能当燕子吗?那还有公燕子呢!"

男孩辩不过他,"哦"了声。

"那你叫啥?"

"荆寒屿。"男孩捡起颗小石头,在沙地上写。

雁椿:"哇!"

荆寒屿吓一跳,推了他一把:"你乱喊什么?"

雁椿险些摔倒:"你的名字比我的好听多了!"

一直沉着脸的男孩这才弯了弯唇角。

但雁椿下一句又把荆寒屿惹不高兴了:"我也想取你的名字!"

荆寒屿可能没见过这么无理取闹的人,说:"你不能看到别人名字好,就随便换。"

雁椿不大明白。他也没有随便换啊,他长到九岁,也就这一次想换名字。

但荆寒屿不愿意,那就不换吧,也没什么大不了,他拍拍裤子:"走,我带你爬到山顶上去,那里的杏花更好看!"

荆寒屿陪爷爷在绯叶村从盛春待到夏末，手艺一样也没学成，净跟着雁椿疯玩了，还学了满嘴土话。

夏夜，高原上的星星很近，杏花早就谢了，山里飘着杏子的香甜。再过几天荆寒屿就要回去了，雁椿趴在他耳边，小声和他说："弟弟，告诉你个秘密。"

"你羊屎疙瘩那么大一个，你才是弟弟！"

雁椿有点严肃，不像平常那样和荆寒屿吵闹："真的，是我的秘密，你要帮我。"

荆寒屿疑惑地看了他一眼："什么事？"

"这里不是我的家，我是被拐卖来的。我，我也不叫张燕，这才是我的名字。"雁椿在地上写下自己的本名，再抬头时，荆寒屿眼中全是惊讶和愤怒。

眼看荆寒屿要叫出声，雁椿立马扑上去捂住他的嘴，害怕得发抖，"不能让爸爸知道，我会被打死喂狗的。弟弟，你一定要帮我！"

几日后，荆寒屿和爷爷、爷爷的秘书一起离开，那辆锃亮的车上装了好几箱杏子。

之后的很长一段时间，绯叶村再没有外人来。雁椿有些伤心，荆寒屿肯定是把他给忘了。

但这年农历春节到来之前，警笛呼啸，雁椿和另外两名被拐卖的小孩被接走，送到市局，然后各自送回父母身边。

雁椿就这么告别了绯叶村，如果可以的话，他宁愿再也不要见到荆寒屿，倒不是因为后来十几年的事，而是那次在寰城一中的再见，简直是场要命的大乌龙。

即便是现在，雁椿一想到，还是会觉得脸发烫。

雁椿只在群里和荆寒屿打过一次招呼，叶究他们好像又接了几个分局送来的案子，知道他忙于公益项目，分身乏术，所以没叫他来局里盯着。

公益项目确实挺折磨人的，雁椿这半个月几乎每天都和小朋友们待在一起。这些孩子大多安静，将自己封闭在一个空白的世界里，但也有几个孩子已有了犯罪倾向。雁椿在国外就是研究这个的,和他们打交道的时间最长。

辅导的影响并非单方向的,他帮助那些孩子时,那些孩子的阴沉、扭曲也影响着他。

好几次深夜回到家中,他都感到头痛欲裂,毒蛇般的情绪缠绕着他的小腿,兴奋地吐着信子。他需要一再冷静,一再克制,才能将它们踩在脚下。

大半个月之后,项目临近尾声,最后一天的安排是带这些没来过大城市的孩子去游乐园,晚上吃自助餐。

"老师,明天你休息吧,我带孩子们去就成。"唐薛号称研究中心的"日不落",不管连续工作了多久,都没有半点疲态,像不需要休息似的。

雁椿确实不想带小孩去游乐园,太吵了,但前几天和小敢聊天时,小敢问游乐园比开满杏花的绯叶村还好玩吗,提问时小敢眼中闪着光亮,显然对游乐园之行十分期待。

"我也去。"雁椿说。

"加上市局那边的事,开年之后你就没休息吧?要不要紧?"唐薛有些担心。

雁椿摇摇头,"也不差这一天。"

这次的公益项目,研究中心虽然是主办方,但还有许多来自社会的赞助机构。

周四一到游乐园,雁椿就看见不少机构和企业公益部门的人,有人在录像、拍照,气氛热烈。

公益其实是双赢,企业肯出钱,必然也希望在名声上有一定的回报,孩子们也能得到帮助,单靠研究中心的学者们可做不了这么多。

雁椿在人群里找了一会儿,看见小敢蹲在铁艺长椅边,将自己团得很小,有点害怕的样子。

雁椿立即走过去,和小敢一起蹲着,"老乡,怎么了?"

小敢看见他,这才放松下来,小声说:"人好多。"

雁椿这时还挺庆幸自己来了,他们虽然跟企业来的人说过许多次,注意孩子们的心理，交流不要过火，但这些人毕竟只是普通员工，不注意还是会吓到小孩。

"不怕，今天跟着我。"雁椿伸手，"想玩什么就跟我说，我陪你。"

小敢牵住他的手，腼腆地笑了笑。

完成一个简短的仪式后，大家就分散了。除了小敢，雁椿还带着另外三个小孩。他们都是小敢来到骊海后交的朋友，文静内向，但总是牵着手，笑着说悄悄话。

雁椿看着他们，心情也跟着松快许多。孩子们的问题无法靠短短半个月的心理辅导得到彻底解决，但他已经尽力为他们打开了一扇门。

半个月前，小敢可是连头都不敢抬起来的。

玩到下午，除了个别项目，其余的他们基本都玩过了。小敢拉拉雁椿的衣角："叔叔，我们可以去那上面玩吗？"

雁椿一看，小敢指的是摩天轮。

来游乐园怎么能不坐摩天轮？但队排到一半，雁椿突然心道不好。他们有五个人，四个孩子加起来也不轻了，不能挤上同一个轿厢。但分开肯定不行，他只有一个人，看顾不到两边。

他赶紧给唐薛和袁乐打电话，这俩都没接，其他人要么走不开，要么电话也打不通。

转眼就排到了，雁椿只得让孩子们站在一旁等，让后面的先上，他继续打电话。

看着别的小孩都兴高采烈地上了摩天轮，小敢他们几个虽然没说什么，但眼里都是羡慕。

雁椿哪能看不出，可也只能暂时让他们等等。

忽然，小敢看向雁椿身后："荆，荆先生……"

身后仿佛罩了一层无形的压力，雁椿回头一看，荆寒屿在离他三步远的地方站定，面无表情地与他对视着。

雁椿当即一蒙。荆寒屿怎么来了？

和前两次遇见时不同，荆寒屿今天穿得很休闲，浅灰色带白色条纹的运动套装，红底暗纹背包，白色运动鞋，既符合游乐园的氛围，又不过于花里胡哨。

意外的是,雁椿的打扮和荆寒屿差不多,只是背上的包是薄荷色,更青春一点。

"荆总。"雁椿将心里那些七七八八的情绪压下去,至少表面上一点胆怯都未露,"你和小敢认识?"

荆寒屿眉心很轻地拧了下,似乎有些不满地说:"'早杏'基金是屿为科技牵的头。"

雁椿知道"早杏"基金,这次的公益项目里就有"早杏"基金。他不去市局,闷头做公益,居然还是在与荆寒屿共事。

"平时忙,最后一天抽空来见见孩子。"荆寒屿说。

雁椿低头看了看小敢,小敢绝不会和陌生人说话,刚才却喊了"荆先生",可见之前就和荆寒屿见过了,荆寒屿不是第一次和他们打交道。

"你亲自来啊?"雁椿问。据他所知,今天来的人虽然多,但都是员工,荆寒屿一个老板……

荆寒屿解释得很含糊:"他们走不开。"

小敢望着雁椿,"叔叔,荆先生来了,我们可以坐摩天轮了吗?"

雁椿想起这茬:"你能带阿兵和小丽吗?"

荆寒屿点头。

三分钟后,两个轿厢滑出平台,向湛蓝的天空升去。

孩子们第一次坐摩天轮,即便是最内向的琦琦,也兴奋得哼了两声。

雁椿抓紧时间问小敢是怎么认识荆寒屿的。小敢说,在绯叶镇就见过荆先生一次,这半个月荆先生也来过他们住的地方,每次都会带很多好吃的。

雁椿有些心惊,怪他自己不爱跟赞助方打交道,否则他早就该知道荆寒屿与"早杏"基金的关系。

摩天轮已经升到最高处了,不知是不是错觉,他总觉得荆寒屿一直看着他。

"小敢,帮叔叔看看,荆先生有没有看我们?"

小敢看向前面的轿厢,挥了挥手,"荆先生!"

挥完他才跟雁椿说:"在看呢,还朝我挥手了。"

雁椿很想转过去,但忍住了。

摩天轮开始下沉,雁椿突然有种失控的慌张,就像他所构筑的堡垒正随着这摩天轮一同下沉一般。

这十年来,他像玩挑棍游戏一样牢牢把控着自己的人生,最简单的细节也不放过。

他完全能够控制自己,这成了他安全感的基石。

但荆寒屿一出现,他的节奏就被打乱了,他觉得自己正在被流沙渗透,这种失控感从四面八方袭来,他挑棍的手抖了一下,那一根就被流沙湮没。

是巧合。

他想,不管是撞到荆寒屿,市局和屿为科技合作,还是"早杏"基金成立,包括今天与荆寒屿偶遇,都是巧合。

可他心中的弦像是被压到极点,忽然巨震。他知道自己在担忧什么——正因为这些都是巧合,才最可怕。

他自认为坚不可摧的心智,居然连巧合都能扰乱。

一圈空中旅行结束,荆寒屿问小孩们要不要吃沙冰。

大家你看看我,我看看你,都抿着唇。

他们的世界才打开一个小门,连"想要"这种情绪也只能通过眼里的些微光彩表达。

雁椿说:"走吧,吃沙冰。"

游乐园的沙冰做得精致,满满一盆,顶上还坐着一个可以吃的玩偶。

其实这五彩斑斓的沙冰不怎么健康,但孩子们从来没吃过,吃一回也无妨。

雁椿没兴趣,想买瓶红茶,荆寒屿却问:"你呢?"

"嗯?"

"你要什么沙冰?"

哪个成年人还吃这玩意儿?雁椿摇头:"我不要。"

荆寒屿的视线在他脸上停留了几秒。就这几秒里,一种熟悉的感觉撞击了雁椿。不管是路上的事故，还是在市局的见面，雁椿都觉得荆寒屿和高中时不一样了，戴着成年人的陌生面具，对重逢展现出恰到好处的惊讶，对待工作耐心周到。

职场上的成年人都该这样，他自己也是如此。

可这几秒，不，应该再加上在摩天轮下对视时，十年前的少年好像又回来了——没那么多耐心，有点冷漠的霸道，不会离得太近，但看他时总是很认真。

雁椿喉结不怎么顺畅地滚了下，"我……"

"葡萄杨梅，柠檬。"荆寒屿已经转了回去，对店员说。

孩子们的已经做好了，四个人围在一张小桌上，起初舍不得吃，雁椿说不吃就要化了，化了等于浪费粮食，大家这才一口一口地往嘴里送。

后面加的两份也做好了，雁椿拿上自己的，想和孩子们挤在一起。荆寒屿却站在另一张小桌边说："过来坐。"

雁椿心里叹了口气，小敢那桌确实挤不下他了，四个小朋友感情好，他也不好让其中两个去和荆寒屿坐，只得硬着头皮落座。

两碗沙冰放在一起，他的紫红鲜亮，上面还有三个冰激凌球，荆寒屿的简单得多，只点缀了几片柠檬和两颗青梅。

荆寒屿知道给自己点最适合成年人吃的，为什么给他点这么幼稚的？但他也不可能问，埋头挖沙冰吃。

荆寒屿往沙冰里插了根吸管，看着雁椿的发顶。

两个人谁也没说话，雁椿将葡萄和杨梅挑出来吃完了，勺子搅着沙冰，只吃了两勺就不想吃了。

忽然，对面的吸管发出一阵咕噜声，雁椿下意识抬眼，见荆寒屿正咬着吸管看他，那碗雪白的沙冰已经塌了下去。

雁椿原本心事重重，却没忍住笑了出来。哪有人这样吃沙冰的，把冰水喝完了，剩下的还怎么吃？

荆寒屿松开吸管，有点生气："笑什么？"

雁椿压住唇角，心想你吃得好笑，还不让人笑吗？旋即又发现他们现在的相处正向古怪的方向奔去。

荆寒屿这句"笑什么"完全不是普通合作者之间的态度，没有疏离的客气和逢场作戏的心照不宣，只有直白的不满，好像前两次雁椿见到的荆寒屿是假的，面前这个才是真的。

这倒让雁椿不知道怎么回答了。

成熟的合作者好应付，只有小孩子和被偏爱的成年人才刨根问底。

雁椿保持着距离，答非所问："不好意思，荆总，你别介意。"

荆寒屿却还是盯着雁椿："别介意你笑我吗？"

雁椿唇角抽了一下。为什么非要抓住这个问题不放呢？

"我介意。"荆寒屿眉眼还是冷冷的，比那块被他吸瘪的冰还冷，"除非你解释原因。"

雁椿只好说："你刚才发出的声音很搞笑。"

做人留一线，日后好见面。

是荆寒屿不顾成年人的相处法则，现在尴尬了，也不是他雁椿的错。

但荆寒屿好像并不尴尬，只点了点头，示意接受这个解释。

吃完沙冰，荆寒屿也没走，雁椿莫名其妙多了个带小孩的同伴。

需要大人陪同的项目，他就和荆寒屿一人带两个，不需要的，他们就一起站在下面看。

除了吃沙冰时的插曲，荆寒屿没有别的不当言行，连话都很少。但雁椿想，荆寒屿会出现在这里和他一起陪小孩玩耍，这整件事就有点蹊跷。

荆寒屿是在主动接近他吗？他想不到理由。

荆寒屿救过他，雁椿该对荆寒屿感恩戴德。在寰城一中成为同学后，是他单方面将荆寒屿视作照亮他的光。他对荆寒屿的情感很复杂。

但对荆寒屿来说，雁椿应该只是一个普通的高中同学，突然转到班上，又突然在高三离开。小时候在绯叶村的事，似乎不值一提。

哦，对，也许他也并不是那么普通。哪个普通同学会卷入命案呢？"雁椿杀人事件"在寰城一中是不是已经成为校园怪谈了？别人高中的传说是——我们学校以前是坟场，寰城一中的传说大约是——我们学校以前出了个杀人犯！

荆寒屿对他的好奇如果是建立在那件事上，那还说得过去。可他又觉得不是。

　　这样的反复思考消磨心力，因为再优秀的心理专家，也拿不到百分百正确的答案。

　　知道答案的只能是本人。

　　旋转木马前，雁椿悄悄往左边挪了一步，和右边的荆寒屿拉开距离。

　　他这是纯属下意识的举动，周围人流如织，荆寒屿仿佛注意到了雁椿的小动作，送来一道不怎么友好的目光。

　　雁椿装作没看见。小敢骑着白马转过来，雁椿赶紧挥手。

　　晚上吃自助餐，主角虽是孩子们，但也是商人们扩展人脉的战场。雁椿打算中途开溜，荆寒屿竟然也跟他有相同的计划。

　　二人在电梯间狭路相逢，不可谓不尴尬。

　　雁椿从宴会厅出来后去了趟卫生间，走到电梯间就看见荆寒屿也在那里。

　　转身就走未免太刻意了，他只得微笑着打招呼，顺带表达一下感谢："荆总，今天多谢。"

　　"嗯。"荆寒屿已经换回西装、皮鞋，态度和下午相比又冷了一些。

　　雁椿盯着数字，觉得这电梯走得可真是慢。终于电梯门打开，里面空无一人，荆寒屿进去，绅士地挡住门。

　　雁椿演技拙劣地说："我有东西忘了，荆总，你先走吧。"

　　荆寒屿却没有松开手的意思。

　　雁椿已经转身往宴会厅走去，忽听后面传来一声："雁寒屿。"带着一丝戏弄，还有一点仇恨。

　　雁椿定在原地，十多年前的尴尬扑面而来，他的脚趾都快抓地了。

　　这个荆寒屿，为什么要提醒他那个烦人的乌龙呢？他真的很不想回忆起来。

普通同事

  从绯叶村被解救后,雁椿被送回老家。他被拐走的时候才五岁,回来时已经多了个弟弟,叫乔小野。
  雁椿的失而复得并没有给这个挤在破巷里的家庭增添多少快乐,反倒像飘来一片惨淡的愁云。只是那时雁椿还小,不明白自己为什么不受欢迎。
  有阵子他甚至觉得,绯叶村张家待他更像亲儿子。
  回家后他就没见过父亲,他的母亲乔蓝说,那男人出去打工,死在了外面。

月光沉没

他对父亲原本就没有什么印象，死了便死了。只是乔蓝提到父亲时语气古怪，像一只报丧的乌鸦。自那以后，雁椿就总觉得乔蓝像乌鸦，一张嘴就预示着不祥。

不久，乔蓝带着两个小孩背井离乡，搬到了桐梯镇。

乔蓝没有固定工作，偶尔靠旁门左道弄点钱回来，乔小野是个病秧子，费钱。上初中后，雁椿明白自己不受待见，待在家中的时间越来越少，也不开口找乔蓝要钱，要么住在学校，要么四处打散工。

他那个年纪其实找不到什么工作，但小镇不像城里，有的馆子也收他进去刷盘子。他背一麻袋垃圾去卖，人家见他小，还多给他几块钱。

就这种生活，他中考居然还能考个镇状元，而且比寰城几个重点高中实验班的录取分数还高。

桐梯镇属于寰城，参加的也是寰城的中考。按理说，雁椿这成绩直接就让市重点给收了，但中考前，桐梯二中想把尖子生留在自家，忽悠乔蓝签了直升合同。

能收钱，乔蓝当然签，高高兴兴就把儿子给卖了。

雁椿无所谓，在哪里念不是念？

结果高一上到一半，寰城一中的人就找来了，要把他挖到寰城一中去，文理实验班任他选，开的奖学金比桐梯二中高得多，但因为他之前签的合同，暂时得给他改个名字，避避风头，顶多升到高二，一定改回来。

"你想想，改什么名字都行。"教务老师和颜悦色道。

什么名字都行……

雁椿脑中毫无征兆地浮起一个许久没有出现的名字——荆寒屿。

当年荆寒屿写下这三个字时，他是真的很喜欢。但荆寒屿小气，不和他分享。现在他已经知道，名字本来就不可以随便分享，是他那时太幼稚了。

他能被救回来，是荆寒屿帮了忙，但这些年他们再没见过，连荆寒屿是哪里的人他都不知道。想来今后也不会遇见了。

"那就叫雁寒屿吧。"他把新名字写在纸上。

老师的神情变得有些奇怪，"为什么是这个名字？"

雁椿说:"以前在别的地方听过,好听。这名字不行吗?"

老师摇摇头,留下一沓现金,"可以可以,那就开学见。"

乔蓝倒是高兴了,来回数钱。雁椿进里屋看了看咳嗽的弟弟,没多停留,回奶茶店打工了。

开学那天,雁椿很早就到校了,在陌生宽敞的校园里来回转悠。

他离开绯叶村后在小学多读了一年,比同年级的学生都大一岁,他个子高,面容清秀,穿上高一的校服,引来不少目光和议论。

上课铃响,班主任领着雁椿到一班做自我介绍。

一班是理科实验班,能考进来的哪个不是尖子生?雁椿不怵,只是觉得有一道存在感特别强的视线一直盯着自己。他说自己的名字时,下面已经有人窃窃私语,他在黑板上写下"雁寒屿"时,议论声更大了。

雁寒屿……怎么了?

班主任打圆场,说大家之所以觉得奇怪,是因为班上还有一个寒屿——荆寒屿,也算是有缘。

嗡——雁椿耳边一响,终于和来自窗边的目光对上。

荆寒屿,正版寒屿,穿着和他一样的校服,靠在椅背上,双手抱胸,正面无表情地看着他。

真是疯了,他想,他和荆寒屿在绯叶村度过了短暂的春夏,当时荆寒屿八岁,他九岁,现在他十七岁,八年全无联系,他一时兴起盗用了荆寒屿的名字,居然转到了荆寒屿班上,还在本尊面前大放厥词,说什么"大家好,我是雁寒屿"。

怎么会有这么傻的事呢?

一班这学期转走了一个男生,班主任让雁椿坐那个座位。

雁椿这辈子没这么窘迫过,落座后还觉得荆寒屿在斜后方看自己,他忍不住扭头,却见荆寒屿看着窗外。

也许荆寒屿并没有认出他,只是因同名而好奇?

这么多年了,小孩长成少年,如果班主任不说名字,他也无法第一时间认出荆寒屿。

雁椿淡定下来,他转来寰城一中又不是为了交朋友,实验班课业繁重,他还要抽时间去打工——虽然寰城一中给了一笔钱,还免去一干费用,但乔小野看病需要钱,他不打工的话,根本不够用。

存在感渐渐降低的话,荆寒屿就注意不到他。但麻烦的是下学期还得把名字改回来……

算了。雁椿想,以后的事以后再想。

寰城一中实验班的学生和桐梯二中差别太大了,要是在桐梯二中,同名这破事够议论几天的。但在寰城一中,尖子生们就算好奇,也比较克制。雁椿同桌是个脑袋很圆、眼睛很小的男生,叫李华,一来就打听他中考考了多少分。

他据实以答,李华毫不掩饰危机感,酸溜溜地来了句:"厉害啊!"

雁椿扫了眼李华桌上的"书山",看得出这是个搞题海战术的,趁机问:"荆寒屿同学成绩怎么样?"

"你怎么一来就问他?"

"同名嘛。"

"荆哥中考第一,高一保持年级第一,富二代,校草。"

如果没有改名这事,雁椿还可以和荆寒屿叙叙旧,现在雁椿只想有多远躲多远,千万别被认出来。

可他只躲到中午。

"走,带你去食堂,青椒牛肉最……"李华说到一半就停下,"荆哥?"

雁椿正要站起来,荆寒屿已经走过来,将校服外套脱下丢在座位上,此时他上身只穿着一件白色衬衣。

十六岁的少年,个头蹿得过分,肌肉却没跟上,身板窄而锋利,皮肤很白,看人时垂着眼,睫毛的影子落下,给瞳孔打了一片冷灰,脆弱又阴郁。

雁椿不习惯被人俯视,也站起,和荆寒屿只隔了两步,这才发现他虽然比荆寒屿大一岁,但跟幼时一样,荆寒屿比他还高。

荆寒屿一言不发,目光却没移开。雁椿还没说什么,李华倒是紧张上了,"荆哥,干吗啊这是?有话好好说!"

荆寒屿这才看向李华,"你们要去食堂?"

"对啊，晚了青椒牛肉就没了。"

"那你去吧。"

李华没反应过来，还想拉雁椿。

"我带他去。"荆寒屿又道。

雁椿瞥向荆寒屿，荆寒屿半侧着，少年的轮廓在正午的阳光下有一圈金芒，脖子上有大片阴影，显出与真实年龄不符的力量感。

"哦哦，那我走了啊。"李华拿上饭卡就溜。

正是长身体时，即便是以学习为重的实验班，吃饭也是很积极的。这时班上已经没剩几个人了，荆寒屿再次转向雁椿。

"雁寒屿。"

少年的声音带着一丝沙哑，像粗粝的风袭来。雁椿虽有心理准备，脸颊还是不由得烫了起来。他还记得小时候荆寒屿气呼呼地跟他说，不能随便改成别人的名字。现在他偷偷改了，正主来找他算账了。

"雁寒屿。"

荆寒屿的声音早已褪去少年的暗哑，变得低沉悦耳，两个声音像是从时间的不同方向奔涌而来，带着截然不同的情绪，在雁椿的听觉里撞击。

雁椿记得十七岁的自己在听见荆寒屿这么叫他时，尴尬地大笑几声，说："荆同学啊，你好。"

荆寒屿皱着眉道："雁椿，为什么改成我的名字？"

"啊？"明知戏已经演不下去了，只有傻子和疯子才会继续挣扎，"什么雁椿？"

荆寒屿沉默而失望地看了他一会儿，转身离开。

不成熟的小孩才会干这种不成熟的事。二十九岁的雁椿长吸一口气，转过来和荆寒屿对视，语气有种波澜不惊的从容，"荆先生还记得那件事。"

电梯发出提示音，催促关门，荆寒屿的眼神一瞬间充满失望，几乎和雁椿记忆中十六岁的少年重叠。

可他在失望什么呢？

十六岁的荆寒屿因为他装不认识失望,现在他又没有装不认识。

电梯就这么悬着,荆寒屿的手还挡着电梯门。雁椿不得不问:"还有什么事吗?"

"进来。"

"可我有东西忘了。"

"我等着。"

成年人不会不给彼此留余地,荆寒屿此时简直像个不讲道理的小孩。

雁椿的冷静在此刻崩出一道裂纹,他甚至没有跑回宴会厅装装样子,便擦过荆寒屿的肩膀,走进电梯,余光里,荆寒屿的手背血管和青筋一并鼓起。

谁按电梯门会这样用力呢?

荆寒屿松手,电梯门像耐心告罄似的匆匆合上,映出两个人模糊的影子。

雁椿嗅到一丝酒气,荆寒屿喝过酒,是醉了吗?

酒店外有个露天停车场,两个人的车都在那里。

饮酒的人开不了车,走到停车场已经是该分开的时刻,雁椿先开口:"需要我帮你叫代驾吗?"

荆寒屿回头,眼神在夜色下比平时更加浓重深沉,好像藏着很多雁椿该明白却又不明白的东西。

"不。"荆寒屿说。

"那通知你的助理还是别的谁?"

"雁寒屿。你送我回去吧,雁寒屿。"

雁椿看见自己像一辆车般从一条平整的大路上冲了出去,在蒿草里驰骋,警戒线正在向自己逼近,警报即将拉响。作为一个自控力极强的人,他应该拒绝。他有什么义务送荆寒屿吗?就因为荆寒屿喝了酒,而他只喝了果汁?

这没道理。

"我……"

"今天我请你吃了沙冰。"荆寒屿打断他,"葡萄杨梅味,最贵的一种。"

雁椿的拒绝顿时卡在喉咙里。"拿人手短吃人嘴软"在这一刻之前还只是一句普通的话,现在它发生在雁椿身上。

荆寒屿还没得到满意的答案,兀自点点头,"你应该送我。"

这一趟是躲不过了,雁椿只能答应,但就在他想招呼荆寒屿跟他上车时,荆寒屿却走向他自己的车。

等等,他当司机,不是应该开他的车吗?

荆寒屿已经解锁,还把驾驶座的门拉开了。

雁椿骑虎难下,硬着头皮坐上去。

车很新,有股皮革混合冷香的味道,雁椿想把车先开出去再说,正要发动,却见荆寒屿将副驾驶座的椅背调低,安全带都没扣,就像是要睡了。

"荆总,安全带。"

荆寒屿像没听见,眼睛半睁半闭,没看他。

雁椿想了想,俯过身去拉安全带。就在这时,荆寒屿突然看向他,目光黑亮,不见一丝醉意。

他差点将安全带弹回去,连忙往插口里一压。

"你住哪里?"

"翡珑城。"

雁椿知道那个小区,离侦查学院不远,和他家距离大概三公里。

路上荆寒屿没说话,也许睡着了。雁椿悬着一颗心,只想赶紧把这人送回去走人。

但到了地方,荆寒屿又开金口:"上去坐坐?"虽然是疑问的语气,但听着不像征求意见。

"不了,耽误你休息。"

"雁椿。"

雁椿心想,我是不是该感谢他没有再叫我"雁寒屿"?

"哎?"

"装傻是你的天赋吗?"

雁椿不解。

翡珑城是个高档小区,入住率不高,路边草木葱郁,叶和阴影将车包围起来,他们像是和外界隔绝了一样。

荆寒屿语气平静道:"高一,你装不认识我。如果不是我主动叫你,你会一直装下去?"

雁椿道:"那也不是。"

荆寒屿不听他的,"现在你还在装。"

这话不成立。雁椿想,自己确实在装和荆寒屿只是普通同学,但以荆寒屿的角度看,他们本来就是普通同学。只有在他这里,荆寒屿才是曾经照亮他的一道光。

雁椿虽然有点慌,但不至于厘不清逻辑,于是也平静地说:"你喝多了。高中太幼稚,用了你的名字,不好意思,才装不认识。现在……"

荆寒屿摇摇头:"现在你装和我只是普通同事。"

雁椿讶异地看着荆寒屿。

"我们是普通同事吗?"荆寒屿盯着雁椿的脸问。

雁椿头晕脑涨,下意识抬手,抵在两人之间:"我们不是吗?"

荆寒屿捏着椅背,皮革在耳边发出紧绷的声响。雁椿的呼吸提到喉咙口,片刻,见荆寒屿眼中露出一分伤感。

他觉得自己看错了。

但下一秒,荆寒屿说:"过去的事,你说忘就忘?"

雁椿胸膛里仿佛有一口锅炉在沸腾,他不知道自己有没有像火车那样一边呼号一边喷出白烟。

但从荆寒屿眼里映出的自己的倒影是冷静的。

他十分欣慰自己在这种时刻还能保持清醒。感谢苦难给了他一个强大的心智。

荆寒屿眼眶微红,也许是被酒精熏的。醉汉得哄着,再喊"荆总"说不定会把人激怒,雁椿试着换了个称呼,"老同学。"

荆寒屿按住椅背的手明显动了一下。

雁椿道:"你今天喝多了。"

荆寒屿一眨不眨地盯着雁椿:"你想说我在发酒疯?"

难道不是吗?但雁椿不敢明目张胆地说,只得报以尽可能温柔的笑。

荆寒屿说:"骗子。"

"老同学,你喝了多少?但愿你明天醒来不会想起现在说了什么。"雁椿调整心态,顺着荆寒屿,最好能把他给哄消停。

至于哄消停之后怎么办,他暂时还不敢去想。

反正他不可能送荆寒屿上楼进屋,他得对得起自己画的警戒线。但如果荆寒屿一会儿在车上睡着了,他好像也不能将人丢下就走。

大不了……大不了就在车外守着。

荆寒屿问:"今晚说的、发生的,明天醒来都会忘掉?"

荆寒屿以一种复杂的神情盯着他看了很久。

他是个研究心理的,犯罪嫌疑人在想什么,他看一眼心里就有数。但此时他居然看不透荆寒屿。

荆寒屿靠坐在副驾驶座上,闭上眼。

雁椿拿着烟下车,开始执行他那守护计划。

风里有花香,雁椿向来对气味敏感,现在却迟钝得闻不出是什么花。

他抽了几口烟,将烦躁一点点往下压,香烟的细微火星在他指间时明时暗。

他看向漆黑的车窗,陷入思考。

刑警办案,讲究不冤枉一个无辜者。雁椿将记忆的犄角旮旯挨个儿搜寻完,确定自己当年真的控制住了内心的邪恶没干出什么出格的事情,他走得也相当干脆。

但荆寒屿今天这个样子不会全然没有根据。

雁椿觉得自己的脑袋里似乎有那么一块是空白的。

嗡——嗡嗡嗡!

烟烧到了手指,烫得雁椿一个激灵。

这是他十九岁时不曾想过的可能。品尝生活苦涩的少年将自己放得很低很低,绝不相信自己也有可能是被关心的。时间将视野放大,雁椿不得不承认,那时的自己除了是个又穷又倒霉的学生,其他方面尚且过得去。

雁椿捂住前额，几次摇头。

荆寒屿隔着车窗，将雁椿下车后的一切举动看在眼里。

晚宴上的那些酒还不至于让他醉，但今天发生的事多少有些失控。

姓雁的骗人成瘾，高三时消失得无影无踪，他毫无办法，但现在他不再是无能为力的少年。

唯一出乎意料的是，雁椿居然成了和犯罪分子打交道的刑侦顾问。这和雁椿当年设想的未来和他为雁椿想象的职业都截然不同。

雁椿假装和他不熟，这与高一转学时装不认识他如出一辙。

同一个技能，两次拿来应付他。

只是那时他只观察了雁椿一上午，就按捺不住，揭穿了"雁寒屿"蹩脚的骗术。

现在他有足够的耐心和时间跟雁椿耗。可其实他没有自己想象中那么能忍。

雁椿刻意与他划清界限，以普通合作者的方式相处，拒不承认以前说过的话、做过的事。

雁椿越是这样，越是激发起他心中的恶欲。但刚才雁椿那反应就好像逃走、消失、装傻，仿佛这些事从来就没发生过。这着实出乎他的意料。

雁椿抽完烟，又在马路牙子上来回走了几趟，回到车上。

荆寒屿已经把椅背升起来，没睡意了。

雁椿装作镇定："醒了？"

荆寒屿视线和之前一样沉："嗯。"

"那赶紧回去休息，车里睡着怎么都不舒服吧？"雁椿心中祈祷，千万别说站不起来，要人扶。

荆寒屿说："你……"

"我就回去了。"

生怕荆寒屿又提什么为难人的要求，雁椿连忙拿工作当挡箭牌，"明天一早还得去市局，叶队他们挺讲纪律的，我不能迟到。"

荆寒屿盯着雁椿时，舌尖在上齿扫了扫，几秒后说："你明天要去市局？"

"嗯。"

雁椿说完觉得，荆寒屿心情似乎好了起来。

"那明天见。"荆寒屿推开车门，左脚已经迈了出去。

雁椿突然想起，这是荆寒屿的车："荆哥！"

"嗯？"

一股细小的电流从脚底升起，雁椿眉心拧了一下。

"荆哥"是念高中时他对荆寒屿的称呼，虽然荆寒屿比他小，但他转去寰城一中时，大家都这么叫荆寒屿了，他随大溜，也总是"荆哥"长"荆哥"短的。

这声"嗯"里有某种和刚才的剑拔弩张不同的东西，近似愉悦。

雁椿只想赶紧逃走，"这是你的车。"

"抱歉，应该坐你的车。"荆寒屿并没有流露任何和抱歉相关的情绪，"你开回去吧。"

雁椿宁可打车，荆寒屿却像是失去耐心了，关上车门，人和车都不要了。

这些年雁椿过惯了精密计划的生活，已经很久没有尝过一步错、步步错的滋味了。他现在好像只能乖乖将荆寒屿的车开回去。

荆寒屿回家后一盏灯都没开。停在楼下的车打了打灯，消失在树林中。

雁椿明白一个道理，人和人之间一旦有了联系，就会像毛线打结一样，越来越多。

他和荆寒屿重逢后维持着普通同事的关系，他尽量心如止水，但今天的一碗沙冰变成第一个结。

他吃了荆寒屿的沙冰，这人情让他不得不送荆寒屿回家。

现在他又把荆寒屿的车开回来了。毛线结肉眼可见地膨胀。

还车又是一次联系。最简单的办法是把车开去市局，这样就不用特意约还车时间。但市局，尤其是技侦那帮人很多都见过这辆车。他解释不清自己为何会开荆寒屿的车。

雁椿躺在床上翻来覆去。

今晚的荆寒屿和他印象里的样子大相径庭。都说岁月是把杀猪刀，可岁月难道还是油漆刷吗？一声招呼都不打，就把曾经照亮他的光给刷黑了？

可是……荆寒屿变成这样，他好像也没有什么失望的感觉。

他对光的滤镜是不是厚得过分了？

睡意袭来时，雁椿想，他到底是为什么这么怕荆寒屿来着？

转到寰城一中的第一天，雁椿就没能赶上食堂的平价午餐。荆寒屿带他去小炒窗口，小炒一份十多块，比同桌说的青椒炒牛肉贵不止一倍。

但在教室耽误了时间，也只有小炒一个选择。

赶在荆寒屿刷饭卡之前，雁椿将自己的饭卡贴上去，笑道："我自己来。"

荆寒屿蹙眉，但也只是点了点头。

饭点已经过了，食堂人少，他俩坐在窗边，各吃各的。雁椿那股尴尬劲儿还没消退，时不时瞥荆寒屿一眼，这人倒是跟没事人一样。

也对，尴尬的是他，又不是荆寒屿。

荆寒屿把小炒吃了个干净，筷子一放，就靠在椅背上看雁椿。

雁椿在桐梯二中那会儿，中午和晚上都得去奶茶店、餐馆打工，吃饭争分夺秒，三分钟就能搞定一盒饭，现在心不在焉，居然还没荆寒屿吃得快。

他偷看荆寒屿，荆寒屿明目张胆地看他。他忍了半分钟，索性抬头和荆寒屿对视，"你用的啥眼药水？"

荆寒屿不解，"什么？"

寰城一中很多学生都常备眼药水，尤其是实验班的学霸，随时随地缓解眼疲劳。

"推荐一下，我也买一瓶。"雁椿说，"点了像你这样，目光如剑。"

荆寒屿无语。

雁椿说完，又埋头吃饭。这回他速度快起来了，但还没扒上两口，又听荆寒屿道:"我同意你用我名字了吗?"

雁椿诚实地答道:"对不起,荆寒屿同学。"

这事是他糊涂了,他道歉,没问题。

荆寒屿说:"为什么?"

虽然一直记得小恩人的名字说出来有些丢人,但都说到这份儿上了,扯谎也没意义。

"小时候不就说了吗?寒屿好听。但你别担心,我就是临时改改,这学期完了就改回来。你要实在介意,我现在就去另外改一个。"

光在荆寒屿坚挺的鼻梁上晃了一下。雁椿说完才发现自己一直在观察荆寒屿。小恩人小时候就是个粉雕玉琢的娃娃,现在长到了一米八,还是又白又细致,睨视自己的神情有种高傲的优越感,同时又像脆弱的瓷器,碰不得。

"我是问,为什么要改名字?""瓷器"开口了。

雁椿一噎,"其实你也想问我为什么改成你的名字吧?"

荆寒屿没否认。

转学和改名这两件事,雁椿其实不能随便说,但荆寒屿盯着他,他很快就举手投降了。

"先说好,你不能说出去。"

"嗯。"

雁椿就把来龙去脉说了,连寰城一中给了乔蓝多少钱都没掩饰,本以为荆寒屿会挺瞧不上这种事,但荆寒屿沉默了会儿,问的却是:"你家不是禄城的吗?"

"后来搬到桐梯镇了。"雁椿对荆寒屿记得他老家在禄城有点意外,被解救后,没多久乔蓝就张罗着搬家,他自己都快忘记还在禄城住过了。

荆寒屿没继续问他家里的情况,想来是没什么兴趣。

雁椿笑了声,半认真半开玩笑地道了个谢:"半年后警察来找我,谢了!"

"小事。"荆寒屿站起来。

嗯,对荆寒屿来说,解救被拐儿童确实是小事。雁椿跟着站起,荆寒屿应该不需要他报答的,现在话也说清楚了,那今后他们就是普通同学关系了。

转学之前,雁椿和郁小海聊过寰城一中。

郁小海和他是初中同学,两人的家庭情况都很糟糕,他还能上高中,郁小海没继续往上读了。

寰城一中在他们眼里和贵族中学也没太大区别,里面的人不仅成绩好,家境也殷实,那种在富足条件下熏陶出来的眼界,是他们这些挤筒子楼的人学不来的。

"你转过去,就等于半边身子卡到那个阶层里了,但你的脚还在下面。"郁小海有些惆怅,"你要能整个蹦上去,那兄弟就为你开心,就怕你长了见识,没能彻底上去,那就很难受了。"

雁椿说:"我有分寸。"

他所谓的分寸,其实就是埋头学习,不掺和班上的事,也不交朋友。人以群分,他和寰城一中的天之骄子们交不上朋友。

但荆寒屿把他的计划给打乱了。就好像平整的手机膜上突然鼓起一个气泡,怎么都挤不出去,成了变数。

"食堂谈心"后,荆寒屿没再为难雁椿,两个人话都很少说。雁椿起初有点跟不上实验班的进度,一周后适应得差不多了,就开始盘算打工的事。实验班课业紧凑,像以前那样打两份工,还时不时帮人跑个腿什么的肯定是不行了。得找个报酬说得过去、时间也不太长的活儿。

雁椿初中时认识了个大哥,叫常睿,现在在寰城混。常睿跟他说过到了寰城就找他,以前一起打过架就是兄弟,大哥有门路了,不会忘了他们。

雁椿犹豫了很久才给常睿打电话,倒也不一定非得让常睿帮忙,先看看常睿正在做什么也行。

荆寒屿是被手机铃声叫醒的。一看时间,才7点多钟。

来电显示是一串没存的号码,声音荆寒屿却听得出来,是他表哥贺竞林。

"寒屿,来骊海了怎么也不通知一声?我俩多久没见过面了,今天上我公司来坐坐？"

荆寒屿吐掉牙膏泡沫，态度冷淡，"改天吧，今天没空。"

贺竞林像是没察觉到他的冷漠似的，还剃头挑子一头热地说："自家地盘，你想来就来啊，千万别见外。"

在荆寒屿眼里，荆家在骊海的分公司可不算什么自家地盘。早在出国念书时，他就几乎放弃了作为荆家继承人的权利。

屿为科技发展到今天，他从未靠过荆家的资金和人脉。倒是荆家那些堂表亲，动不动就打听一下他的动向。

理由再简单不过，他虽然明确说过不再插手荆家事务，但到底曾是这个庞大家族最有能力的后辈。万一哪天他想通了，又回来争家产呢？

退一步说，就算他始终视荆家家产为粪土，在长辈眼中，他却一直是金子。金子退出权力争斗，地位超然，将来说出的话自然也更有分量，和他走得近，就算是预订了一张选票。

所以在贺竞林等人眼中，他就是这么个被忌惮又被讨好的人物。

丢开手机后，荆寒屿对着镜子剃须。

贺竞林这人缺少实干的魄力，耍小聪明笼络人心却有一套——荆家这一辈似乎都是这样的人。

荆家的权力现在还掌握在荆重言和荆彩芝，也就是荆寒屿的父亲和小姑手中。但下面的争权夺势已经持续了许多年，形成贺竞林一派、荆飞雄一派、李斌奇一派。

如果荆寒屿走荆重言规划的路，那还该有他荆寒屿一派。

拍了些须后水，荆寒屿将湿毛巾压在眼睛上。他眼白有些红血丝，没表情时显得阴沉。

"雁老师，你再不来，叶队都要怀疑研究中心把你关起来了！"雁椿刚到市局，就被一位队员叫住，"哎，雁老师，你这眼睛怎么了？"

雁椿昨晚没睡好，起了个大早，赶在大家上班之前，将荆寒屿的车开到市局附近。今天荆寒屿如果在的话，他就找个空当把钥匙还给荆寒屿。

"没事，路上被风吹着了。"雁椿敷衍过去，往自己的小办公室走，中途和好几位刑警道了早,刚坐下,便被技侦叫去看屿为科技的设备。

雁椿去是去了,但心中不免忐忑,左右看了几次,总觉得荆寒屿也在。

韩明明说:"你找荆总啊?他今天还没来。"

雁椿矢口否认:"没有。"

就在这时,门口却传来一道男声:"谁找我?"

雁椿一下子绷紧肩背。

韩明明笑道:"哟,一说曹操曹操就到!"

荆寒屿今天的打扮和作展示那天差不多,正式却不隆重,作为一名技术企业的老板,多了一分斯文和学术感。

雁椿起身,"荆总。"

荆寒屿脸上挂着客气的笑容,跟昨晚判若两人,"雁老师,你好。"

雁椿不在市局的这段时间,支队侦破了一起篡改、干扰多处监控的命案,屿为科技的追踪系统发挥了重要作用。刚才韩明明就是在向雁椿展示操作过程。但她到底不是屿为科技的人,有些地方只是会用,不懂原理,现在荆寒屿来了,她热情地说道:"荆总,我们雁老师是个大忙人,好不容易来一趟,要不你给他讲讲?"

雁椿正要说不用了,荆寒屿已经笑道:"行,没问题。"

荆寒屿脱下西装外套坐下时,雁椿想,他酒醒之后,是不是已经把昨晚的事忘了?

忘了是最好的。

技侦组正巧要开会,人全都走了,只剩下雁椿和荆寒屿。雁椿面前一组画面快速转换,耳边是荆寒屿平缓得有距离感的声音。

"这套系统还配备有个人终端,可以下载在手机上,也可以与屿为科技开发的警用终端配套使用。"荆寒屿说着转向雁椿,"雁老师?"

雁椿点头,还盯着显示屏,"嗯,了解。"

这恐怕是他当市局顾问之后,听案件听得最不专心的一次。

"终端已经分批给大家安装,但你不在,就没安装上。要现在安装吗?"荆寒屿说着看了看雁椿的手机,"我们的系统安全等级很高,情报不容易泄露。"

雁椿立即将桌上的手机拿起来,"我就不用了,我不算警察。"

荆寒屿没坚持,却拿出一枚银灰色的手环,看上去和一般的运动手环没什么两样。

"这个你拿着,也是终端。"

雁椿没接。

荆寒屿看了他几秒,那种应对客户的眼神渐渐改变,最后直接塞给他。

"荆总。"这一声没有后续,是职场人在客气地斥责对方的失礼。

荆寒屿没松手,顺势将手环戴在雁椿手上,一戴上就闪过一圈白光,像苍白的闪电。

荆寒屿低着头,一只手在手环上点触,调试数值指标。

只是一分钟,雁椿却觉得过了一个小时。

"屿为科技是按照市局的采购量提供设备的,名单上有你。"荆寒屿说,"不习惯也可以不戴,但最好随身携带,尤其是有任务的时候。"

既然荆寒屿这么说,雁椿马上就可以将手环摘下来。但他握了两下,没有当着荆寒屿的面摘下,"多谢。"

技侦组的会还没有开完,韩明明总是有说不完的话。雁椿想找个理由脱身,但外表越是平静,内心就越是乱糟糟。

"你脸很烫。"荆寒屿用拇指摩挲指背,"和以前一样,不显色,但显温。"

"我还有事,先……"

"雁椿。"荆寒屿却叫了他的名字,"你昨天说我一早醒来就会忘掉,但我还记得。"

雁椿停下脚步,"你昨天喝多了。"

门外传来脚步声,韩明明他们回来了。荆寒屿稍稍退开,雁椿趁机离开,回到自己办公室才想起,车钥匙忘了还给荆寒屿。

"来了?"叶究象征性地敲敲门,"你们那活动办得怎么样?"

雁椿收起纷杂的心绪,"还行,但我们能帮的毕竟是少数,这两天他们就会被送回老家。如果当地心理健康这一块始终跟不上,还是很麻烦。"

研究中心每年都会开展类似的项目,像骊海这样的大城市,有许多学术机构也在尽力关注青少年的心理问题。雁椿觉得自己很矛盾,一方面他积极参与,一方面又悲观地认为自己的作用不会太大。

"你们尽力了。"叶究坐在办公桌前,言归正传,"淡文你还有印象吗?"

雁椿当然有印象,"实验中学那个学生。他怎么了?"

"前几次讯问,他说的话前后都没有矛盾,但现在他的情绪变得很奇怪。"

"怎么个奇怪法?"

"我形容不好,但这不是刚装了屿为科技的系统吗?就在他身上用了下。"叶究将手机丢给雁椿,"你自己看。"

视频里,淡文高高耸着肩,整个人显得非常紧绷,仿佛在畏惧着什么。屏幕下方是屿为科技提供的情绪监控数值,恐惧这一栏的数值远超合理线。

一位女警不断向淡文提问,态度温和,淡文像被困在某个环境中,对问题毫无反应。

"跟中邪似的。"叶究抄着手,"冷静作案,冷静消灭证据,最后面对讯问,认罪都认得太淡定,真就跟他那姓一个德行。现在怎么又这样了?不是说反社会的人很少因为被抓而恐惧吗?"

雁椿盯着手机,半晌才道:"他的恐惧和罪行败露没关系。"

"那是什么?"

"我不知道。只有这一个视频?"

叶究说:"他就不正常了这一次啊。后来再审,他又那副拽得跟二五八万似的样子了。"

雁椿支住下巴,"有什么人接触过他?"

"怎么可能?我们这里的看守水平你还不知道?谁都没见过。"

雁椿面色渐沉。淡文那阴沉的眼神和笑声浮现在他脑中,这个男孩残忍、扭曲,对他来说,杀死一个人并不是一件值得遗憾和懊悔的事。但视频里淡文突如其来的畏惧也不是装的,因为有屿为科技直白的数据作证。

恐惧并不是来自杀人本身，那是来自什么？

一个天生具有犯罪人格的男孩，在一个近乎封闭的环境中突然反常，那就是他想起了什么，那个恐惧埋在他心里。

一些零碎的片段在雁椿眼前闪过，他在桌下握紧了手。还未来得及摘下的手环发出不连续的低响。

叶究往前探了探身子，"哟，你也戴上了？没静音啊？"

雁椿不知道怎么静音，刚才情绪波动，手环感应到了。

"我帮你关。"叶究说完就走过来。

雁椿平时跟刑警们免不了身体接触，此时却一侧身，刚好躲开。

叶究说："还跟我客气？"

雁椿说："我知道怎么关。"

叶究还有事，把手机拿回来，"那你自己弄，这玩意儿刚开始不好用，习惯了就好，再不然你让荆总给你弄弄。"

雁椿不动声色地将叶究送走，摸索了会儿，把声音给关了。

淡文又恢复雁椿上次见到时的模样，饶有兴致地打量着眼前的陌生人——雁椿没有亲自讯问过他。

"你怎么不穿制服？"淡文脸上毫无犯罪嫌疑人的拘谨，"你比他们都好看，不穿制服可惜了。"

雁椿说："我不是警察。"

淡文愣了下，恍然大悟，"你就是那个躲在暗处分析我的顾问！"

雁椿冷静地观察淡文，"我听说你前几天突然失常？"

淡文的笑容凝在嘴边，视线移开，"你就是因为那件事来看我啊？喊——"

"谁刺激了你？"

"我凭什么告诉你？"

雁椿停顿了几秒才重新开口："因为你惧怕他。"

淡文瞳孔急缩，却装作不在意地冷笑，"你在说什么？顾问先生，你难道因为碰巧抓到了我，就觉得能看穿我的一切？天真！"

雁椿像是听见了一个好笑的形容，不咸不淡地笑了声。

淡文却收起笑容，神情显露出一分警惕。

"让一个具有反社会人格的嫌疑人恐惧到发不出声的……"雁椿语速缓慢，"是不是另一个具有反社会人格的嫌疑人？"

淡文僵在座位上，眼球几乎都开始振动，但几分钟后，他出人意料地镇定下来，冷笑道："我的演技吓到你了？看你比其他人好看的份儿上，我告诉你吧，那天我确实害怕，甚至有点后悔。你说，我会不会被判死刑啊？"

雁椿低头看了看手环上的即时反馈，淡文的情绪呈一条直线。现在继续问，也问不出什么。

离开讯问室后，雁椿调来淡文的所有讯问记录和问询资料。就在刚才，他已经有了一个不切实际的想法，这个年轻的犯罪嫌疑人背后还有一个人。

十年前，他自己就险些成为被影子操纵的刀。

回国之前他无法控制自己，无力追踪那道影子。来到骊海后他始终关注青少年犯罪，但影子就像从未出现过一样。

已经这么多年了，那个人是死了，还是未再作恶？

雁椿不相信后一种可能。因此淡文出现极端恐惧的情绪时，他条件反射地就想到了影子。但冷静下来，却知道这没有依据，也许只是巧合。

下午荆寒屿没再出现，雁椿提前离开市局，打车去昨天的酒店取自己的车。荆寒屿的车钥匙像块烙红的铁一样，存在感很强。他拿在手里看了半天，扔到中控台上。

最近几年他和正常人没什么差别，市局去年做心理健康评估，他比叶究还稳。但没有人比他自己更清楚，他装作正常需要耗费多大的力气，他不仅能够被影响，当影响积累到一定程度，甚至会失控。

荆寒屿、淡文，这一天他承受的刺激正在逼近危险值，他需要找个地方好好调整一下。

雁椿刚到骊海时，破了一起连环绑架案，如果不是雁椿赶在凶手动手之前分析出精确位置，管彬已经像前面几名被害人一样遇害了。

他走南闯北多年，在城北做酒吧生意，恰好开的那家酒吧又是雁椿喜欢去的。案子收尾后过了几个月，雁椿去喝酒时遇到了管彬，管彬说什么都不让他花钱。

雁椿一个顾问，救人本就是责任，管彬这样让他感到很不自在，他打算今后换家店喝，但其他酒吧要么吵要么装潢不对他的口味，换来换去只有管彬这家过得去。

他便跟管彬说好了，钱他一定得给，如果一分钱不收他的，他就当店里的保安。

管彬哈哈大笑说："你别唬我，你虽然也是市局的，但你一个斯文的老师，哪会打架呢？"

反正管彬没当回事，见他执意付钱，也就收着了，没想到后来有一回，有人跑酒吧里闹事，他们瞅准了管彬和最能打的那位保安不在，钢管、匕首什么的齐上阵。几个调酒师和服务生觉得完了，结果雁椿上去就卸了带头的人的一条胳膊，那架打得从容不迫，却拳拳到肉，招招刁钻。管彬闻讯赶回来时，人全都让雁椿给收拾了。

管彬看着一片倒地呻吟的败类，人都傻了，"恩人，这是你干的？"

"恩人"这称呼雁椿不知纠正过多少回，但管彬就是不改，雁椿也懒得说了，就是每次听见还是忍不住起一身鸡皮疙瘩。

"是我。"他笑了声，"我这临时保安今天派上用场了。"

那之后雁椿只要在酒吧，就会帮着盯一下，但再没遇到需要他出手的时候。

其实他当初跟管彬说当保安，并非完全是开玩笑。他能打还是次要的，更重要的是，当情绪积累到一定程度时，他需要肢体上的冲突来放松。

和叶究在拳击台上打一回，都无法真正让他放松。只有在面对作恶者时，那种欲望才能淋漓尽致地发泄出来。

今天雁椿到了酒吧，便坐在老位置上，一边喝酒一边观察灯光下形形色色的人。

调酒师开玩笑道："雁哥你也太敬业了，管哥该给你分红。"

雁椿笑了笑，"是得让他给我分红。"

夜店在很多人眼中就是个三教九流混杂的场合，来酒吧找乐子的多半不是什么好人。但雁椿混迹其中，却觉得轻松。这就像一汪污水，哪哪都是黑的、臭的，再加一滴污水进去，也不显得那么突兀了。

"最近挺太平的。"调酒师又说，"你喝酒就行了。来，尝尝我新设计的'云海贝壳'。"

雁椿在心里嫌弃这俗气的名字，他待到晚上11点多就起身离开了。

调酒师在后面喊："雁哥，你没叫代驾！"

雁椿摆手，"我不开车，走一会儿。"

平时他都叫代驾，今天发现其实酒吧也没调酒师说的那样太平。有人鬼鬼祟祟，但多半不是找酒吧的麻烦，是冲着他。

发现有人在暗处盯着他时，他甚至有些兴奋。

会跟着他到酒吧来的人多半和他协助侦破的案子有关。给刑侦支队当顾问其实是挺危险的活儿，就算他可以藏在后方，但只要有心，还是能查到他的身份。

何况他和以前的顾问不同，他会跟着叶究出现场，穷凶极恶之徒不敢对刑警下手，就盯着他。

支队要派人暗中保护他，他直接跟叶究打了一回，以身手证明自己不需要。

深夜的夜市街灯红酒绿，随处有人疯疯癫癫地跑过，就像一滴污水在一片污水中能够隐身一样，行踪诡异的人在这里也能藏住自己。

不过雁椿已经注意到了那人。他在他的左侧斜后方，穿着看不出身形的宽大卫衣，鸭舌帽和兜帽遮着脸，双手揣在衣兜里，应该握着刀。

雁椿不想在这里动手，街上人多，万一伤着行人就很麻烦。

他停下来，观察片刻，打算将那人引到左边的背巷里。

但就在这一瞬，他隐约感到除了那个卫衣男，还有人在盯着他。

这感觉稍纵即逝，他愣了下，后面那人已经加快脚步。他必须在对方发难之前，冲进背巷。

他快步左拐，那人果然跟了进来。背巷里漆黑，堆了一墙的垃圾。

雁椿紧走几步，突然转身，那人猝不及防，马上从衣兜里抽出一把接近二十厘米长的刀。

刀刃上滚过一圈光，但因为拿刀的人手在抖，光都被抖碎了，显得不太有气势。

雁椿这才发现对方的衣兜是连通的，所以才放得下这么长的管制刀具。

一双仇恨的目光射过来时，雁椿认出了对方。这人叫阿胆，两年前，他将阿胆相依为命的舅舅缉拿归案，那时阿胆也是这样怨毒地瞪着他。

阿胆二十岁出头，一米八往上的个头，一身蛮力，步步逼近，威胁似的转着刀。

"如果不是你，我舅舅就不会坐牢，你这个多管闲事的贱人！"阿胆说完就举起刀，炮弹一般扑了上来。

阴影兜头降下，雁椿出奇地冷静，轻巧地向侧面一闪，避开刀锋的一瞬，左手一个肘击，阿胆闷叫一声，忍痛又要砍，雁椿却钩住他的脚踝，向后一挂。阿胆骤失平衡，向斜前方扑去，雁椿突然拧住他的手腕，猛地一别。

"啊——"惨叫声消失在震耳欲聋的音乐声中。

阿胆被按在地上，抱着手腕打滚儿。

雁椿冷眼站在一旁，竟是在等他缓过这钻心的疼痛。

阿胆用尚好的那只手抓起刀，再次向雁椿砍来，气急攻心中忽略了一件事——雁椿刚才为什么没有立即制服他，还给他喘息的机会？

警察不会这样做，警察也不会掰断他的手腕。

这个上半张脸隐没于阴影中的人，远比他想象的残忍。

这一刀又没砍中。雁椿就像一只猫，正在逗送死的耗子似的。为了让阿胆更加亢奋，他甚至故意让对方划伤了自己的手。

这场差距悬殊的斗殴发展到后来，阿胆筋疲力尽地躺在地上，刀就在手边，但他再也拿不起来。

雁椿蹲下，端详这个小流氓，声音有种残忍的冷："你说是因为我，张康才会被判死刑？"

阿胆鼻血横流,咬牙切齿。

"我算什么?是因为他虐杀了他的三个工友,他才会被判死刑!"

"呸!"

雁椿躲开这一口血沫,"没有我,他也难逃法网。至于你,你从小被他带大,耳濡目染,我不相信你没有被他影响。"

雁椿拎住阿胆的后领,将人扯起来,"看来张康的死刑只是给你挠了个痒,那今天你感觉怎样?"

"贱,贱人!"

"去派出所清醒吧。"雁椿提着人往巷子外走,"我可没有什么职业操守,你这种人渣,我会一直盯着你……"

话音未落,巷口的石板路上突然出现一道身影,短暂的停留后,疾步行来。

雁椿视线移上,看见荆寒屿那张挂着冰霜的脸。

雁椿唇角还含着阴鸷的笑,这一刻笑容直接僵住了,身体里沸腾的兴奋像被泼了一盆冰水,他仿佛听见吱吱冒烟的声响。

荆寒屿一眼都没看被他拎着的人,嫌脏似的走到近处,一把抓住雁椿的手腕,他小臂的衣袖已经被划破了,渗出一块血渍。

疼痛强烈地刺激着雁椿的神经,他那还未收回的笑容颤了下,几乎要咧得更大。但是触及荆寒屿愤怒的视线,他一下子清醒了,兴奋呼啸着退潮。

我在干什么?他别开目光时有些烦乱地想,荆寒屿怎么会在这里?

荆寒屿拉雁椿时并不温柔,从背巷走向正街是从阴暗来到光明处的过程,雁椿小幅度地挣扎,荆寒屿却抓得更加用力。

路上有不少人朝他们看过来,难怪别人好奇,他们仨这搭配着实新奇。原本阿胆是雁椿拎着的,这时换作荆寒屿拎着。

雁椿被荆寒屿塞进车里,附近派出所的民警赶来,将阿胆接走。车门一关,荆寒屿说:"衣服脱了。"

雁椿硬着头皮道:"小伤,麻烦你送我去医院。"

荆寒屿却没有马上启动的意思,"外套,脱了。"

雁椿愣了几秒，还是认屃地将外套脱了。

血迹在浅灰色的衬衣上触目惊心，布料破开一道十多厘米的口子。

荆寒屿解开袖扣，动作比之前小心了许多。

将衣袖擦着皮肤往上捋，避开伤口，这个过程对雁椿来说过于漫长。

雁椿忍不住抖了下，荆寒屿抬眼看他。

车里的灯光到底还是暗了，阴影重叠在荆寒屿黑沉的眼里。他又垂下眼，果断将衬衣剪开。

十分钟后，车停在最近的社区医院。

医生看过之后说伤得不深，但还是要缝两针。

处理完伤口之后已经是凌晨。

"那人是谁？"开车回住处的路上，荆寒屿问。

一晚上都在发生不可控的事，雁椿这才发现，这其实才是荆寒屿最该问的问题。

"一个杀人犯的亲戚。"雁椿说，"那人已经被执行了死刑。"

"所以他来找你报仇？"

"算是吧。"

车里安静了片刻，荆寒屿突然减速，停在路边。

雁椿打起十二分的警惕。

荆寒屿侧过身，"支队没有给你配安保队员？"

雁椿假装轻松地笑了笑："没必要，我能应付。"

"是，你很会打架，也很喜欢到那种地方。"

雁椿听出荆寒屿话里的夹枪带棒，心里蹿起一簇小火。

他喜欢打架、喜欢去酒吧怎么了？成年人还不能有点自己的生活了？阿胆他也不是不能应付，如果荆寒屿不出现，他也能送阿胆去派出所，这个时候可能连笔录都做完了，不用天亮再去派出所一趟。

荆寒屿这就是不讲道理的插足，还怪他流连酒吧。

但雁椿并不会轻易将情绪写在脸上，"荆先生，我一个成年人，非工作时间去喝个酒，不是什么错事吧？"

"你真的只是去喝个酒？"

"不然呢?"平静的话语下是越来越烦躁的内心。雁椿不由得想,荆寒屿难道已经看穿他的伪装,发现了他心中深藏着的邪恶?

如果荆寒屿继续进攻,他该怎么应对?

雁椿和那么多残忍的犯罪嫌疑人周旋,荆寒屿不是犯罪嫌疑人,却是最棘手的。

"雁椿,你一点也没有变。"荆寒屿声音很轻,但每个字都带着十足的分量降落在雁椿心口。

他是什么意思?雁椿张了张嘴。

"以前你也说,你只是去打个工。怎么,忘了?"

呼啦——一辆重型卡车从旁边冲过,雁椿的思绪也被这一声拉到了十多年前。

今天这样的情形,其实他是经历过的。

雁椿中考能考桐梯镇第一,倒不是因为他比其他人刻苦勤奋,单纯就是脑子好使。乔蓝那三天打鱼两天晒网的工作,赚来的钱只够勉强糊口,家里有个烧钱的病号,雁椿大部分时间都耗在打工上。

转到寰城一中后,周围全是学霸,雁椿不是没有压力。别人的压力是每一次月考,就像他那同桌李华,一道题解不出来都能上升到人生看不到光明的程度,雁椿无法理解。

他的压力可太多了,成绩、家庭、钱,要像李华那样脆弱,他早就崩溃了。他自己得往上走,成绩必须过得去,还要拖着家庭。那天联系上常睿后,他就去常睿工作的地方看了,是个功能挺多的夜场。

他最初有些犹豫,寰城一中纪律抓得严,如果被发现了,说不定得吃处分。但常睿跟他说,夜场平时不差人,就周末需要的人手多,他周末去就行了。

虽然只工作两个晚上,但酬劳不错,顶得上他卖一周奶茶的收入,能解决他既赚钱又相对不耽误时间的需求。

雁椿打过的工多了,在夜场适应良好,前几个星期没出什么事。常睿给他安排的职位是巡场,等于保安和服务生的结合体,客人有什么需要，或者哪里有冲突，就要过去看看。

但待的时间长了，雁椿在更衣室发现好几个巡场身上带着伤。

"我们和保安还是不一样。老板请的保安那都是退伍兵，揍人那是真揍。我们就是陪客人玩玩。"

雁椿问："陪客人玩？"

"对啊，这种地方吧，总有人想释放一下压力，打个人什么的，我们就配合一下，和他们打，让着，挨几拳也没事，真出事了才轮到保安上来收拾。你不知道？"

雁椿确实不知道。

但那一刻他感到的不是愤怒和害怕，而是兴奋。不过当时他对这种兴奋尚无概念，他找到常睿时，常睿有点尴尬，"对，巡场就是那样，但你信哥，哥绝对没有害你的意思，哥在这里也只是个领班，巡场的工资高，哥不是也想你多赚点钱吗？你能打，应付个小鱼小虾没问题，我也是考虑过的……"

雁椿打断常睿："谢了，我就问问，没有怪你的意思。"

常睿松口气，"那你还干吗？"

"干啊，怎么不干？"雁椿毫不掩饰兴奋，倒是常睿对他的兴奋有些吃惊和担心，给他打预防针，"你现在还是学生，能不打还是别打，处理不来就叫保安。"

这话雁椿根本没听进去，每个周五周六，他就像猎手一般，在夜场里搜寻猎物。拳头撞向别人的骨骼或自己的内脏被膝盖撞击，竟然都能带给他欢愉和轻松的情绪，他放肆地打，放肆地笑，以为那不过是在长期压抑下的释放。

他身上开始有伤叠着伤，碰一下就痛，好在有衣服挡着，不注意也露不出来。

但天气渐渐热起来，高一年级统一换了短袖校服，他手上的伤就藏不住了。

兴奋什么呢

这半学期被雁椿藏得严实的不止身上的伤,还有他整个人。

在寰城一中这种遍地精英的地方,他从不打算让自己过于突出。常年在底层摸爬滚打,他早就清楚了一个道理,当你没有傲视众生的资本时,越不起眼越容易安全地活下去。

开学时,大家还因为他的外表和名字讨论过他,但第一次月考之后,他排名全班倒数第十二,关于他的讨论便渐渐平息。

尖子生们终于发现,这个转校生的到来不会对他们构成威胁。

倒数第十二这排名着实有些丢人,但雁椿自己还算满意。

在寰城一中理科实验班,即便是倒数第一,那也是远超一本线的。他从来没想过挤进前十名,只需要慢慢进步,高考时冲到中上,名校就没有问题了。

如果不是他一时脑子抽筋,给自己改名"雁寒屿",他的存在感恐怕还要更低一些。

"你周末怎么不来上自习?"早读后有二十分钟休息时间,李华一边啃着面包一边说,"你月考比期中考试还退步了两名。"

李华是典型的实验班学生,几乎所有时间都拿来学习了,以前将雁椿视作对手,做什么题、看什么书都遮遮掩掩的,后来发现雁椿威胁不到他,才开始想帮雁椿一把。

雁椿心里好笑。他在寰城一中考了三次,起起伏伏,自己都没算退步了几名,同桌居然记得。

"我回家了。"雁椿不想说打工的事,随便找了个理由,"我家不在主城。"

李华继续唠叨:"但你这样很浪费时间。是我我就不回家……"

荆寒屿正巧经过,听见这话,看了雁椿一眼。

李华大声喊:"荆哥!"

荆寒屿"嗯"了声,回到自己座位上。

雁椿紧张了一会儿。他和荆寒屿接触不多,荆寒屿也没像转学第一天那样和他吃饭。但在这个班上乃至整个寰城一中,荆寒屿是唯一一个知道他童年的人。

这种感觉很微妙,他觉得自己可能有点怕荆寒屿,但为什么怕,他也说不清楚。就像刚才,他可以毫无心理负担地跟李华说自己周末回家了,但被荆寒屿听见,他就没那么自在了。

上午最后一节是体育课。

体育课弥足珍贵,第四节课一下,男生就冲出教室。雁椿却不是很想参加。

他腹部和后背的瘀伤还没好,打球的话免不了碰撞,而且他肩膀上也有伤,被短袖挡住了,袖子如果拉扯一下,就看得见。

"怎么不走？"教室里只剩几个女生，荆寒屿不知为什么去而复返，停在雁椿桌前。

"我……"雁椿赶忙扯过月考试卷，"我考得不好，想分析一下错在哪里。"

荆寒屿却说："周末不能分析？"

这话完全就是针对他早上说的周末要回家。雁椿只好笑笑。

"去上体育课。"荆寒屿的语气有点命令的意思。

行吧。雁椿放下卷子，跟在荆寒屿后面去了操场。

寰城一中的体育课向来是大家自己决定玩什么，器材和场地从来不缺。荆寒屿要打篮球，叫了雁椿，分队时没分到一起。

雁椿篮球其实打得不错，但怕把上臂的伤露出来，打得很拘束。但即便这样，还是被撞了几回。

休息时调整队形，他被调到防守位置，不用在前面拿球了，但那就意味着得面对荆寒屿。

荆寒屿在篮球场上就像换了个人，球风彪悍，平日的斯文被甩得影儿都没有。雁椿要是没伤还能跟他对抗，现在根本防不住。

但在对撞时，疼痛带来奇妙的快感。雁椿亢奋又有些难堪，冲向荆寒屿时，头一次觉得自己有变态的潜质。

到底在兴奋什么呢？

双方比分紧咬，雁椿越打越痛，越痛越激动，背、肩膀、腰、腹部，都痛得难以忍受，全是被荆寒屿撞的，但眼见荆寒屿又一次接球突破，他还是迎了上去。

荆寒屿运球转向，年轻的身体撞在一起，雁椿几乎听见了闷响。

这次他脚步一滑，失去重心，摔倒在地。

疼痛令他短暂忘记了上臂的伤，荆寒屿站在他面前，沉默地看他，不久后向他伸出手，他抓住时，衣袖上滑，伤也露了出来。

荆寒屿眯了下眼睛，雁椿直到站起来也没注意到荆寒屿发现了什么。

比赛继续，但荆寒屿打得明显没之前猛了。雁椿追过去防守时，他居然直接就把球传给队友，让雁椿防不着。

体育课放在上午最后一节是有道理的，短短四十分钟根本不够玩，女生还好说，男生一般会打到下午1点才收场。

但下课铃一响，荆寒屿罕见地叫了停。其他人都很诧异，"不打了？这才12点！"

"我今天有点事，先走了。"荆寒屿说。

雁椿本来就是被荆寒屿拉来的，如果没人说结束，他当然不好走人，但荆寒屿都走了，他正好也走。

"我也走了哈，今天状态不好，可能是饿了。"

篮球少两个人也能打，没人继续挽留他们。雁椿走出运动场，才发现荆寒屿就站在门口，好像是在等他。

"你等我啊？"

荆寒屿冷着脸打量他，视线在他伤臂上多停留了会儿："你胳膊怎么了？"

雁椿表情立即变得不自然，下意识就去扯衣袖，"没事啊。"

"你有伤。"荆寒屿直白地揭穿，"怎么弄的？"

事已至此，雁椿也不好隐瞒了，"撞到了，没事。"

"和谁撞的？"

"门。"

荆寒屿一副不相信的样子，但没继续问，"走，吃饭。"

雁椿搞不懂荆寒屿怎么又要和自己一起吃饭。据他了解，荆寒屿是有走得近的朋友的——班上的卓真、四班的许青成，吃饭也是和他们一起的，莫非今天落单了？

但雁椿不好问，拒绝的话还得解释，太麻烦，只得和荆寒屿一起往食堂走。

结果荆寒屿不打算吃食堂，从食堂旁边的小路经过，要出校门。

"去外面吃啊？"雁椿不太情愿，吃食堂是刷饭卡，去外面吃就要花钱了。

"去我住的地方。"荆寒屿停下几秒，又补充，"我爷爷让人送了汤来，我吃不了那么多。"

"你爷爷？"

"你见过的。"

雁椿想起来了，荆寒屿的爷爷就是他在绯叶村见过的老人，慈祥又有风度。

既然是这位爷爷送的汤，雁椿就不好不去，路上问："你爷爷身体还好吗？"

荆寒屿没回答，经过一家药店时，进去买了一口袋治跌打损伤的药。

雁椿直觉那是给自己买的，但没问。

荆寒屿住在离寰城一中一公里的小区，两室一厅，很整洁。灶上果然有一罐鸡汤，火已经关了，但还是热的，说明煲汤的人刚走不久。桌上的两个菜温度也正好。

荆寒屿给雁椿舀了碗汤，金黄的汤汁下有一只鸡腿。

"谢了啊，荆哥。"来都来了，雁椿便不再客气。一顿饭吃完，他主动拿过碗筷去洗。

荆寒屿这一副十指不沾阳春水的模样，肯定是不会洗碗的。

雁椿洗碗时，荆寒屿就靠在门口看。雁椿心里七上八下，总觉得荆寒屿有话跟他说。

荆寒屿说："你周末不在学校？"

雁椿手一顿，碗差点滑到水池里。

回家这种理由也只能把李华糊弄过去，对付荆寒屿肯定不行。雁椿虽然不明白荆寒屿为什么会对这种事追根究底，但也只好说："我周末去打工了。"

荆寒屿皱眉，语气有一丝诧异，"打工？"

雁椿想，荆少爷肯定不理解人为什么要打工，也不知道那语气有些气人。但他好像对荆寒屿发不了脾气，解释道："我是从镇里来的，家里条件一般，市里开销大，我勤工俭学攒点钱。"

这样的话他绝对不会对其他人说。转学后的几个月，班里没人知道他是被寰城一中买来的。即便是泥潭里的少年，也有脆弱的自尊需要维护。

但对荆寒屿，他好像就不那么刻意地掩饰自己的窘迫。大概是因为童年那点牵绊,也或者只是因为他不敢骗荆寒屿。

荆寒屿有一会儿没说话,雁椿将碗放好,转过脸去看荆寒屿,猜荆寒屿应该在考虑是不是要直接给他钱,给钱这种行为会不会伤害他的自尊。

荆寒屿问:"你打的什么工?"

雁椿模糊道:"服务生。打工其实很正常,不是所有家庭都像你们的一样。"

荆寒屿再次皱眉。

雁椿是故意这样说的。荆寒屿这种小绅士,听到这句话就该知道,有些痛点不要一而再再而三地戳。

"你肩膀上的伤要上药。"荆寒屿果然没继续说,回到客厅,把药从口袋里拿出来。

雁椿生怕他看见自己身上其他的伤,连忙一边道谢一边说:"我自己来!"

荆寒屿没抢,雁椿就拿着药进了卫生间。洗脸池上有一面很大的镜子,灯很亮,雁椿把校服掀起来,不由得嘶了声。

他没这么仔细地看过那些伤,现在看见了,莫名觉得它们其实是活着的,在他的身体里生长,与他共存,是他的另一条生命。

镜子上显出他古怪的笑容时,他怔住了,被自己的想法吓到。

他为什么会这样想呢?怎么会觉得伤很好看?这是什么变态想法?

他用力甩头,想将脑子里的古怪念头赶出去。

雁椿胡乱在伤口上抹了药,心浮气躁地走出来,"我先回去了。"

荆寒屿像是最后思考了一下,说:"你有不懂的,可以来问我。"

雁椿笑道:"荆哥,你也嫌我成绩差啊?"

荆寒屿不语。

"我开玩笑的。"雁椿将口袋揉出细碎的响声,"谢谢荆哥!"

回学校的路上,雁椿仍在想,荆寒屿最习惯的也许就是接受别人的感谢。但他其实并不需要荆寒屿的帮助。与其说是荆寒屿在帮助他,不如说是他在配合荆寒屿的慈善行为。

换个人他不至于这么配合。

接下去的日子,雁椿还是每周去夜场打工,弄得自己一身伤,也弄得别人一身伤。但在期末考试之前,到底还是被荆寒屿发现了。

在寰城一中念书的倒也不全是优等生,一个年级二十多个班,后面十个几乎都是买分进来的。这些人家里有钱不在乎成绩,平时还能被老师管着,周末出入酒吧会所就是常事了。

雁椿就遇到了三个。但打起来时,他不知道对方是同学。

那天是詹俊生日,他叫了一帮校内外的兄弟吃饭唱歌,来"摩卡林斯"时已经是赶的第三个场子了,上来就对服务生动手动脚。

雁椿将服务生扯到身后,几个长得又高又壮的人便围了上来。

寰城一中的实验班和买分班向来井水不犯河水,连教学楼都不在一处。雁椿没见过这些人,躲过朝面门招呼来的一拳后,膝盖直接顶了上去,那人喊都没喊出一声,就被他拎着肩膀摔在地上。

詹俊是谁?买分班的霸王,后面十个班谁见着他都得绕道。再加上今天是他生日。

过生日嘛,那所有人就该围着他转。带兄弟们出来找面子,本想在夜场来一出横着走,却被一个没眼力见的服务生给来了个下马威,这还得了?

詹俊二话不说,抄起酒瓶就往雁椿头上砸。雁椿反应快,但避开的同时背上却挨了记狠的,另一个人想拿酒瓶砸他后脑勺,没砸上,砸在肩胛骨上了。

酒瓶哗啦碎开,冰凉的液体淋了他一身,骨头痛得钻心,也不知道肉被割破了没。

疼痛强烈地刺激着雁椿,他双眼旋即浮起阴鸷和张狂,毫不留情地踹向詹俊,一个人与十多个人混战。

这场架打得已经超过巡场的范畴了。保安赶来将人分开,雁椿满背的血,看上去伤得很重,但其实只是皮肉伤。

反倒是詹俊一个兄弟被打到骨折,詹俊自己也脑震荡了。

常睿带雁椿去医院,表面上数落,语气里的得意却遮不住。他这小弟能打,他也长脸,带雁椿处理完伤口还塞给他三百块钱。

雁椿顺道请了一周假，说要准备期末考试，这边的活儿等放暑假了再接着干。

　　詹俊吃了亏，却不敢声张。

　　若让跟班们知道他在夜场搞事被揍了，丢的是他的脸。而且寰城一中对买分班的纪律抓得严，被老师发现他去酒吧，也许会吃处分。

　　只是他想着那手黑的巡场就窝火，一个伺候人的东西，也敢在他头上动土？

　　接下来的周末詹俊去夜场蹲人，雁椿请假了，他自然没蹲到。结果周一升旗仪式之后，目标居然意外被他发现了。

　　这周四就要考试了，雁椿状态不怎么好。周末他在学校上了两天自习，题做得还行，但背上的伤让他有点担心。夏天温度高，他躲着室友上药，没镜子照，更没人帮忙，有个地方按着挺疼，不知道是不是化脓了。

　　升旗仪式后他一边想中午去社区医院看看，一边跟着大部队往教学楼走，突然听见后面传来几声"喂"。

　　李华警惕道："那人好像在叫你！"

　　雁椿扭头，视线在詹俊脸上停了几秒，才想起他是谁。

　　这也太巧了。说不心惊是假的，但雁椿没表现出太多惊讶和恐慌。

　　詹俊领着四五个人走过来，吊儿郎当，眉毛都挑到天上去了。

　　"看我发现谁了，实验班的？"

　　李华哪里跟买分班的打过交道，吓一跳，"你怎么惹到这些人了？"

　　詹俊一听就喝道："这些人？什么意思啊书呆子？"

　　这出乎意料的发展让雁椿的后背更痛了，他抬手拦住李华，"你们先回去。"

　　"我找班主任来！"

　　"别跟老师说，我能处理。"

　　詹俊像听到了笑话，鼓掌道："好学生，怕被老师发现你干了什么好事？"

　　虽然大部分学生已经离开操场，但还有不少没走，越来越多目光向他们投来。

雁椿说:"换个地方。"

詹俊更加得意,抓到仇人把柄的感觉让他极度舒坦,"走!"

雁椿被一群人围在中间,往图书楼的方向走去。除了有活动,学生一般不去那边。

拐过图书楼,就是没人的绿化林。

詹俊在雁椿肩头重重地点了几下,"我真没想到,咱们还是同学。"

雁椿懒得跟他废话:"想怎么解决?"

他看得出,这群人也不想把事情闹到老师那里。这就好办了,拳头的事自然由拳头来解决。

"挺淡定呢,不愧是实验班的学霸。"詹俊笑道,"但学霸怎么沦落到去夜场打工啊?没给你奖学金?"

雁椿不想迟到,脸上显出一丝不耐烦。

詹俊又露出那种卑劣的笑,"着急回去?但我还没想好咱怎么玩儿。不如今天先这样,你给老子跪下,磕三个响头,我就让你回去上课。"

雁椿笑了。

"你笑什么?"

雁椿已经不想东拉西扯了,在詹俊靠得最近时,抬手就是一拳。

"我——"

这拳打得詹俊猝不及防,其他人也蒙了,反应过来后一哄而上,雁椿背上的伤被撕开,痛得他脑中一空,却更加兴奋。拳脚酣畅淋漓地撞向眼前的废物,他像一头杀红了眼的狼。

詹俊打不过他,但到底人多,他起初占着优势,但腹部挨了一记重击后,肩上背上接连受创。

可就在他跟跄着快栽倒时,有人帮他挡开了踹向他后背的一脚,他往前一扑,一道有力的臂弯将他扶住,接着,一道人影挡在他前方,周围骤然安静。

詹俊说:"你们……"

激烈的动作停下后,疼痛像是在身体里苏醒,雁椿不由自主地抽搐了两下，感到拦在身前的手臂一紧。

他抬起头，与扶着他的人对视，向来转得飞快的脑子霎时停顿。

夏天刺眼的阳光从那人身后照过来，他虽然有些眼花，却也看清楚了对方的相貌。

是荆寒屿，居然是荆寒屿！

"哟，詹俊，跑我地盘上撒野，不合适吧？"许青成一开口，詹俊的小弟们就退了两步。

雁椿和许青成没说过话，但知道这人每次考试都能挤入前五十的红榜，却是个让老师头疼的角色。

雁椿背上的血顺着手臂流下来，差点沾到荆寒屿衣服上，他下意识要将荆寒屿推开，荆寒屿却扶得更紧了。

"乱动什么？"

"会沾你身上。"

荆寒屿看了眼，眉间轻皱，"没事。"

"许青成，你管什么闲事？"詹俊忌惮许青成，"你知道这人在外面干什么吗？"

许青成还没说话，荆寒屿已经开口了："他在外面干什么我不管，但你在学校里面闹事，打的还是我班上的人，我就得管了。"

荆寒屿那是稳坐年级第一位置的人物，并且家世了得，不是詹俊之流随便就能惹的。

詹俊欺软怕硬，恶狠狠地瞪着雁椿，"你给我等着！放假我再找你算账！"

许青成"啧"了一声，"算个鸟账。寒屿，带你朋友去医务室？"

说完许青成摸了下后脑勺，冲雁椿笑道："差点忘了，你也是寒屿。小寒屿，没事啊，别哭丧着脸，哥罩你。"

雁椿不过脑子地吐出一句："我比他大。"

许青成盯着荆寒屿，"真的？"

荆寒屿没接话茬，冷着脸命令雁椿："去看医生。"

雁椿连忙道："不去医务室！"

月光沉没

"为什么?"

去医务室就等于通知老师,肯定不行,雁椿有些可怜地望着荆寒屿,"去社区医院行不行?"

他并不知道自己现在看上去像个遭遇校园霸凌的可怜蛋,说话时还不自觉地扯了下荆寒屿的校服。

"我带他出去,青成,你帮我请个假。"

"好嘞——"

二十分钟后,雁椿被荆寒屿送到附近的社区医院,医生一边处理伤口一边数落:"这伤刚要长好就撕开了,你们这些学生到底怎么回事?现在天气热,更要注意清洁,这都发炎化脓了,你感觉不到疼啊?"

雁椿将脸埋在枕头里,有些尴尬。倒不是因为别的,就那一句发炎化脓就让他不好意思了,荆寒屿还在一旁看着呢,肯定嫌他不爱干净了。

这个年纪的男生总是在古怪的地方有着超乎寻常的自尊。雁椿不想荆寒屿觉得他就是因为不注意清洁,伤口才化脓的。

他每天都上药了,只是那地方真的很难自己弄,没照顾好才化脓的。

"回去忌辛辣发物,不要泡水,现在这么热,就少在外面跑了,出了汗要及时清理。"医生继续唠叨。

雁椿蚊子似的"嗯"了一声。倒是荆寒屿说:"知道了,谢谢您。"

校服脏了不能穿,雁椿正愁没衣服换,荆寒屿把校服脱了下来,递到他跟前,"穿上。"

雁椿没接,目光在荆寒屿胸膛上扫了下,荆寒屿校服里面还穿着件白色打底短袖,隐约看得见少年尚不清晰的身体线条。

"你想就这么回去?"荆寒屿问。

雁椿想把自己的校服翻过来穿,翻了才发现自己脑子抽筋了,里外都是血,里面还多一些。

上方飘来短促的笑声,他抬头,荆寒屿正像看傻子似的看着他。

他一把将荆寒屿的衣服拿过来,粗鲁地往身上套,结果用力过猛,把伤口给扯着了,痛得"嘶"了一声。

布料还罩在脸上,阻挡了雁椿的视线,呼吸里是浅淡的香味,应该是洗衣粉的气味。

雁椿觉得有人扯了下布料,为他将领口理出来,他一钻出来,荆寒屿的手就收了回去。

"谢了啊。"雁椿说。

这一耽误,前两节课是上不成了,好在那是数学课,是雁椿的强项,不听也无所谓。

两个人往寰城一中走,荆寒屿拎着装药的口袋,"詹俊为什么找你麻烦?"

再想瞒好像也瞒不住了,雁椿只得告知实情,但没说巡场是干什么的,小少爷不需要知道那些龌龊的事。

荆寒屿停下脚步,眼中流露出惊讶和不满,"你之前说你只是打了个工。"

"呃……确实是打工啊。"

"在夜场打工。寰城一中不允许学生出入夜场的。"

荆寒屿说得很平静,却有一丝说教的意味,雁椿心头蹿起无名火,恶意将乖巧的皮囊撑出了一道裂痕,"所以你想告发我吗?让我吃处分,然后退学?"

他突如其来的尖酸刻薄让荆寒屿蹙眉,几秒后荆寒屿说:"我不是这个意思。"

雁椿说完就后悔了,"抱歉。"

六月中旬,路边的树枝叶已经很茂盛了,阳光星星点点地洒在人行道上。

两个人沉默着走了会儿,快到校门口时,荆寒屿说:"我不会说出去,但你不能再去夜场打工。"

雁椿气不起来了,就是疑惑,"你怎么就这么爱管我?我需要钱,我必须打工。"

荆寒屿正要开口,雁椿又道:"你想说你给我钱吗?荆少爷,你没义务养着我。"

"没想养你。"荆寒屿教养极好,但有意气人也是一把好手,"养你有什么用?给你一块骨头,你连尾巴都不摇一下。"

雁椿惊讶于荆寒屿也会骂人,半天才说:"那你图什么?"

荆寒屿没解释,但坚持己见:"你可以打工,但不能去夜场。寰城一中奖学金丰厚,就算进不了前十,也有机会拿到进步奖。如果你非要去,我不保证今天的事不会传出去。"

雁椿皱眉,"你威胁我?"

荆寒屿冷冷地说:"我只是提醒你。"

进了校门,第二节课还没下,在校园里游荡的多是买分班的学生。

雁椿说:"你不说,也会有人找我麻烦。"

"詹俊?我来解决。"

雁椿扑哧一声笑了。

荆寒屿不悦,"笑什么?"

"你知道你刚才说话时像什么吗?"雁椿弯着眼,显出几分俏皮和无辜,"我们的年级第一名,居然也有当大哥的潜力。"

荆寒屿显然不认为这是什么溢美之词,"你最好是老实点。"

雁椿举手投降,"行行,听大哥的。"

实验班很少有人请假,早上还有人看见雁椿被围了,但雁椿是和荆寒屿一起请假的,大家议论会儿也就散了,连老师都没问什么。

雁椿心里没什么底,觉得考完了和詹俊他们恐怕还得打一架。但成绩都出来了,詹俊还是没来找碴儿。

他是考前恶补型选手,发挥得不错,进步到年级前一百名,果然拿到了进步奖。放假当天,李华紧兮兮地说:"詹俊来了,是不是找你的?"

雁椿走出教室,詹俊正好迎面走来。两个人打了个照面,詹俊恶狠狠地瞪他一眼,伸手将他拨开,朝前面走去。

不是来找他的。荆寒屿说到做到,把这事给解决了。

深夜里总是有许多重型卡车经过,又一辆驶过,雁椿结束回忆,迎向荆寒屿的视线。

十多年前,荆寒屿再内敛也还是个少年,有着少年的浅显易懂。现在的荆寒屿却让雁椿无法捉摸。

"有时我压力很大,会去酒吧放松。"雁椿试着解释,"今天这种情况是意外。"

荆寒屿淡漠地说:"不要再去酒吧。今后你想放松,就来找我。"

雁椿被凶手家属报复的事第二天支队就知道了,叶究大发雷霆,亲自将阿胆抓来审。雁椿也躲不掉,被念叨了一上午。

趁叶究喝水的间隙,雁椿低声道:"没被人捅死,却要被你超度了。"

叶究被水呛到,一边擦嘴一边说:"你刚才嘀咕什么?"

"听到了还问?"

叶究气不过,转头跟荆寒屿说:"荆总,你来评下理,雁老师这说的是人话吗?"

荆寒屿是刚过来的,雁椿见他来了就想走,但叶究不给机会,现在还直接问上了。雁椿看了荆寒屿一眼,很快又把视线移开。

荆寒屿倒是没有了两个人独处时的样子,像个圆滑世故的正常合作方,"叶队说得在理,雁老师,今后这种情况确实该多留意。"

叶究瞪雁椿,"看看,连荆总都这么说!"

雁椿态度端正,拒不改正,"我会更加警惕,但派专人保护的事还是算了。"

叶究一看,嗓门又要提上来,荆寒屿却在这时说:"雁老师不想麻烦支队,这也在情理之中。"

叶究一脸"你到底是帮谁,是谁拉来的救兵"的表情。

"雁老师身手不错,有一定的自卫能力。"荆寒屿从容道来,脸上甚至挂着职业微笑,"而且我们的手环,其实也有警戒功能。"

雁椿握了握手腕,今天他分明没有戴手环。

叶究来了兴趣,"这功能怎么用?上次怎么没听你提过?"

荆寒屿笑了笑,"因为技术还没有彻底成熟,不能当作产品推广,而且支队哪个不是擒拿高手?我提了也用不上。"

这马屁把叶究拍乐了,指着雁椿道:"这儿有个拖后腿的。"

雁椿无语。

荆寒屿点头,"雁老师擒拿功夫不错,但到底不如刑警,正好拿这项功能弥补一下,是最佳试用人选。"

叶究做什么都风风火火,一说试,马上就要试。

荆寒屿看向雁椿,"雁老师,你的手环借我演示下?"

雁椿只得取来,正要戴,荆寒屿却抓过他的手腕。

叶究在一旁看着,他不能表现得抗拒,只能配合。

荆寒屿细心地将手环给他戴上,调了一会儿,匹配到电脑上。一圈蓝光突然在手腕上转动。

荆寒屿说:"叶队,麻烦你尾随雁老师,想办法袭击他。"

这不是什么难事,但在办公室放不开,叶究索性将雁椿叫到走廊上。

不断有队员经过,投来好奇的目光。雁椿在前面走,叶究这坏人模仿得惟妙惟肖,跟踪一段时间后,才加速接近。

这时,雁椿感到手腕突然收紧,发出渐强振动。雁椿立即转身,迅速挡开叶究挥来的塑料尺。

"还可以发出警报。"荆寒屿再次拉起雁椿的手臂,点了几下手环,手环立即尖声响起,"刚才没开音效,如果开着,当叶队靠近时,警报不仅能够提醒佩戴者,也能对袭击者形成威慑并引起其他人的注意。"

叶究说:"这玩意儿好啊,正好适合雁老师!"

雁椿收回手。

荆寒屿又道:"在保护雁老师的同时,手环也会将采集到的可疑信息发回终端,只要雁老师授予权限,终端就可以分析其他可能存在的危险。"

叶究爽快道:"雁老师,赶紧的!"

雁椿说:"这是侵犯隐私的吧?"

"特殊情况下,隐私需要为安全让路。"荆寒屿说,"雁老师职业特殊,对市局的重要性不言而喻,牺牲部分隐私也是不得不采取的应对措施。而且雁老师这不刚遭遇袭击吗?还是小心为上。"

荆寒屿挺了挺腰背,显得颇为正直,"屿为科技有严格的保密规定,采集和分析情报仅仅出于安保需要,绝不会偷窥或泄露隐私。"

这话说得既诚恳又客观，把雁椿回绝的路都堵死了。

雁椿现在最后悔的就是没有干净利落地制服阿胆，还被他划了一刀。他说什么都没有说服力了。

叶究被副局长叫走之前还提醒他："手环别摘了啊，给我好好戴着！"

办公室里只剩雁椿和荆寒屿。荆寒屿低头收拾设备，雁椿在几步之外观察。

二人独处时，荆寒屿身上那种伪装的商人气质果然消失了，注意到黏在身上的视线，他扭头回视。

雁椿有点尴尬，但也没马上垂眼。

昨天荆寒屿在车上说，今后想要放松，就找他。雁椿明知故问："是什么放松？"

荆寒屿将球踢回来，"你觉得是什么？"

他便不说话了。

天被聊死了，荆寒屿送他回家，一路无话。

手环好像在发热，雁椿想摘下来。

荆寒屿说："刚才只是给叶队做做样子吗？"

雁椿停下，"在市局不用戴吧？"

"别摘。"荆寒屿的语气带着警告意味，"养成习惯。"

雁椿心说，你凭什么又来管我？

但情绪化的语言只能将他拉近那条警戒线，现在的荆寒屿是个巨大的谜，他这么问了，荆寒屿又会说出什么惊人的话？

雁椿微笑，"知道了，那就不摘。"

几日后。

贺竞林已经打过数次电话，前面几次荆寒屿都拒绝了。最近这次，贺竞林说："其实哥是有事想请你帮忙。"

索尚集团在骊海的分部坐落在骊海新城的中心地段，修得相当气派。

荆寒屿来骊海后曾经开车经过，若不是李江炀在旁边说"快看你老家"，他也许瞥都懒得瞥一眼。

贺竞林约他在公司见面，他将车停在大楼外，跟前台说和贺总有约。

前台不知道荆家还有他这号人物，又看他姓荆，以为是来请贺总帮忙的远房亲戚。结果打给贺竞林的秘书，那边却夸张地说让招待好荆先生，贺总这就下来。

前台忙不迭地将荆寒屿请到贵客区。这一番忙碌，不可避免地引来周围的目光。

荆寒屿淡然处之。

那么多地方可以见面，贺竞林却非要在工作时间约他来公司，是什么心思他自然清楚。

贺竞林就是要让分公司的人看见，他们关系不错。

很快，专用电梯打开，贺竞林快步走来，油头粉面，满脸堆笑，铆足了亲近的劲。要不是荆寒屿适当地避开，他恨不得当着一群下属的面和荆寒屿来个熊抱。

"寒屿，好久不见！"没抱成，贺竞林脸上的尴尬一闪而逝，拉住荆寒屿的手臂道，"走走走，楼上有咖啡馆！"

贺竞林带着一帮手下和荆寒屿在簇拥下走入电梯，直上三十楼的咖啡馆。

不一会儿的工夫，大半个分公司都知道大老板的独子专程来看望贺总了。

开放式的咖啡馆并非谈事情的好地方，荆寒屿走到哪里都有人张望，但他没有露出不耐烦的神情。

服务生送上两杯咖啡，荆寒屿尝了一口。

请荆寒屿来公司，贺竞林心里其实没什么底。他知道他这表弟不喜欢被围观，但如果只是见个面，他的目的又达不到。

秘书说荆寒屿到了时，他的紧张不亚于每次回总部开会，担心荆寒屿见到这阵仗会觉得被利用了，从而冷脸走人。

但荆寒屿虽然不怎么热情，也给足了他面子。

应该是他创业这些年被社会毒打过了吧？屿为科技现在虽然势头强劲，但起初好像挺艰辛的，荆寒屿的性子应该就是那时给磨平的。

贺竞林一边粗略放心，一边又冒出些许得意，就像读书时平平无奇的学生，步入社会后发现当年所有老师都喜欢的学霸混得还不如自己一样。

想当初荆寒屿可是敢和荆重言叫板，一分钱不拿说走就走的。现在不还是圆滑了，懂得经营人脉关系配合自己演戏了？

这一放心一得意，说话就自然带上些上位者的语气："寒屿，你变了不少。"

荆寒屿坐姿随意，"嗯？"

"比以前懂人情世故了。"

荆寒屿轻笑一声，十指叠在腹部。

贺竞林愣了下，那点得意的影子瞬间散得一干二净。

他发现荆寒屿比以前更让他犯怵，当年荆寒屿对家里任何人都冷，敢顶撞老爷子，谁都不放在眼里，现在看上去礼貌周到，但其实并不是他以为的圆滑，而是深不可测。

贺竞林下意识坐直，却听荆寒屿说："以前是我不懂事。"

"哪里哪里……"贺竞林连忙道，"你那是真性情。"

荆寒屿又笑了。

在咖啡馆赚足了视线，贺竞林才将荆寒屿请到自己的办公室，门一关就道歉："寒屿，刚才是哥不对，事先也没跟你商量一下，哥是真的急了，你可别怪哥啊。"

荆寒屿走到落地窗边，贺竞林的办公室当然选址出众，半个新城尽收眼底。

"我第一次来，你带我去各个部门逛逛也是正常的，去喝个咖啡有什么。"

荆寒屿说得越轻松，贺竞林心里就越发毛，心想逛部门还是算了吧。

荆寒屿还是看着窗外，"什么事要我帮忙？"

"你今天肯来就是帮我大忙了。"贺竞林也不隐瞒，"如果将来你能站在我这边，那我就更感谢了。"

荆寒屿说："你忘了我早就退出索尚集团了？"

"你退不退出,说的话都有分量。我不瞒你,今后的荆氏,就是我和荆飞雄争。他到底姓荆,老爷子看重他,但我付出的不比他少。"贺竞林叹了口气,"就因为姓输给他,我不服气。"

荆寒屿冷淡地笑了笑,事不关己的模样,"仗还没打就认输?"

贺竞林有些尴尬,"我这不是未雨绸缪,想拉拢你吗?这几年你不回家,不清楚家里的事,老爷子年纪大了,就时不时念叨你,你说一句话,在他那里比什么都重要。"

荆寒屿道:"所以你想让我在他跟前提你?"

贺竞林正要笑,但荆寒屿下一句话就让他的笑容僵在脸上:"我真有那么重要?你就不怕我回到索尚集团?那还有你和荆飞雄什么事?"

半分钟沉默后,荆寒屿又笑,"开个玩笑。"

贺竞林只得赔着笑,"你这话说的……"

荆寒屿说:"我对索尚集团没兴趣,老爷子也不一定听我的话,但你想和荆飞雄斗,我可以帮你。"

贺竞林惊喜的同时又很诧异,对荆寒屿来说,他和荆飞雄并无区别,荆寒屿为什么会轻易答应?

"寒屿,这些年你和荆飞雄还有联系?"

"没有。"

"那你和他……"

荆寒屿打断,"这你就别问了。"

贺竞林果断闭嘴。

其实今天荆寒屿是否表态,他的目的都达到一半了。半小时后,他将这尊"佛"送下楼,在众人面前热情洋溢道:"寒屿,有什么需要尽管找哥。"

荆寒屿开门上车,启动之前点开手机里的一个软件。黑色的背景上出现红色的旋涡线条,像时明时暗的指纹。它们在跳动、震荡,饱含生命力。

荆寒屿将手机拿到耳边,点开一格音量。心跳声传来,仿佛有一颗心脏正随着指纹一同跳动。

雁椿在健身房,刚练了一小时器材,现在正在跑步。

他喜欢挥汗如雨的感觉,将跑步机的坡度调高,跑完最后一组时,伏在扶杆上喘气。

他不怎么注意呼吸,所以每次跑到后面心脏都像炸开一般。

但这种疼痛和濒死感让他上瘾,也是他唯一能够追求的"健康"的放松方式。

雁椿在扶杆上伏了一会儿,心跳渐渐平息,他撑起来,看了看左手上的手环。

雁椿起初对手环很抵触。当年刚出国时,言朗昭和卡尔通博士为了实时掌握他的情绪变化,也给他佩戴过类似的设备。

在冰冷的仪器面前,他就像一块透明的玻璃,任何人都能窥探他内心的邪恶。在很长一段时间里,他是个不能拥有隐私的人,他的心理被放大分析,直到有一天,他终于在很多人的努力下,变成现在的样子。

荆寒屿说手环的警戒模式不会窥探不必要的隐私,可谁知道呢?

那天他嘴上答应,荆寒屿一走,他就把手环摘了。结果手环向终端发送保护目标行踪不明的反馈,荆寒屿也不亲自来找他,直接跟叶究"告状",他当即遭到队长的痛斥。

他是个怕麻烦的人,那之后就不敢随便摘了。

既然戴着,他便要把手环的功能吃透。总不能手环对他一清二楚,他对手环一无所知。

当天晚上,他就在瞎捣鼓时把手环的语音对答系统打开了。

"你好,请问有什么需要我帮助?"机械男声刚跳出来时,雁椿吓了一跳。

没收集到应答,手环又问了一遍。

雁椿的手机也有语音对答功能,但很智障,经常驴唇不对马嘴,一本正经地说傻话。

不知道手环会不会聪明点,雁椿好奇道:"你可以陪我聊天吗?"

手环卡了一会儿才说:"可以,你想聊什么?"

雁椿低低笑了声,心道手环可能比手机还蠢,手机至少不会在这么一个简单的问题上卡住。

"嗯……你叫什么名字?"

"屿为科技。"

看来还是统一的初始名字,雁椿问:"那我可以给你改名字吗?"

"可以。"

"屿为……那就叫你小屿?"

雁椿说完才想到,屿为科技的"屿"是荆寒屿的"屿",正想修改,手环已经改好了昵称,"我是小屿。"

雁椿心道你刚才不是卡壳吗,现在又这么灵活了?

"还是不要叫小屿了,你是手环,我就叫你环环。"

"不可以。"

雁椿惊讶,怎么这语音系统还能拒绝主人的要求?

"为什么?"

"为什么?"

两个声音几乎同时传出,雁椿屈起食指,在手环上弹了下,"什么为什么?"

手环说:"为什么不能叫小屿?"

"这个啊。"雁椿胡说八道,"因为要避讳。你们老板的名字里就有'屿'。"

手环沉默下来。

雁椿说:"轮到我了。为什么不能改成环环?"

"初次改名一旦完成,就不能再改。"

"哪有这种规定?"

"系统命令。"

雁椿不信,研究了半天,发现真的改不了,只好作罢。

他研究的时候,由于没有关语音对答系统,手环一直在和他聊天,他发现这手环比手机还是灵活多了,除了开头卡的那一回,后面几乎都对答如流。

"好了,今天谢谢你陪我说话。"雁椿放弃改名,摘下手环放在桌上。

手环说:"你不要我了吗?"

雁椿莞尔,"我要洗澡、睡觉了。"

"哦。"

雁椿洗完澡出来,拿手环去充电。

手环说:"我的辐射不伤人。"

"嗯?"

"雁椿,你可以把我拿到卧室去充电。"

雁椿家里有好几个语音对答机器人,在国外时,这些机器人帮他熬过了一段很难受的日子,所以他习惯和语音对答系统聊天——比和人聊天轻松多了。

这手环与众不同,还会自己提要求,可见智能程度更高。雁椿觉得有趣,把手环放在卧室的飘窗上充电。

关灯之后,手环转过一圈幽蓝的光,"雁椿,晚安。"

雁椿笑道:"环环,晚安。"

也不知道是道过晚安后就进入了休眠状态,还是手环不承认"环环"这个名字,总之手环没有再回应雁椿。

次日一早,雁椿醒来后戳了手环一下,"起床了。"

"先生,早上好!"一模一样的声音,雁椿却觉得哪里不一样。

但白天时间紧,他也没工夫琢磨,晚上回家后一边做饭一边和手环聊天,那种不一样的感觉又消失了。

手环甚至会吐槽他做的肥牛盖浇饭味道一般。

雁椿说:"说得像你尝过一样。"

手环说:"我能感知你的情绪,你刚才一口下去,没有特别兴奋。"

就这么和手环和谐共处了几天,雁椿已经习惯了。唯独觉得奇怪的是,语音对答系统偶尔不那么聪明,但想想也正常,他用过的智能设备就没有完全不智障的。

今天市局和研究中心都没什么事,雁椿便提早下班,到健身房锻炼。

他办的是年卡,还请了私教,但已经很久没有练过了。

做有氧运动时，有私教盯着，练多少组都有严格的规定，上跑步机之后私教就不管了，雁椿才放开了跑。现在他伏在扶杆上休息，浑身骨头都像烧起来，心脏快要爆炸，小腿肚转筋，暂时迈不开步子。

后面的放松运动做了大约半个小时，雁椿打算去洗个澡，开柜子时却看见荆寒屿走过来。

他怎么会来？

雁椿小腹下意识收紧，尽量显得从容。可荆寒屿西装革履，他却只穿着轻薄的短裤和无袖背心，更重要的是他全身都湿透了，衣裤紧巴巴地贴在身上。

这让他怎么从容！

荆寒屿在离他两步远的地方站定。

雁椿说："荆总，你也在这里办了卡？"

荆寒屿的视线直白地从他身上扫过。

"那你练啊，我已经练好了，先去洗澡……哎哟！"雁椿想脱身的心情太急切，步子迈得大了些，酸软的腿部肌肉却十分不给他面子，疼痛直上天灵盖。

是荆寒屿伸手将他扶住："小心。"

雁椿现在就像个水袋，这么一扑，和泼荆寒屿一身水也差不多了。

他忍着肌肉痛，费力地站直："不好意思啊，我一身的汗……我出清洁费吧。"

荆寒屿摇头："你先去洗澡吧。"

雁椿这个澡洗得七上八下，洗完一看，荆寒屿没换衣服，还在原地等他。

荆寒屿穿的是浅灰色衬衣，是很容易留污痕的材质，胸膛和手臂上沾着他的汗水，没干。

雁椿想让荆寒屿换下来，但很显然荆寒屿没有带多余的衣服。可他还是忍不住问："要不你换身衣服？"

荆寒屿低头看看那些汗渍，又抬头，"换你的吗？"

荆寒屿说："你存了多余的衣服吗？"

私教正好经过:"雁先生,你不是放了套运动服吗?"

雁椿尴尬道:"好像是。但我们号码不一样……"

私教是个自来熟的小伙子,"运动服本来就宽松,而且你那套买大了,这位先生穿正好。"

荆寒屿问:"可以借给我吗?"

雁椿还能说什么。

私教不放过每一个卖课的机会,笑嘻嘻地对荆寒屿说:"雁先生在我们这里练挺久了,你看他那些肌肉都是我调教出来的。先生,要不你也买一套试试?"

荆寒屿眼中灰蒙蒙的,"调教?"

"对啊,我是我们这里的金牌私教!"私教指指胸牌,还想继续说,却突然感受到某种危险,当即把剩下的话咽了下去,一溜十步远,"不办就不办呗,吓死人了!"

雁椿找来衣服,荆寒屿去更衣室换。雁椿内心是很想趁机溜走的,但成年人的素质不允许他这么做。

五分钟后,荆寒屿提着装衣服的口袋出来。他这套衣服买的时候想着只在健身房穿,颜色就选得比较出格,是粉红色搭配亮白条纹的。荆寒屿刚才还是严谨稳重的商人打扮,现在突然换成这样,他简直无法直视。

但荆寒屿本人好像并不在意,评价道:"型号正好。"

雁椿只得把"你还是换回去吧"咽下去,伸手想拿荆寒屿手上的口袋,"我帮你送去干洗吧,附近就有家干洗店。"

荆寒屿却没给,"不用。"

雁椿说:"你自己送也行,但干洗费应该我出。"

荆寒屿没回答这个问题,"附近也有餐馆。"

"呃……"

"去吃个饭。"荆寒屿说完就向大门走去。

雁椿没理由留下来,也往门口走。但过度锻炼的腿脚是飘的,尽管他已经很注意了,还是逃不过专业人士的眼睛。

私教粗着嗓门喊:"雁先生,你今天回去按摩一下,不然明天疼死你!"

雁椿说:"知道了,知道了。"

荆寒屿停下脚步,看了看雁椿的腿,没说什么。

这间健身房在离市局不远的商业中心,人流密集。荆寒屿这一身吸引来不少目光。那粉红和亮白太惹眼,对肤色、身材、长相要求都特别高,美丑都会被放大。

长得磕碜点,穿着就像个脑子有坑的怪物,普通人则会被衬托得更丑。

荆寒屿这样一穿,却更加赏心悦目。

"想吃什么?"荆寒屿问。

雁椿运动并不是想减肥增肌,于是也没有吃减肥餐的需求。以前他练过后会找家店大快朵颐,今天本来也是这么打算的,但荆寒屿把他的计划都打乱了。

"我回去吃蔬菜沙拉。"说完雁椿就感到一丝沉痛。

荆寒屿沉默了大约五秒钟,周围行人来来去去,就他们是静止的。

"你不问我今天为什么来找你吗?"

雁椿确实想知道,于是问:"那你为什么来找我?"

荆寒屿说:"我下午有应酬,在很多人面前表演,还想起了一个恶心的人,累。"

恶心的人?是谁?

雁椿一时没有头绪,但理解荆寒屿的想法——他自己就不喜欢应酬。

"所以想见见你。"荆寒屿语气不变,"和你吃顿饭。"

雁椿需要很努力,才能控制脸上那些乱跳的神经。

荆寒屿又说:"你还是要回去吃沙拉吗?"

雁椿说:"你是专程来找我吃饭的?"

"嗯。"

雁椿在"还是拒绝"和"算了,吃就吃"之间权衡,最终发现他找不到合理的理由拒绝,"行,你想吃什么?"

荆寒屿点头,"看你。"

不久,他们坐在一家日式烧肉店里。这种店人多热闹,服务生还会时不时出现，帮忙烤肉，不像在西餐厅里对坐那样尴尬。

但雁椿提出吃烤肉时，忘了他高一结束后，就在那时还不怎么多的日式烧肉店打了整个暑假的工。第一次请荆寒屿吃饭就是在打工的店里，他得意扬扬地炫耀烤肉技术，荆寒屿全程烤夹都没拿过。

高一期末考试前和詹俊的矛盾在荆寒屿、许青成的插手下化解，雁椿其实不知道荆寒屿跟詹俊说了什么，他后来去打听过，听说这人家里有钱有势，在班里横着走，不像是会轻易放过他的角色。

"你不会是跟詹俊打了一架吧？"雁椿实在憋不住了，问荆寒屿。

寰城一中已经放假，盛夏的校园只有一群男生正在打篮球。雁椿要打工，申请了留校，荆寒屿竟然也不回家，还住在校外那套房子里，白天经常到学校来看会儿书，打会儿球。

许青成约人打球，雁椿下午休息，也被叫来，这会儿和荆寒屿一起被换下休息，便坐在树荫下聊天。

"他打不过我。"荆寒屿说。

雁椿笑道："那你总和他说了什么吧？"

"就跟他说，不要找你的麻烦。夜场的事已经过去了。"

雁椿发现，荆寒屿这人不管做什么都很从容，但少年哪有那么多从容呢？太从容了就是慵懒，就是漫不经心。

但想想荆寒屿的家庭，雁椿又觉得正常。荆家那么大个索尚集团，够荆寒屿懒一辈子的，恐怕只有破产了，荆寒屿才能收起他的从容。

呸，平白无故咒人破产干什么？雁椿说："明白了，他怕你，所以不敢惹我。"

荆寒屿说："你可以这么理解。"

雁椿笑得不行："荆哥，你都不谦虚一下吗？"

荆寒屿扭头看他，忽然伸出手，盖在他脸上。

"干什么！谋杀亲同学呀！"雁椿夸张地叫，双手并用，去扒荆寒屿的手。

两人都汗津津的，皮肤上有一股热气，一个要盖，一个不让盖，扭来打去，汗水混在一起，分不清是谁的。

月光沉没

"我脑袋又不是篮球,你要盖也不能盖我……"雁椿终于把荆寒屿的手挣开,看见荆寒屿脸上挂着很淡的笑。

荆寒屿平时不怎么笑,这显然就是闹开心了。

雁椿愣了下,笑得更明亮,"你这人,盖着不让我笑,自己偷笑。干吗,怕我笑得比你帅啊?"

荆寒屿说:"你笑得太傻,帮你挡一下。"

别人这么说,那是开玩笑,但荆寒屿这么说,雁椿就听不出是玩笑还是真话了。

但他静下来一思考,荆寒屿唇角的弧度就更大。

他这才明白被骗了,往荆寒屿手臂上一推,笑骂道:"你这人!"

荆寒屿问:"你在哪里打工?"

雁椿将腿伸得老长,晃来晃去,"春集里的日式烧肉店。你吃过吗?"

荆寒屿摇头。

雁椿突发奇想,"那我请你!感谢你帮我解决了詹俊!"

荆寒屿眨了下眼,十分矜持地开口:"我不会烤。"

"有我在,还用得着你?"雁椿挑着眉梢,"我伺候你,你只管吃!"

说这话时,雁椿并不知道荆寒屿是真的不会烤,也不知道很多年以后,荆寒屿仍然记得他那得意得浑身闪光的样子。

我也不会对你客气

"大哥，荆哥，你就坐着吃啊？"雁椿将烤好的肥牛丢进荆寒屿的盘子里，一屁股坐在椅子上，"饿死我了，饿死我了，让我歇歇！"

他说请人就请人，老板前阵子给了他两张员工福利券，他正好带荆寒屿来把券给兑了。但荆寒屿坐下后连夹子都不碰是他没想到的。虽然该他给荆寒屿烤，但荆寒屿总不能连夹到碗里这最后一步都要他来代劳吧？

人家荆少爷就是能。而且他烤多少，荆少爷吃多少。一通忙下来，倒是把荆少爷伺候舒坦了，他自己才吃了三口。

三口！碗里的五花肉都冷了！

荆寒屿穿的是白衬衣，胸前挂了条围裙，右手握着筷子，左手戴着塑料手套。吃这么久了，那白衬衣硬是一丁点儿油都没溅上。

吃烤肉溅上油是常事，雁椿忘了叮嘱荆寒屿穿件深色衣服来，只得更加小心，生怕把那白衬衣毁掉，小心得他快累死了。

荆寒屿却好像很不在意，该怎么吃就怎么吃，还时不时地点评一下。

"肥牛烤老了，这种薄度，贴一下就该夹起来。"

"五花肉你剪得不够均匀，下次注意。"

雁椿正吃着凉掉的五花肉，不想伺候了，"那你自己烤。"

荆寒屿放下筷子，说得很自然："我不会。"

雁椿直接无语。

荆寒屿又说："我告诉过你我不会。"

雁椿气得不行，哪有人这么理直气壮的啊！但叫荆寒屿来吃烤肉的是他，荆寒屿那样子好像是真不会，他只得重新拿起夹子，认命地烤起来。

荆寒屿一个什么山珍海味都吃过的少爷，居然能把他的"大作"都吃完，烤到后来，虽然累了点，但他心情还是舒畅的。

"你好像没吃饱。"服务员收拾的时候荆寒屿才说。

雁椿就笑："你才发现啊？也不看看我今晚都在忙什么。"

荆寒屿皱了下眉，"那你可以接着吃。"

当然可以接着吃，那两张券是无限供应，不会额外花钱，但再吃就得继续烤，雁椿不想烤了，便只叫了碗烤肥牛盖饭，凑合着吃饱了。

雁椿搅着饭，"算啦，我就吃这个。"

荆寒屿看他扒了会儿，点头道："嗯。"

雁椿觉得荆寒屿的反应挺好玩的，换个人这时候怎么都该说，"我吃饱了，帮你烤吧"。反正烤肉又不是什么难事，顶多烤得不好吃。但荆寒屿就是不动手。

吃完后两个人一起往寰城一中走，两站地的路，就当消食。

路上荆寒屿问："你只打了这一份工？"

"你不是不让我在夜场干了吗?"雁椿说,"我听你的,真就这一份了。"

"夜场的工作不太好辞。"荆寒屿说完顿了下,又补充,"我听说的。"

确实是这样,雁椿跟常睿说"不干了"时,常睿还有些生气,但正好郁小海要到主城来,就填上了他的空当。

但郁小海啊常睿啊,都是他在桐梯镇交的朋友,没必要跟荆寒屿说,"反正辞掉了,荆哥你就放心吧,我还是想顺顺当当考上大学,不会再去那种会挨处分的地方打工了。"

夏天夜里的风有股潮湿的青草香,荆寒屿转过来,说:"雁椿。"

"啊?"

"下学期名字就换回来了吧?"

雁椿已经顶着雁寒屿的名字过了一个学期,适应良好,倒是不介意继续叫雁寒屿,但显然荆寒屿不喜欢。

他笑道:"换换换,不霸占你名字了。"

荆寒屿眉心蹙了下,"没说你霸占。"

"还没说?你小时候就不让我换成你的名字。"

"因为每个人都是独一无二的。"

雁椿觉得荆寒屿突然有点深沉,可能是吃饱了撑的,没继续琢磨,两个人闲聊着继续走,快到荆寒屿住的小区了,雁椿才问:"你放假怎么都不回家?"

"我要学习。"

学神能不能不要这么勤奋?

"对了。"荆寒屿说,"我在勤智楼有座位,你打完工来找我。"

雁椿说:"和你一起写作业啊?"

实验班的暑假作业那是一绝,明明才念完高一,习题里已经有高二下学期的内容。雁椿还没动,打算开学前一个星期赶完。

荆寒屿说:"你怎么和我一起写?"

雁椿没听懂,"啊?"

"我做的是竞赛题。"

"我听懂了!你是说我不配和你一起写!"

荆寒屿居然不礼貌性地否认一下，还轻轻牵起唇角。

这欠抽的笑容也就出现在荆寒屿脸上合适，雁椿也笑了，"行吧，不配就不配，来自学神的鄙视。"

荆寒屿说："高二的如果你看不懂，我在旁边，你可以问我。"然后又补充了一句，"尤其是拖你后腿的物理和英语。"

雁椿在荆寒屿肩头捶了一拳，"少爷，你给我留点面子。"

荆寒屿却只是认真地说："你物理和英语很好吗？"

雁椿无语。

"面子没有分数重要。"

雁椿更无语了。

"雁椿。"

"行行行，听你的！"

雁椿从小没人管，这都快成年了，却要被一个小自己一岁的弟弟管，但这滋味竟然不难受。

这之后，雁椿有空就去勤智楼找荆寒屿，不过大多数时候是两个人各看各的，雁椿的成绩只是比荆寒屿差一点，不至于什么题都需要问荆寒屿。比起讨论学习，他更想问荆寒屿怎么那么喜欢待在学校，豪宅里住着不舒服吗？

"不舒服。"荆寒屿转着笔，"都是不喜欢的人。"

雁椿还是头一次听见荆寒屿这样形容别人。

"怎么？"

"没怎么，就是惊讶，你也会很直白地讨厌一个人啊？"

荆寒屿说："有很多。"

"那我呢？"雁椿没过脑子，问出来才觉得有点尴尬。荆寒屿说他好几次了，如果这次又……

"不讨厌。"荆寒屿翻着物理竞赛题说。

雁椿笑了两声，这个问题就算过去了。

"那你呢？"荆寒屿过了会儿说，"你也不回家。"

雁椿留校是因为要打工，但其实回桐梯镇也可以打工，他只是不想待在家里。家里有他不喜欢的人,这一点倒是和荆寒屿一样。

自他被警方送回来,就没有从乔蓝那里感受到什么亲情。这个女人看他的眼神有种怨毒,仿佛他根本不该回来。但弟弟乔小野却跟他很亲,他冒着挨处分的风险也要打工,就是想给乔小野赚点医药费。

这些话雁椿不想跟荆寒屿说,用哄人的语气道:"我哪有时间啊?高二跟不上就完了,这不还麻烦你给我补课吗?"

荆寒屿眉峰很浅地抬了下,旋即转回头去:"嗯。"

雁椿心中发笑。他好像掌握哄荆寒屿的诀窍了。

"雁椿。"

荆寒屿的声音将雁椿从回忆中拉回来。他连忙动了下筷子:"啊?"

这家烧肉店生意特别好,里面全都坐满了,外面还排了一群等座位的客人。服务生虽然手脚麻利,却还是顾不过来,刚将他们的五花肉烤上,就被另一桌叫去刷油。

隔着吱吱作响的烤网,雁椿很快明白荆寒屿是什么意思了,敢情这么多年过去了,荆少爷还是个饭来张口的。

他拿过烤夹,将肉翻了一面。

这时,服务生跑回来,接连道歉:"不好意思,客人太多了,我来我来!"

雁椿正要将烤夹还给服务生,荆寒屿忽然说:"你不烤了吗?"

服务生顿时感到一股无形的压力,好像这位客人十分不待见他。

刚巧又有一桌呼叫,服务生急得冒汗。

雁椿叹了口气,只得说:"你忙去吧,我们自己烤。"

虽然很久没有自己烤过了,雁椿还是很熟练,烤好的肉分成两份,顺手丢到荆寒屿碗里。

不知道是不是这吵闹的地方打消了荆寒屿聊天的念头,他没怎么说话,雁椿当然也不会上赶着闲聊。

如果忽略雁椿一直在给荆寒屿烤肉的话,这顿饭吃得像两个陌生人拼桌。

埋单时雁椿要付钱,毕竟店是他选的,而且他把荆寒屿的衬衣弄脏了。但荆寒屿拦住他,用那种冷淡的语气说:"是我来找你吃饭的。"

雁椿不争,纯属因为不想和荆寒屿吵。

出了日式烧肉店,雁椿迫切地想回去,刚才坐久了,过度运动的肌肉更加酸胀,他只走了几步,就痛得下意识拧眉。

雁椿不想让荆寒屿发现,但荆寒屿展现出了非凡的"侦察"天赋,"你不舒服?"

雁椿摇头:"没有。"

此时还不到晚上9点,街上人来人往,荆寒屿注视了雁椿一会儿,突然蹲下,捏住雁椿的小腿。

荆寒屿抬头,周围那些绚丽灯光落在他眼中,顷刻就消失无踪,"你的教练说你需要按摩。"

刚才那一下,雁椿眼睛都给刺激红了,他终于将腿抽回来,"不用,我回去自己揉一下就行。"

荆寒屿站起来,"第二天会更疼。"

"我家附近有个按摩馆,我预约一下。"说着,雁椿煞有介事地拿出手机。

荆寒屿却把手机抽走。

"你……"

"不要去按摩馆。"荆寒屿说。

雁椿瞳孔很轻地缩了下。此时的荆寒屿表情仍然没什么变化,但他敏锐地察觉到某种危险。这个人在生气。

"那我自己按。"雁椿有点慌,垂下眼睑,不与他对视。

"第二天会疼。"荆寒屿又把话绕了回去,"我送你回家,给你按摩。"

雁椿说:"不行!"

荆寒屿眯了下眼,"按摩师可以,我不可以?"

雁椿无言以对。这根本不是按摩师不按摩师的问题!

有行人朝他们看来。他们这扮相确实吸引人——雁椿穿着成熟的衬衣、西裤,俨然职场精英,荆寒屿却一身出挑的粉红运动服,年轻张扬。

雁椿虽然没后退,但看气势,显然是运动服把西装精英压了一头。

"雁椿,我今天心情不怎么好。"荆寒屿说,"应酬很烦,私教也很烦,按摩师……"

雁椿急着打断,"和私教有什么关系?"

荆寒屿固执道:"有关系。"

周围的目光越来越密集,雁椿不想在大庭广众下和荆寒屿争辩,转身说:"我要回去了。"

荆寒屿说:"我送你。"

"我自己开了车。"

"你腿那样,开得了吗?"

雁椿锻炼后一般不会自己开车,荆寒屿的理由很合理。

十分钟后,他再次坐上荆寒屿的车。

一切都太奇怪了。可他不敢问荆寒屿到底是怎么想的,他不清楚为什么会这样,这十年里荆寒屿身上发生了什么?为什么变得这么偏执?

他唯一确定的是,他绝对没有伤害荆寒屿。当年经历了一连串变故,他对自己的认知降到最低,害怕伤害荆寒屿,躲荆寒屿都来不及呢。

车停在雁椿住的小区,雁椿说:"其实我已经不疼了。"

荆寒屿侧过脸,"你是想赶我回去?"

话说到这份上,雁椿只能说:"今天的烤肉有点咸,上来喝杯水吧。"

两室一厅的住宅,装修走的是浅色简约风,几乎没有外人来过,因此也没有准备客人穿的拖鞋。

雁椿把自己的凉拖拿给荆寒屿,去浴室换上洗澡用的拖鞋。

刚才他骗了荆寒屿,大概是精神处在紧张状态中,肌肉比在健身房时更疼了。

荆寒屿似乎对室内布置没有兴趣,"有精油吗?"

雁椿还是无法接受荆寒屿要给他按摩,一会儿烧水泡茶,一会儿削水果,就是不正面回答。

"雁椿,我以前没有给你按摩过吗?"

雁椿怔了下,"按过。"

月光沉没

高一暑假,他打完工累得不行,还被硬拉去篮球场凑数,疲倦起来注意力就很难集中,被撞得青一块紫一块。他也不叫痛,结果被荆寒屿发现,抹了一身的药油。

那是荆寒屿头一次给他按摩。

高中的男生,哪有不磕磕碰碰的,后来他一撞着了就去找荆寒屿,夸荆寒屿按得好。

"那我先去冲一下。"雁椿心里七上八下,刚一挪步子,就被叫住。

荆寒屿说:"你要我等你吗?"

"我起码换身衣服!"

"行。"

雁椿在卧室迅速将衬衣、西裤脱下来,换成家居服。

现在酸胀得最厉害的是小腿,荆寒屿拉过他的小腿,抬眼说:"放松。"

他顶多让自己显得轻松,荆寒屿却好像真的很轻松,带着薄茧的手指在他腿上按揉,每按一下都很痛,但这种痛又让他感到很舒服。

忽然,荆寒屿握住他的脚踝,往前用力一拉。

他猛然睁眼,荆寒屿正平静地看着他。

雁椿缩回腿,盘腿坐在沙发上,说:"谢谢!"

"嗯。"荆寒屿这次没有再说什么,洗干净手上的油,"我回去了。"

泡的茶一口没喝,切好的水果也没吃,但雁椿不可能把荆寒屿留下来。将人送到门口,他又说了句"谢谢"。

荆寒屿看着雁椿。走廊里的灯光比屋里暗,大片阴影覆盖在荆寒屿脸上,让他的神情更加难以捉摸。

"不要跟我客气。"荆寒屿说,"我也不会对你客气。"

雁椿讶然站立,荆寒屿说完就走了,拐过弯,转角传来电梯开关门的声响。

黑暗里,荆寒屿仰躺在环岛形沙发上,手里抓着一个系着结的口袋,装在里面的是沾满汗水的衬衣。

第二天雁椿一起来，就疼得跌了回去。过度使用的肌肉像麻花一样，拧了一转又一转，抗议他昨天的行为。只有被荆寒屿捏过的小腿好受一点。

一想到荆寒屿，雁椿顾不得疼痛，一个鲤鱼打挺坐了起来。

荆寒屿来健身房找他，和他吃饭，跟他说应酬太多心情不好，给他按摩小腿，这些都是真实发生过的。

雁椿一边刷牙一边看着镜子里头发翘起的自己，渐渐意识到一个问题——这十年来他始终将荆寒屿当作纯白无瑕的少年，但他好像并非全然了解荆寒屿，那种纯白无瑕有没有可能是记忆的自然美化？

雁椿吐掉泡沫，低头漱口。

如果不是荆寒屿再次出现，他大概不会想起荆寒屿取笑他是只不会摇尾巴的狗这件事。

荆寒屿其实是个不大讲理的人，想和他吃饭，想跟他回家，就一定要这么做。他只能屈从。回到高中时代，这并非无迹可寻。因为在绯叶村救过他，荆寒屿好像就把他看作某种责任了。

高二开学，雁椿把名字改了回来。

改名的事引起小范围议论，但鉴于上学期班上有两个寒屿，喊错名字都尴尬，没多久大家就觉得雁椿改名也是应该的。

只有几个女生小声说，荆哥真霸道，怎么不是荆哥改名呢？

雁椿期末考试考得不错，李华身为同桌，觉得自己占一半功劳，是他每天监督雁椿学习，不然这乡镇来的野孩子哪能进步这么快？

李华的想法单纯得很，雁椿聪明、上进，做题不遮遮掩掩，他就想和雁椿互相帮助，一同进步。

但荆寒屿不准。

荆寒屿过来敲桌子，让雁椿换座位时，雁椿自己都愣了，"干吗？"

实验班没有备受"关照"的特殊位置，和谁同桌是学生们自己的事，老师不干预。十分钟前雁椿刚接受李华继续当同桌的邀请，这会儿却杀出个荆寒屿。

李华也傻了，"荆哥，我和雁椿都商量好了。"

"他这学期和我同桌。"荆寒屿倨傲地说道,"我们暑假就商量好了。"

雁椿都要怀疑自己的记性了。他们暑假根本没有商量过!但正要反驳,荆寒屿就淡淡扫过来一眼。

雁椿一哽。

荆寒屿好歹帮了他不少忙,如果他揭穿荆寒屿,岂不是不给荆寒屿面子?

"雁椿?"李华不敢惹荆寒屿,只得眼巴巴地看着雁椿。

李华,李华也好可怜啊!

一时间,雁椿左右为难。

最后大约是迫于荆寒屿的威严,雁椿辜负李华,坐到了荆寒屿身边。

第一节是数学课,是雁椿的强项,不听也无所谓,荆寒屿也没听,在做竞赛题。

雁椿小声问:"为啥非要跟我当同桌啊?"

荆寒屿转过脸,看了他一会儿,"因为你成绩不好。"

有这么损人的吗!

荆寒屿说:"你不会的,我方便教你。"

雁椿还生着气呢,"确定不是因为你想在我身上找到你身为学神的优越感?"

荆寒屿皱了皱眉。

雁椿继续说:"确定不是因为你想找个便宜的跑腿小弟?"

"雁椿。"荆寒屿的声音已经有几分成熟的低沉。

雁椿故意吊儿郎当地抖腿,"啊?"

荆寒屿的语气带着些许戏谑:"我在谁身上不能找到优越感?"

"别人也可以帮我跑腿,而且我的腿还比你长,你再抖也抖不长。"

雁椿不抖腿了。

荆寒屿低笑,看向黑板。

雁椿忍了半天,阴阳怪气地说:"那谢谢学神照顾哦!"

荆寒屿坦然受之,"不客气。"

上学期直到最后那小半个月,雁椿才和荆寒屿熟悉起来,经过一个暑假，关系又近了许多。如今当上同桌，雁椿受气归受气，但荆寒屿可以给他补物理、英语，就这一点他都得承认，荆寒屿是性价比最高的同桌。

如果不那么独裁就更好了。

雁椿打从转到寰城一中，就没有冲进全校前十的宏大愿望。常年在泥潭中打滚的人，连梦想都很现实。他要匀出时间打工攒钱，将来考个不错的医科就行了，对穷人来说学医实用，能赚钱不说，还能找关系给乔小野治病。

但在荆寒屿的眼里，雁椿明明有上升空间却不为之努力，这就约等于没出息。

雁椿不跟荆寒屿争辩，嘴上笑呵呵的，心里门儿清。他们站的高度都不一样，他不能强迫荆寒屿理解他。但荆寒屿却会强迫他做题。

有段时间，雁椿过得苦不堪言，实验班的作业本来就多，荆寒屿还不知道从哪里搜过来据说是针对物理、英语的专项提升题。

雁椿的新工作是周末去给许青成的初中弟弟补课，报酬不菲，平时倒是抽得出时间来做题。但荆寒屿逼得太厉害，他一个被压迫的人民偶尔还是会反抗一下的。

"别了吧荆哥，你这么多题，熄灯我也写不完啊。"

"你不是有应急灯？"

应急灯在那个时代几乎是所有实验班学子的标配。

雁椿说："应急灯用多了坏眼睛啊。"

荆寒屿暂时没有说话。雁椿以为自己把他说服了，没想到荆寒屿说："那你到我家里来写。"

荆寒屿笑道："二十四小时供电、供热水，你想写到早上都行。"

雁椿捂住自己的嘴巴，"我什么都没说！"

月考雁椿又进步了，他本来就聪明，有荆寒屿帮忙，高考时说不定还真能闯进前十。

雁椿自己很满足，直到荆寒屿有一天将一张数学竞赛卷夹在给雁椿布置的作业里。

雁椿数学好归好，突然让他解竞赛题还是够呛。他费力做完，才看

月光沉没

见卷子抬头写着"竞赛真题",当即火了:"你整我!"

荆寒屿说:"你自己做之前不看。"

"我这不是信任你吗?"

荆寒屿将卷子抽回来,拿了支笔批改。雁椿瞟了几眼,对的有,错的也不少。

他又没上过竞赛课,零分也正常!

批完后荆寒屿却说:"少年悟性不错,有没有兴趣来上竞赛课?"

雁椿马上回绝:"我不行,跟不上,到时候竞赛没学好,把正课也耽误了。"

他担心的当然不是耽误正课,数学他很喜欢,但再喜欢也得给现实让路,他没那么多精力和时间。

荆寒屿这次难得地没有逼迫他,但后来时不时往他的题里塞一张竞赛卷。他都做了,解不出来的荆寒屿就一个步骤一个步骤地给他讲。

他给乔小野讲题都没这么细致过。

他离开桐梯镇就没再回去,对乔蓝倒是没半点想念,但很记挂乔小野。上周打了一笔钱回去,乔蓝说乔小野病情还算稳定。

想到乔小野,雁椿心里软了下,没头没脑地说:"给你当弟弟肯定很幸福。"

荆寒屿停笔,语气忽然发沉:"什么?"

雁椿却没听出来,往椅背上一靠,后脑勺枕在掌心里,"你给我讲题都这么认真,对你弟肯定更好。"

他说这话也不是完全即兴发挥,他和荆寒屿越来越熟,对荆寒屿的家庭不可能一点不好奇。

他肯定不会正面提问,旁敲侧击这一套他还是懂的。

但荆寒屿只是冷笑了声,"我没有弟弟。"

雁椿说:"那兄弟姐妹总有吧?"

荆寒屿说:"都是不重要的人。"

雁椿这才注意到荆寒屿不太高兴,"那啥,抱歉抱歉,我不该问那么多。"

这歉是道了,可雁椿心里隐约有些不舒服。

荆寒屿问过他家里是什么情况，他基本都说了，他给许青成弟弟补课，背后也是荆寒屿牵的线。但他对荆寒屿一无所知，绞尽脑汁问一句，荆寒屿还甩脸色给他看。

这不公平！

可是那时的雁椿显然没有明白，普通同学之间本就没必要追求这种公平。

在这之前，他也没有在别人身上索求过公平，哪怕是对他在转来寰城一中前最好的朋友郁小海。

朝夕相处中，荆寒屿已经变成一个对他来说很特殊的人。特殊到关于荆寒屿的一切，必要的不必要的，他都想知道。

这件事谁也没再提。可能是心有芥蒂，荆寒屿后面几天没督促雁椿写题。

但少年的脾气又能持续多久呢？雁椿被管习惯了，居然自己找了张竞赛卷来做，晚自习时推到荆寒屿面前，"荆哥，给我批改下？"

那点摩擦就这么消解了。

荆寒屿批改完说："血缘不是最重要的关系。"

"嗯？"

荆寒屿竟然弯了下唇角，"莫名其妙的相遇才是。"

雁椿琢磨了会儿，"你说我莫名其妙？"

荆寒屿淡淡道："我没说。"

荆寒屿这样的人物，睁眼说瞎话都这么仙气！

雁椿气鼓鼓的，荆寒屿将这阵子积累的题都扔过来："周日晚上我要检查。"

雁椿眼前一黑，将"霸道""独裁"两个词与荆寒屿紧密关联上。

今天是休息日，雁椿不紧不慢地给自己做了份玉子烧。

在越发鲜活的记忆中雁椿确定，荆寒屿的独裁和蛮不讲理不是现在才有的，以前对他就这样。

"乖乖，是我擅自把你美化了。"雁椿很有学术精神地想，也许这能

月光沉没

够做一个课题，出一份论文。

但吃完玉子烧，起身去洗盘子时，腿上的酸痛又刺激了他一回。好像在提醒着他不要脱离实际地评价一件事或一个人。

荆寒屿还是不一样了。以前的霸道、独裁他能够找到合理的理由，无非是觉得对他有责任，不想看他在泥潭里挣扎，要给他一个光明的甚至可以脱离本来阶层的未来。

但现在荆寒屿的言行他根本捉摸不透，他独裁得莫名其妙。

"按摩也不好好按。"雁椿给肩背来了个拉伸，"只按小腿算什么……"

他换上黑色衬衣和西裤，打车去机场。顺利的话，飞机将在中午11点到达寰城，祭拜过郁小海之后再赶回机场，搭晚上10点的航班回来。

墓园离机场不远，但很安静，苍松上飞机来来回回，留下长长的烟云。

雁椿将一束花放在郁小海的墓前，口中念道："又是一年了。"

墓碑上的少年剃着寸头，清秀倔强，生命停在十九岁，再不会老去，却随着照片一点点泛黄。十年前，也是这样的春日，郁小海在他面前被残忍杀死。警方至今没有找到凶手。

雁椿闭上眼，哭声和骂声就像风一般袭来。

"只有雁椿在场，不是他杀的还会是谁？"

"你们想包庇他！就是他杀了小海！"

"是荆家拦着不让查……"

雁椿摇头，下意识道："不是。"

不是他杀了郁小海，也不是荆家不让查。荆寒屿和他再有交情，也不可能影响警方查案。

四年前雁椿回国，郁小海祭日的前后，他都会抽空来祭拜。往年公事繁忙，只有今年在正日子赶来。

他长久地凝视墓碑上的照片，蹲下来，"你过得好不好？"

死亡给一切画上休止符，他明知给死人幻想来世只是活人的自欺欺人，仍难免在祭拜时说起无意义的话。

"我还是没抓到那个人，我怎么都想不起那是谁。"

"你还记得他的声音和样子吗？如果你想起来了，给我托个梦。"

雁椿长长地叹息:"算了,你还是好好安息,这种事我来操心就行。"

"我当不成警察,不过现在也挺好的,刑侦顾问,去年又破了好多案子。小海,我迟早得将凶手绳之以法,你就在天上好好看着。"

"对了,我遇到荆寒屿了。他……"

一道人影投射在地上,雁椿停下絮叨,起身看见一个陌生男人站在他身后不远处,手里拿着一束一看就价格不菲的花。

男人穿着肃穆的黑色西装,戴了副墨镜,目光穿过墨镜,打量着雁椿。

雁椿也在打量男人。对方显然和他一样,也是来看郁小海的。但以他的认知,郁小海没有这么光鲜体面的朋友。

除了……

雁椿眼中露出轻微的惊讶,再看男人,便在对方的轮廓上找到一丝熟悉感。

男人将墨镜摘下来,泛红的眼中也满是惊讶。

"雁椿,是你?"

雁椿浅皱着眉,冷淡地说:"许青成。"

在郁小海的墓碑前遇到许青成,令人出乎意料。

许青成也是一样。

十年前抓着他的衣领,咬牙切齿骂他"凶手"的,不就是许青成吗?

如果要怪许青成,那追根究底,还是得怪他。因为郁小海和许青成是通过他才认识的。

高一升高二的暑假,郁小海从桐梯镇来到主城,一边在技校学手艺,一边接替雁椿在夜场的工作,雁椿则开始给许青成的弟弟当家教。

那时雁椿对许青成很有好感,这好感一方面来自荆寒屿——荆寒屿虽在寰城一中一呼百应,但真正走得近的朋友很少,许青成就是其中之一。

另一方面来自许青成本身,他和荆寒屿一起帮他解决了詹俊的麻烦,现在还在辅导他弟弟,许青成一家算他半个衣食父母。

许青成确实优秀,成绩、长相自不必说,性格也十分讨喜,没有豪门子弟的架子,开朗随和,跟谁都能开开玩笑。

至少在高二上学期,他和许青成关系还挺不错的。

也就是那时候,辛苦为生活奔波的郁小海意外结识了和他完全不在一个阶层的许青成。

周末下午,雁椿照例去许家给许白峰补课。他拿了家教费,说好请郁小海和常睿吃麻辣烫。

许白峰平时都挺老实的,写题也快,那天却像有多动症似的静不下来,补课的时间被迫延长。

雁椿讲题很专心,结束后才猛然想起跟郁小海和常睿有约,慌慌张张就要走。

许白峰问他怎么了,他实话实说,许白峰不好意思,非要让司机送。

许青成打球回来,撞上这一幕,为了不让雁椿拒绝,干脆和许白峰一起上车,声称也要吃麻辣烫。

许青成和许白峰没吃过路边摊,到了地方,许家两兄弟就在他们旁边坐下,和他们一起吃。

许青成随和,还和常睿喝了两杯。吃完各自结账,一起从店里出来,郁小海和许家两兄弟刚好顺路。雁椿也没多想,让他们把郁小海给捎回去了。

这事本来就该这么结束,但郁小海和许青成竟然成了很要好的朋友。

在他印象中,郁小海是个很清醒的人,他转来寰城一中之前,郁小海就担心过他在跨越阶层的过程中惹上麻烦。

"认命其实挺好,我们这些人最好就别去见识上层社会,稀里糊涂一辈子也就过去了。"

郁小海以前常把这句又丧又老气横秋的话挂在嘴边。

那阵子郁小海来过寰城一中几次,每次都给雁椿带吃的。雁椿以为郁小海是来找他的,后来才知道自己只是个打掩护的,人家找的是许青成。

雁椿知道这事时已经是高三上学期,很多事情已经改变,他发现自己是个怪物,发现他父亲也是个怪物,而他被人贩子拐走并不是意外……

命运像一片塌下来的天,他随时会失控。但他竭力装得像个正常人,剔骨剜肉似的压抑那些扭曲和恶意,却突然发现郁小海和许青成闹掰了。

至于理由,无非是被许家家长发现了。郁小海一个低保单亲家庭的孩子,怎么配结识许青成?

郁小海像一丛顽强的地藤,一人挑起一个残破的家,辍学也好,给母亲治病也好,从来就没消沉过。但雁椿在他租住的地下室里见到他时,发现他不停地发抖。

长久压抑的情绪瞬间爆发,雁椿冲到许青成面前,一句话不说,上去就打。

鲜血、腥臭、破开的皮囊,他心底的怪物像是被唤醒了,兴奋地号叫。

雁椿觉得自己从来没有这样快活过。可是突然,他的动作像是被封锁住了。有人在他身后抱住了他,有力的手臂像是铁钳。他竟然动弹不了!

可他其实能够挣扎,一肘子往后面打去,那人就会在疼痛中退缩。

他没有这么做仅仅是因为他闻到了一股熟悉的香味。那分明是非常浅的洗发水香味,却强势地撕破了他和许青成之间的腥臭。

他经常闻到这香味,荆寒屿给他讲题时,他有次凑过去嗅了嗅,还被荆寒屿用笔戳了脑门。

"住手。"荆寒屿死死抱着他,在他耳边说,"雁椿,别打了!"

他发着抖,身体绷得像一块铁,魔鬼般的目光盯着许青成。

邪恶的欲望呐喊着:揍死他!揍死许青成!

他开始挣扎,在失控中竟然还记得不能伤害荆寒屿。

但荆寒屿比他高,比他结实,本就占着上风,而他束手束脚,自然不是对手。

"放开我——"

"你想杀人吗?"

雁椿忽然僵在荆寒屿怀中。他发现他的腐烂和罪恶了。

他一下子变得手足无措,后来想来,这大约是一种狡猾的自我保护机制——让自己显得迷茫,向荆寒屿示弱,假装无辜,掩饰那头嘶吼的怪物。

月光沉没

"我不是……"他语无伦次,混乱地摇头。

荆寒屿似乎拍了拍他的背:"剩下的我来处理。"

之后,又是很多人赶来,他被荆寒屿送去医院——他也受了伤。

当然,许青成受的伤比他严重许多,一直在住院,加上本来就要出国,所以没再来过学校。

许青成和郁小海的关系,以一场惨烈的斗殴结束。

如果真能这样结束,那也是好事一桩。

但数月后,郁小海死了,雁椿是唯一的犯罪嫌疑人。

警方因为证据不足而释放雁椿时,许青成从人群里冲出来,像头发疯的野兽般张开锋利的爪牙,要撕碎雁椿的咽喉。

雁椿没有跟任何人提起过,他那天其实看到了许青成朝自己杀来,也看见了许青成手里握着的匕首。但他没有躲,他绝望又残忍地想,活该他为郁小海偿命。

但千钧一发之际,荆寒屿抱着他的肩膀,用后背撞开了许青成,警察的反应也非常迅猛,将许青成按在地上。

那枚匕首被甩出老远,在日光下反射着惨淡的白光。

"荆寒屿!"许青成歇斯底里,满眼血红,头发乱七八糟,沾满灰尘。

雁椿从来没有见过许青成这么狼狈颓丧的模样——即便是自己将他揍进医院那次都没有。

"你就一直护着他!凭什么杀人不偿命?你在保护一个杀人犯!"

"啾——啾——"

墓园里有许多小鸟,雁椿在一连串鸟鸣中回到现实。那些记忆里的嘶吼和哭喊被风吹散,像林间的沙沙声。他平静的眼中掀起了细微的波澜。不是因为重遇许青成,而是在回忆的夹缝中也不缺存在感的荆寒屿。

这十年来,他先是配合专家治疗,后来靠着意志力约束自己,很少去想过往的事,以至于有些事被他深埋着,不去想的话,就像根本没有发生过。

比如他险些将许青成打残,就算许青成看在郁小海的面子上放他一马，许家难道会善罢甘休？

可他竟然在医院接受最好的治疗，之后还能回到寰城一中。

如果没有荆寒屿，他绝不可能安然无恙。

再比如许青成想杀他那次，帮助他的不止警察，还有荆寒屿。他却选择性地遗忘了这一点。

"第一次来？"许青成平静地问，看不出什么怨恨，更没有当年的刻骨仇恨，语气像是和多年不见的故人寒暄。

雁椿却从这平静里看出深重的悲哀和怀念，不合时宜地陷入怔忡。

当年他坚信是许青成辜负了郁小海的友情，后来也从未改变这种看法。

就算他是真心把郁小海当朋友又怎样呢？许青成伤害郁小海不假，就算用一辈子来悼念，感动的也只有他自己。

雁椿回以冷漠："嗯，第一次。"

他不想和许青成解释太多，现在他们不再剑拔弩张，甚至能够和平地一同怀念郁小海，但这不代表他原谅了许青成。

许青成注意到墓碑边的花，忽然笑了笑，"应该不是第一次，去年和前年我来的时候，也看见这种花了。会来看小海的人不多。"

被揭穿，但好像也不用争辩什么，雁椿说："是我。"

许青成沉默片刻，声音发沉："凶手还是没有抓到。"

雁椿不经意地握紧拳头，"我一定会找到凶手。"

"你？"

"我在为警方工作。"

许青成有些疑惑地张了张嘴，大约觉得这样很不礼貌，别开脸道："挺好。"

雁椿原本还想多待一会儿，但着实尴尬，说："我先走了。"

许青成先"嗯"了声，雁椿走出几步之后，他却说："抱歉。"

雁椿停步。

"当年我认定你就是凶手，差点刺伤你。"许青成轻声说，"我比任何人都知道不会是你，因为你是唯一一个为了他将我往死里打的人。"

许青成停了停，又道："但我只能告诉自己，你就是凶手，是你杀了小海。如果不这样……我能去恨谁?"

雁椿深呼吸,"已经过去了。我们之间不用道歉。"

许青成笑了笑,"嗯,道歉是为了关系存续,我们没那种东西。对了,荆寒屿还好吗?"

雁椿这才转过身。旁边的树影一晃一晃,从他脸上扫过。

"看样子你们后来也闹掰了。"许青成摇摇头,"你们不应该这样的。"

疑问像轰然倒塌的巨墙,将地面砸得千疮百孔,满目皆是灰白色的尘埃。

雁椿克制着渐渐烦躁的情绪,"为什么这么说?"

是他遗忘了什么重要的东西吗?

许青成似乎也有些诧异,"荆寒屿说的话,就一定会做到。"

雁椿感到荒谬,许青成都知道的事,他自己却不知道,很是离奇。

许青成自嘲道:"我一直以为我和他是一样的人。我们上小学时就认识了,在相似的家庭中成长,接受相同的教育。他成绩比我好,但我好歹也名列前茅,人缘好过他……总之,我和他较劲,从不觉得有什么不如他。"

"唯独这件事,我输得彻底。

"小海是我最看重的朋友,现在再说这种话,你当然觉得我虚伪。可我当年没有荆寒屿的勇气,我不敢为了小海对抗我的家庭,我不敢站出来保护他。

"和荆寒屿相比,我一败涂地了。"

对抗家庭? 保护他? 什么意思?

雁椿觉得自己正飘在空中,周围全是不真实的景象。

"你……"雁椿听见自己开口,"你好像误会了什么。"

许青成说:"误会? 警告也是误会吗?"

"什么?"

"那次我差点刺伤你之后,荆寒屿和我打了一架。我问他是不是非要为你和我闹掰,他说……"许青成低头弯了下唇角,"他说我保护不了自己的朋友,但是他可以。"

雁椿脑子里有个地方隐约胀痛，他确实下意识不去想和荆寒屿有关的一切，但这不代表他失忆了，只要专心想，他便想得起来，比如刚才，许青成说的这件事，他毫无印象，这不可能发生过。

"他可真会踩痛脚。"许青成苦笑，"知道我最后悔的就是没能保护好小海，故意来刺激我。"

忽然，许青成话锋一转，有些尖刻地说："不过他好像也没有比我好多少，你突然消失，他放弃荆家少爷的身份，也还是没能保护好你。"

恶意在个人的失去和旁人的拥有中释放，几秒后，许青成说："抱歉，你看，人性就是摆脱不了卑鄙，我忍不住妒忌你们。"

雁椿难以再待下去，快步离开。

许青成缓缓坐在墓碑前，在冰冷的碑石上拍了拍，点起一根烟。

"飞往骊海市的CAXXXX航班因航线管控延误……"

嘈杂的机场内，清亮的女声没有感情地重复着延误信息。

雁椿坐在咖啡厅，疲倦地揉了下眼窝。他有马上赶到荆寒屿面前，将以前的事问个清楚的冲动。但这十年来，他首先要强迫自己习惯的便是克制冲动。

手环感应到他的焦躁，转过一圈光，那个滑稽的机械音响起："雁椿，你怎么了？"

别的智能设备对所有者至少称呼一声"先生"，这手环当然也叫过他"雁先生"，但更多时候却是直呼大名。

咖啡厅很吵，雁椿坐在靠窗的角落，没人注意到他在与语音对答系统聊天。

"航班延误了，不知道什么时候才能起飞。"

"你来寰城是出差吗？"

"处理点私事。"

手环这次反应得慢一些，它这种反应也许是更人性化的设计，毕竟机器才能对答如流，人多少会思考，受情绪左右。

"私事让你不高兴。小屿能知道是什么私事吗？"

"不告诉环环。"

说了会儿话，雁椿松快了几分。手环每次自称"小屿"的语气都很喜感，听见他叫"环环"，又会沉默或是争辩。他乐此不疲。

但很快，手环又说话了："你遇到了不好的事吗？"

雁椿用戴着手环的手撑住脸颊，手环往下滑了滑。此时雁椿还真希望向手环倾诉，但一个语音对答系统顶多能让他开心一会儿，不可能解决他的问题。

这时机场广播再次提醒，航班继续延误，有几趟开往骊海的已经取消了。

雁椿站起来，"算了。"

手环说："嗯？"

"大不了今天不回去。"

"你明天不是要工作？你肌肉还痛吗？"

雁椿愣了下，"你知道的还挺多。"

手环的黑色屏幕迅速亮起一串数值，"我也有健康管理功能。"

刚才雁椿心里升起异样，见到许青成之后，注意力转移，肌肉疼痛被他忽视了，现在疼痛醒来，随之醒来的还有荆寒屿给他按摩的情形。

手环问："雁椿，你要去哪里？"

雁椿拉开出租车的门，"师傅，去寰城一中。"

手环突然沉默。

雁椿顾不上它，脑中是下午和许青成的对话，以及一些高中时的零碎片段。

他必须按下询问荆寒屿的冲动，但他可以在这个反正也回不了骊海的夜晚放纵一下，故地重游，搜寻被刻意忽视的过去。

"你是寰城一中的老师？"司机说，"辛苦啊，这是刚出差回来吧？"

雁椿不想说话，便没否认："嗯。"

司机感慨上了："我们这些开车的也辛苦。你看我，这么晚了还在跑，就为了多赚点钱，给娃送补习班去，他马上中考了，能考上寰城一中就好了。"

"诶,老师,你是初中部还是高中部老师啊?"

雁椿说:"我是心理老师,不上课。"

司机没接触过心理老师,内心觉得没啥用,心理能研究个什么,娃能考上名校最重要。但也没表现出不屑,还是热络地搭话:"寰城一中现在是越来越强啊,年年状元都在寰城一中,我娃回来跟我说,本来从十多年前起,寰城一中就可以蝉联状元榜了,但是中间出了乱子,那年的状元没考。"

司机这话说得不对,考都没考,哪能确定谁是状元?

但雁椿心底忽地顿了一下。他倒是认识这样一个一骑绝尘的人,荆寒屿高二时原本就能凭借竞赛保送,但不知是什么原因,荆寒屿放弃了,留下来参加高考。

只靠各科分数,荆寒屿考状元也没有问题,更何况还有竞赛加分。

雁椿离开寰城一中后有一段时间断绝了一切信息,从未想过荆寒屿放弃了高考。

"什么乱子?"他头一次主动问司机。

司机说:"哦,你这么年轻,那时应该还没当老师吧?"

雁椿点头,"我从外地考来的。"

"难怪!"司机开始发挥出租车师傅的祖传技能——八卦,"就是以前重点班有个学生,杀了外面的一个人。但这学生家里有能耐,给警察塞了钱,警察就把他放了。"

不是这样。雁椿缓缓收紧拳头,身体绷了起来。

司机继续道:"那个状元就是这个学生的同学,也跟那案子有关……"

雁椿突然打断,"怎么会有关?"

司机被问得一愣,"嗐,我也是听说的,反正都说有关,状元受不了压力,就没参加高考,也没读大学。要不是这事,寰城一中状元连号都连十几年了。"

出租车停在寰城一中西门,此时晚自习已经下一会儿了,但西门外还有几个学生。雁椿和他们擦肩而过,心里越发沉重。

刚才他在车上已经搜过,没有荆寒屿未参加高考的报道。想来媒体也是不可能报道这种事的，荆家也不会允许。

他还搜了屿为科技的百科，里面倒是有创始人的简单资料。荆寒屿和另一位创始人李江炀，都是在英国念的本科。

荆寒屿没有参加高考，很可能是因为他……

这时，斜前方的巷子里传来喊叫声，雁椿循声望去，看见两拨男生在那里斗殴。

寰城一中虽是闻名的重点中学，但打群架这种事也难以杜绝。别说像詹俊这些买分班的学生，就是他自己、许青成……甚至荆寒屿也是打过不止一次架的。

雁椿看了一会儿，记忆暗河中的一个位置忽然闪了闪光。

如果说在那之前，他对荆寒屿的妥协、纵容、言听计从都只是因为感恩，那之后他第一次意识到自己对荆寒屿有特殊的企图。

高二上学期，离期末考试还剩半个月。自从跟荆寒屿当了同桌，雁椿每次月考就没退步过。

不久前开家长会，几家欢喜几家愁，李华愁眉苦脸地说考差了，被老妈骂，求他给讲几道题。

他哭笑不得，原来现在他也已经是一个学霸了啊？

家长会乔蓝没来，雁椿自然也不希望乔蓝来，但让他意外的是，荆寒屿的家长也没来。上学期开家长会时，他和荆寒屿还不熟，现在才知道，荆家不用参加家长会。

雁椿朝荆寒屿竖了竖拇指。荆寒屿没理他。

感觉到少爷的不满，雁椿很狗腿子地问："你是不是想倾诉啊？来，我听着！"

教室里是神态各异的家长，教室外是紧张不已的学生，荆寒屿和雁椿觉得事不关己，于是往篮球场走去。

雁椿只是随口一说，以他对荆寒屿的了解，这人是不会跟他聊家庭的。但荆寒屿竟然说了。

"爷爷在我初三时生了场病，一直住院，很少有清醒的时候。"

雁椿正要投篮，闻言抱住篮球，"是我小时候见过的爷爷？"

他还记得那位慈祥又很绅士的爷爷，只是那时他以为爷爷是位手艺人，后来才知道是索尚集团的创立者。

他刚转来的那学期，荆寒屿还说爷爷让人送了鸡汤来，想必当时还是清醒的。

荆寒屿点头，"我在他身边长大，他是我唯一的亲人。"

雁椿下意识想反驳，但忍住了。

荆寒屿将篮球从雁椿怀里拿过来，抬手一投，"我和我父母一年也见不了几次。以前的家长会都是爷爷来参加，他生病之后，就没必要再参加了。"

球在篮筐上转了一圈，从中间落地，"砰"的一声响。

"你上次不是问我为什么要一个人住吗？"荆寒屿过去拿球，抛给雁椿，"因为自由。"

雁椿想，原来电视剧里的豪门秘辛是真的。

荆寒屿说，爷爷早年拿命打拼，将集团交给儿女后，才开始接触民间手艺，生病前一直在为即将失传的手艺奔忙。

荆家出色的企业家不少，但集团现在掌握在荆寒屿的父亲荆重言和姑母荆彩芝手中，高层明争暗斗，小一辈也不得不卷入其中。

雁椿听明白了，"你既是荆重言的孩子，又最优秀，还最受爷爷宠爱，所以你成了众矢之的？"

说完雁椿就发现荆寒屿抿着唇，好像有点不好意思。

雁椿笑道："我说的是事实啊！"

事实确实如此。荆寒屿过去生活在爷爷的庇护下，现在荆重言对他极其看重，但这种看重无关亲情，而是利益上的催动。

荆重言盯着荆寒屿，要他成为完美无缺的继承人。家族中的其他人也盯着荆寒屿，希望他自高处跌落。那些贪婪阴沉的目光像一道网，难怪荆寒屿觉得不自由。

这次谈心让两个人的距离更近一步。雁椿有时中午会去荆寒屿那儿睡午觉，近来备战期末考试，索性不住宿舍了，跟荆寒屿回去学个通宵。

荆寒屿不用通宵,雁椿以前观察过,他下晚自习后书都不会带。

但自从雁椿开始蹭电,荆寒屿也会随手拿本竞赛题。

雁椿忙着解最后一道题,荆寒屿还把书卷起来,不耐烦地敲敲他的脑袋。

"马上,马上,马上!"

"你走不走?"

"走走走!"

少年是最不懂累的,路上走的那十来分钟就算作休息了,一到家雁椿又开始解题。

客厅有个玻璃钢桌,是荆寒屿吃饭的地方,已经被他霸占了。

荆寒屿优哉游哉地洗澡、加餐,有时还去跑步机上锻炼下。而雁椿总是会得到一杯温热的牛奶。

晚上11点多了,荆寒屿才会在玻璃钢桌边坐下,象征性地做做题。

"你干吗不去书房?"雁椿在百忙之中抽空抬头。

桌上放着半盒饼干,荆寒屿拿起一块,"监督你。"

雁椿哼哼:"你就是想吃我的饼干。"

荆寒屿不会待太久,晚上12点准时睡觉,进屋前还要叮嘱雁椿不要熬到太晚。

雁椿想,这可真是废话,他要不是为了熬夜,干吗来睡沙发?不过荆寒屿的沙发比宿舍的床还舒服就是了。

就这么过了一个多星期,还有三天就要考试。荆寒屿却出事了。

隆冬时节,街头巷尾寒气逼人。雁椿衣服穿得少,早上荆寒屿给他拿了件自己的羽绒服。晚上出校门走了一截后,荆寒屿突然往后看去。

雁椿问:"怎么了?"

荆寒屿警惕道:"好像有人。"

街上有人不是很正常吗?雁椿正要开口嘲笑,就见阴影中走来一群人。虽然暂时看不清脸,但那来势汹汹的阵仗,一看就是冲他们来的。

雁椿第一想到的是詹俊终于想起来找麻烦了。

荆寒屿侧身上前,挡住雁椿,"你自己回去。"

雁椿知道电子锁的密码，但现在怎么可能走？

"他们是来找我的。"荆寒屿见他不动，语气渐急，"你别管。"

"我在你家蹭电，我能不管？"雁椿打的架还少吗？说完就要往前冲，荆寒屿却猛力拉住他的小臂，往自己身后拽。

人群越来越近，后面也蹿出一群。路灯照在他们脸上，都是陌生面孔，不是寰城一中的人。

雁椿本怀疑荆寒屿怎么能惹到社会上的混混，突然想起这些人可能和荆家有关。

他猜对了。

荆寒屿的堂哥是废物一个，从海外归来进了索尚集团，本想大展宏图，却隔三岔五挨训，一想到将来还要给荆寒屿这毛都没长齐的小孩打工，就心理不平衡。

绑架荆寒屿的事他策划挺久了，还专门找了一帮人。今天他就是要给荆寒屿点颜色看看。

两辆车在路边停下，包围合拢，堂哥从车上下来，发现还有一颗"耗子屎"就挺气愤。

怎么，荆寒屿这就有跟班了？

被架上车之前，雁椿拳脚并用，荆寒屿也没有束手就擒。但两个少年到底难敌十来个壮汉，打伤别人，自己也受了伤，车门一关，血腥气登时变得浓郁。

雁椿像是受到某种刺激，双眼变得雪亮而贪婪，喉结滚动，忍不住舔了舔唇角。

车往郊区开去，在一片废弃的厂房外停下。他们被拖拽出来，五花大绑扔在满是灰尘碎石的地上。

堂哥恨荆寒屿，但有整人的心没杀人的胆，叫打手们让荆寒屿尝尝皮肉之苦，还叮嘱不要弄死了。

动手前，打手们还给他们松了绑，雁椿如同吃了兴奋剂一般，一头撞上去，荆寒屿受过专业格斗训练，打得比他有章法，酣畅淋漓。

堂哥带着人扬长离开，他们又被绑起来，空气里是愈加刺鼻的腥臭。

月光沉没

雁椿浑身是伤,精神却极度亢奋。在几米远的阴影里,荆寒屿躺着一动不动,但雁椿听得见对方粗重的呼吸。

荆寒屿没死。

雁椿费力地挪动,每一下都痛得钻心。

但从他喉咙里挤出来的声音却无关乎疼痛。细细分辨的话,那是兴奋。

"别动。"荆寒屿说。

雁椿不理,终于挪到荆寒屿旁边。

借着微弱的光亮,雁椿看见荆寒屿脸上、脖子上的血。他们都被揍得好惨。

主人，监控到你心跳加速

没人说话，也没人动作，周围一下子变得很安静。雁椿只听得见自己的呼吸和心跳。

他们在微弱暗淡的光线中坐着躺着，呼吸声从急促变得绵长，总之等了很久，直到警察和荆家的人赶到。

荆寒屿自然是被送去特殊病房，雁椿也得到无微不至的照料。

医生用一种担忧而复杂的目光审视雁椿。他听见别人小声说，这孩子怎么这么木讷，是不是受惊过度，心理出了问题？

受惊过度？没有的事，他没什么反应，只是因为喜欢血腥味。

荆寒屿推开病房的门，穿一身宽大的病号服。

病号服没有任何美感可言，但少年的身体尚且单薄，被衬托得苍白脆弱，像一件美好的需要悉心呵护的艺术品。

荆寒屿停在他的病床前，看了他一会儿，说："庄医生说你不太对。"

雁椿摇摇头，说："还好。"

"雁椿。"

"嗯？"

"抱歉。"

雁椿张了张嘴，思索这声抱歉是什么意思。他很少有迟钝的时候，但这次不一样，他和荆寒屿好像并不在一个频道上，他花了些时间，才想明白荆寒屿是在为将他卷入祸事道歉。

可于他而言，这不需要道歉。

荆寒屿坐在床沿，"哪里不舒服，跟我说。"

雁椿又摇头，咧出一个不大的笑，说："明天考试，我完蛋了。"

荆寒屿眉峰蹙了蹙，"你担心这件事？"

雁椿凑近了些说："如果我考砸了，寒假你给我补课吧。"

荆寒屿下意识往后躲了下，但没有真正躲开。

几秒钟后，雁椿听见他说："可以。"

警方很快抓到绑架二人的堂哥。法律上的惩罚并不严重，但敢动索尚集团的继承人，这位仁兄在事业上也就走到头了。

雁椿不清楚堂哥具体被怎么处理了，只听荆寒屿轻描淡写地说他不会再待在国内。

彼时期末考试已经结束，雁椿排名果然下降，荆寒屿却仍旧稳坐年级第一的宝座，仿佛再绑架他十次，他仍能岿然不动。

荆家加强了对荆寒屿的保护，荆重言希望荆寒屿回家住，但荆寒屿没同意。

寒假留校的人着实不多，雁椿暂时搬到荆寒屿家里，一方面蹭个住处，另一方面让学神给指导一二。不过等到除夕，他还是得回桐梯镇过年。

假期是打工的好机会，雁椿带着一身油烟味回到荆寒屿家里，刚一出电梯，就看见一群保镖模样的人。

荆重言来了。

那是雁椿第一次见到荆寒屿的父亲，男人的外表比他想象中要平凡。但大约掌权人都是这样，不会随时随地显露权势和富贵。

荆重言和荆寒屿的僵持戛然而止，这位上位者转过身，打量雁椿，"你就是那个孩子。"

雁椿看荆寒屿，荆寒屿和平常不同，神情冷漠得吓人。

荆重言兀自点点头，继续说："你在这里，和寒屿也算有个照应，如果发现什么，及时……"

荆寒屿打断，"他是我同学，不是你请的保镖。"

荆重言冷笑了声，不再坚持让荆寒屿回去，离开前在荆寒屿肩上拍了拍，"不要让我失望。"

说完，荆重言又看向雁椿，眼里带着一丝公式化的笑，"放心，李万冰不会再来惹你们。"

李万冰就是那惹事的堂哥。雁椿乖巧地将荆重言送走，心里浮起一个计划的雏形。

寒假的前半段过得着实太平淡。可那事之后，很多东西随之改变。

以前雁椿被荆寒屿管束，自认为对荆寒屿的屈从有感恩、惹不起的成分，荆寒屿说什么都对。但现在他忍不住想讨好荆寒屿，跟烧肉店的师傅学了几个家常菜，买上食材回家做给荆寒屿吃。

至于题，过去只有实在不会的才问，现在就算会，也要装不会，让荆寒屿多讲几遍。

有一次他终于把荆寒屿惹毛了，荆寒屿用笔杆敲他的耳朵，"你要我？"

就这么待到腊月二十九，烧肉店放假，雁椿也得回桐梯镇了。

"你回家过年吗？"一起去公交站的路上，雁椿呵着寒气问。

荆寒屿说："回。"

雁椿琢磨着自己的计划，说："我回来后跟你说件事。"

荆寒屿停下脚步，问："什么事？"

雁椿一副神秘的模样,"保密!"

车来了,雁椿轻松地跳上去。车窗上有寒冬腊月的雾,将荆寒屿的脸遮得模模糊糊。雁椿朝他挥手,他双手插在衣兜里,懒得伸出来,衬得雁椿像只急切开屏的孔雀。

但雁椿毫无失落的情绪。

车一开走,外面的景象就更模糊了,雁椿没看见,荆寒屿在车站里站了一会儿,一直看着驶离的车,直到车转弯,才朝来时的路走去。

在客运站,雁椿和郁小海会合,他们要一起回桐梯镇。

郁小海提着大包小包,换了件新衣服,兴致勃勃,喜气洋洋,对回家这件事充满期待。

雁椿不同,他不怎么想见乔蓝,回家只是因为春节,大家都要过春节。他这样对春节没什么特殊想法的,也只得随大溜。

小时候的事在脑子里越来越模糊了,被卖到绯叶村时,他笃信是乔蓝给他买棉花糖,他没有跟紧乔蓝,这才被人贩子趁机拐走的。可回来这么多年,乔蓝和他之间已经没什么情分,他不止一次地想过,乔蓝是故意把他扔在那里的。

只是他想不通其中的缘由。说因为家贫养不起吧,乔小野一个病秧子,乔蓝不也骂骂咧咧地养着吗?

中巴颠来倒去,开了三个多小时,终于开到了桐梯镇。

郁小海打算过了初五再回主城,雁椿初二就走,不能和他一起了。

郁小海想了想,没说什么。

破烂的筒子楼也为这一年一度的春节张灯结彩,雁椿才走到路口,就看见张望的乔小野。

"哥!"乔小野瘦猴儿一般从台阶上蹦下来,急匆匆地跑向他,"你终于回来了!"

一年不见,乔小野气色似乎好了些,个子也长高了。

雁椿十分欣慰地想,自己挤时间打工是对的。等以后他考上不错的大学,就能赚更多钱,带乔小野去大城市的医院看病也不是不可能。

转去襄城一中是变好的契机,他的脚虽然还在泥沼里,但眼睛已经看到了上一阶层光明的生活。而且他还有了个要好的朋友。一切都在向好的方向发展。

不过回到家里，雁椿敏锐地察觉到一丝古怪。

灶上炖着肘子汤，还蒸着一锅排骨，狭窄的客厅放着一堆礼盒，什么燕窝啦、腊肉啦，厨房还放着几根大骨头。

虽然过节一定会吃好点的东西，但在雁椿的印象中，乔蓝就没有这么大手大脚过。

雁椿转身问："有客人？"

乔小野说："来了个叔叔。"

天黑之前，乔蓝回来了，带着个其貌不扬的男人。

乔蓝不是第一回带男人回家吃饭。雁椿对父亲没什么印象，乔蓝有时说他出去打工不见了，有时说他早死了，一副有八辈子仇怨的模样，却对每个带回来的男人很殷勤。

但这回不一样，乔蓝不殷勤，男人话也不多。乔小野胆子小，坐在雁椿身边一言不发。四个人几乎沉默着吃完了一顿晚饭，乔蓝又和男人离开。雁椿留意到男人看了自己好几次，那目光他看不懂，不由得生出几分好奇。

但那是乔蓝的相好，他没兴趣去打听。

第二天就是除夕。中午，男人又来了，和乔蓝一起在厨房忙碌，然后四个人围在一桌吃了顿年夜饭。

"这么大了。"男人喝了几杯酒，视线落在雁椿身上。

简单的一句话，但不是任何人都能说。雁椿立即意识到，这人可能不只是乔蓝的相好。

乔蓝脸色一变，夺走男人的酒。男人冷笑一声，点头。

在雁椿眼中，他们好像达成了某种协议。

电视开始播放节目，外面有小孩放鞭炮。乔蓝从来不给雁椿买鞭炮的钱，后来雁椿打工攒了钱，也不会花在这种地方。

男孩子虽然都喜欢鞭炮，但也不是非得自己买，看别人放也是一种乐趣。

月光沉没

雁椿不想待在家里，正要带乔小野去江边看人放鞭炮，男人突然叫住他，叫的是——阿椿。

雁椿忽然怔住。没人这么叫过他。

乔蓝急忙从厨房跑出来，抬手就往男人肩上捶，"你想干什么？"

男人不理会，拿出三张一百块钱的钞票，朝雁椿递了递，"和弟弟去放鞭炮吧。"

乔蓝警惕地瞥着雁椿。

雁椿不怎么想拿这个钱，但能察觉到身边的乔小野很兴奋。他上前两步，接过钱，说了声"谢谢"，便不再停留。

乔小野难得精神好，去江边的路上，雁椿便多问了他几句，全都是关于那个突然出现的男人。

"妈妈不喜欢他，但他带了很多东西来。"乔小野踢着小石头走，"我生病也是他陪我去医院。哥，我有点怕他，他不怎么说话……"

按乔小野的话说，男人是半个月前来到家里的，乔蓝好像一下子哑了火，不再跟邻居争吵，时常不在家。

乔小野也到了懂事的年纪，觉得自己的妈和男人开房去了。

雁椿越听越觉得事情不是这么简单。他猜男人说不定就是他那"死"了的父亲，当年不告而别，现在又一声不吭地回来，虽然似乎不缺钱，还带了不少礼物回来，但乔蓝心里还是有怨和恨。

礼花和鞭炮都买了，雁椿像个局外人一般毫无感情地分析着自己的父母。乔小野没心没肺地放着礼花和鞭炮，三百块钱的礼花和鞭炮放得一分不剩。

他们回去时乔蓝和男人都不在家中。雁椿安顿好乔小野，觉得这个年过得真没劲。

荆寒屿在干什么呢，荆家也放礼花和鞭炮吗？

初一男人没再来，乔蓝也不提。初二雁椿就要走了，乔蓝将他扯到一边，贼眉鼠眼地说："他如果找你，你要告诉我。"

雁椿明知故问："谁？"

乔蓝满脸不耐烦，眼里有很少流露的畏惧。

雁椿挺诧异的。乔蓝这种骂起街来四邻都得躲起来的人，居然也有害怕这种情绪。

"他不会是我爸吧？"雁椿戏谑道。

乔蓝一瞬间变得极其难堪、恐惧，瞳孔飞快收缩，"你……"

雁椿举手投降，"行，我不问。"

乔蓝那怪异的表情诠释着嫌恶、作呕、避之不及，半晌道："你别和他有来往，好好念你的书。我和小野将来还得指望你！"

这倒像是乔蓝能说出的话，雁椿笑了声，"走了。"

即便是实验班的学生，除夕到初三这四天也是不怎么看书写题的。雁椿觉得荆寒屿应该回家过年去了，便直接回到宿舍。

他走的时候背着一个干瘪的书包，回来还是这个书包，没有从家里带走一件年货。

雁椿本以为学校肯定没人，经过篮球场时却听见篮球砸在篮板上的声响。他转头一瞧，不是荆寒屿又是谁？

雁椿的唇角立即牵起，声音在空旷的校园越发响亮："荆——哥——"

荆寒屿投篮的动作停下，目光安静地投过来。

如果离得近一些，雁椿便能看清他眼中一闪而过的惊讶。

荆寒屿站在原地没动，雁椿心急火燎地跑过去，两个人几乎同时开口。

"你怎么今天就回来了？"

"你怎么不在家过年？"

短暂的沉默后，荆寒屿很轻地笑了声，"你们宿舍没开门。"

雁椿想：我有大门钥匙。

不是随便什么人都能跟宿管借到大门钥匙的，也就雁椿嘴甜会卖乖，还是实验班的，放假前就把钥匙拿到手了。

不过现在他不想用了。

"啊……"他故作苦恼，"那我还是住你那儿？"

荆寒屿似乎已经打了好一会儿篮球，汗水挂在脖子上，气息有些重，这样听着就比平时低沉。

"不让你住。"

"你不收留我,我就只能睡大街了。"雁椿很上道地示弱。

荆寒屿懒散地运着球,"看你表现。"

雁椿放下书包,殷勤地当起陪练。荆寒屿是个小绅士,他得惯着。

二人打完球,谁都没提住哪里,雁椿很自然地跟着荆寒屿回家。初七之前城管不上班,小贩们一窝蜂在路边起锅摆摊。

雁椿早饿了,想吃麻辣烫。荆寒屿和他一块儿坐下。等串儿的时候,荆寒屿问:"你上次说的是什么事?"

雁椿一时半会儿没想起来。

荆寒屿又说:"你回家那天。"

"啊——"雁椿其实不打算现在说,因为还没把计划完善好,但看荆寒屿的样子,今天是非得让他说不可了。

"你那堂哥李万冰,现在还没出国吧?"

荆寒屿嘴唇抿了下,好像有点失望,"和他有关?"

雁椿不知道这失望从何而来,但对自己即将说的话挺有自信——自信能够让荆寒屿高兴。

"这孙子整你,我要整回来。"

"你?"

麻辣烫上桌,白汽在二人间荡开,雁椿压低声音:"我以前打工的夜场,旁边有条没人管的街,有人在那里被打死,最后也没查出是谁干的。只要能把李万冰引过去……"

雁椿说得很兴奋,但荆寒屿的眼神却越来越冷。

他不由得停下来,像个一心献宝却被泼了冷水的傻子。

荆寒屿说:"你想弄死他?"

雁椿确实想过,是李万冰先发难,他报复有什么不对?

但荆寒屿的注视让他动摇了,他好像惹荆寒屿不高兴了。

"也不是弄死。"雁椿只得改口,"揍个半死差不多了。"

白汽散去,荆寒屿的视线过分地认真、凌厉,"雁椿。"

"啊?"

"不要想这种事。"

"哦。"

荆寒屿顿了会儿,像是不放心似的,说:"他已经得到了惩罚,这件事到此为止。记住了吗?"

出国算什么惩罚?雁椿内心并不赞同,但此时他已经明白荆寒屿和自己的分歧,笑着点头:"知道知道,我不报复他了。来,吃毛肚。"

有人报了警,巷子里少年们的群殴最终以警察赶来告终。

警车鸣笛,将雁椿的思绪从十多年前拉回来。

他站在街对面,看着少年们或趾高气扬或如斗败的公鸡一般被推上警车,长吸了一口夹杂着七里香的夜风。

当年他只知道自己与荆寒屿意见不合,放弃整堂哥不过是因为荆寒屿不想他那么做。他那时并不觉得自己的想法与众不同。

后来当很多事发生后,他才认清自己是个怪物。他想虐杀堂哥,再消除所有痕迹。他和那些残忍的凶手一样,在计划一次完美的杀人活动。

寰城一中比十年前管得更严,雁椿没能进去。手机发来航班起飞时间确定的消息,他只得又打了辆车,回到机场。这一番折腾,回家时已是凌晨四点。

雁椿以为自己能够倒头就睡,但过度锻炼的肌肉比前一日更痛,随之而来的是亢奋和清醒。他曾经毫不怀疑荆寒屿是个正直、纯洁的人。正因如此,他才不能让他沾上属于自己的污泥。

天亮后,雁椿煮了杯咖啡提神,若无其事地去市局。

他倒是想躲几天,但叶究手上有需要他出力的案子,他只得硬着头皮上。

荆寒屿也在,好在工作时间无须多少私底下的交流。

晚上六点多,雁椿收拾好桌子下楼,肌肉疼痛影响工作,他预约了一个按摩师。但刚从楼里出来,不巧又遇上荆寒屿。

他想也许这不是"遇上",荆寒屿是故意在这里等他。

今天工作效率不高,或许不只是因为运动的后遗症。在寰城遇见许青成,得知荆寒屿可能因为自己没参加高考,让他不由自主地走神。

要不是他十年来习惯了克制,说不定已经向荆寒屿问及高考的事了。

荆寒屿挡在他下班的必经之路上,存在感太强,不可能假装没看见。

雁椿客气地点了个头,"荆总,你也下班了?"

职场的狗屁废话,雁椿说着都烫舌头。

荆寒屿扫了他一眼,说:"上车。"

雁椿保持微笑,却没动。他不记得自己今天和荆寒屿有约。

他不动,荆寒屿也不动。

这大庭广众的,着实不适合玩"一二三木头人"游戏,雁椿只得说:"荆总,没事的话我先走了。"

荆寒屿说:"有事。"

雁椿无语。他真的很想怼一句"您到底有什么事"。

"你还痛吗?"荆寒屿问。

雁椿说:"正要去按摩。"

荆寒屿眼神略微变暗,将车门拉开,再次说:"上车再说。"

眼看刑侦支队一群人走过来,雁椿不想跟他们解释自己和荆寒屿在拉扯什么,无奈上车,却听"咔"的一声响,荆寒屿将车门锁了。

"荆总?"

"我有没有说过,我按摩的技术很好?"

荆寒屿的语气很平静,不像生气,也没什么感情。但雁椿后颈突然麻了下,下意识道:"我去店里按摩就好,不麻烦荆总了。"

"我告诉过你,你可以找我。"荆寒屿将车开出去,一脚踩向油门,"说过不止一次。"

雁椿的脊背在惯性作用下紧紧贴在椅背上,脖子却不由得转向荆寒屿。

荆寒屿跟他说过两次"找",一次是按摩,一次是放松。两次都让他难以应付,甚至觉得这简直是无理取闹。

事情发展到现在，他的淡定只停留在表面上，他很想朝荆寒屿发脾气——你够了没有？你知道我是什么样的人吗？

荆寒屿的余光从眼尾淌出，完成了一个漫不经心的对视："我没有一再强调，是想给你时间考虑。你考虑了吗？"

雁椿无语。

荆寒屿轻嗤："看来没有。"

雁椿下意识道："不是。"

"那你考虑得怎么样？"

荆寒屿游刃有余的紧逼让雁椿更加窘迫，他小幅度地蜷起手指，指节在西裤上轻轻摩挲："我们都不是小孩子了。"

说完这句话，雁椿就有些后悔，说教味太浓，而他什么时候管教过荆寒屿？从来都是荆寒屿对他管这管那的。

"所以？"荆寒屿语气上挑，"你想说什么？"

雁椿只得说下去："你不能强迫我做我不愿意做的事。"

车继续前行，荆寒屿没有立即回答。但雁椿看见他下巴的线条不大明显地僵了一下。

红灯让车流停下，人群黑压压地快速经过。

荆寒屿问："都是按摩，你愿意让陌生人按摩，换作我，就不愿意了？"

雁椿头皮一阵发麻。根本不是这样，这人为什么非要这样理解？

"不是……"

"那就是换作我，你也愿意。"

雁椿抿唇。他说不过荆寒屿。

前面的车又动了，他们的车也缓缓开过斑马线。

荆寒屿说："是不是又在计划着逃跑？"

雁椿不能解释高三时的不辞而别。为今之计，荆寒屿怎么说，他就怎么听。

又开过一截路，雁椿看出他们是在往荆寒屿家的方向去——上次送荆寒屿回来时，他开过这条路。

月光沉没

"你想带我去哪？"

"我家。"

雁椿警惕地直了下腰背，瞥见荆寒屿唇边的一抹笑。那笑很浅，带着点嘲讽的意味。也不知是不是在笑他的不安。

他立即沉下一口气，自我暗示——我怕什么？他能拿我怎么样？

这时，按摩馆打电话来确定预约情况。雁椿还没说话，荆寒屿就已开口："告诉她，我们不去了。"

雁椿现在被困在荆寒屿的车上，不得不取消预约。那边传来一个很甜的女声："好的，这就为您取消，玩得愉快哦，雁先生。"

雁椿很无语。倒是荆寒屿冷冷地笑了笑，重复道："玩得愉快哦，雁先生。"

雁椿扭头看窗外，假装没有听见。

车停在雁椿上次停过的地方，车门的锁也打开了。

雁椿下意识就去拉门把手，身后却传来荆寒屿的声音："你要逃走吗？"

雁椿手顿住。

他明知荆寒屿是在挑衅他，却还是上了套，转身道："我有什么可逃的？"

荆寒屿解开安全带，"那最好。"荆寒屿开门，"下车。"

雁椿在后视镜里看了看自己此时的模样。还好，并不狼狈。

雁椿忽然从容起来，之前荆寒屿刚把车门锁上时，他不是没有跳车的冲动，现在站在荆寒屿家楼下，他已经觉得上去坐一会儿也无所谓了。

兵来将挡水来土掩，没有什么事是现在的他不能应付的。

这小区入住率不高，楼里很安静。荆寒屿打开门，给雁椿拿了鞋。

雁椿装作自在地走进去，粗略观察了一番客厅和开放式厨房，灰白色调，直角线条，不像常有客人来的样子。

自己是难得的客人吗？

想到这里，雁椿强迫自己停下。他应该不算客人。疑问随之而来，如果不算客人，那他是什么角色？

他已经习惯了理性克制的生活，同事、犯罪嫌疑人，任何角色都有一个明晰的定位。但一旦和荆寒屿相处，所有角色法则都失效了。

荆寒屿倒了两杯水。雁椿确实口干舌燥，洗完手后端着杯子一饮而尽。

荆寒屿看着他，"今天想按哪里？"

雁椿放杯子的力气稍微大了些，杯底在光洁的案台上撞出一声脆响。

荆寒屿朝沙发一抬下巴，"去那里。"

雁椿没动。

荆寒屿靠近，"你想在这里也行。"

这里就是开放式厨房的案台，面积够大，躺上去、趴上去都没有问题。但这也太奇怪了。

雁椿干笑了声，"这不好吧？"

荆寒屿点头，"那就去沙发上。"

在案台和沙发间，雁椿选择了后者。但身为一个专研犯罪心理的专家，他很清楚自己正在被一道不可抗力推向歧途。

雁椿坐下时，荆寒屿也已经走了过来，居高临下道："你就这么坐着？"

雁椿脱口而出："那我应该趴着？"

荆寒屿半眯着眼，"也不是不行，按摩不都那样吗？你想仰躺也没问题。"

雁椿果断趴下。身后有一些响动，荆寒屿走来走去，不知道在干什么。

雁椿拿过一个靠枕抱住，将脸埋进去。

他的肌肉紧紧绷住，背上的所有触感都变得清晰。一双手落在他肩膀靠近后颈的位置，拇指和其他四指分开，开始按揉。

每捏一下，他的肌肉就缩得更紧，跟石头似的。

这完全是本能反应，不受意志左右。

荆寒屿说："你去按摩店也是这样吗？"

雁椿想，当然不是。

荆寒屿在他肩胛骨的位置拍了拍，"放松。你这样我得费更多力气。"

雁椿忍无可忍，撑起上半身，"又不是我强迫你给我按的。"

荆寒屿好整以暇,"嗯,你想让别人给你按。"

雁椿要起来,从沙发上逃离,但已经晚了。荆寒屿只要按住他的肩膀,他就不可能挣扎得出来。

荆寒屿不再多言,仿佛化身技艺高超的按摩师,在背上一块块酸胀的肌肉上按压。

雁椿像飘在遥不可及的云中,理智晃来晃去,松了劲。

十分钟之前,雁椿还在心里想,荆寒屿怎么变成了这样?十分钟后,雁椿又很确定,荆寒屿没有变。

至少有些时候,他还是像高中时那样认真。

高二寒假的尾巴,雁椿因为计划杀死荆寒屿的堂哥而被荆寒屿训斥后,气氛尴尬了几天。

雁椿揣着宿舍的钥匙,却背着书包提着菜往荆寒屿家跑,厚着脸皮要荆寒屿给自己讲题。

"荆哥,你答应了我的,我期末考试没考好,你得给我补习。我这道题不会,你看看……"

荆寒屿不冷不热,可能还惦记着他那天的惊人之语,"你不是不做竞赛题吗?"

荆寒屿一看。可把他厉害的,高考数学题已经难不倒他了,为了演得真一点,他居然把竞赛题拍到了荆寒屿跟前。

"呃……我上进啊!"雁椿嬉皮笑脸,"不是你叫我没事多看看竞赛题吗?"

荆寒屿盯着他看了好一会儿,眼珠子像一汪夜风下的深潭。

他的傻笑不怀好意,荆寒屿的沉默坦荡正直。二人就这么僵持了会儿,荆寒屿终于拿过卷子。

荆寒屿认真讲题,雁椿便认真听讲。等到荆寒屿讲完了,关系缓和点,荆寒屿问:"你还在想那件事吗?"

雁椿装傻,"什么事?"

荆寒屿浅蹙眉心,"李万冰。"

雁椿故作潇洒，"你说算了啊，我当然听你的。"

荆寒屿摇头，"和我说什么没有关系。你不能那样想。"

雁椿心虚地点头，"我知道了，当时就是冲动。你说了我不就改了吗？"

荆寒屿似乎将信将疑。雁椿不想继续这个话题，跑去厨房大展拳脚，要给荆寒屿做菜。

忙活下来，菜烧得怎么样另说，雁椿一身油烟味是逃不掉了。

荆寒屿嫌他臭，赶他去洗澡。

他洗完澡找吹风机，吹风机却突然坏了。这大晚上的，买新的不现实。雁椿无所谓，胡乱擦了两把就要睡觉。

荆寒屿却把毛巾捡起来，蒙在他脑袋上。

"少爷欺负乡巴佬同学啦！"雁椿一边挣扎一边怪叫。

荆寒屿不耐烦地拍他脑袋，"乱叫什么？擦干了再睡。"

雁椿马上老实了。

擦头发是件很适合酝酿睡意的事，雁椿被擦得怪舒服的。那之后，雁椿便隔三岔五请荆寒屿擦擦头发，不知是不是荆寒屿忘了，一直到入夏，坏掉的吹风机还没换。

有次吹头发时，雁椿又问起荆寒屿的堂哥。他想从荆寒屿口中听到这人倒八辈子霉的事，荆寒屿却只是语气很淡地说，李万冰很后悔。

雁椿暗自冷笑，后悔就完了吗？他还是想看到李万冰很惨地死去。

荆寒屿说："蠢货最容易被人利用，李万冰自己做不出这种事。"

雁椿立马兴奋起来，"谁在利用他？"

荆寒屿欲言又止。

雁椿软磨硬泡，"你家那些兄弟？你猜到是谁了？"

荆寒屿摇摇头，"我不知道。"

但过了一段时间，雁椿还是听到一个名字——荆飞雄。

雁椿脑袋又晃了下，抬头，是荆寒屿在戳他的脑门。

新鲜的回忆和现实的接触正在瓦解雁椿的防线，从昨天去寰城后压在他胸口的东西便开始躁动。

荆寒屿正要离开，雁椿突然抓住他。

荆寒屿自上而下看他，许久发出一个音节："嗯？"

"我昨天回寰城一中了。"雁椿半仰着头，有个声音对他说："停下，你不该说这些。"

可他好像失去了对喉咙的掌控，它不断用他的声音吐出字来："我去看郁小海，遇到了许青成。郁小海你还记得吗？他是我……"

荆寒屿发出一声冷笑，仿佛在嘲笑他问了个无聊的问题。

雁椿点点头，"你记得！"

荆寒屿说："所以，你想说什么？"

雁椿喉结滚动几下，"那年你参加高考了吗？"

一阵沉默后，荆寒屿说："没有。"

雁椿问："为什么？"

荆寒屿睨着眼，"你不知道为什么吗？"

"我……"

"因为你跑了。"

雁椿并不明白，自己的离开和荆寒屿放弃高考能有什么必然联系。但事到如今，他不得不怀疑自己的记忆出了某些问题。

他有点艰难地问："我答应过你什么吗？"

荆寒屿哂笑，语气恶劣，"一辈子做我的跟班算不算？"

没有的事！雁椿满眼都写着不可能。

荆寒屿恶人先告状："你看，你就是这样，又要问我，我告诉你答案，你又不相信。"

雁椿讨厌这种被拿捏的感觉，"我还有个问题，很久以前我就想问你。"

"什么？"

"高中时，你管我的成绩，我和詹俊的矛盾，也是你给我解决的。现在……"雁椿顿了下，现在荆寒屿的管束和年少时相比，更出格，几乎是在违法的边缘反复试探。

但雁椿不想激怒荆寒屿，将后面的话咽回去，只说："是因为当初在绯叶村你救过我吗？所以觉得对我有责任？"

"绯叶村？"荆寒屿拧眉，像是在思考其中的逻辑关系。

须臾，他似乎终于明白过来这个"笑话"，说："从来就没有什么责任。雁椿，我管你，和责任无关。"

雁椿愣住了。

荆寒屿从容道："雁椿，你欠我的，你明不明白？"

"早上好。"雁椿刚睁开眼，脑子还不怎么清醒，就听见这近在咫尺的一声。

他含糊地应答，又怔了会儿，才意识到自己正躺在荆寒屿的床上。

"早……"迟来的尴尬像一剂醒脑剂，雁椿迅速坐起来，不大自在地打招呼。

荆寒屿穿的是衬衣、西裤，应该早就收拾完毕了。

雁椿起身背对荆寒屿说："我用一下卫生间。"

"嗯，去吧。"

雁椿匆匆将自己收拾妥帖。镜子里的男人气色竟然很不错，显然是昨天睡得很好。他竟然在按摩时舒服到不知不觉睡过去了。

这么一想，雁椿耳根就突突跳起来。

荆寒屿在外面道："好了就出来吃饭。"

雁椿犹豫了一下，还是开了口："帮我拿下衣服。"

他和许多职场人一样，每天都会换衣服。但今天看来只能穿昨天的衣服去支队了，荆寒屿的衣服他穿不了。

荆寒屿说："开门。"

雁椿一看，从半开的门外递进来的不是他的衣服，"你的？"

荆寒屿嗤笑，"你想穿一样的去上班？"

"不是，你的大一号……"

"谁说是我的？"

雁椿愣了，"啊？"

荆寒屿将衣裤放在台子上,"你的型号。"

雁椿迅速穿好衣服。

雁椿心事重重地和荆寒屿回到客厅,餐桌上摆着两份煎蛋火腿吐司。荆寒屿不会做,是刚从酒店叫的外卖。

吃完后就要出门了,雁椿问:"你今天也要去支队?"

荆寒屿在玄关架上拿过钥匙:"不想和我一起?"

"也不是。"

"你可以叫车,也可以搭地铁,我不强迫你。"

雁椿眼中流露出意外。

荆寒屿却轻笑道:"这点自由我还是可以给你的。不过雁椿,我不会放过你。"

玄关到底逼仄,雁椿后背抵着鞋柜,几乎是退无可退的窘境。

"走吧,雁老师。"

早上很难不堵车,前面的车流像快要断掉的水一样要死不活地流动。

但雁椿能察觉到荆寒屿心情不错。而他自己的理智、稳重也在上车后恢复了七八成。

"荆总,我们谈谈。"

"嗯?"

雁椿目视前方:"我想我们之间可能有什么误会。我确实没有骗过你。"

荆寒屿说:"那不重要。"

"什么?"

"你骗没骗我,都是过去的事了。"

雁椿咽了口唾沫,心想那你到底想怎么样?

荆寒屿问:"怎么不说话了?"

雁椿有点无力,"听你说。"

"我出国时想,今后如果你让我找到了,我会把你的手脚都绑起来,让你无法动弹;我还要把你的眼睛蒙住,让你看不到路;把你的嘴也堵住,让你不能求救。"

雁椿听得胆战心惊，难以将微笑着说出这等混账话的男人和十年前教育他不可以杀人的男孩重叠在一起。

荆寒屿又道："不过你看，我没有那样做。你可以上班，继续当你的雁老师。只要你不离开我的视线，你想做什么都行。"

雁椿艰难地消化着这段听起来并不出格的话："你好像还是想把我关起来。"

荆寒屿笑道："你怕了？"

雁椿没说话。

"非法囚禁也不是不可以，到时候你会参与讯问吗？"

"我只是顾问。"

"嗯，不是警察，这就好办。"

荆寒屿将车停在市局外的一条小巷里，雁椿下车走过去。

韩明明打量了雁椿好几眼，雁椿险些以为她发现自己穿的是荆寒屿的衣服。韩明明却十分欣慰地说："雁老师，你今天这身很有品位。再接再厉。"

雁椿无语，他本来就比较注意搭配，难道以前在韩明明心中他很没品位？

支队忙起来一个人都是当三个使，雁椿一天没见着荆寒屿，听说是设备出了故障，屿为科技的人正在紧急修复。

雁椿忙完自己的事，准备下班，荆寒屿又出现了。

"我今晚要回家。有重要资料在家里。"雁椿先发制人。

"那我跟你一起。"

雁椿哑口无言，到了车边，荆寒屿却没有上车的意思。

雁椿不明所以。

荆寒屿说："想让我去？"

"不是你说的吗？"

"开个玩笑。我今晚有应酬。"

雁椿这才知道自己被戏弄了。

月光沉没

　　荆寒屿没说是什么应酬，先行开车离开，雁椿在紧绷了一天后，忽然觉得很不真实，车开到半途，决定去买点菜自己做。

　　超市这个时候很热闹，雁椿买了几样搭配好的，又往购物车里丢了两大盒牛奶。

　　雁椿心情发沉地回到家中，炒了两个没有灵魂的菜，吃完饭休息一会儿后洗了一个澡，又把在超市新买的内裤给洗了。

　　临睡时，雁椿和手环聊了会儿天。

　　手环说："雁椿，你今晚在忙什么？"

　　雁椿说："环环，你又没礼貌了。要叫我主人。"

　　手环说："哦——那主人，你今晚忙了什么？"

　　雁椿懒洋洋地躺在床上，说："做饭，洗澡，洗衣服。"

　　手环说："那真是一个普通的晚上。"

　　雁椿一下子坐起来。

　　手环说："主人，监控到你心跳加速。"

　　雁椿进入浴室时，忘了把手环摘下来，完了才体会到害羞。手环虽然不是人，但好歹经常和他聊天，像个活人，这多少让他有些不适。

　　幸亏手环没有播报他的实时心率、体温、情绪，也没问"雁椿，你在干什么？"

　　雁椿想起手环时，它已经休眠了，看来屿为科技在保护隐私这方面果真不是随便说说。

　　接下去的几天，雁椿和荆寒屿在支队都没什么交集，雁椿还被叶究拉着出了一趟三天的差。

　　不过刚一回来，荆寒屿就等着他了。

　　"好久不见，雁老师。"

　　雁椿近来有件无法对任何人提及的事——他常常想起小时候的荆寒屿。

　　接受治疗时，雁椿事无巨细都要对卡尔通博士、言朗昭倾诉。他成了一个透明的箱子，展示着其中的邪恶和扭曲。

　　但这件事他谁也不能说。

看见荆寒屿和他的车，雁椿无奈地发现，自己居然松了一口气。

"萄喜乡条件不怎么好，很累吧？"车开出一段后，荆寒屿说。

雁椿这次去的正是骊海市最偏远的萄喜乡，但雁椿不是娇生惯养的人，出外勤从不叫累。

让他略感落差的是，荆寒屿知道他在什么地方，而他对荆寒屿这几天的安排一无所知。

"还行，习惯了。"雁椿想了想问，"你呢？在忙什么？"

"索尚集团一堆麻烦事。"荆寒屿说，"你应该没什么兴趣。"

雁椿确实对索尚集团没兴趣，而且知道屿为科技和索尚集团无关，是荆寒屿和李江炀白手起家创办的。

他好奇的只是，荆寒屿怎么又和索尚集团扯上关系了？没记错的话，荆寒屿上次去应酬后说想到了一个恶心的人，那这次呢？

工作原因，雁椿对旁人的情绪很敏感，荆寒屿此时应该是不大愉快的。是因为应酬，还是某个特殊的人？

"你上次说的是谁？"雁椿问，"恶心的人。"

荆寒屿冷声道："挺多。"

"你找我吃饭那次。"

荆寒屿想了会儿，说："荆飞雄。记得吗？"

雁椿眼神也是一冷，"他啊。"

荆家的人，雁椿记得的不多，但荆飞雄怎么都不会忘。

堂哥那件事荆寒屿怀疑是有人在背后唆使，李万冰被人利用了。但荆寒屿没说怀疑谁，雁椿自己打听到，荆寒屿有个堂哥叫荆飞雄，商学院大二，准备出国，其父是荆重言的三弟。

荆家的小辈里，荆飞雄暂时最受器重。

之所以说是暂时，是因为荆寒屿还在念高中。荆飞雄样样出众，亏就亏在不是荆重言的儿子，他那醉心艺术的爹对家族生意毫无兴趣，拖了他的后腿。

雁椿觉得，荆飞雄最有可能将荆寒屿视作眼中钉。

与兽性一同觉醒的是保护欲，高二下学期，雁椿俨然成为荆寒屿身

月光沉没

边的保镖,空闲时他琢磨出了好几种收拾荆飞雄的方法,无一不和虐待有关。

但一想到荆寒屿不喜欢他那样,他便迟迟没有动手。

他不知道的是,就在他锁定荆飞雄时,这个狡猾的男人也注意到了他——这太容易了,荆寒屿自幼与家人不亲,走得近的不过就卓家和许家的小子,身边突然多了个男生,瞎子才看不见。

李万冰已经被送到国外,荆重言拿他敲警钟——谁动荆寒屿,下场只会比李万冰更惨。

但荆重言从没说过,荆寒屿旁边的小喽啰也不能动。

荆飞雄很容易就明白,荆重言任由一个来历不明的人跟着荆寒屿,是方便"有心人"出气。

雁椿在跟踪荆飞雄时,被"请"到会所。

荆飞雄个头很高却消瘦,戴着细边眼镜,像个阴沉的瘾君子。

"寒屿让你来的?"荆飞雄说话时,身后一小弟上前,粗暴地抓住雁椿的头发。

雁椿在荆寒屿面前装得乖巧,本性却与胆怯、善良无关,会所里诡异的气氛和光线恰好催动着他的暴虐,他阴鸷地笑道:"上次是李万冰,这次是你,人家荆寒屿理你们吗?"

荆飞雄似是有些许不解,但对这样一个镇里来的穷学生实在是没什么可说的,直接就让人灌酒,"上刑"。

原话是"给点颜色瞧瞧"。

疼痛雁椿倒是不怕,哪怕是刀子在他咽喉上摩挲,他也只是感到兴奋。

但酒里添了东西,他的意识开始模糊,有人扯掉了他的衣服,恶臭的唾液糊在他脸上。

他没有力气挣扎,晕过去之前,隐约听见一阵喧哗,然后按着他的那些人被踹开,一件衣服盖在他身上。

他醉归醉,嗅觉还在工作。衣服上是荆寒屿家洗衣液的味道,他太熟悉了。

荆寒屿来得及时，雁椿除了被揍了几拳、扒掉衣服，没吃更严重的亏。

事后荆飞雄言之凿凿，说是雁椿跟踪他他才动的手。这事雁椿没得辩，但这么一闹，总算是把指使李万冰的事摆到明面上。

荆飞雄在一众家长面前发誓，从未唆使过李万冰。没有证据，加上大家族里并非什么事都必须争出个是非曲直，这事后来便不了了之。

雁椿对自己被打倒并不放在心上，他后悔的是没做好准备，打草惊蛇了，今后再对荆飞雄动手，恐怕就更难了。

那次荆寒屿对他发了一通火，在雁椿的印象里荆寒屿就没那么生气过。他本着哄小少爷的宗旨，好脾气地当了许久狗腿子，荆寒屿才勉强不计较他闯的祸。

他后来不死心地又问过荆寒屿荆飞雄如何，荆寒屿一听这名字，脸色就变得异常难看。他便识趣地不再问了。

十年过去，世事变迁，倒是荆寒屿主动提到了这个名字。

雁椿思索了下，发现荆寒屿语气中的嫌恶比过去更加强烈。

"你那天的应酬就是见荆飞雄？"雁椿问。

荆寒屿摇头，"他的竞争对手想让我帮个忙，挤掉他。"

雁椿说："你最近在忙的就是这些事？"

"差不多。"荆寒屿余光扫了雁椿一眼，"有话说？"

雁椿顿了顿，"就是奇怪，你也会参与索尚集团的权力斗争啊？"

荆寒屿轻笑，"权力？我只是不能让荆飞雄有好果子吃。"

雁椿脑中浮现出当年被荆寒屿的衣服盖住的画面。奇怪，明明是醉酒后模糊的记忆，现在却陡然变得清晰。

少年的双眼被愤怒烧得通红，痛苦和心痛在瞳仁里叫嚣。

车在红灯前停下，荆寒屿转过来看雁椿，"他动了不该动的东西。"

雁椿只觉得胸口一热。

数日后，一起命案被报到支队，索尚集团骊海分部的负责人贺竞林被人谋杀。初步调查，近来与他多有来往的荆寒屿有重大嫌疑。

法医出具的尸检报告显示，贺竞林腹部被利器突刺三次，失血过多致死。同时，其手脚和躯干有多处束缚伤，面部有击打伤，均有生活反应，判断死前曾被捆绑、折磨。

死亡地点在南宙高尔夫会馆的套房中，房中的空调影响了尸体腐败进程，综合会馆监控判断，贺竞林的死亡时间在4月18日晚上8点到19日凌晨2点之间。

18日当天，贺竞林和荆寒屿有约，荆寒屿抵达南宙的时间早于贺竞林。两人切磋过高尔夫后，在会馆包厢享用下午茶，随同的有十来个人，除了贺竞林的手下，还有合作伙伴。

下午茶持续到5点，众人散去，贺竞林与荆寒屿来到套房。

贺竞林特意告知秘书，要和表弟叙旧，不要打搅，而之后的两日恰好是贺竞林给自己安排的休息日。

二人进入套房后不久，监控出现问题，未能拍摄到荆寒屿何时离开，也未拍摄到之后是否有人出入套房。

4月20日下午，会馆清洁员进入套房，发现贺竞林遇害。

这案子并不特殊，但贺竞林的身份不一般，再加上监控出问题，给案子罩上了一层神秘外衣。

分局排查下来，发现荆寒屿嫌疑最大——他不仅是最后一个接触贺竞林的人，还有能力操纵监控。而且据贺竞林的手下说，荆寒屿和贺竞林有矛盾，16日还在公司当着不少人的面争执过。

贺竞林想让荆寒屿消气，才邀请他去南宙。

贺竞林遇害时，荆寒屿没有不在场证明。

案子转到支队，叶究都有点蒙。

这段日子下来，他们都把荆寒屿当成自家人了，现在自家人变成头号犯罪嫌疑人，任谁心里都不好受。

"没事。"荆寒屿却很淡定，"我配合调查。"

他如果激动一些，反倒正常，毕竟普通人很难有被卷入凶案的时候。

他的胸有成竹和从容让叶究的视线锐利了几分——太像了，不少自认为做得滴水不漏的犯罪天才就是这种态度。

所有监控都已被送到支队，包括贺竞林手下所说的争执。

画面上，荆寒屿坐着，贺竞林站着，看两人的态度其实根本不算争执，是贺竞林在单方面请求荆寒屿下个月回寰城参加荆彩芝的生日宴。

荆寒屿反应很淡，只说到时候再看。贺竞林急得原地打转，说了最重的一句话："我们不是说好了合作吗？你总是这么随心所欲，让我怎么办？"

荆寒屿不以为意道："别对我提要求。"

贺竞林脸色变了变，坐下，"我这不是着急吗？寒屿你别往心里去。"

叶究问荆寒屿："你们之间有什么合作？"

荆寒屿头一次坐在讯问室，态度还算端正，回道："贺竞林渴望权势，有意从分部跳回总部，想利用我的资源。"

叶究接下这个案子，也是做了充足功课的，"但据我所知，屿为科技从创立时起，就和索尚集团没有关系。"

荆寒屿耸了下肩，"我也是这么告诉贺竞林的，但他认为我是荆重言唯一的儿子，即便我早就脱离了索尚集团，在老头子心中还是很有分量的。"

叶究仔细观察荆寒屿，又道："那你呢，你有什么好处？"

"年少时恨不得远离父辈，现在逐渐明白一个道理，大树底下好乘凉。"荆寒屿平静地说，"和贺竞林走近一点对屿为科技没有坏处，我和他合作，如果他能上位，对我们来说是双赢。可惜……"

荆寒屿双手叠拢，遗憾道："有人想给我们来一个双输。"

叶究从这句话里听出一点味道来，"你的意思是，有人想一举除掉你们两个人？"

荆寒屿诚恳道："叶队，我只能保证，杀害贺竞林的不是我。现在重要证据指向我，连监控都是。我猜，是我和贺竞林的合作威胁到了某些人的利益，他们才会迫不及待地行动。"

叶究倾身问："你怀疑谁？"

月光沉没

荆寒屿却摇头,"我已经很多年没有接触过索尚集团的人了,贺竞林想方设法推我回去,原本下个月荆彩芝的生日宴大约能破冰的。"

叶究斟酌了会儿,"18日进入套房后,你们谈了什么?"

荆寒屿说:"还是荆彩芝生日的事。我晚上有事,没待多久就离开了。"

叶究沉默。荆寒屿的车在18日傍晚6点离开南宙,但这并不等于他不会以另外的方式折返。

谁也不知道荆寒屿和贺竞林在套房里说了什么,不排除荆寒屿因纠纷杀害贺竞林的可能。

而且技侦已经调取了荆寒屿所在小区的监控,18日晚上到19日凌晨,他没有回家。

叶究问:"18日晚上,你在干什么?"

荆寒屿低头,摩挲着手指,"我在家。"

叶究蹙眉,"那天你根本没有回家。"

荆寒屿顿了下,"去哪里喝酒了吧。我偶尔会去酒吧。"

调查陷入死胡同,荆寒屿此前十分配合,但对于离开南宙后的行踪却语焉不详,含糊其词。支队暂时限制了他的行动,继续从凶器、痕迹、监控、人际关系等多方面着手调查。

雁椿得知荆寒屿被当作犯罪嫌疑人拘留起来时,刚在研究中心开完一场让人打瞌睡的会。

他盯着信息反复读了几遍,迅速下楼。

袁乐追在后面喊:"雁椿,上哪儿去?"

雁椿来不及解释,只扬了扬手。

"一会儿张教授要来派活儿!"袁乐大喊,"你这都敢跑?"

雁椿头也不回,"支队有事,帮我请假!"

"你就给支队干活积极!那今晚还聚不聚餐?"

雁椿已经一踩油门,溜了。

袁乐原地叹息,"又欠兄弟们一顿饭了啊,雁哥。"

赶往市局的路上,雁椿已经将案情听了个大概。荆寒屿嫌疑确实是挺大的,但他可以百分百肯定,荆寒屿不是凶手。

因为案发的时间段里,荆寒屿不是在他的车上,就是在他的家里,哪里有空当去南宙杀人?

到了市局,雁椿跑向刑侦支队,敲开讯问室的门时,额头上渗出一层细密的汗珠,声音有些喘。

荆寒屿抬头看他,淡然地笑了笑。

叶究也挺诧异的。雁椿习惯在监控中看犯罪嫌疑人,靠耳机向队员提供思路,很少亲自面对犯罪嫌疑人。

"干吗来了?"叶究问。

雁椿指了荆寒屿一下,"给他做证。"

叶究不解,"做什么证?"

"18日晚上到19日凌晨,荆寒屿和我在一起。"

雁椿并不是喜欢将私生活敞开给同事看的人。回国这四年,他虽有朋友,各种人际关系都处得不错,但其实和所有人都保持着安全距离。

荆寒屿强势闯入他的生活,他至今未能理清楚,更不可能将这层关系袒露给外人。

但他又有足够的理智,即便发生了这种意料之外的事,也能够迅速做出选择——涉及命案,他必须第一时间拿出证据,证明荆寒屿没有作案时间。

这个秘密藏不住的,一旦支队继续围绕荆寒屿调查,迟早会查到那天他们在一起。

让人查出来,不如主动配合。

叶究反应了半天,惊讶道:"不是,你们怎么会在一起?"

荆寒屿仍旧坐在讯问椅上,抬头看雁椿。讯问室正中一盏大灯照下来,将他的脸照得非常白,可那明亮的光芒落入他的眼中,顷刻间却融于瞳孔的深黑。

他的唇角是带着一丝笑意的。

雁椿的反应充满职业感,"叶队,你可以调取我家小区、停车场的监控,它们应该足够证明,荆先生没有作案可能。"

案情突然来了个峰回路转,叶究赶紧让人去办,果真得到了荆寒屿的不在场证明。

18日晚上8点13分,雁椿的车停在小区车库。

二十分钟后,驾驶座和副驾驶座的车门打开,荆寒屿和雁椿下车。他们一同朝三单元走去,乘坐电梯,之后雁椿拿钥匙开门,两人一同进了门。

19日早上7点36分,两人才从家中离开。

经技侦核实,监控没有被动过手脚。

自己的生活以这种方式在支队被曝光,雁椿冷静归冷静,却还是挺尴尬。叶究眼神复杂地盯着他半天,还是没挤出话来。

雁椿说:"叶队,有什么话就说,别闷在心里。"

叶究抓着后脑勺,说:"你和荆总啥时候这么熟了?你俩像是早就认识?"

这跟外人没法细说,雁椿点点头,"算是吧。"

叶究一脸见鬼的表情,也没再多说。

荆寒屿的嫌疑就此洗清,但新的问题接踵而至,真凶是谁?

贺竞林这人十分会经营关系,面上得罪的人不多。荆寒屿的嫌疑被排除之后,案子就得从其他方向寻找突破口。

叶究却忽然想到荆寒屿说的话——有人想给我们来一个"双输"。

杀死贺竞林,嫁祸荆寒屿,一举除掉两个障碍。

荆寒屿和雁椿一起回到顾问办公室,门关上。

荆寒屿在他身上轻轻嗅了嗅,"雁椿,你很热,有汗味。"

春夏之交,气温一天比一天高,雁椿马不停蹄地从研究中心赶回来,确实出了汗,但荆寒屿这么直白地说出来,他难免有些难为情。

没人喜欢汗味，尤其是像他这样爱干净的人。

"我赶回来证明你不是凶手的。"

荆寒屿挑了挑眉梢。

雁椿去饮水机接水，咕咚咕咚灌下去给自己降温。

荆寒屿说："因为我才这么着急。"

雁椿差点儿呛住，也拿话嘲讽："你最近和索尚集团的人混，好处没捞到，倒把自己给混到坑里去了！"

荆寒屿斜倚在宽大的办公桌边，拿眼睨雁椿，"多谢雁老师证明我的清白。"

荆寒屿也去饮水机接水，雁椿盯着他的肩背，觉得他从容得过头，就好像他知道贺竞林会被杀死，自己会被陷害，最终又会安全脱身。

雁椿一下子站直，有些毛骨悚然。

荆寒屿转过身时，正好对上雁椿探寻而怀疑的目光。

"怀疑我？"

雁椿摇头，"你好像一点不意外？"

荆寒屿沉默了会儿，说："我只是在被当作犯罪嫌疑人时，第一时间想到了最可能的幕后策划者。"

"谁？"

"贺竞林拉我入局，是想扳倒荆飞雄。"

又听到了这个名字，雁椿满眼警惕，"他想吃掉荆飞雄，却被反吃？"

荆寒屿放松地坐在雁椿的靠椅上，小幅度左右转动，"贺竞林拿我当他的招牌，四下散布我要回到索尚集团的消息，如果我是荆飞雄，我也会警惕。不过现在还没有证据证明贺竞林的死和荆飞雄有关。"

雁椿说："除非恢复监控数据？"

荆寒屿笑了声，"不管这个人是谁，他太小看屿为科技的核心技术了。"

厄运

贺竞林的死很快在索尚集团引起轩然大波,荆彩芝亲自来到骊海,荆寒屿时隔多年又见到了这位雷厉风行的姑母。

荆老爷子退休后,索尚集团在荆重言和荆彩芝手上强势发展,如今已至鼎盛。俗话说一山难容二虎,荆家兄妹倒是合作融洽。

不过坊间仍有猜测,说荆彩芝之所以和荆重言没有太大的矛盾,是因为她没有自己的孩子,一视同仁对待家族中的所有小辈。

"竞林前不久还跟我说,你长大了,懂事了,愿意和我们这些长辈和解,回来参加我的生日宴。"荆彩芝年轻时长相明艳,如今虽然已有几分老态，但气质仍旧华贵矜持，"可惜啊，没想到会发生这样的事。听说这事你也被牵扯进去了，有什么需要姑姑帮忙的，你尽管开口。"

荆彩芝顿了顿，又道："这也是你父亲的意思。"

荆寒屿不为所动，但面上露出客气的笑容，"有心了。不过我与表哥遇害无关，相信警方自会还我公道。"

荆彩芝点点头，起身时，一个高挑白皙的青年走上前来，恭敬地搀住她。

荆寒屿将荆彩芝一行人送至支队楼下，车开走了才转过身。

雁椿站在他后面，这下正好与他四目相对。

荆寒屿十分恭敬地问："雁老师，有什么事？"

雁椿说："你们聊了什么？"

荆寒屿走近，"自然是案子。"

"她没有为难你？"

"你认为我会被她为难？"

雁椿噎住。他见过荆彩芝，印象十分不好，所以才在得知荆彩芝来了时立即赶来。

高二下学期，荆寒屿的爷爷在长时间卧床后，终于离开了人世。

老爷子过世之前大约一周，雁椿就发现荆寒屿不太对，经常走神，话变得很少，也不监督他做题了，下午一放学就离开，晚自习几乎全逃了。

雁椿问怎么了，荆寒屿只是摇头。

那时雁椿已有荆寒屿家的钥匙，有时过去蹭蹭电和热水，荆寒屿一连几天都没有回家，早上来上课时也显得疲惫不堪。

雁椿猜也许是荆家出什么事了，但愣是没有往他爷爷出事的方向想。荆寒屿不说，他也不好问，毕竟谁没有几件不想说的事呢？

可后来有一天，荆寒屿直到下午也没来学校。雁椿终于忍不住了，冲去荆寒屿家里一看，发现他正坐在沙发上发呆，眼睛是红的，显然不久前刚哭过。

雁椿马上跑过去将荆寒屿抱住，"荆哥，你到底怎么了？难受就告诉我，我陪你。"

荆寒屿没有推开他。

他感到荆寒屿正在发抖，不久单薄的校服被泪水浸湿。

"爷爷走了。"荆寒屿终于开口，声音又低又哑，"今天早上走了。"

雁椿一怔，旋即暗骂自己的迟钝。荆寒屿早就跟他说过爷爷一直在住院，他为什么没能早点想到！

他平时挺能说的，此时却不知道说点什么安慰的话。死亡似乎很难对他产生触动，他努力攒乔小野的医药费，但其实他偷偷想过，乔小野将来如果病死了，他应该不会太难过。

他记得荆老爷子的好，但现在让他情绪低落的并非老人的离世，仅仅是因为荆寒屿在他怀里流泪。

荆寒屿的悲伤感染了他，可同时他又莫名兴奋。

荆寒屿情绪平缓后轻轻将他推开，"我没事了。"

雁椿觉得自己还是应当说些什么，"那你要去陪爷爷吗？追悼会什么的。"

荆寒屿沉默了会儿，"人太多。"

雁椿知道他指的是什么，老人家的追悼会，荆家人肯定都在，他不喜欢那些人。

"没事儿，你想去的话，我陪你。"雁椿再次搂住荆寒屿的肩膀，还用力拍了拍，"不怕啊。"

荆寒屿看向他，许久，点了点头，"嗯。"

他们晚上就去了。追悼会办在荆家老宅，气氛肃穆，黑压压的一群人。

荆寒屿给爷爷点香时，雁椿就在旁边站着，像个警惕又尽责的保镖。

就是在追悼会上，雁椿见到了荆彩芝。

女人面容苍白，看上去万分冷漠，视线在雁椿身上停驻，然后转向荆寒屿，"他是谁？"

荆寒屿说："我朋友。"

荆彩芝眼中泛起一丝嫌恶，"你该去找你父亲。"

之后，荆寒屿被荆彩芝带走，过了一个多小时，才重新出现在雁椿面前。

追悼会上人太多了，雁椿根本找不到荆寒屿，又不想把荆寒屿抛下，不安之时遇到了一个消瘦的少年。

那人或许不该说是少年，看上去应该超过十八岁了，但似乎不到二十岁。

雁椿以为他也是荆家的小辈，荆寒屿的表哥、堂哥什么的，对方却好脾气地摇摇头，给雁椿拿了瓶饮料，又找了个安静的凉亭，让雁椿在那里等荆寒屿。

荆寒屿回来后，雁椿说起少年，荆寒屿有些惊讶，"是万尘一带你过来的？"

雁椿不解，"他不是你哥？"

荆寒屿蹙眉，好一会儿才说："他跟着荆彩芝。"

雁椿不明白这个"跟"是什么意思，荆寒屿又解释："荆彩芝没有孩子，领养了一个。"

当年雁椿听得稀里糊涂的，也不觉得荆彩芝领养一个那么大的男孩有什么不对，可刚才他不仅看到了荆彩芝，还看到了荆彩芝身边的男子。

那不就是给他饮料、将他带到凉亭的少年吗？

雁椿一时有些心惊，年少时看不透的事忽然变得明晰，荆彩芝不是领养了个男孩，是给自己找了个忘年情人。

荆寒屿看出雁椿的想法，淡笑道："你也这么八卦。"

雁椿无语。

支队正在全面侦查贺竞林案，叶究把荆家复杂的关系从头梳理，盯上了看似没有任何疑点的荆飞雄。

技侦加班加点处理监控，屿为科技的技术派上了用场，但要完整修复视频，还需要时间。

本来荆寒屿在骊海，完全能够主持修复工作，但他毕竟与案子有牵连，为了避嫌，主动退出侦查。被迫调回总部的李江炀又被叫来骊海，接替荆寒屿的工作。

　　屿为科技就是他俩创立的,当年什么苦日子没一起经历过,现在公司发展势头迅猛,很多事情交给底下的人去操心就好,李江炀逍遥了挺久,这下又被逼着熬夜,见到荆寒屿就喊:"给你做牛做马可以,但好处你别忘了!"

　　荆寒屿将刚买的咖啡放桌上,"行,奖金、分红、股份,你自己定。"

　　李江炀纯属技术大牛,钱这一块向来是荆寒屿操心,让他说他也没概念,"谁跟你说奖金了?"

　　荆寒屿笑道:"叫你出个差,那么多要求。那你想要什么?"

　　李江炀眼珠子一转,见没外人,便大喇喇地说:"那个欠你钱的人抓到了没?抓到了给我看看!"

　　说来也巧,雁椿记挂着技侦的事,看见荆寒屿往技侦走,也跟来了,正好听见李江炀这句话,"欠钱"两个字顿时在他脑中回荡了三个来回。

　　荆寒屿看向门口,目光也不避一下,十分坦然,"抓是抓到了。"

　　李江炀发现有人来,压抑住好奇心,清清嗓子,"工作工作!"

　　荆寒屿朝雁椿道:"视频快修复完了,进来看看?"

　　稍晚,南宙的监控在屿为科技的技术支持下复原,18日21点19分,一个服务生打扮的男人进入贺竞林的房间,23点06分离开,神色诡异,身上有血迹。

　　此人的长相清晰地呈现在视频中,技侦展开图像比对,次日锁定犯罪嫌疑人姜永强,三十五岁,无业。

　　但他并不是真的无业,叶究查到,他是荆飞雄养着的,随时听候差遣。

　　显然姜永强已经不是第一次为主子干这种事了,他坐在讯问室,态度嚣张,以为警方不敢和索尚集团叫板。

　　叶究却把荆飞雄也抓了回来。

　　屿为科技追踪到荆飞雄和姜永强的见面记录和通信记录,技侦又拿到了转账记录,证据面前,荆飞雄面如菜色,承认的确是自己指使姜永强杀死贺竞林,并且嫁祸于荆寒屿。

　　"他本来不用死的,他斗不过我,我懒得对一个废物动手。"监控中,荆飞雄的声音有几分失真。

荆寒屿和雁椿一同看着监控，雁椿眉心越皱越紧，荆寒屿却满脸淡漠，好似事不关己。

荆飞雄继续说："谁让他和荆寒屿搅和在一起？他居然想和荆寒屿联手！荆寒屿想回来，我早该想到荆寒屿不甘心放弃索尚集团，他要回来夺回一切！"

荆飞雄越说越激动："从年初开始，他们就一直在计划，荆寒屿缺的只是一个回来的契机，下个月姑妈的生日，他就要回来了！"

叶究说："所以你必须尽快动手？"

"是！"荆飞雄咬牙切齿，"贺竞林那个废物，死就死了，搞死他，还能顺带拉下荆寒屿，再也没人能威胁到我！"

荆寒屿眯了眯眼，冷笑道："蠢货。"

讯问还在继续，雁椿却越发心不在焉。刚接触这个案子时的疑问再次浮现，荆寒屿从头至尾都显得过分冷静从容，就好像这一切都在意料之中，甚至是计算好的。

有没有一种可能是，荆寒屿接近贺竞林，根本就是为了给荆飞雄下套？

荆寒屿以一种极端理智而残忍的思维，预判到荆飞雄的愤怒和必然采取的行为，而贺竞林在其中只是一枚注定被抛弃的棋子。

荆飞雄买凶杀死贺竞林，事情败露，荆飞雄也完蛋了。

雁椿不寒而栗，手指不由得紧握，他下意识看向荆寒屿，只见他轻松地看着监控，侧脸轮廓被冷调的光线衬托得锋利又冷酷，有一种陌生的距离感。

是这样的吗？雁椿在心里问，你根本不是那个险些被陷害的受害者，而是这一切的策划者？

突然，一些泛黄的画面浮现在面前。

高二时，雁椿在荆寒屿堂哥手上吃了亏，第一次产生杀人的想法，但那个血腥的计划还未成形，就被荆寒屿阻止了。

荆寒屿严肃地看着他，告诉他不能做这种事，不能有这样的想法。

到了高三，他差一点因为郁小海打死许青成，也是荆寒屿及时赶到，强行按下了他疯狂生长的犯罪种子。

后来许青成想要捅死他，又是荆寒屿救了他。

在他尚未接受系统治疗的时候，是荆寒屿挡在他与犯罪之间，不让他成为杀人犯，也不让他受到伤害。

可现在回忆起来，十年前的事已经变得遥不可及，当年少年的胸膛还很单薄，少年的手臂也不够有力，却将他从犯罪的巨网中拉了回来。

注意到一旁的视线，荆寒屿转过脸，"你在想什么？"

雁椿忍住不安，"没什么。"

讯问室里，叶究提到荆寒屿，荆飞雄突然失控，对着摄像头怒吼道："你是不是在看？你躲什么？有种你出来！你不敢见我？"

犯罪嫌疑人情绪完全失控，讯问只能暂停。

那边的骚动影响到荆寒屿和雁椿，荆寒屿问叶究，自己能不能见荆飞雄一面。

叶究犹豫之后应允，但派了队员和荆寒屿同去。

见到荆寒屿，荆飞雄反倒平静下来，用嘲讽的语气道："你当年不是特别潇洒吗，怎么又想回来了？"

荆寒屿说："那么大的家业，我为什么不争？"

荆飞雄诧异地凝视他，半分钟后才说："把我们这些竞争者搞下去的感觉很好吧？"

荆寒屿微笑着说："一般。"

他的态度让荆飞雄感到无力，仿佛一拳打到棉花上，进而更想恶心荆寒屿，"你知道我为什么非要对付你吗？"

荆寒屿说："嗯？"

"因为你害我被冤枉！"荆飞雄眼中再次涌起怒火，"你是不是到现在还以为李万冰是被我唆使的？"

荆寒屿想了想，"你说哪件事？"

"你别装不记得！我和李万冰绑架你没有一分钱的关系，你却非得往我身上泼脏水！"

荆寒屿说："抱歉。"

荆飞雄愣了，"你说什么？"

"当年我确实怀疑过你。"荆寒屿的态度堪称真诚，"没有证据就冤枉了你。"

荆飞雄反倒不知道说什么好了，张了半天嘴，"确实，确实不是我……"

雁椿仍旧看着监控。十年前的疑案早就没有答案，荆飞雄惦记到现在，也许他真的不是唆使李万冰的人。

那影响李万冰的到底是谁呢？

堂哥当年就没吐出个所以然，可见是在潜移默化中被影响的，一想到索尚集团还有人在暗中针对荆寒屿，雁椿的心脏就忽地沉了一下。

荆飞雄被带走，荆寒屿在走廊上遇到雁椿。

"刚才你没有说完吧？"荆寒屿说，"想问什么？"

雁椿与他对视良久，"你是故意的？"

荆寒屿眼神一凛，"你怀疑我？"

雁椿抿唇不答。

荆寒屿说："我说我不知情，你相信吗？"

相信吗？雁椿在心里问自己，如果他相信，刚才就不会问出口。可荆寒屿看向他的目光坦率、自然，他好像很难再去怀疑。

"我不知道荆飞雄的计划，但在得知被诬陷的时候，我第一时间推断出了前因后果。"荆寒屿说，"所以我引导叶队去查荆飞雄。这就是全部事实。"

雁椿不由自主地长舒一口气，"我知道了。"

案子后续还有一些细节需要核实，但暂时不需要荆寒屿和雁椿，叶究就让他们先回去休息。

李江炀虽是理工男的脑子，这会儿也转过弯来了，原来支队的顾问雁老师，就是他兄弟心心念念要抓回来向他讨债的人。

得知不用再耗在局里，雁椿几乎是扭头就走。荆寒屿却比他速度更快，在车边朝他招了招手。

雁椿迟疑了下，还是走过去，正想开口，肚子却不合时宜地叫了一声——在支队忙起来就不大顾得上吃饭,他已经连着几顿没坐下来好好吃了。

荆寒屿拉开车门,说:"一起吃个饭?"

这话听起来像是询问,实际上却是命令。雁椿坐上副驾驶座,车开了一会儿后没忍住,问:"你跟李总说,我欠你钱,你是我的债主?"

"抱歉。"荆寒屿竟是为此道歉,"我不是故意说给李江炀听的。不是你想的那样。"

雁椿侧过脸看荆寒屿,见荆寒屿拧着眉,神情凝重。

"你觉得我是怎么想的?"问完,雁椿其实就有些明白了。

荆寒屿忽然说起看似无关的事:"我那时候在英国一边念书,一边创业,我们人手不够,资金也不够,什么都需要自己去拼。我平时不会想到你,没有精力。只有喝醉的时候,会想起你,想起我们小时候的很多事。"

雁椿眼尾缓缓撑开,瞳仁淌出一缕惊讶。

"那次我们完成了一个重要的项目,我和李江炀都喝醉了。"荆寒屿嘴角挂着一丝自嘲的笑,"他问我,等我们将来成功了,我最想做的是什么事。我说,我要把一个欠债的朋友抓回来。"

雁椿轻声道:"你……"

"那年我刚创业。你看,这么多年来,我都没忘了这事,我要把你抓回来。"荆寒屿平静地说,"这个念头产生的时间当然更早,从你走的时候开始的吧。"

雁椿难以理解荆寒屿这么深的执念是从何而来。可这和他的记忆是错位的,他始终忍着没有问,因为一旦问,就必然牵扯他突然消失的原因。

但他越来越忍不住,话已经到了嘴边。

荆寒屿说:"我喝醉时,还戴着你送给我的幸运石。一条手链,记得吗?"

雁椿想起来了,说:"高二你参加竞赛时,我送给你的那条?"

荆寒屿点头道:"你还记得。"

雁椿时常想,高二是最快乐的一年,惨烈的变故还没有发生。唯一烦心的是,荆寒屿不一定会和自己一起念高三。

高二的竞赛是个很特殊的机会，最顶尖的那一拨人能够提前收到名校的录取通知书，不用再奋战高考。

以荆寒屿的水平，被提前录取是板上钉钉的事。

雁椿虽然舍不得荆寒屿这个朋友，却还是很大度地希望荆寒屿拿第一。为此还专门买了块据说开过光的石头，搓了根红绳穿起来，送给荆寒屿当护身符。

荆寒屿收下，戴在左手上，后来果然发挥不错，稳稳当当拿到提前录取名额。但荆寒屿却留了下来。

雁椿又惊又喜，假装不在意地问："你怎么放弃了啊？"

"不用那么赶，多读一年也没什么。"荆寒屿说，"不参加高考，就缺了一种经历。"

雁椿觉得这话没毛病，看着荆寒屿笑。

"傻笑什么？"荆寒屿的眼中也有笑意。

雁椿当然不会说实话，傻笑就傻笑呗，反正他高兴。

荆寒屿笑着说："有个傻子还需要我监督他学习，我提前被录取了，他高考落榜了怎么办？"

雁椿当时觉得荆寒屿是开他的玩笑，现在再度回忆起，心里有一丝丝暖意。少年当时还是仗义的，荆寒屿那哪里是开玩笑，分明是因为他才留下的。

"但我把它弄坏了。"车停在一间装潢考究的日料店前，荆寒屿说，"它突然断了，我找到它的时候，石头也碎了。"

雁椿冲动道："你还想要的话，我再送你一条。"

荆寒屿却笑道："不想要了。"

雁椿就像撞在了一道无形的门上，被气浪推了回来，尴尬地应了声："哦。"

荆寒屿选的这家店虽然也是日料，但比上次的烧肉店安静得多。雁椿上来就要了碗拉面，把肚子填个半饱，才开始吃荆寒屿点的那一盘刺身。中途左手在桌上磕了一下，将手环撞出一声低响。

他现在已经很适应戴着手环了，回家才摘下，这一撞引来荆寒屿的视线,他有点不自在,用右手挡了一下。

"我喜欢环状的东西,可能是因为你送我的那一条手链。"荆寒屿看着雁椿,"也可能因为它们代表束缚。"

雁椿莫名觉得手环有点紧。

"手环、手链、项链、项圈、戒指……"荆寒屿似笑非笑,"我有很多。"

雁椿刚夹起的一片三文鱼掉在蘸碟里。

荆寒屿从容地帮他夹起来,沥掉酱汁,又蘸了点芥末,放进他面前的餐碟里,说:"所以我不需要你再送我。相反,也许我会在必要的时候,送给你。"

雁椿心神俱震,盯着荆寒屿那张微笑的脸,无知无觉地吃下这片刺身。芥末的呛辣在口腔里横冲直撞,他强忍着,还是被辣出了眼泪。

荆寒屿拿来纸巾递给他,笑着说:"雁椿,你现在的样子很可怜,好像我欺负你似的。"

雁椿不由得颤了一下。

荆寒屿轻笑,道:"想说什么?"

压抑多年的黑暗情绪像岩浆一般喷涌,冲破干裂的外壳,喷出遮天蔽日的热息。雁椿的呼吸变得短促,他清晰地感知到身体里那头嗜血的怪物正在苏醒,张牙舞爪地从天而降。

不行,救命——心里一个声音在痛苦地喊叫。

不能回到从前。你好不容易才变成正常人。雁椿!

没用了……雁椿瞪着荆寒屿,那些被他压抑的东西汇集在他眼中,迸溅出贪婪兽性的光。

可荆寒屿竟然没有丝毫惊恐,温和地与他对视,再次问:"雁椿,你想做什么?"

理智与本性反复撕扯,可归功于这十年的克制,雁椿到底抓住一丝清醒,强行控制住本性。克制带来的是无休无止的痛苦,不让怪物伤害旁人,最终就只能伤害自己。

雁椿一阵晕眩,撑着桌沿起身道:"我去趟洗手间。"

荆寒屿却在他仓皇转身时，抓住他的小臂，"别走。"

雁椿喉咙中挤出一声压抑的闷哼，他实在是不能继续待在荆寒屿面前，他不知道自己会做出什么难以收场的事。

早在他还是个少年时，他就跟自己承诺过，无论如何，不能伤害荆寒屿——他至高无上的光。

荆寒屿手上用力，直接将雁椿掀到了榻榻米上，"我不要你再送我什么手链，雁椿。"荆寒屿缓缓将手腕递到雁椿嘴边，"喝这里的血，好吗？"

"不……"雁椿低声拒绝，但行为却已经不受他控制。

他捧起荆寒屿的手腕，极珍惜极虔诚，嘴唇轻颤着靠近，贴上去的是整齐的牙。

疼痛之下，荆寒屿本能地紧皱起眉。

他没有将雁椿推开，只是认真地看着雁椿，一动不动地让雁椿咬。

血腥刺激着味觉，雁椿忽然意识到自己在做什么。荆寒屿的手腕已经被他咬出一滴血，所幸只是一道小得不能再小的伤。

他停下来，却没有松开口，一边想着完了，一边闭上眼，迷恋地吮吸着伤口上的血。

就放纵这一次吧，雁椿想，只有这一次，今后我不会再伤害他。

荆寒屿觉得自己很久没有这样畅快过了。他用右手慢慢支起身子。

雁椿终于松开手腕，血迹并不明显，但那一圈咬痕却嚣张醒目。

没有人会戴上这种手链，所以它是独一无二的。

荆寒屿满意地挑了下眉尖，垂眸，却见雁椿正凝视着他。那目光比平时疯狂许多，阴鸷许多，带着浓烈的渴望。

雁老师的伪装，快要被扒干净了。

雁椿抿着唇边的血，回味让他头脑发热。

雁椿给荆寒屿咬出了一圈刺目的手环，他以为自己完了，十年来的努力功亏一篑，他还是变成了怪物，他将要伤害他身边最重要的人。

但荆寒屿将他揽过来，手在他背上轻轻拍打。他的狂暴和施虐欲竟然在这轻拍下渐渐平息，覆盖在视网膜上的血色跟着消退，他身体里鼓噪的愤怒和亢奋不再沸腾。

月光沉没

雁椿呆呆地看着荆寒屿,他眼中的光还没有凝聚,细碎散落在瞳仁里,看上去有些迷糊,和平日里精干冷静的雁老师截然不同。

荆寒屿的指尖放在雁椿的鼻头上方,顺着鼻梁向上移动手指。

雁椿追着手指看,听见一声轻笑,才忽然回过神,连忙闭眼,止住变成对眼的趋势,连忙坐起来。

刚才他陷落在一种怀念的情绪里,才差点儿被荆寒屿戏耍。

对眼的把戏荆寒屿高中时就玩过,现在竟然又来。

高三开始前的暑假,准高三生们被剥夺了放假的权利,八月最热的时候,他们在教室里补课。

雁椿将两年来打工攒的钱全交给乔蓝,让她给乔小野看病,最后这一年,他要突击高考,不会再打工了。

但突然多起来的学习时间并没有让他安心,他越发意识到,自己和别人不一样,他内心时常涌起阴沉的渴望,各种犯罪、反侦察的计划在他脑海中层出不穷。

他迷恋那些计划,在设想出的虐杀细节中兴奋得难以自持。这比解出一道复杂的竞赛题更让他有满足感。但他掩饰得很好,对每个人开朗微笑,即便是荆寒屿,也不知道他灵魂里住着一个嗜血的怪物。

不过他有时走神,会被荆寒屿欺负。

那是个中午,饭后大家都不爱待在教室,各自找自习室睡觉或是写题。雁椿面前摊开一本物理真题集,脑中却呈现着一幅血腥的画面。

荆寒屿注意到他没动静,观察了一会儿,突然说:"雁椿。"

"啊?"

荆寒屿食指点在雁椿鼻尖上方,然后沿着鼻梁向上推。

雁椿没反应过来,眼珠追着上移的手指,变成滑稽的对眼。

雁椿额头突然挨了一下,吃痛喊道:"你打我干吗?"

荆寒屿说:"你又走神。"

雁椿眨眨眼,方才想象的那些画面像一张透明的、血红的画纸,蒙在他和荆寒屿之间。

他突然生出一个邪恶的想法——他要把荆寒屿绑起来，索取荆寒屿的血。

但下一个瞬间，他惊讶得瞳孔微颤，脑海里一个声音问：雁椿，你在想什么？

冷汗迅速涌起，他脸色变得苍白，豁地起身，向门口跑去。

荆寒屿在后面喊："雁椿，你去哪儿？"

"拉稀！"雁椿被自己的想法吓得不轻，只得胡诌，"你别来啊，我要面子！"

如果说在这之前，雁椿喜欢和荆寒屿待在一起，但在这之后，他已经不敢放任自己去追随荆寒屿了。荆寒屿那么好，他不会伤害荆寒屿的。

十年前，消瘦的少年被一句"拉稀"唬住，没有追上去。十年后，荆寒屿将雁椿的所有反应尽收眼底，将雁椿拉了回来。

雁椿奇异地平静下来，体内的怪物像被一股无形的力量套了一道枷锁，咆哮着，却无法挣脱。

过去的一段时间，他与荆寒屿一同放纵，但那根紧绷的弦从来没有真正裂开过。所以有关当年，很多事他不敢提也不敢问。

经过刚才，他卸下了一些负担，为此轻松不已。

"我们……"雁椿双手抓着西裤，力道越来越大，他问得很不流畅，这些话堵在他的喉咙和胸膛，已经折磨了他很久，"是什么时候分开的？我不记得了。"

荆寒屿沉默地看着他，一阵风从竹廊上吹过，风铃发出一连串清响。

"那你还记得什么？"

雁椿低头盯着榻榻米，"我从高二就天天跟着你，不，也许更早。但高三就不敢了，高三发生了那么多事，我远离你了。"

荆寒屿却说："不，你没有。"

雁椿立即抬头，诧异和怀疑积聚在眉间，问："什么？"

"郁小海出事后，我们找到你，你发狂时我抱住你，你跟我说，你不想离开我。"

雁椿瞳光静止不动，须臾，他双手捂住额头，冷汗直下，道："我记不得，我怎么可能……不，我不会……"

荆寒屿看着他说："你觉得我在骗你？"

雁椿摇头。他很乱，无法判断荆寒屿说的是真是假。郁小海出事之后，他看清了自己的怪物本质，迫切地想从荆寒屿身边逃走，怎么会依然和他在一起，还说出那种话？

"我不知道。"雁椿拿过一杯清酒，着急地灌进去，"我不可能，我怎么……"

荆寒屿问："为什么？"

清酒火辣辣地烧，雁椿忽然盯住荆寒屿说："你一直不知道我是个什么东西。"

荆寒屿蹙眉道："不要这么说你自己。"

"东西吗？"雁椿摇摇头，"这不是最难听的词。最难听的……"

荆寒屿打断他，"我听过。"

雁椿怔了下，马上想到，当年郁小海遇害之后，他被当作凶手，人们用最恶毒的话咒骂他，他听到的话，荆寒屿当然也听到了。

雁椿说："那你知道吗？他们说的都是真的。"

"雁椿！"

"有的人，天生就热衷犯罪，犯罪是他们赖以生存的养料。"雁椿有些悲哀地看向荆寒屿，"我就是那样的人。我是个怪物、变态。你那么好，我最喜欢跟你在一起，但有时候，我想咬碎你的喉咙，喝光你的血……"

将常年埋藏在心底的话说出来时，雁椿忽然撑不住，委屈、痛苦、不甘，复杂的情绪像藤蔓疯长。

为什么他是个怪物？为什么别人可以放纵天性，他却必须压抑自己？

他耗尽力气，才成为一个普通人。即便他将自己控制得很好，还是不敢靠近他身边的人。

他活得好辛苦。

不知不觉，雁椿的视线变得模糊，眼泪打湿了脸颊。他用手背擦了擦，惊讶于那是眼泪。

他已经很久没有哭过了,从他身上涌出来的多是鲜血,鲜少有泪水。刚出国时,他失控时会自残,身上伤痕累累。

哭?他不会哭。

但现在,他哭得那样委屈,像个从来没有得到命运垂怜的可怜虫。

雁椿肩上突然一重,还未来得及擦掉眼泪,便朝前面栽去。荆寒屿搂着他的肩,将他接住。

"那又怎样?"

雁椿在纷乱的情绪中,难以理解这句话。

荆寒屿扳过他的肩膀,面对着他说:"雁椿,那又怎样?你觉得这是很可怕的事吗?"

"我……"雁椿抬起头,一下子被荆寒屿的目光笼罩。

荆寒屿对他刚才的"疯狂言辞"无动于衷,"我想要你这个朋友。你想咬碎我的喉咙,想尝我的血,这很公平。"

雁椿嘴角动了动,说不出话来。

"我从来就没有害怕过,雁椿,你就为了这种事离开了?"

"不是……"雁椿下意识想争辩。荆寒屿轻描淡写地描绘他的恐惧,但不该这样,不是这么轻松的事。

可他好像失去了解释的能力。

是啊,一个正常人,怎么会明白一个变态——一个有了记挂的变态——的恐惧呢?

荆寒屿将伤痕累累的左手手腕拿给雁椿看,"你所谓的伤害只有这种程度吗?我还可以给你更多。"

雁椿低声念叨:"你疯了!"

荆寒屿笑了声。

真可笑,他一个疯子,刚才居然说荆寒屿疯了。

"疯子配得上做你的朋友吗?"荆寒屿笑道,"雁老师。"

理智缓缓回到雁椿身上,他以陌生的目光端详荆寒屿。

从他意识到自己不正常时起,他就明白自己不配让荆寒屿将他视为朋友。

荆寒屿优秀、善良，经年累月，成了一个象征完美的符号。

现在荆寒屿却将伤手摆在他面前，要与他做一对疯子。他不由得想，是我将疯病传染给荆寒屿了吗？

"你可以在我身上做任何事，我能够让你放松。"荆寒屿继续说，"雁椿，你担心那么多干吗？真正的怪物没有你这么善良。"

雁椿在心里说——不，你看到的是伪装的我、变好的我，将来有一天，我也许会变回去。

"我不怕。所以你不要再离开了。"一段漫长的停顿后，荆寒屿声音渐渐发冷，"如果你不听话，我会把你关起来。"

雁椿在荆寒屿的低音里战栗起来，和畏惧无关，他正在兴奋。荆寒屿阴森森的威胁刺激着他深藏的渴望。

这是什么威胁？他分明感到温暖。

风铃又摇晃起来，明亮的涟漪在雁椿黢黑的情绪中荡开。他勉强将理智拉回来，直视荆寒屿的眼说："给我点时间，有些事情我想弄清楚。"

须臾，荆寒屿点头，那股一起疯魔的劲头散开消失，只有斑驳的手腕是他们发疯的证明。

"你真的想不起我说的事？"荆寒屿审视雁椿，"郁小海遇害后，一直是我陪着你。"

雁椿慎重地"嗯"了一声。

那段日子非常混乱，他隐约记得荆寒屿的确偶尔在他身边，但印象并不鲜明。毕竟那时他对高考、学业已经不抱希望，也知道自己不可能像正常人那样拥有光明的未来。

荆寒屿长吐一口气，也在思考这个听起来很像谎言的解释。

他沉默起来像一尊精美的雕塑一样，每一根线条都有故事。雁椿出神地看着他，内心里邪恶的一面和正常的一面在对抗。

"你……"终究是正常的一面占了上风，雁椿说，"你在难过吗？"

荆寒屿抬起眼，对视片刻，说："我在想，你是不是又在骗我。你说的好像是真话，但你为什么会不记得？"

雁椿急切道："我没骗你！我当时接连受到刺激，情况恶化，无法控制自己,不可能继续留在寰城一中了。"

荆寒屿眼神一瞬间变得狠厉,问道:"他们对你做了什么?消除了你的记忆?"

雁椿摇头,但他找不到一个明确的答案。而这正是他向荆寒屿要时间去弄清楚的事。

"言叔不会这样做,博士也不会。"雁椿知道下这样的结论过于感性,但他好像明白,此时比起真相,安抚荆寒屿更重要。

他把疯病传染给了荆寒屿,他要哄好荆寒屿。

荆寒屿低头看了看被抓着的手臂,好一会儿才说:"你在哄我吗?"

雁椿刚想否认,又听荆寒屿说:"雁椿,你很久没有哄过我了。你以前明明很擅长,现在就只会扯住我的衣服了吗?"

这一刻,雁椿眼里的荆寒屿变得很柔软,好像回到了高中时的样子,没有被他污染。

那时候他多会哄人啊,攒钱买不中用的小东西,学做菜,没事就把寰城一中附近那套房子打扫一新,荆寒屿有时心情不好,他绞尽脑汁讲笑话,不惜用自己当个笑话。

他拍着荆寒屿的肩,说:"这样行吗?不生气啊。"

荆寒屿看了他很久,把他的手推开,他也不尴尬,冲人傻笑。

"多大的人了!"

"那你别生气了啊。你看我都出一身汗了。"哄小孩都没这么费劲的。

荆寒屿朝他伸出手,他连忙把肩膀递过去。刚才他拍的是荆寒屿的肩,以为荆寒屿要拍的也是他的肩。

可荆寒屿却一把压住他的脑袋,将他的头发揉得乱七八糟,最后还拍了两下。

他终于挣扎出来,却见荆寒屿脸上的郁气消散了,唇边挂着很浅但很温暖的笑。

往事在这一刻变得鲜明,像有一把锋利的刀,割碎了落满灰的蛛网。

这个人,居然一直没有变。

月光沉没

在首都特殊案件及犯罪心理调查中心,一场针对近期侦破的连环灭门案凶手行为轨迹的分析会正在进行。

一位四十多岁的男人站在讲台上,穿着警服,身姿挺拔,说话时条理清晰,目光锐利。他身后的投影上播放着仅供内部展示的血腥画面,以及凶手阴森残忍的笑。

如果说投影代表的是滔天罪恶,那男人代表的就是铁腕公义。警方铺开的天罗地网,终于让作恶者伏诛。

但男人身上有的不仅是精英警察惯有的磅礴正气,还有一种厚重的温柔,这让他看上去儒雅温和,不怒自威。

雁椿不是编内人员,本不能旁听这场分析会。但因着和言朗昭的特殊关系,他在门口和认识的警员寒暄了会儿,就悄悄推开后门,坐在后排最不引人注意的角落。

这样的分析会他参与过多次,每次都像个求知若渴的学生般端坐,听得聚精会神,笔记本记得满满当当。

但这次,即便站在讲台上的是他的恩师,他也不断走神,想着别的事。

那天和荆寒屿在日料店,他多年来第一次失控,事情却没有像他害怕的那样往不可收拾的方向发展。

他在荆寒屿的安抚下奇迹般地冷静下来,还问出了忍耐许久的问题。

荆寒屿不像在撒谎,假如不是臆想,那出问题的便是他的记忆。

当年是言叔救了他,给了他改变和重生的机会,他的治疗过程,言叔也跟了前半段。

如果是失忆,言叔也许知道些什么。

雁椿心事重重地看向讲台,却什么都没有看见。他心里其实插着一根刺。他从一个热衷犯罪的变态小孩成为心理专家、刑侦支队的顾问,言叔功不可没。他也清楚在极端情况下,影响一个人的记忆是不得不做的事。

可他珍贵的记忆在不知不觉间消失了,他无法不在意。

他从骊海市赶来首都,就是要跟言叔要个答案。

分析会还未结束,不过言朗昭的发言已经结束了。雁椿进来时,他就看见了，回到座位后和身边的队员打了声招呼，就快步离开会议室。

雁椿也立即起身，从后门离开。

言朗昭手臂夹着文件，站在走廊上等他。

"言叔。"雁椿走过去，不忘寒暄，"刚才的分析很精彩。"

言朗昭笑了声，说："听都没听，还精彩？"

原来自己坐在最后一排发呆已经被看穿了，雁椿意外也不意外，言叔那是什么人物，常年奔走在最凶险的现场，和最奸诈狡猾的犯罪分子打交道。他是言叔带出来的，还不知道言叔观察一个人的时候有多细致？

雁椿低下头，不好意思道："被您发现了。"

言朗昭带雁椿回自己的办公室，进门后说："你这个小崽子，在电话里说来看看我，我一听你的语气就觉得不对。说吧，出什么事了？"

这间办公室雁椿特别熟悉，回国后他没有立即去骊海市，言叔带着他查案，他没有自己的地盘，就在这里摆了张桌子。

这张桌子到现在也没搬走，就放在窗边，言叔各种资料堆得乱七八糟，唯独没去祸害他的桌子，上面还干干净净的，随时可以供他办公。

一看到这张桌子，雁椿心头就渐渐泛热。不久前他还因为记忆的事拧巴，现在又说服了自己——言叔不会害他。

言朗昭年轻时喜欢喝汽水，办公室不是堆着可乐就是雪碧，现在也学同龄人养生，泡了一大壶红枣枸杞茶。

雁椿接过一杯热乎乎的茶，切入正题道："言叔，我这次来，确实是因为一件事。当年您把我送出国，交给卡尔通博士的团队治疗，有没有在迫不得已的情况下影响了我的记忆？"

他有点紧张，以至于咬文嚼字，平时他不这样跟言叔说话。

十年前郁小海遇害，各种证据指向他，寰城警方认定他是凶手，首都来的协查组却认为凶手另有其人。

言叔是第一个相信他的人，为他解了人生最大的困局。这些年他在言叔的羽翼下成长，言叔没结婚，没有小孩，他们的关系亲如父子。

言朗昭握着茶杯的手微顿，但那反应只是惊讶，和躲闪无关，问道："你觉得记忆有问题？"

雁椿直视言叔的双眼，道："您先回答我。"

言朗昭正色道："没有。你提到迫不得已的情况，我不知道你对迫不得已怎么定义，但当时卡尔通确实建议过，模糊或者清除掉你关于雁盛平的记忆。"

雁椿倏地挺直腰背。

言朗昭继续道："因为博士经过评估，发现这段记忆对你影响最大，你当时反复被折磨，情况越来越糟糕，不管是药物还是心理辅导都几乎没有作用。你不断哭泣，伤害自己，挂在嘴边的话是——我是怪物的小孩，我也是怪物。"

陈旧的记忆翻涌，像奔腾的巨浪，带来腥臭咸湿的海风。它那样高，就像是从天上降下来的惩罚，迎头打来，仿佛顷刻间就要淹没整个世界。

雁椿轻轻收了收手指。

浪确实卷了过来，却被坚固高耸的堤坝阻挡，碎浪咆哮呜咽，最终只是打湿了堤坝上少年的裤脚。

雁椿就是那个少年。

高三，降临在他身上的厄运不止郁小海这一桩。他的母亲和弟弟，死在丧心病狂的亲生父亲手上。

高二寒假第一次见到雁盛平时，雁椿就猜测这个阴沉的男人也许就是自己的父亲，但乔蓝并没有承认。

后来雁盛平和雁椿在寰城一中附近见过几次面，都是雁盛平来找的雁椿。雁椿不想让荆寒屿看见自己和这种人在一起，每次雁盛平来，他都是偷偷摸摸出去相见。

雁盛平话很少，只说来看看他，带他吃个饭。

雁椿发现，雁盛平很喜欢观察路上的摄像头，那种眼神让雁椿很不舒服。

那年头监控不像后来那样遍布大街小巷，所以雁盛平也观察不了多少。

雁盛平偶尔问问雁椿的成绩，问问以前的生活。雁椿对他毫无感情，应答得也平淡。

但有一次，雁盛平问到乔小野。

"听你妈说，你一直在打工，给小野攒医药费？"

雁椿不知道他这么问的目的是什么，但本能地感到不快和戒备，好像小野的名字从他嘴里吐出来，就代表着危险。

"高三忙，没打工了。"他说的也是实话。

雁盛平冷森森地笑，说："你是我的儿子，不该养着他。"

雁椿说："他是我弟。"

雁盛平的目光冷寒，像毒蛇一样，说道："你很喜欢他！"

雁椿有时都不明白自己怎么会为了这个，在自己被拐走后取代自己而出生的弟弟付出这么多。

他应该讨厌乔小野的。可当乔小野笑嘻嘻地扑到他怀里，哥哥长哥哥短的时候，他的心里就马上涌起温暖的情绪。

是血浓于水吗？可是他对乔蓝就没有感情可言。

想来大约是因为乔小野可怜，生来就是个病秧子，而他偏爱弱者。

那次和雁盛平见面后，雁椿破天荒地给乔蓝打了个电话，问乔小野的情况。乔蓝在电话那头叽叽歪歪，说钱都给小野花了，她一分没拿去打牌，不相信就自己回来看。

雁椿松了一口气，挂断前犹豫了下，又问雁盛平有没有对小野做什么。

乔蓝一静，语气马上就变了："他跟你说了什么？"

雁椿还是头一次和乔蓝这么坦白，把吃饭的事都说了，又说："雁盛平很怪，你看好小野。"

乔蓝发出怪笑，语无伦次道："怪……对，他就是怪，他是个怪物！"

雁椿一直惦记着这事，但寰城一中到了高三几乎不给学生喘息的机会，他惦记归惦记，也无法做点有实际作用的事。

不久，郁小海和许青成闹掰的事发生了，他把许青成打进医院。那个将一切推向毁灭的黑影开始跟随他、诱惑他。

他对暴力、鲜血、死亡变得越发兴奋，正在那时，警察从学校将他带走。

他没有想到，自己回到桐梯镇，是作为被害人家属和凶手家属，目睹乔蓝和乔小野被雁盛平杀死的惨状。

那一刻印在雁椿脑海中,像个神秘微笑的教父,拿起教鞭,向信徒传授恶毒的信条。

昔日热闹的筒子楼鸦雀无声,外面拉着警戒带,乔蓝和乔小野的尸体已经被转移,但屋里充斥着刺鼻的腥臭,老旧泛黄的墙壁上全是血迹,柜子上、床上、地上全是血。

雁椿木然地看着这一切,第一反应是自己写题太累了,居然做了这种噩梦。不可能发生这种事的,他给小野攒够了一年的医药费,等他考上医学院,小野的病就不愁了……

但两具不完整的尸体打破了他的自欺欺人。

他那讨厌的妈和他那病弱的弟弟,是真的被杀死了。

雁盛平爽快地承认罪行,却毫无悔过之意,反倒倍感自豪——隐退的凶手随时可以再出击,嘲笑警方的无能。

至此,雁椿终于知道当年自己被拐,后来乔蓝从禄城搬到桐梯镇的真相。

他是乔蓝和雁盛平未婚生下的孩子。雁盛平年轻时长相中等,性格朴实,乔蓝也不像后来那样疯癫刻薄。

乔蓝是真心爱着雁盛平的,对小小的雁椿也倾注了无与伦比的母爱。

唯一让乔蓝觉得古怪的是,每次她说到领结婚证,雁盛平都会推脱。未婚生育在那个年代很容易惹人非议,但乔蓝被爱情冲昏了头,雁盛平待她是真的好。她便想,管他呢,只要两个人真心相爱,不结婚又有什么关系?

然而在雁椿三岁时,雁盛平失踪了一个多月,回来后异常兴奋,变得像另一个人。

乔蓝在他衣服上发现了血,逼问他干了什么,他没有回答。几日后,禄城下面的建勋镇传来一个灭门案,一家五口被割喉而死,现场留下了凶手的标记——一个巴掌大的纸折相框。

一时间,全城都开始议论灭门案,据说在其他城市,"相框杀手"已经犯了不下三起案子。

乔蓝颤巍巍地从抽屉里拿出折好的相框，感到天崩地裂。她以前问过雁盛平为什么喜欢折相框，雁盛平笑着说："相框可以留下人最美好的一刻，多好。"

那时她天真地以为，雁盛平所谓的"最美好的一刻"指的是拥有家庭、孩子，一家人幸福地生活在一起。

她现在才知道，一家人死在一起，才是雁盛平眼中的美好。

她心爱的丈夫，她孩子的父亲，是个变态杀人狂！

雁盛平从后面抱住她，拿走她手中的相框，说："帮我保守秘密，好吗？"

乔蓝害怕得剧烈发抖，哪敢说不好？

受限于侦查技术，警方最终没能抓住"相框杀手"，雁盛平继续扮演着乔蓝的温柔丈夫，但这个曾经温馨的小家已经彻底改变了。

乔蓝偶尔精神失常，觉得雁盛平是个怪物，雁椿也一定是怪物。

后来雁盛平再次作案，为了躲避警方的追踪，离开禄城南下，从此不知所终。

乔蓝并没有因此解脱，她越看越觉得雁椿像雁盛平。她终于摆脱了大的，可小的为什么还跟着她？

终于，她想出一个计谋。

城中心有个公园，一到周末就人满为患，小孩子们都喜欢去那里玩，人贩子也盯上了那里。她听说隔壁巷有小孩在那里丢了，一直没找到，听说是被人贩子拐走了。

那天，她给雁椿换上新衣服，带雁椿坐上公交车。雁椿兴致勃勃，一路上都趴在车窗上张望。

到了公园，她哄雁椿说："宝贝想吃棉花糖吗？"

雁椿当然点头，声音是小孩子独有的甜糯，"想！"

她说："那妈妈去买，宝贝在这里等着。"

说完，她便挤入人群，将雁椿留在原地。

公园人来人往，雁椿眼睁睁看着妈妈消失，想要跟上，但根本挤不进去。

妈妈一直没回来，大概是买棉花糖的人太多了，妈妈要排队。

月光沉没

雁椿没有等来妈妈和棉花糖,却等来了守候多时的人贩子。

残忍的真相像下不尽的刀,从天上凌厉地杀来。雁椿在警察的保护下看着雁盛平,虽然脸色惨白,却没有流露出害怕。

这个归来的魔鬼正用行动教唆他身体里尚未长成的恶魔。

那一刻,他忽然明白自己为什么总是涌出奇怪的想法,动不动就想杀人。原来他是变态杀人狂的儿子,他生来就继承了最肮脏的血!

这一次作案让雁盛平彻底暴露在了警方的视野中,那些尘封十数年甚至二十多年的凶案终于真相大白。

首都调查中心的专家赶来,协助分析雁盛平的动机及心理。言朗昭便在其中。

令专家们颇感意外的是,雁盛平已经多年没有犯过案,只要他不再作案,以前的证据就无法将他绳之以法。

他也承认,随着年岁渐长,失去了杀人的冲动,一年前找到乔蓝,是想一起安稳地过日子。

即便乔小野是乔蓝后来和别的男人所生,他也不介意,一家四口其乐融融,他带乔小野看过病,去寰城一中看望过亲生的大儿子。

"但我的儿子太没有出息了。"雁盛平那双凶光毕露的眼盯住雁椿,冷笑道,"我像他那么大的时候,就肢解了我妈给我生的妹妹,他居然打工给他同母异父的弟弟攒医药费!"

雁椿浑身冰凉,像被摁进了冰海里。

雁盛平露出满口黄牙喊道:"儿子,你流着我的血,就要像我一样。你还小,不懂事。爸爸不怪你,爸爸亲自教你!"

荆哥，我害怕

雁盛平的"诅咒"成了治疗初期雁椿最难摆脱的噩梦。他畏惧光线，长时间将自己缩在黑暗的角落，伴随自残、求死行为。

他甚至不能听见别人叫他的名字，因为雁椿的"雁"，来自雁盛平的"雁"。

雁盛平被执行死刑的消息从国内传来，雁椿并没有因此解脱，在卡尔通博士的治疗日记中留下了一段雁椿精神失常的记录——

雁椿问："他……他真的死了？"

博士答："对，这是他被处决的报道。小椿，一切都在慢慢好起来。"

月光沉没

雁椿却突然惊慌暴躁，双手疯狂地抓挠自己的头和脸，口中念念有词："他来了！他来了！"

工作人员和言朗昭立即将他控制住，他扯着言朗昭的衣服，涕泗横流："言叔，他来找我，他的鬼魂在我身上，我要变成他了……"

在长达四年的治疗进程中，这无疑是雁椿情况最危险的一次，濒临崩溃，开始臆想雁盛平的鬼魂会来占据自己的身体，用自己的身体继续杀人。

十年前的情形再度浮现在脑海中，雁椿却格外平静，只是面色变得比刚才苍白。

"但我克服了。"他看着言朗昭，"我接受了自己是杀人狂雁盛平的儿子这个事实。"

言朗昭点点头，大约是年纪大了，随和了许多，想到往事时，眼神有种长辈的宽容与温和。

将雁椿送去卡尔通博士的团队后，他没有立即回国。雁椿那时情况非常不稳定，他作为雁椿唯一信任的人，无法就这么将雁椿丢下。

因此他几乎经历了雁椿痛苦治疗的前半段。

卡尔通博士站在理性的角度，建议干预雁椿的记忆，把雁盛平这一段修改掉。他差一点就同意了，可最后还是被感性影响了判断。

雁盛平是雁椿的心结，这不单是精神上的，雁椿确实从雁盛平那里继承了犯罪人格，这是客观事实。

雁椿不应该忘记，而是试着去接受，虽然这个过程会比忘记疼痛百倍。

半年后，在博士团队的努力下，雁椿熬过来了。那无异于一次惨烈却又充满希望的新生。

"只有那一次，我们想过影响你的记忆。"言朗昭有些担心地皱眉，"你遇到什么事了？"

雁椿垂眸看着手边的玻璃杯，里面的红枣枸杞茶还有余温。此时如果纯粹从理性出发，他无法立即相信言叔的话。

但他愿意相信言叔没有骗他。

言朗昭没继续问，注意到雁椿左手上的手环，问道："这是？"

雁椿说:"支队给配的,市局前阵子和屿为科技合作,我们很多人都有。"

言朗昭问:"屿为科技?"

雁椿轻轻吸了口气。

"我知道这家企业,他们在警用监控、追踪、分析上可以说是业内顶尖。"言朗昭停了停,"屿为科技的创始人和你还有一些渊源。"

雁椿没想到言叔会主动提及,身子不由得往前一倾,道:"您知道?"

"他是当年和你走得最近的同学,我怎么会不知道?"言朗昭说,"他还帮了你、帮了我们很多忙。"

雁椿胸腔里像多了块沉重的石头,撞得轰隆直响。

"那后来我,我怎么忘记他了?"雁椿问得很急,说完才发现词不达意,摇着头道,"抱歉,我是说,我忘记了一些关于他的事。"

言朗昭看出端倪,说道:"你这次来,是因为这位同学,荆……"

雁椿说:"荆寒屿。"

言朗昭站起来,走了两步,说:"你们因为工作重逢,相处下来,你发现你忘记了一些事,怀疑是当年治疗时记忆被修改了,所以来找我?"

雁椿低下头,"嗯"了一声。

言朗昭站定,说:"我不知道你指的是什么事,但我可以跟你保证,我和博士从未在你的记忆上动过手脚。"

雁椿惭愧地抿住唇,道:"言叔,对不起。"

言朗昭却蹲下,看着雁椿的眼睛,好一会儿,他笑着在他膝盖上拍了拍,说道:"臭小子,我是跟你要'对不起'的?"

雁椿怔了下,道:"我……"

"你心里有疑问,第一时间就来找我,这一点要表扬一下。"言朗昭说,"不过下次别这么拐弯抹角,想到什么就说什么。跟我还见外?"

雁椿心里泛起温度,整理了下情绪,他终于开口:"我们不止是普通同学。"

当年雁椿没有跟任何人提过自己与荆寒屿是最好的朋友,他近乎崇拜荆寒屿,将他当作自己生命里的光。他的父亲杀人不眨眼,他自己也被黑影蛊惑,日渐疯魔,而他最好的朋友应该有最好的未来。他下定决心和言朗昭出国接受治疗时,就告诫自己放下荆寒屿。

这种想法,只有他知道就好。所以他没有告诉过言叔和卡尔通博士,这也许是他治疗期间唯一保守的秘密。

听完雁椿的话,言朗昭沉默了很久,出乎雁椿意料的是,他说:"难怪!"

"什么?"

"我当时就觉得奇怪,他为什么会不顾流言蜚语陪着你。你这么一说,我算是找到原因了。"

雁椿太阳穴突突发胀,道:"言叔,您记得什么?"

言朗昭点点头,说:"我们从头来回忆一遍。"

雁椿竟然有些紧张,咽了口唾沫。

"雁盛平杀害你母亲和弟弟后,你被叫回桐梯镇协助调查。警方为了保护你,没有公开你和雁盛平的关系,再加上以前媒体不像现在这样发达,你的大部分同学不知道你离校的那几天是去干什么了。"

"是。"纵然是不愿意提及的往事,现在的雁椿也已经能够冷静面对,"我装得很正常,不敢让别人发现,但我知道我快疯了。"

黑影频繁出现,如同鬼魅,在他耳边灌输邪恶,唆使他犯罪。

他一度认为黑影是幻觉,是他心底怪物的具象。

"在雁盛平杀害乔蓝和乔小野之前,你的行为已经开始怪异。"言朗昭说,"郁小海和许青成闹矛盾后,你失控伤了许青成。"

雁椿额前渐渐渗出汗水,道:"是荆寒屿阻止了我。他……他其实一直在阻止我伤人。"

言朗昭说:"你告诉我和博士,因为你们很有缘,你是在他的帮助下才被解救回到亲生母亲身边的,他对你可能有责任感。"

雁椿无奈地笑了声,摇头。

实验班到了高三,学业更是成为重中之重,没人还会关心别人身上发生了什么。受益于此,雁椿的秘密无人探究。就连习惯找他一起学习的李华也没觉得他从家里回来后有什么不对。

荆寒屿好像注意到他的异常，却没有问，还是像以前一样将他的试卷扯过来，帮他改题。

在郁小海遇害前，寰城一中已经有一些关于桐梯镇杀人案的传言了。

这种事情很难完全压住，最早是在高一年级传，后来高三年级也人心惶惶，许多人说杀人狂的儿子就在寰城一中。

雁椿知道这些传言，感受得到同学和老师们异样的眼神。他们好像知道是他了，毕竟他姓雁，又来自桐梯镇，锁定他是很简单的事。

月考后，李华忍不住问他，传言是不是真的。

他看着李华戒备的目光，心中有些悲哀。不等他回答，李华似乎就得到了答案，战战兢兢地说："我不问，我什么都不知道！"

最该问他的荆寒屿却只字不提，照常监督他写题，他状态不好错太多，会迎来一场毫不留情的批评。

他知道荆寒屿一定知道，却顾及他的自尊心装作不知道，没有像别人那样疏远他，还愿意和他待在一起。

很多个晚上，雁椿睡不着，想到荆寒屿心就痛。

荆寒屿多好啊，看着冷酷，却温柔宽容，像高悬的月亮。

月亮被怪物沾染，这是何等的亵渎？

黑影又来了，声音缥缈。

"你想留住你唯一的朋友吧？想，就应该付诸行动。

"他那么完美，你不想让他成为和你一样的人吗？

"让血浸满他的身体，他的肋骨支棱出来，你想不想看看他的心脏是怎么跳动的？"

雁椿竭力忍耐，可黑影的话挥之不去，他开始刻意躲着荆寒屿，因为他知道，自己这种怪物，有一天也许真的会伤害荆寒屿。就像雁盛平伤害乔蓝和乔小野一样。

但在郁小海遇害之前，流言消失了一段时间，班上的氛围似乎又变得正常了。

那时雁椿不明所以，也没有心思去探究其中的缘由。如今想来，只可能是荆寒屿做了什么。荆寒屿张开尚不丰满的羽翼，给他撑开了一把不大却能避免伤害的保护伞。他却到现在才明白。

岌岌可危的保护伞并没有坚持多久。黑影出现得越来越频繁,从灌输犯罪观念到告知具体的执行目标。

雁椿陡然清醒——黑影也许不是他心中的恶念,不是幻觉,而是真实存在的人!

这个人用带着笑意的声音说:"雁椿,你看看郁小海现在是什么样子,他这么活着不可怜吗?你不想帮帮他吗?"

郁小海曾经是很坚韧的人,虽然认命,但始终在与命运抗争,有种底层人特有的乐观、豁达。但许青成作为好友的背叛将他击溃了。他放不下,雁椿每次去见他,都发现他越发没有生气。

可雁椿觉得他一定会好起来。

黑影的低语让雁椿亢奋又恐惧,他听见自己用颤抖的声音问:"我能帮他吗?我怎么帮他?"

黑影说:"想要帮人,就要明白最迫切的愿望。郁小海的愿望是什么?"

雁椿张了张嘴,"杀死许青成!"

黑影笑着叹息,"怎么会呢?我来告诉你,他最大的愿望是,许青成能够永远记住他。你知道该怎么做了吗?"

雁椿茫然地摇头。

须臾,黑影再度开口:"杀了他,用死亡、血、绝望打扮他,让他解脱,美丽的死亡将永远不会被遗忘!"

"不!"雁椿怒吼道,"滚!"

黑影却仍旧笑着说:"你真的不愿意吗?但我看到你在兴奋,雁椿,你心底的那个东西正在附和我,你难道没有感受到吗?"

雁椿拼命摇头,"滚——"

"可我们是一样的啊。"黑影说,"你和我,和你的爸爸,我们都是一样的。郁小海那么信任你,你为什么不愿意帮帮他?"

雁椿混乱不已,心中的怪物叫嚣着要追随黑影,他甚至又去看了郁小海一次,问郁小海想不想让许青成永远记住他。

郁小海颓丧虚弱,许久才说:"想,想的……"

但费力支撑的正常神志将他拉了回来,他看见教室,看见荆寒屿,就多一分对抗怪物的勇气。

我不会变成怪物。我和雁盛平不一样。我想当一个正常人!

可是人在年少的时候,哪有那么强大?雁椿以为不听黑影的,束缚住怪物,就不会被黑影牵着鼻子走。

高考不远了,虽然他已经不用为了乔小野报考医学院,但他不愿就此被拖入黑暗,他还有荆寒屿这道光。

可是他不动手,黑影却可以自己动手。

那天是摸底考试之前,黑影再次出现,说要邀请他观看一场表演。

他来不及拒绝,神志已经在药物的作用下不清醒。

醒来时,周围一片漆黑,视觉适应之后,才发现有暗淡微弱的光。而前面不远处,一个人被绑在立柱上。

那人在哭,雁椿用力辨别,发现居然是郁小海。

可是他无法跑过去将郁小海放下来,因为他也被紧紧捆绑着,动弹不得。

黑影从阴影里走出,来到雁椿面前,戴着一张长寿老人的面具——和它每次出现时一样。

雁椿怒目而视,"你想怎么样?"

黑影拿出一把刀,随意地转了转,说:"去帮小海完成他的愿望吧。"

郁小海哭喊道:"雁椿,不!"

雁椿愤怒得发抖,"你个变态,那根本不是他的愿望!"

黑影夸张地笑起来,"你也是小变态,居然还骂我变态。"

"你放了他!"雁椿口不择言,"你去死吧!你有病吗?我们惹你了吗?你连面具都不敢摘!"

黑影并没有因为被骂生气,寒光凛凛的刀在雁椿脸上刮了刮,道:"去杀了他,把他装点成一件让人见之难忘的艺术品。"

"呸!"

黑影站起来,长久俯视雁椿,"你真让我失望,你比你的爸爸还不中用。"

雁椿当时根本没有反应过来这句话里的意义，只见黑影转过身，朝郁小海走去。

"你不该这么懦弱的，雁椿。既然你害怕，我就来帮你。看见了吗，第一刀要这样……"

"停下来！"

"啊——"

两个少年绝望的喊叫在黑暗里响起，刀一下一下刺向尚且年轻的身体，浓重的血腥铺天盖地。郁小海的声音渐渐听不见了，雁椿像被人按进水中，一切声音变得迟钝模糊，视野也混乱不清。

黑影说："看到了吗？这才是你应该做的。将来你要像我这样，算了，今天的功劳也让给你吧。记住了吗，郁小海是你杀的，你握着刀，在他身上……"

雁椿发狂地喊道："啊——不——"

他完全失去了思考能力，像一头拴不住的野兽。有意识的最后一个画面，是黑影将他身上的绳索解开，然后摘下面具，让他看到了自己的脸。

但在强烈的精神和视觉刺激下，他没能记住那张脸。

警察赶到，第一时间封锁了现场，他也作为嫌疑人被拘留。

他的证词前后矛盾，一会儿说黑影是自己想象出来的，一会儿说黑影唆使自己犯罪，最后又说是黑影当着他的面杀了郁小海。

凶器上只检查到了他一个人的指纹，而且警察发现他的时候，他就坐在郁小海的尸体边，浑身沾满郁小海的血，他看上去就是凶手。

"不是我，我没有杀人……"高强度的讯问下，雁椿崩溃了，给出的证词越发荒谬。

警方未能通过监控发现所谓的黑影，寰城一中也没有任何人见过黑影。唯一对雁椿有利的是，现场留下了残缺的足迹，证明可能还有另一个人在场。但这仍然无法证明不是他杀了郁小海。

言朗昭在雁盛平的案子里就见过雁椿，此次再次赶来寰城协助当地警方。言朗昭第一个站出来表示雁椿可能没有撒谎。

多方争执不休，最终雁椿因为证据不足被释放。但即便如此，无数骂声还是压弯了少年的脊梁。

"杀人犯！一家都是杀人犯！"

"警察无能！没有证据雁椿也是杀人犯！"

打伤许青成之后，雁椿还能回到寰城一中，这次是万万不能了，寰城一中保留他的学籍，他还是可以参加高考，但他知道，自己已经完了。

言朗昭问："那段时间你的同学都离你远去，只有荆寒屿陪着你，你记不记得？"

雁椿闭上眼，记得，当然记得。他虽然被释放，但仍旧处在警方的监控下，无处可去。荆寒屿像往常一样将他叫到自己的住处。

雁椿这一段记忆，和言朗昭说的几乎一致。

"可是。"雁椿握紧双手，"他现在跟我说，那段时间我们天天在一起补习，那之后我就丢下他，一个人走了。"

言朗昭举起双手，以一种轻松的口吻道："我再次声明，我和博士没有干预过你的记忆。"

雁椿拿过靠枕压在身上，说："言叔，我相信你。"

"所以现在只有两种可能——你们对那段时间的友情有认知偏差，荆寒屿觉得你是他最重要的朋友，他很看重你。但你认为，他只是把你当普通朋友一样地照顾你而已；你的记忆在出国之前就存在缺失情况。"

雁椿搓着靠枕上短短的流苏，没说话。

言朗昭又道："但不管哪一种，都只有你俩好好谈谈，才能找出答案。"

雁椿抬头，拧着眉，顾虑重重，"我以为您能给我答案。"

言朗昭耸了下肩膀，笑道："我的作用仅仅是给你排除了一种可能。"说完，言朗昭换了一副语气，更加慎重，"这是你俩的私事，你一定清楚，和他谈是最佳解决办法，但你在逃避。"

被说中心事，雁椿压了下唇角。

言朗昭说："你在担心什么？"

"我……"雁椿下意识将靠枕的一个角捏紧，终于道，"言叔，对我而言，荆寒屿也是我最在意的朋友，我不敢靠近他，担心有一天我会控制不住自己去伤害他。"

言朗昭皱了皱眉。

"当年我们一起被绑架，我看到他的血很兴奋。"雁椿感到一股激流在血管里冲荡，十多年前的回忆轻易令他亢奋，"我会听您的话，跟您走，也是因为他。"

言朗昭第一次听雁椿剖白那时候的心迹，不由得追问："你当时说，你想变成一个正常人。"

雁椿眼里泛起平静而酸楚的光彩，"是因为他，我才想变成一个正常人。"

言朗昭挑起眉。他清楚记得十年前发生的一幕幕。

那年首都调查中心刚成立，他和其他专家去往全国各地，协助当地警方侦破重案要案。在桐梯镇雁盛平一案中，他发现雁椿这孩子异于同龄人，短暂的交流让他更加确信，雁椿继承了雁盛平的部分犯罪人格。

但雁椿和雁盛平又很不一样，他尚且保留着善意，会为了病弱的弟弟四处打工，在重点高中就读，成绩不错。如果加以正确引导和管束，雁椿就不会走上雁盛平的老路。

当时言朗昭就有将雁椿带走的想法，但是没有找到合适的理由。他不能因为雁盛平是杀人狂，就剥夺雁椿的自由。

但让言朗昭没想到的是，短短数月之后，他再次因为案子来到寰城，这次雁椿成了头号犯罪嫌疑人。

他和痕检师一同去了现场，看过雁椿所有的讯问记录，发现雁椿的证词虽然前后不一致，但那是精神失常造成的，并非刻意撒谎。

雁椿所说的黑影真实存在。有个处心积虑又具备高超反侦察技能的人，正在暗处影响着雁椿以及像雁椿一样的人。

少年红着双眼说"我要给小海报仇"的样子深深刺痛了言朗昭。他问："你要怎么给你朋友报仇？"

雁椿射来一道阴沉疯狂的目光，"像他杀死小海那样！"

言朗昭摇头，"但如果那样做，你也会成为凶手，变得和你父亲一样。"

雁椿神情一僵，许久没有说话。

言朗昭问："你想变成雁盛平那样吗？"

雁椿眼中突然有了泪，阴鸷消失，像个失魂落魄的孩子一样说道："我不想……但我不正常，是雁盛平的血……我想和他们一样！"

"他们"指的是正常人，是寰城一中的那些同学。言朗昭听懂了，开始讲述自己的计划。首都调查中心权限高于地方警方，他能够带走雁椿，送雁椿去接受系统治疗，前提是雁椿自己愿意。

这场谈话的末尾，雁椿并没有答应。言朗昭和同事始终关注他，保持接触。夏日即将到来前，雁椿终于主动找到他，说："您真的能够让我变成正常人吗？"

科研讲究精准客观，言朗昭其实无法给出任何保证，但迎着少年急切的目光，他郑重地点头道："我们会尽全力。"

雁椿浑身都在发抖，说道："好，那我跟你走。"

艰辛的治疗过程历历在目，言朗昭像心疼自己的孩子一般心疼雁椿。因为工作关系，他接触过不少像雁椿这样的少年，也试图帮助他们，但他们中的绝大多数不愿意接受治疗，愿意的人也在中途因为不堪忍受而放弃。

只有雁椿以强大的意志咬牙坚持下来，甚至在翻越雁盛平的"诅咒"这道坎时，都没有放弃。

现在的雁椿是优秀的顾问，回国四年来，已经帮助警方侦破了多起悬疑案件。那与生俱来的"怪物"没有让雁椿堕落为和雁盛平一样的人，反而变成了他的一双翅膀。

言朗昭一直知道雁椿心性坚韧，当年接受治疗时有一个非同寻常的信念。但他以为那信念多半源自郁小海——雁椿发过誓，要亲手抓到凶手。

但现在，言朗昭才发现，他视作孩子的人，心里还藏着更深更固执的念想。

"荆寒屿，从我们在绯叶村相遇，就开始影响我。"雁椿低着头，语速很慢，像是在怀念着什么。

"在他出现之前，我见到的都是穿得和我一样破烂、浑身和我一样脏兮兮的大人和小孩。那天他从车上下来，穿着白色的衣服，脸上一点尘土都没有，干净、体面。"雁椿笑了笑，"我那时还不知道体面这个词。"

月光沉没

"小孩子最容易被影响,我每天追着他跑,想和他玩,我羡慕他,也想和他一样干净。不知不觉间,他早就成了我潜意识中,一切和完美有关的象征。

"高一被挖去寰城一中,必须临时改名字,我连名字都要取和他一样的。

"他长大了,但比小时候还优秀、出众。言叔,您想想我身边都是什么样的人。乔蓝,歇斯底里,早就被雁盛平逼疯;乔小野从小生病;郁小海和我一样……每个人都有缺点,但荆寒屿没有,他对我不但有情感上的支撑力,还让我想变成一个更好的人。

"您第一次跟我说出国治疗的时候,其实我根本没有听进去。我不相信你们,我为什么非得治疗?我就这样,黑影一定还会来找我,我会想办法杀死他。"

说到这里,雁椿停下来,沉默了很久。言朗昭看着他,没有催促。

"但荆寒屿像什么事情都没有发生似的,每天给我布置很多作业,说我耽误了时间,现在要一点点补起来,我……"

眼见雁椿的情绪罕见地波动,言朗昭走过去,轻轻抚着他的背。

"我觉得我已经没救了,什么高考,什么将来,我一样都不想考虑。但他居然没有放弃我,总说我们可以考到同一个城市。

"我快疯了,他每次靠得很近给我讲题,我就想咬开他的皮肉,尝他的血。但我又很想像他说的那样,参加高考,和他一起念大学。

"他让我想成为一个正常人,像他一样。但我这样的怪物,只要靠近他,总有一天会伤害他。"

言朗昭说:"所以你才决定来找我。"

雁椿闭上眼,轻轻点头,说道:"如果没有在绯叶村遇到他,我也许会在那座西北小村子终老。如果不是和他同班,我给自己定的目标也就是在中游混完高中。如果小海和许青成闹掰时,他没有阻止我,如果小海遇害后,他和其他同学一样避我如蛇蝎,我,我已经是下一个雁盛平了。"

雁椿淡淡地笑了笑,继续道:"他总是可以出现在每个足以改变我的节点。言叔,您知道治疗初期,我因为雁盛平崩溃时,是怎么跨过去的吗?"

言朗昭心中已有答案，但没有开口。

雁椿说："我想，如果我失败了，我就是雁盛平，如果我再坚持一下，说不定我就可以变得和刚到绯叶村的小男孩一样，干净、体面。"

言朗昭长叹一声，道："你走出来了。"

雁椿平复了一会儿情绪，双手捂住发热的眼睛："您说得没错，我应该和他好好谈谈，那是我们的私事。但我不敢，自从和他重逢，我就感到事情在渐渐失控。他和以前不一样了，我也很难克制自己的冲动。上周，我伤害了他。如果深交下去，我也许会做出难以弥补的事。"

"等一下。"言朗昭打断，"什么伤害？"

雁椿犹豫片刻才道："我咬伤了他的手腕。"

言朗昭问："很严重？"

雁椿摇头，在手腕上比画了一下，"他主动让我咬，我控制不住。"

言朗昭静下来，走了几步，说道："也许事情没有你想象的那么严重。既然是他主动的，那至少他有分寸。"

雁椿不解，问道："什么？"

言朗昭一语中的："你为什么非要将这看作伤害，而不是一定程度的释放？"

雁椿张了张嘴。那的确是释放，当他在荆寒屿的手腕上弄出那一圈痕迹后，他突然轻松许多。

"你回国之前，博士就跟你说过，你将自己控制得很好，但不要忘记适当的释放。"言朗昭说，"荆寒屿也许是在帮你。"

雁椿有点坐不住，"但……"

言朗昭说："你小看了你自己。雁椿，我问你，现在你怎么评价自己？"

雁椿没想到会遇到这个问题，愣了两秒说："我天生具有犯罪倾向，年少时时常有杀人的想法，并且计划过多次。我经过治疗，已经勉强能像个正常人一样生活。但如果放松，我很可能变回过去的样子。"

言朗昭等了半天，道："就这样？"

雁椿诚实地点头，"嗯。"

言朗昭走向办公室角落的仪容镜，招呼雁椿："过来。"

雁椿不明就里,但还是走了过去。言朗昭退到一旁,镜子里只剩下雁椿。

"一个英俊的小伙子。"言朗昭笑道。

雁椿在他轻松的语气下,也放松些许,"言叔。"

"但这个英俊的小伙子对自己的认知太低,简直妄自菲薄!"

"嗯?"

言朗昭说:"四年前,他回国的时候,卡尔通博士说,他是最坚强、最聪明的学生,他完全能够在治疗结束后照顾好自己。他回国之后,在我手下工作,跟着我跑过许多重大案件,虽然年纪小,但意识、反应都不输经验丰富的刑警。"

雁椿讶异地看向言朗昭,这位亦师亦父的精英警察从未这么直白地夸奖过他。

"他在犯罪心理分析这一块出类拔萃,总是能够在短时间内摸清犯罪分子的想法。他不愿待在首都调查中心,要去基层历练,所以去了骊海。"言朗昭继续道,"骊海哪一桩重案要案没有他的身影?最难能可贵的是,骊海的兄弟们都特别喜欢他,说他是最优秀的顾问。"

言朗昭目光深沉地凝视雁椿:"可我这优秀的徒弟,却跑来跟我说,他勉强像个正常人,随时可能变成他父亲那样。"

雁椿语塞。

言朗昭摇头:"你怎么就不肯相信你的优秀?"

"不是。"

"还说不是?"言朗昭说,"你给了自己太大的心理负担。你时刻想着约束自己,这倒是没错,但约束过头,并不是好事。你心里最重要的好朋友都找上门来了,你还躲。"

雁椿局促道:"我怕……"

"怕伤害他?可你们都是成年人了,你还被年少时的烦恼困扰。"言朗昭说,"你不妨试试,和他敞开心扉。"

雁椿还是没有信心,犹豫道:"真的可以?"

言朗昭的视线愈加沉静,说道:"换一个人,我不会这样建议你。但既然这个人是你最痛苦时的支撑，你为了他而改变，那我觉得你可以相信他。你暂时不相信自己，但可以相信他。"

雁椿沉默了很久。

言朗昭又说："换一个角度想，并不是你伤害他，而是他是你的枷锁，他在管束你。"

雁椿蓦然抬头。言朗昭温和地笑着，那视线里有长辈的关怀和期望。

他喉咙发涩，"我知道了。"

来首都一趟，虽然没有给心中的问题找到答案，和言叔的一番长谈，却让雁椿坚定了几分，他迫不及待想要回骊海见荆寒屿。

不过还有一件事，也是他来调查中心的目的——淡文，那个杀害大学生，将其尸体装扮成枯叶骷髅的少年。

言朗昭听雁椿说完，抱臂沉思道："你判断他可能受到蛊惑，被唆使犯罪？"

雁椿点头，"他好像在畏惧什么，只在一次讯问中表现出异常。言叔，他和以前的我很像。黑影如果还活着，一定会再次盯上像我一样的人。"

言朗昭说："这十年来，每当有恶性少年犯罪事件发生，我们都会追踪黑影，但他好像消失了，再也没有出现过。放心，我们一直在关注，从来没有放弃。你有什么想法，就大胆去做。"

"对了，我刚才突然想到，黑影和雁盛平也许有关。"雁椿已经恢复如常，思维敏锐，条理清晰，"我无数次想过，雁盛平早就选择停下，而且已经和乔蓝平静生活了一段时间，怎么会突然再次杀人？"

言朗昭道："他说是因为你。"

雁椿双手插在西裤里，道："没错，是因为我，但他是不是也是受到唆使？那人将'你儿子没有继承你的优点，没出息'的观念灌输给他，通过他来影响我。"

十年前的两起命案，警方不是没有放在一起分析过，但因为缺少关键连接点，所以最终并没有归为关联案。

"杀死郁小海之前，黑影说过，我比雁盛平还没用。"雁椿转身，"他这么说，说明雁盛平曾经受他驱使。"

月光沉没

雁椿停顿几秒，缓缓握紧拳头，"雁盛平是他刺激我的一枚棋子，他的目标是我。但……我是什么时候招惹到了这样的人物？"

言朗昭留雁椿吃晚饭，雁椿说订了晚上回骊海的机票。言朗昭并不意外，这些年他看着雁椿成长，这孩子很有自己的主意，什么事一旦理顺了，做起来就风风火火。

他拍了拍雁椿的肩，叮嘱凡事不要钻牛角尖，更要相信现在的自己。雁椿郑重地点头，离开首都调查中心后打了辆出租车，前往机场。

订了机票这件事，雁椿撒谎了。

见到言叔之前，他其实并不打算立即返回骊海。关于他的记忆，应该不会这么快找到答案，他和言叔的隔阂、矛盾也需要时间来处理。可谈话出乎他预料地顺畅，他们彼此坦白，梳理出一条接近真相的线，而要抓住真相，只能由他去找另一位当事人荆寒屿。

他迫不及待想要见到荆寒屿，一刻都不想在首都停留。

去机场的路上，雁椿在手机上浏览机票信息，今天到骊海的航班还有，不过都在晚上，需要等待。

他毫不犹豫地下了单，感到肌肉中传来阵阵鼓噪，那种近似兴奋的感觉令他轻微发抖。

言叔说，他可以相信自己和荆寒屿，荆寒屿也许值得信赖，甚至会成为一把束缚他的锁，因此他无须惧怕和荆寒屿一道寻找答案。

雁椿偏头看着窗外流动的街景，往肺里长长吸了口气。心里一个声音问"你知道你在想什么、做什么吗"？心里又有一个声音明确地答"我知道，我不是疯子"。

到了机场，离登机还有一段时间，雁椿办完手续，过了安检，找个旅客相对少的位置坐下，脑中开始重放不久前和言叔的对话。

跟着卡尔通博士治疗、学习时，他研究过许多涉及心理、犯罪心理的课题，博士盛赞他的天赋，他也确实靠着与生俱来的犯罪人格给予警方大量帮助。

但回国的四年，他忙于分析犯罪嫌疑人、被带到他面前需要帮助的患者,却忽视了一点——审视自我。

他早就给自己下了一个不可更改的定义:疯子。

即便卡尔通博士在送他回国之前出具了一份冗长的报告,声明他多年来积极配合治疗,效果显著,虽然尚需自我约束和定期心理反馈,但已经是能够融入社会的正常人。

疯子生活在牢笼中。

疯子不配幻想朋友。

疯子有任何情绪起伏都是错。

疯子只能永远冷静、永远理智,做一台为警方服务的机器。

他对自己的定位如此之低,所以当言叔毫不吝惜赞美时,他胸膛起伏,眼眶灼热。

言叔将他拉到了一个能够审视自己的轨道上,他不由得回顾自己身为顾问的职业生涯。

好像他并非始终如机器一般将感性和理性切割开来,在与犯罪者共情时,他感到的不是杀戮的卑劣快意,而是悄然膨胀的愤怒。

他也能感受被害人家属的悲恸,在死亡面前,他不是无动于衷。

而当邪恶向他伸出橄榄枝时,他都会冷漠地斩断。

博士对他有信心,言叔对他有信心——他们是他那段阴沉过去的知情者。叶究将他视作支队唯一认可的顾问,袁乐、韩明明这些同事把他当作自己人——他们是不知情者。

他的牢笼其实早就打开了,他却抱膝蹲在里面,害怕走出去。

夕阳在一整面玻璃墙上沉落,晕染出巨大的光海。

雁椿在人来人往中紧紧捏住眉心,沉浸在对自己的不信任和对别人的肯定中。

他是个很大胆的顾问,想法有时"不切实际"到让叶究发火,唯独在这件事情上他胆怯又保守。

万一呢,他悲观地想,万一博士和言叔都错了呢?我还是那个疯子,只是伪装得太好,骗过了所有人?

"啊——"

月光沉没

突然，侧后方传来一声女人的尖叫，紧接着是小孩的哭声和男人的咒骂。

雁椿回头一看，只见原本坐在那个方向的旅客有的匆匆起身离开，有的警惕地观望。喧闹的中心有两个一米八往上的壮年男人、一个头发被扯散的女人和被女人护在身后的双马尾女孩。

他们穿着普通，身边放着几个老旧的旅行手提包，其中一个男人一脚踹向女人的肚子，女人痛叫一声，狠狠摔在排椅上，男人飞快赶上去，抓着女人的头发扇耳光。

已经有旅客报警，但机场警察和工作人员还没赶来，施暴的男子人高马大，看上去很不好惹，有人想上去帮忙，被男人凶神恶煞的眼神吓退。

雁椿见状，没有考虑，迅速冲入人群，在扇耳光的男子将要再次动手时，强有力地握住对方的手腕。

大约没想到还有人敢多管闲事，男子的三角眼里凶光毕露，操着方言连骂污言秽语。另一男子迎着雁椿就是一拳。

雁椿轻巧地躲过，就势反剪一人双手，将另一人踹倒在地。

身后的女人大哭不止，近乎崩溃地说着"谢谢、谢谢"。

两个男子一看就是在乡镇里横惯了的，哪吃过这种亏？爬起来还要和雁椿打。警察在这时赶到，将现场控制起来。

雁椿毫发未损，但这么一闹，免不了做一番笔录。

和他判断的差不离，两名男子是兄弟，来自南方一个没听说过的村子，女人是其中一人的妻子，常年遭受毒打。这次来首都参加远房亲戚的婚礼，兄弟俩在亲戚们面前自觉贫穷，丢了脸面，便将不满发泄在女人身上。

做完笔录后，雁椿本可以直接离开，但他看了看低头抽泣的女人，犹豫片刻，走了过去。

虽然已经被女警带去梳洗过，但女人仍然显得蓬头垢面，毫无光彩。可雁椿从她那连声"谢谢"和此时的眼神中看出，她并没有在苦难的生活中变得麻木，她想要改变，如果有人愿意帮助她，她是能够走出来的。

"想过离婚吗？"雁椿问。

这是别人的家务事,已经超过他身为骊海市局顾问能够过问的范畴了,就连机场警方,也顶多立案调查,对施暴的男子教育一番。

女人盯着他的眼睛,许久,咬着唇点头。

雁椿说:"今天发生的一切,就是重要证据。向警方详细讲述你的遭遇,做伤情鉴定,妥善保留伤情证据。"

女人不住地点头,却因为见识和一贯的生活环境而有些跟不上,显得茫然。

雁椿拿起手机,说:"你等我一下。"

他给一位认识的医生打了个电话,说明情况,对方很乐意帮忙。他又回头将医生和自己的联系方式写下来递给女人。

"不要害怕,有需要可以联系我。我是警方的顾问。"说着,雁椿笑了笑,"虽然不是警察,但也能像警察一样帮助需要帮助的人。"

女人眼中再次有了泪,她用力握住手上的纸,坚定地点点头。

处理完这场突发事件,雁椿回到登机口,他改签了下一班飞机,马上就要起飞了。

飞机离开辉煌的夜景,奔向静谧的夜空。

雁椿在轰鸣声中闭上眼,精神处在一种疲惫又沸腾的状态中。他不知道如果言叔没有对他说那一番话,他会不会在混乱时站出来帮助那位挣扎的女人。他像是下意识去证明自己真的是一个有正义感的正常人。

女人感激的目光印刻在他的视野里,这一刻,确实有种类似责任的东西被放在他的肩上。他不觉得沉重,反倒倍感轻松。

航程已经过半,雁椿情绪渐渐平复,思维再次被荆寒屿占据。他想,如果一下飞机就能见到荆寒屿就好了。

荆寒屿此刻恰好就在骊海机场。

下午,李江炀把骊海这边的事务收了尾,本想多赖几天,却被荆寒屿赶回总部。

"那你开车送我。"被"资本家"压榨的联合创始人提出一个并不过分的要求。

荆寒屿同意了。

月光沉没

路上李江炀变着花样地打听荆寒屿和雁椿的事情,但一无所获。

荆寒屿把人送走后,原本不打算在机场多待,但雁椿的手环发来一条实时动态:雁椿买了今晚回骊海的机票。

雁椿这次去首都,是与他商量过的。那天见血的对峙并没有让他们彻底将话说开。他们都还在彼此猜疑。

雁椿的意思是先找到一位姓言的警察,将当年的事情问清楚,再和他计划下一步。

他知道雁椿说的是谁,言朗昭,为雁椿洗清嫌疑的人。如果雁椿的记忆被动过手脚,那言朗昭必然是知情者。

荆寒屿在机场找了个咖啡馆坐下,不久又收到雁椿改签的消息,不禁困惑——雁椿跟他说过会在首都多待几天,为什么这么急着回来?

经过漫长的航行,飞机终于在凌晨降落。雁椿提着一个没放多少行李的包走到大厅,看见站在稀疏人群中的荆寒屿时,用力闭了下眼。

没看错,真是荆寒屿。

"你怎么来了?"包被接过时,雁椿讶异地问。

荆寒屿反问:"怎么今天就回来了?"

雁椿问出口就反应过来,他还戴着屿为科技的手环,荆寒屿确实能正大光明地获取他的行程。

"得到了答案,所以就回来了。"

荆寒屿停下脚步,看向雁椿。不知是不是因为已是深夜,而人总是容易在深夜里情绪波动,雁椿觉得荆寒屿此时看上去不如平常那么从容、深不可测。

他窥探到了荆寒屿突然流露的不安。

这不安是因何而起?是否与他的记忆有关?

没有人愿意在凌晨的机场徘徊,人们拉着行李箱快步向前,周围是滑轮从地面滚过的声音,细密而没有感情色彩。

唯独他们站在流动的画面中,像是被定格。

即便在飞行途中,雁椿也没有决定是否像言叔说的那样,将一切摊开呈现给荆寒屿。但在这一刻,看着荆寒屿眼中的自己,他突然有了坦白的勇气。

雁椿上前两步,与荆寒屿相向而立,仰着头,声音不知不觉带上一份依赖:"荆哥。"

这是他们少年时的称呼,重逢后他不是没有这样叫过,但总归夹杂着晦暗不明的情绪,没有哪一次像这次一样直白。

他只是想这样叫,所以叫了。

明明他才是年长的那个,可荆寒屿管着他的时候,他感到很安全。

荆寒屿也没想到雁椿会突然做出这样的举动,愣了下,直面雁椿的眼睛:"嗯?"

"带我回家吧。"雁椿眼里的光泛滥,说完又补充,"去你那里。"

车在凌晨的街头穿行,各色霓虹因为无人欣赏而显得冷清。这冷清拼凑成光怪陆离的人生百态的背面,犹如理智到极点的宿命论。

路上谁也没说话,车停在灯火已灭的小区里,雁椿才说:"没有人动过我的记忆。"

荆寒屿皱眉:"言朗昭这么说?"

"是。"

"所以你相信他,不相信我。"荆寒屿声调渐冷,尾音掠过一丝嘲讽。

雁椿侧过脸,比自己想象的更镇定,"我不是这个意思。"

"那你想说什么?"荆寒屿道,"我自欺欺人,把幻想当事实?"

"没有人动过我的记忆,但它好像还是出了问题。我出国接受治疗之前,可能已经忘记了一些事。"雁椿说得很慢,"从郁小海出事之后,到我决定离开之前,我丢失了很重要的东西,想不起来。"

雁椿越发沉浸在自己的情绪中,如果他分出一些神,必然能够注意到,荆寒屿受到他的影响,整个人绷得很紧,像一头警惕又有些无措的野兽。

"言叔说,我应该相信自己,还有你。"雁椿摇了摇头,"但我知道自己是个什么东西,我不敢……"

荆寒屿说:"我说过,不准这么形容你自己。"

"你听我说完。我还是想知道我们当时发生了什么。荆哥,你来告诉我。"雁椿直起身子,凝望荆寒屿的眸子,"你说的话,我都相信。不,不止。"

荆寒屿说:"什么?"

雁椿说着呓语般的话:"那不是最重要的,最重要的是,荆哥,我想你做我的枷锁。从今往后,不要放弃我。"

荆寒屿仔细端详雁椿的脸,问:"所以你想做什么?"

雁椿垂着的眼看见荆寒屿手腕上的伤痕。经过几天,它已经变得浅淡,但仍与荆寒屿寻常的打扮格格不入,像一个嚣张的闯入者,以肆意妄为的态度霸占这具身体,宣誓所有权。

荆寒屿感到一股莫名的烦躁在心中搅动,雁椿记不得的事对他来说清晰得刻入血肉。上一次雁椿忘了,那这一次也会忘记吗?

时间的脚步变得很慢,扭曲回溯,落在十多年前。

也许打从一开始,对荆寒屿而言,燕子——雁椿就是一个特别的人。

那年父母千疮百孔的婚姻终于走到了不可调和的地步,他作为他们"爱情的结晶",不管在哪一边,都讨不到好。

爷爷将他接到身边教养,他将爷爷当成唯一的亲人。可爷爷要去绯叶村了,几个月后才会回来。年幼的他不喜欢分别,却懂事地沉默,不去阻拦爷爷。

爷爷发现他整日闷闷不乐,将他抱起来,说道:"寒屿和爷爷一起去好不好?"

当然好!

到了绯叶村,他惊讶于世界上还有这样的地方,矮矮的房子,灰扑扑的人。

爷爷醉心民俗工艺,他说着和爷爷一起学习,却三天打鱼、两天晒网,最终和一个叫燕子的小孩混在了一起。

燕子和他在学校认识的所有小孩都不一样,有个像女孩的名字,穿得破破烂烂,脸和手时常脏兮兮的,但燕子的眼睛特别亮,像他们每天晚上一抬头就能看见的星星。

家里可看不见这么多星星。

燕子比他大一岁,却比他矮,是个小不点儿。这小不点儿经常在他身边一蹦一跳,双手往他头上晃。跟电视里精灵施法差不多,就是看起来有点傻。

他看不出门道,有一天终于忍不住问:"你在干什么?"

燕子说:"给你挡雨呀!"

这西北的村子,一年到头难得下一回雨。

荆寒屿看着晴朗无云的天空,疑惑地转回视线。燕子怕不是个傻子?

燕子捧起双手,接了几瓣落下来的杏花花瓣,"它们就是雨,我帮你挡挡!"

荆寒屿想,真是傻子啊?

燕子当然不承认自己是傻子,给荆寒屿灌输歪门邪道:"我们这里不下水啊,但花雨也是雨,我没有伞,用手给你挡。弟弟,你应该谢谢我。"

荆寒屿面无表情地问:"别人为什么不挡?还有,说多少遍了,不准叫我弟弟!"

燕子说:"别人不挡,你比较宝贝,我才给你挡的。"

荆寒屿愣了下,"宝贝?"

燕子眨巴两下眼睛,"就是你啊!"

荆寒屿惊讶得说不出话来。从来没有人叫过他"宝贝",父母肯定不会,爷爷是老一辈,虽然关心他,却不会用这种词汇。其他的亲戚、学校的老师和同学更不会。

他在这总是飘着杏花的村子,被一个比他矮小的男孩叫了"宝贝"。

燕子念念有词:"宝贝就是很珍贵,应该被好好爱惜,照顾得特别好的东……的人!所以我给你打伞!"

荆寒屿转过身去,"哦"了一声。

和燕子待得久了,荆寒屿萌生出让爷爷把燕子带回家的想法。他和那些堂兄弟、表姐妹都不亲,分开了也没什么感觉,但燕子不一样,他不想就这么和燕子告别。

但爷爷拍了拍他的头,说这里是燕子的家,而燕子是和他一样的小孩,不是他在路边看到觉得可爱的小狗。小狗可以抱回家,小孩却不行,因为燕子有自己的父母亲人,他们不应该因为他的任性而分开。

荆寒屿点点头:"我知道了。"

不过懂事如荆寒屿,到底还是个小孩,爷爷用小狗举例子,是让他学会尊重,他却闷头闷脑地想,燕子不是小孩就好了,燕子没有家就好了,那他就可以像抱小狗一样,把燕子抱回去养,他有那么多零花钱,足够给燕子买干净闪亮的衣服。

燕子的眼睛那么亮,衣服却总是土黄、土灰、土蓝,太丑了。

"弟弟,你干吗盯着我看?"燕子蹲在地上拍纸画,这无聊的游戏,村里的小孩能玩一天。

荆寒屿一个不留神,就把心里的想法说了出来:"你怎么不是一条狗?"

燕子那双亮闪闪的眼睛睁得斗大,纸画也不要了,跳起来就拿脑袋撞荆寒屿:"你……你侮辱人!"

这一撞力气太大,两个小孩都滚在地上。荆寒屿气急败坏:"你干什么?"

燕子气冲冲地说:"你骂我是狗!"

荆寒屿想解释自己不是那个意思,但如果解释,要说的话就太多了,燕子又是个总在问"为什么"的笨蛋,他一想到要不停地回答燕子的"为什么"就好烦。

"那你骂回来。"最后,他选择诚恳道歉。

燕子气了会儿,说他是狗弟弟,就算扯平了,不气了。

只是这个想法一旦萌生,就像一枚种子扎在心里,荆寒屿还是时常想,燕子如果是小狗就好了。

分别的日子近了,荆寒屿知道了一件超乎他认知的事——燕子是被拐卖的,本名叫雁椿。

燕子向他求救,他愤怒不已,向燕子保证,一定会帮这个忙。

那个杏子成熟的夜晚,清亮月光下燕子——雁椿看向他的眼神,过了很多年他都记得。一同记住的是雁椿这个名字,明明这么好听,雁椿竟然还觊觎他的名字。

回家后,荆寒屿将燕子是被拐卖的事告诉爷爷。老爷子做了一辈子善事,见不得这种事在眼皮子底下发生。

有索尚集团的助力,警方立即展开行动,不止雁椿,还有几个被拐卖到绯叶村的小孩都被解救,回到父母身边。

荆寒屿暗自给自己记了一功,他救了他的"小狗",不知道"小狗"愿不愿意到他家里来和他一起生活?

但爷爷的话他也记得,雁椿是有家的,他不能强迫雁椿。"小狗"不愿意住在他家的话,寒暑假可以吗?就住一个月,陪他玩,这总可以吧?

荆寒屿记得雁椿的家在一个叫禄城的小地方,警察跟爷爷说了解救情况,他知道雁椿现在已经和家人团圆了,于是像个小绅士一样不去打搅,耐心地等着暑假。

到了暑假,他就去把"小狗"——不,把雁椿接来陪自己玩。

然而几个月后,荆寒屿第一次体会到什么叫世事难料。雁椿和家人一起搬走了,不知所终。

爷爷看出他的失落,问他想不想找到雁椿。

孩子家的倔强和别扭让荆寒屿嘴硬,他狠狠地摇头,"不找了!"

他觉得很伤心,这种伤心并不是像扇耳光那样直接招呼在他脸上,而是又闷又钝的难过,比在父母那里得不到关爱还难过。

从小他就很独立,在许多人眼里这种独立等于孤僻,别人不需要他,他也不需要别人,只要爷爷疼他就好。

可在绯叶村,他发现有一个小孩需要他,将全部希望放在他身上,还说他是珍贵的宝贝。这种强烈的联系让他感到从未有过的力量。他可以满足雁椿的愿望,为雁椿做任何事,他要当雁椿的英雄。

所以当雁椿消失,再无音信时,失落就像一记闷拳,直接捶在了他心口。

"骗子。"他头也不回地离开雁椿家的老房子,"连一声'谢谢'都没有跟我说!没良心!"

这成了奇异的执念,多年过去,荆寒屿从未试图寻找雁椿,却始终

月光沉没

惦记着这个名字。以至于高一下学期,当雁椿在黑板上写下"雁寒屿"三个字时,他立即就认出了那就是那只没良心的"小狗"。

"小狗"不经他的许可,擅自用了他的名字,更令人生气的是,"小狗"还假装和他不认识。他怎么能让"小狗"如愿?

荆寒屿戳破雁椿的谎言,只花了一顿午餐的时间。但长大后的雁椿身上有许多谜,变得和小时候不太一样,他没有像第一天那样紧逼,却一直不动声色地观察雁椿。

雁椿离开禄城后搬到了桐梯镇,和母亲、弟弟一起生活,成绩在镇里很好,所以才被挖到寰城一中。

这些是荆寒屿打听到的。雁椿的成绩其实相当出乎他的意料,但雁椿看上去很没有上进心,好像进了理科实验班就满足了,垫底也无所谓。

荆寒屿对此感到不满。

多年来的执念已经成了不可言说的心结,连他自己都吹不开上面密布的灰尘,他想问雁椿为什么一声不吭就搬走?获救后为什么不联系自己?为什么不说一声"谢谢"?当年在绯叶村跟他跟得那么紧,带他追杏花看星星,难道只是拿他当引来警察的工具人?

但他没一个问题能够问出口。真问了,不就显得他很在意两人曾经的过往?

雁椿的不在意将他的在意衬托得万分滑稽。

他想干涉雁椿,将整理的题放在雁椿面前,逼雁椿一道一道认真做。如果雁椿不听话,他就用他并不充足的耐心跟雁椿讲道理。

雁椿进步了,他会送雁椿礼物,当作嘉奖。

他不喜欢雁椿这副散漫、什么都不当回事的样子。他清楚地记得雁椿在绯叶村请求他帮忙时,眸子里有多少希望。那为什么现在却要选择堕落?

没错,在十六岁的荆寒屿眼里,雁椿让成绩飘在中等便意味着堕落。

但荆寒屿又想起爷爷当年的话,燕子和你一样,是小孩,不是小狗。

因为雁椿不是小狗,他以前没有立场带走雁椿,现在也没有立场管束雁椿,只能在不远不近的距离里沉默地看着。

忍耐让荆寒屿变得近于暴躁，而这个年纪的少年，原本就容易精力旺盛，力气没处使。

许青成和卓真都发现他近来打球时过于凶狠，也不知道哪来的脾气。

"怎么了啊，寒屿？"打完球，卓真气喘吁吁地揉着肋骨，他刚才被荆寒屿给撞了，痛得直抽气，"家里有事？"

荆寒屿闷头喝水，剩下的往头上浇，甩了甩，"没事。"

卓真被美满的家庭养成了个傻白甜，糖罐子里泡出来的小孩，眼睛里是没有灰暗的，没心没肺地傻乐，荆寒屿说没事，他就不当回事。

但许青成看出端倪，笑道："想撒气的话，我那儿倒是有几个人要收拾。来不来？"

荆寒屿知道许青成和校外的人有来往，架没少打，上学期他掺和过，但大部分时间都只是旁观者。这次却不假思索地答应了。

几场架打下来，郁结还是没能解开，体育课上，却让他发现雁椿身上有伤。

一时间他差点没掩饰住愤怒，他以接近强迫的方式，将雁椿带到自己的住处，丢去一口袋药。

雁椿不是小狗，可他还是想管雁椿。

周一升旗仪式，许青成的小兄弟跑来说，买分班的那个谁把实验班的人"绑"走了。

荆寒屿右眼皮当即跳了下，却还未料到是雁椿。许青成在实验班向来以大哥自居，自己地盘上有同学被欺负，那必须去讨个说法。

荆寒屿也跟着去了，一看，被围在其中的居然是雁椿。

雁椿看向他的目光有震惊和躲闪，将人救下来之后，他突然很后悔。爷爷说错了，雁椿就是"小狗"，他一没看好，"小狗"就四处疯跑，弄得浑身是伤，不安心念书，去夜场打架，还骗他只是打工。

他耐着性子劝说雁椿辞掉夜场的工作，雁椿居然顶嘴："荆少爷，你没义务养着我。"

小时候的片段飞入脑海，荆寒屿在心底冷冷一笑。当然没有义务，雁椿不是小狗，所以以前不能抱回家，现在说都不能说一句。

他只能说一句:"养你有什么用,给你一块骨头,你连尾巴都不摇一下。"

不过在那之后,荆寒屿不再刻意远离。雁椿在他的要求下不再去夜场打工,找了份日式烧肉店的工作,他们有时一起打球,他终于开始监督雁椿写题,雁椿请他吃烤肉,他们的关系越来越好。

小时候没能抱回家的"小狗",长大后一定要属于他。他想他们有很长的将来,他不必那么急性子地将雁椿拴起来。

只是那时发生的一切,是尚且年少的他们无法面对也无法抗衡的灾难。

最早发现荆寒屿对雁椿特别关照的是荆重言,所以他才在后来纵容荆飞雄找雁椿麻烦,让雁椿吃些苦头。

荆寒屿每想及此,就感到恶心和可笑。荆重言没有给过他身为父亲的关爱,反倒要来行使父亲的职权,要求他一言一行符合索尚集团继承人的标准。

他小时候时常因为父亲从不关注自己而伤心,想方设法引起荆重言的关注。长成少年后才知道,荆重言的眼睛一直盯着他,不过那并非慈父的目光,而是像监控一样冰冷的审视,以及时发现他作为继承人不该有的举动和倾向。

高三刚开学时,荆重言命亲信将荆寒屿接回老宅。

老宅占着寰城中心一块广阔的地,庭院绿树成荫,鸟语花香,仿佛世外桃源。这闹中取静的胜地象征着金钱、权势,它如同一个不真实的空中堡垒。

但荆家的掌权者们已经不住在这里了,只有举行重要家庭活动时,大家才会回来。这里不像家,更像一处老去的社交场所。

倒是荆寒屿有段时间和爷爷一起住在这里,寒暑假也有同辈来小住一段时日。

他站在荆重言面前,面无表情地计算,也许自己在老宅生活的时间比荆重言更长。

荆重言开门见山,告诉荆寒屿,雁椿不能做他荆家继承人的朋友。

说着,荆重言拿着过来人的腔调,老气横秋又油滑地笑了声,"明年你就要出国了,雁椿只能留在国内,你早晚会明白,你们所谓的友情不过是小孩子过家家。"

荆寒屿一阵反胃,荆重言的话让他非常不舒服,他冷着脸道:"谁说我要出国?"

这话说得生硬,但荆重言丝毫没有被晚辈冒犯的样子,看向荆寒屿时是惯有的、冷漠的、掌控一切的俯视:"你想留在国内和雁椿一起念大学,考虑过我会不同意吗?"

荆寒屿握紧了拳头。

荆重言耐心地笑了笑,"你本来可以拿到免试名额直接去上大学的,这样明年出国时,还多了一层光环。但你非要放弃。这事我不干涉,高中三年你想念个完整的,倒也不影响按时出国。但和雁椿一起念大学?寒屿,你太天真了。"

荆寒屿感到愤怒在腹中灼灼燃烧,其中还掺杂着恐惧。荆重言太游刃有余,现在的自己根本不是他的对手。

而那恐惧也不是惧怕荆重言,而是担心雁椿会被牵连。

荆重言以胜利者的姿态看着荆寒屿,摆了摆手,表现出浅薄的宽容:"跟你说这些,只是让你心里有分寸。这一年,只要你不捅出特别大的娄子,我就睁一只眼闭一只眼。但毕业之后,你必须接受我的安排,出国深造。"荆重言顿了下,仿佛想起什么,笑容变得更加温和也更加怪异,"你如果听话,我也可以给雁椿安排一个不错的前途。一切全看你。"

荆寒屿哪里听不出这是威胁,他沉着脸离开,在庭院里遇见了万尘一。

万尘一和荆家的所有人都不同,彬彬有礼得近乎谦卑,脸上总是挂着淡淡的笑,仿佛什么事都不放在心上。

关于万尘一的身份,荆家上下有许多说法,没有一个是好听的。但他行走在流言蜚语中,像是从未听到,或者全然不在意。

若说荆家还有一个人让荆寒屿觉得好奇,那便是万尘一。此人与荆家的格格不入甚至让他想看看,万尘一在荆家这恶臭却肥沃的养料中,能成长到什么地步。

"寒屿。"万尘一浅笑着打招呼,"回去了?"

月光沉没

荆寒屿没看见荆彩芝，问道："你一个人？"

万尘一点头，"嗯，最近没事，过来住两天，给老先生照料下花草。"

这也是万尘一与众不同之处，荆家人自己都不回老宅，他这个外人还时不时跑来。爷爷已经过世，生前喜欢的花草交给园丁照料，只有万尘一还惦记着。

若是平时，荆寒屿也许会停下来，和万尘一聊聊爷爷的花草，但今天他着实烦乱，只想赶紧离开这里。

"寒屿。"万尘一温和的声音从后面传来，"人生在世，总有一些不如意的事，不要过于苦恼。"

荆寒屿没转过身，快步离开。

万尘一的话像是一道预言，从这天开始，不如意的事越来越多，越来越沉。

起初是许青成和郁小海闹掰。

不过就算是荆寒屿，也不知道他们俩是怎么回事。许青成不知是嫌郁小海拿不出手，还是真想保护这个朋友，抑或两者兼而有之，大半年来将郁小海藏得无人知晓。

可世上哪有不透风的墙？许白峰管不住嘴，最终捅到了父母那里。

这段友情就这么画上了句号，郁小海倍感羞辱，雁椿作为他最好的朋友，将许青成打得遍体鳞伤。

荆寒屿狠狠抱住雁椿，感到雁椿的失常。

他的"小狗"怎么变得这么狂躁？他几乎要拴不住了。更麻烦的是许青成住院了，许家不仅要报警，还要求学校开除雁椿。

郁小海求许青成原谅雁椿，将一切揽到自己身上，许青成本就心中有愧，自然不想追究。可难说服的是许家父母，儿子让人打成这样，换作哪家都消不了气。

荆寒屿安顿好雁椿，亲自上门。

在外人眼中，他是荆重言的儿子，是索尚集团未来的掌舵人。许家也在商业圈子里，总得给他一个面子。

事情就此解决，雁椿还能继续在襄城一中念书，警方那里也没有留下记录。但荆寒屿感到作呕——原来他无法凭自己的能力保护任何人，他所依凭的是那令他厌恶的父亲。

雁椿出院后，不像高一、高二时那样活泼了，像积压着很重的心事。荆寒屿觉得他经常走神，但问他他从来不说原因。

学校为高三学生专门办了个心理咨询讲座，荆寒屿猜测雁椿是被高考和打架两件事压着，心理压力过大。

心理老师说，挺过这一年就好。

荆寒屿也想，挺过这一年就好。

他已经有了初步计划，毕业后他不会如荆重言的愿出国，他手上有索尚集团一些商业黑幕的证据，荆重言如果逼他，他便将黑幕公之于众。

他将来也不会当荆重言的继承人，他要彻底离开索尚集团，用自己的力量保护他想保护的人。

但打架的事平息不久，一切正在被拉回原来的轨道，雁椿突然被叫回桐梯镇。

"我家里好像出事了。"雁椿离开前匆忙告诉荆寒屿。

对家庭感情淡漠的荆寒屿听见这话，能想到的只是雁椿的母亲或者弟弟生病或者出了什么意外。他希望出事的不是乔小野，因为他知道雁椿有多疼爱这个老是生病的弟弟。

高三有写不完的题，尤其是实验班，经验丰富的老师们每堂课都会教许多道拉分的大题。

荆寒屿本来不用听，但想到雁椿不在，他只得好好将题记下来，想等雁椿回来了就监督雁椿一道道吃透。

雁椿竟然一直没回来，电话也打不通。

荆寒屿开始觉得，自己把事情想简单了。他赶去桐梯镇，但没有找到雁椿，镇里的人说着刚发生的命案，什么血，什么尸块，听上去很不真实。

桐梯镇就那么点大，什么事都传得飞快。荆寒屿很容易就打听到真相，但在那一刻，他耳边持续轰鸣，不敢相信。

轰鸣过去后，是撕心裂肺的疼痛。他想起雁椿在夜场挨打，在烧肉店熏得满身臭味，为了周末挤时间打工，半夜到他家里来蹭电写作业……

月光沉没

如果不是想给乔小野攒医药费，雁椿本不用活得这么累。

现在乔小野却被杀死了，一同遇害的还有雁椿的母亲。

荆寒屿手脚发麻，后背被冷汗浸透。不知过了多久，他用力抹一把脸，赶回寰城。

他不知道等待雁椿的是什么，那时他就一个念头，要守着雁椿，为雁椿挡住所有伤害。

雁椿回到寰城一中，什么都没说，但状态极其糟糕，像个游魂。

警方没有披露犯罪嫌疑人家属的信息，雁椿被保护了起来。可是日复一日，就像许青成未能瞒住父母一样，雁椿是"相框杀手"雁盛平之子这件事还是在寰城一中流传开来。

所有人看雁椿的眼神都变了，即便是没有被社会浸染过的学生，也很难接受自己班上坐着一个变态杀人狂的儿子。

雁椿假装不知道，但不再去上体育课，不去做课间操，有时连学都不去上，一个人找个地方发呆。

当人们都在疏远雁椿时，只有荆寒屿靠近他。

荆寒屿并不是习惯将关心挂在嘴上的人，他的"小狗"受伤了，像掉进了水塘，浑身湿淋淋的，望着他，却说不出心中的苦。

所以他也不说，默默将"小狗"抱回去，擦干"小狗"身上的水，给"小狗"一个家。

不仅如此，他始终记得爷爷的话，燕子不是小狗，是和你一样的小孩。

所以他应该尊重雁椿，即便他偷偷将雁椿当成小狗，还是会尊重雁椿。

他要把雁椿拉起来，雁椿不能颓废，只要坚持下去，他们就可以去争取明亮的将来。

他以少年独有的笨拙和执着，将整理的题推到雁椿面前，不厌其烦地讲解。雁椿如果走神，他就敲雁椿的脑袋。

雁椿还是很听他的话的，只是沉默了许多，有时喜欢一个人发呆。

他想，"小狗"也不是随时随地都需要主人陪伴的，"小狗"想自己撒一场野，这点自由他觉得自己是应该给的。

后来他才知道,每次给"小狗"自由,都是将"小狗"推向黑影。

他就该牢牢看着雁椿,剥夺雁椿的所有自由。是年少的他错了。

爷爷过世后,老宅没有再办过活动,那天荆彩芝却邀请晚辈们参加家宴。理由是很久没有见到大家了,而她不久要去国外,不能在家里过生日。

荆重言勒令荆寒屿参加。荆寒屿权衡一番,不想在这个节骨眼上触怒荆重言,便去了。

正是在这个周末,雁椿目睹了郁小海遇害。

许青成像疯了一样,说郁小海和雁椿一起不见了,警方四处搜寻,终于发现那个血淋淋的现场。两个少年,一个坐在另一个的血泊中,停下的生命脚步和苟延残喘构成一幅充满讽刺感的画面。

荆寒屿从未见过这样的雁椿,他空洞的眼睛迸出黑色的光,直勾勾地射过来,却好像什么都没有看见。

现场一度混乱,痕检师和法医匆忙勘查,荆寒屿不被允许靠近,他只能隔着不远的距离,和雁椿对视。

他其实不知道雁椿到底有没有看见他。如果看见了,雁椿眼里为什么什么都没有?如果没有看见,雁椿又为什么一直盯着他这个方向?

警察说,雁椿很可能杀人了,郁小海的尸体无声无息地摊开,许青成当即抓狂,被迅速带走。

雁椿一言不发,不管警察问什么,他都没有反应,像是灵魂出窍。

按道理荆寒屿不该过去,但雁椿太奇怪了,现场一位负责人认为雁椿盯着荆寒屿,一定有什么原因,也许荆寒屿是一个突破口,于是同意荆寒屿和雁椿说话。

荆寒屿走到雁椿面前时,雁椿突然有了反应,他朝荆寒屿伸出沾着血的双手,眼里的浓雾动了动,照出些许犹如泪水的光亮。

雁椿断断续续地发抖,小声说着:"荆哥,我害怕,小海,他杀了小海,他逼我杀小海……"

谁也不知道"他"是谁,警方没有头绪,荆寒屿也只是表面镇定。他才十八岁,面对这样的事,再稳重又能稳重到哪里去?

月光沉没

警察问荆寒屿能不能将雁椿扶起来,送到警车上。

荆寒屿不愿意让雁椿上警车,可是现在也没有更好的办法。他拍着雁椿的背说:"我们去坐车,好不好?"

雁椿听话地点头,"好。"

警车疾驰,雁椿即便靠着荆寒屿,仍不安地发抖,他就像根本不知道自己在警车上。

后座上只有他们两个人,荆寒屿竭尽全力安抚。雁椿安静了一会儿,突然抬起头,贴在他耳边,发出一连串模糊的声音。

他听不清楚,哄道:"什么?再说一遍好不好?"

雁椿的声音低得只有他能够听见,但这次终于不再模糊。

后来无论过了多久,他也记得雁椿说的是:"荆哥,我好痛啊……荆哥,我不能伤害你……荆哥,你可不可以帮帮我?"

找不到雁椿

警车冲入隧道,风声呼啸而至,光亮顿失,在适应黑暗之前,荆寒屿有一瞬间什么都看不清。

他抚摸雁椿后背的手僵住,瞳孔收缩得很小:"你……刚才说……"

雁椿呓语般道:"荆哥,我好难受……"

荆寒屿时常私自将雁椿看作小狗,现在雁椿真的像被打得遍体鳞伤、被抛弃的小狗,不愿离开他,小心地汲取他身上的温暖,他的眼眶却狠狠酸胀。

隧道很长,出口的光亮是一颗遥远的星星,无法给他们任何温度。

月光沉没

但他们可以彼此取暖。

"对不起。"荆寒屿摸着雁椿沾满血和灰尘的头发,巨大的愧疚感冲上心头。

为什么他要回去参加荆彩芝的家宴?明明他已经很久没有回过那个家了。明明他已经决定脱离荆家。

为什么他没有早点发现雁椿和郁小海遭遇的危险?有人瞄准雁椿,雁椿近来的走神全是因为那个人,他却掩耳盗铃地自我安慰,是雁椿压力太大了,只要挺过高三就好了。

雁椿说痛,是什么痛?最疼爱的弟弟被残忍杀害的痛?父亲是杀人狂的痛?还是别的?他为什么没有及时充当倾听者?雁椿一个人忍耐得有多辛苦?

归根究底,是他的软弱和退缩在作祟。

十八岁,无能为力的十八岁。他虽然描绘出美妙的未来地图,可是现实却沉沉地拖拽着他的脚步。因为不够强大,所以即便决定脱离荆家,还是会选择性地服从荆家的长辈,以避免应付不来的难题。

隧道口近在咫尺,他们在从黑暗冲向光明的分界线彼此取暖。这像上天给予他们的一场祝福——起码在那时,荆寒屿是这样想的。

他下定决心,从今往后,再不会因为软弱和退缩让雁椿受到伤害。

冲出隧道口的刹那,荆寒屿内心前所未有地坚定,他注视着雁椿,而雁椿眼中没有焦点,睫毛潮湿,挂着不知什么时候浮上去的眼泪。

他坚定地说:"不要害怕,不管发生什么事,我都会陪着你。"

雁椿木讷地点头:"嗯。"

到了警察局,雁椿被带走,荆寒屿一直没离开,直到荆重言赶来。

上次见面时,荆重言只是给了他一些警告,而这一次却满脸怒容。

"交这种朋友,你还要丢人现眼到什么时候?"

雁椿遭遇的这件事给了荆寒屿无限的勇气,他冷静地看着自己权势滔天的父亲,说道:"雁椿没有杀人,我要等警察放他出来。"

荆重言一巴掌挥过去,清脆响亮。荆寒屿将唇角的血擦掉,说道:"这里是公安局,不是你的索尚集团。如果你继续在这里闹事,那给荆家丢人现眼的便是你。"荆寒屿冷笑了声,"我不是你的傀儡,索尚集团的一切我都不要,我也不再是荆家的成员,再丢人,丢的也不是荆家的人。"

他并非真正平静,在荆重言的威慑下,他心跳得很快,但他必须装得镇定,起码在气势上,他不能输给对方。

看着荆重言脸上越发浓重的愤怒,他就知道自己快要成功了。过去,他总是用沉默和恰当的退却来对抗庞大的家庭,爷爷在世时,还有一份对爷爷的尊重。这些在荆重言眼里,都是他容易被拿捏的证据。

现在他尖锐地刺穿了沉默,它们尚不坚韧,很容易折断,但已是他能够做的最勇敢的事。

荆重言到底顾及家族体面,没在公安局闹出更大的风波。荆寒屿勉强松口气,一边打听案子的调查进程,一边思考接下来怎么办。

雁椿不是凶手,这一点他从不怀疑。可是警方不这么看,他们认为雁椿在撒谎,于是轮流讯问雁椿。

他见不到雁椿,迎面冲来的是许青成。

许青成就像变了个人,昔日的从容和玩世不恭早已不见踪影。

"雁椿杀了小海!"许青成咬牙切齿,"他必须给小海偿命!"

荆寒屿不想和头脑不清醒的人讲理。

"你守在这里干什么?想救杀人犯吗?"许青成已经不可理喻,一把扯住荆寒屿的衣领,"上次你救他,让他回学校,行。这次他杀了人,你还想干涉警察?"

荆寒屿将许青成推开:"第一,雁椿没有杀人,他也是受害者。第二,我只是在这里等我的朋友,我没有干涉警方。"

许青成嘶吼着向荆寒屿挥拳,荆寒屿迅速躲开,将他制服。

案件侦查陷入僵局,警方找不到雁椿所说的第三个人,荆重言又向警方施压,暗示雁椿就是凶手。

荆寒屿开始恶补刑侦方面的知识,却发现自己能做的极少。

峰回路转出现在首都协查组来到寰城之后,专家们认为现有证据无法证明雁椿就是凶手,而且言朗昭竭力为雁椿发声。

雁椿被释放时,眼中没有一丝光彩。学校委婉表示雁椿不适合再到校上课，突然间雁椿成了个无处可去的人，家没了，学校不再收留他。

雁椿将所有东西收拾出来，站在寰城一中恢宏的校门前，出了很久的神。

荆寒屿接过他的书包，挂在自己肩上，拉起他，朝自己家走去。

"今后你就住在这里。"荆寒屿拿出新的拖鞋——雁椿还没有被释放时，他就把家里的很多日用品换了，以前雁椿虽然也常来，拖鞋、牙刷、毛巾全都有，但那时他们只是同学，现在雁椿是家人了。

雁椿似乎没有发现拖鞋变了，低声说了一句"谢谢"，之后去洗澡，也没注意到毛巾换成了新的。

荆寒屿没提，以为雁椿情绪低落，需要一个漫长的恢复期。

他想，就算雁椿现在跟他闹脾气，他也会包容忍耐，牵着"小狗"走出来。

雁椿的话变得很少，有时坐下来就不动了。荆寒屿将精挑细选的真题放在他面前，看着他做。一方面是想转移他的注意力，另一方面也是不希望他放弃高考。

他们要一起上大学，离开寰城，去一个陌生的有希望的地方。

雁椿大多数时候都很乖，他说什么，雁椿都听。但雁椿再也没有像在警车上那样，像小狗一般黏着他。

他觉得这也没什么，等雁椿状态好一点，一切都会好起来的。

反正雁椿现在只有他了，他们是亲人、是家人了。

凶手一直没有找到，首都来的协查组暂时没离开，言朗昭时不时来找雁椿。荆寒屿知道他是心理专家，能够帮到雁椿，所以并不排斥他将雁椿带到外面去。

雁椿现在并不自由，警方抓不到真凶，视线就不会从雁椿身上移开。

高考越来越近了，天气更加炎热，荆寒屿有段时间没去学校了，接到班主任通知，去学校填一份材料。

走之前，他坐在雁椿对面，说："中午想吃什么？我给你带回来。"

雁椿握着笔，手臂压着写了一半的物理卷子，想了一会儿说："想吃食堂的糯米排骨。"

"好，等我回来。"

但荆寒屿那天没能回来。

荆重言终于对他下手了，直接让手下在寰城一中将他绑回了老宅。这个世外桃源，这个象征金钱和权势的地方，顿时变成插翅难飞的牢笼。

"放我出去！"荆寒屿徒劳地大喊。他已经被困在这里两天了，一切通信断绝，一想到雁椿还在家里等自己，他就心急如焚。

荆重言铁石心肠，眼中是自以为掌控一切的冷漠，"翅膀还没长硬，就想反抗我。也不看看你几斤几两。寒屿，你生在荆家，就要明白自己身上的责任，为了一个杀人狂的儿子做傻事，将来你会后悔。"

"放开我……"荆寒屿滴水未进，粒米不沾，已经精疲力竭。荆重言的声音在他耳边变得抽象，他听不清楚，满脑子都是雁椿。

荆重言说："你要继承索尚集团，我的权力怎么能让外人抢去？"

"放我出去……"晕倒之前，荆寒屿仍在与荆重言抗争，愤怒在他体内燃烧，他既庆幸自己没有因为竞赛提前进入大学，否则就无法在雁椿最需要的时候陪伴雁椿，又痛恨自己没有早早去上大学，如果早一点独立，是不是在面对荆重言时，就不会像现在这样一败涂地了？

他病了几天，梦见雁椿来看望自己，眼泪落在他手背上，被雁椿手忙脚乱地抹干净。

梦里的雁椿很真实，可他确定这是一场梦，因为他醒来后仍被荆重言拘禁，雁椿不可能见得到他。

不过尽管知道是梦，荆寒屿还是问过荆重言。荆重言讥讽道："我怎么有你这种没出息的种？"

荆寒屿病这一场，瘦得厉害，眼神更加冰冷。

荆重言看了他一会儿，竟然"开恩"放他回去了。

回到寰城一中旁边的住处，荆寒屿才知道荆重言为什么突然变得大方了。家里被收拾得整整齐齐，雁椿却不在家，雁椿的所有衣服、日常用品、课本也都消失了，一件不剩，就像从未在这里住过。

"雁椿，雁椿，雁椿……"荆寒屿愣怔地站在空荡荡的房间中，机械地念着一个再不会回应他的名字。

雁椿唯一没有拿走的是那条为了祈祷他竞赛取得好成绩的手链，他一直戴着，所以雁椿拿不走。

没人知道雁椿去了哪里，警察、老师、荆重言……他们都缄默不言，而协查组回到首都，荆寒屿追去首都很多次，想找言朗昭，但首都调查中心成员身份特殊，受到特别保护，绝非他能够接近的。

他像是被拉进了那个漫长的隧道，白光就在前面，却越来越小，周围越来越冷，他用力喊叫，飞快奔跑，却再也跑不出隧道。近似封闭的空间，没有尽头的黑暗，可望而不可即的光明，他被围堵其中，心中涌出一个个疯狂的念头。

他想，是他自己错了。他怎么会将雁椿囚禁在不见天日的地方？他知道被囚禁有多痛苦，那种无力感简直要将他撕碎，他竟然想让雁椿也尝尝这种滋味。

是你自找的——他想，雁椿，怪你一句话不留就离开我。

荆重言大半辈子顺风顺水，不信管不服自己的儿子。但不管他是关禁闭，还是断掉资金，荆寒屿都不曾向他低头，以一种越来越陌生寒凉的目光看向他，好像他才是蝼蚁。

"我不会让你如愿。"荆寒屿在挡开他的又一记巴掌时，反手抓住了他的手臂，"你大可以继续逼我，看看是什么后果。"

荆重言第一次在荆寒屿面前退却，荆寒屿已经比他还要高大了，控制权像一捧手里的流沙，正在从指间流走。

荆寒屿舍弃国内的优渥生活，只身前往英国，因为那里有全球顶尖的网络安全和信息学科。人海茫茫，他找不到雁椿，没有人愿意帮他，他能靠的只有自己。

屿为科技的创始人有两位，李江炀是个技术疯子，把服务器当老婆，立志要把屿为科技发展为业内的王者。荆寒屿的目标没他那么宏大。

他给雁椿戴上了一个特制的独一无二的手环。手环不会向屿为科技的终端发送信息，能接收到信息的只有他而已。

十年的一切走马灯般地掠过，荆寒屿看着眼前的雁椿，感到既真实，又近似虚妄。

他在心里叹了一口很长的气。

这个人又在说诱惑他的话了，就像当年在隧道里一样。

他用强硬的语气说道："你真的要我把你锁起来？"

雁椿徒劳地张了张嘴："我……"

荆寒屿继续问："锁起来，然后呢？"

危险的气氛顿时压迫而来，雁椿低声说出了两个字。

车窗漆黑，夜色投下另一层保护膜。雁椿是赶回来寻找答案的，荆寒屿是在机场等待提前归来的人。他们此时应该在开着橘黄色射灯的家中，局促又莫名兴奋地说起十年前的事。

这小区入住率低，他们在上楼的路上没有遇见任何人。

荆寒屿家中有两个浴室，雁椿占用了主卧的一间。

雁椿回到房间，荆寒屿往他头上丢了一条毛巾，问："需要帮忙吗？"

"荆哥。"雁椿视线被阻挡，只能从下方看见荆寒屿的腿。他很慢地说，"你帮我擦头发吧，像以前那样。"

荆寒屿脚步顿了下，几秒钟后说："嗯。"

雁椿抱膝坐在床边，荆寒屿坐在他后面的床上。毛巾带走头发上的水珠，沙沙作响。

雁椿说："荆哥。"

他今天叫荆哥的次数着实有些多了。有时他会忘记，荆寒屿才是小一岁的弟弟。

"嗯？"荆寒屿手上没停。

雁椿说："我们家的吹风机怎么会坏那么久呢？"

荆寒屿的手停下了。

雁椿像没察觉到他的反应，继续说："我们家本来有个吹风机，但有一回我急着用的时候，发现它坏掉了。那次是你给我擦的头发，后来也经常给我擦头发。我们家一直到夏天都没有买过吹风机。"

他反复说"我们家"，但十年前，那套寰城一中外的房子，其实只是他蹭电蹭水赶作业的地方。

　　他现在擅自把它当作家,还是"我们家"。说完,他侧过身子,从下方望着荆寒屿,问:"你怎么不买个新的?"

　　荆寒屿抿着唇,漆黑的眼睛试图将情绪藏起来。

　　可即便是神秘莫测的大海,也不是随时能够藏住奔流的暗涌的。荆寒屿没有藏好的情绪落在了雁椿眼里。

　　他发现荆寒屿并没有那么游刃有余。让他见的挑衅、恶意、讽刺,都是事先演练过多次,才显得那么从容,那么浑然天成。而当他突然发难时,荆寒屿就会蒙——虽然持续的时间短到可以忽略不计。

　　今天他已经狡猾地试过两次了。

　　"答案还需要我说?"荆寒屿抓着毛巾的手再次动起来,将主动权抢了回去,"因为从那时候起,我就悄悄把你当作我的小狗。"

　　雁椿又转回来,这次幅度大了许多,"小狗?"

　　荆寒屿说过养他不如养条狗,但从未直接说过他是狗。

　　"在绯叶村时,我差点把你带走。"

　　雁椿讶异:"什么?"

　　"我想给你换上和我一样的衣服,和我住在一个房间,我带你去上学,你坐在我旁边,你很笨,老师讲的听不懂,每次都问我。

　　"放学后,我带你去没人找得到的山坡,就像你带我去看杏花一样。我们在那里躺够了,就一起回家。爷爷让人做了很多菜,你什么都爱吃,吃撑了又肚子痛。"

　　雁椿跟着荆寒屿的描述,仿佛看到了那仅仅存在于想象里的画面。

　　"但爷爷说,你不是小狗,你和我一样是小孩。"荆寒屿目光更加柔和,就像不久前洒在雁椿身上的水雾,"我应该尊重你,不能那么做。后来我知道你已经回到父母身边,也想着爷爷的话,便没去打搅你。暑假,我希望你可以来我家玩一个月,才去禄城找你。"

　　"雁椿,我一直很孤独,我想你做我的玩伴,陪着我。"

　　水雾似乎全涌向了胸口,雁椿感到那里酸涩难当。

　　"但我到禄城时,你已经搬走了,我找不到你。"荆寒屿继续说,语速却变得更慢,"我想,我的"小狗"丢了,我找不到他了。可是,为什么我觉得我才是那只被丢下的"小狗"?我想跟着的那个人类一声不吭地就走了。"

"荆哥……"雁椿站起来,他想安慰一下他,但除了倾听,他还能做什么?

"爷爷错了,我就该把你当成小狗抱回来。"荆寒屿轻轻摇着头,"其实我可以找你,索尚集团出面的话,那不是什么困难的事。但我不甘心,为什么就我一个人惦记?你回家之后从来没想过和我说一声'谢谢'吗?"

说到这里,荆寒屿笑了一声,"你看,小孩子就是这么小气。"

雁椿摇头,"对不起。"

荆寒屿继续说:"再遇到你时,我想像拴小狗一样将你拴起来,这样你就不会跑掉了。但我又提醒自己,你不是小狗。我只能偷偷把你当作我的小狗。"

热流在雁椿胸膛里穿梭,当荆寒屿说"小狗"时,他在荆寒屿眼中看到的不是鄙夷,而是盈满的珍视。

"但偷偷还是不行,你挣脱绳子,像小时候那样消失了。而且这次消失得更久,不过还是被我抓住了。"荆寒屿的眉宇变得有些悲伤。

雁椿想告诉荆寒屿:"不要难过了,我回来了,对不起,我害怕面对你,害怕伤害你,所以才一直躲着你,但现在我想通了,我想试试。"可和荆寒屿这些年的等待和寻找相比,这些话显得太浅薄,甚至虚伪。

"我……"雁椿看着荆寒屿的脸,许久,"我来当你的小狗了。"

无穷的光亮好似顷刻间汇入荆寒屿的眼中,又很快没入深黑。他张了张嘴:"真的吗?"

这样的话着实不应从荆寒屿口中说出,雁椿忽然想到一件很久不曾想起的事。

"我没有突然消失,我去跟你告过别。"雁椿知道那对荆寒屿而言,是毫无意义的告别,但还是在这个推心置腹的时刻说了出来。

荆寒屿说:"什么?"

"你去学校填资料,没再回来。我那时候越来越控制不住自己,我想毁掉别人，也想毁掉我自己。"

"你不在，我反复考虑言叔的建议，最后决定出国治疗。"雁椿深呼吸，"我离开之前想见你，所以我去了你们家的老宅——爷爷过世时，我去过，找得到路。你的家人告诉我，你生病了，但是允许我去看看你。"

荆寒屿捏紧右手，那段他坚信是梦的回忆原来真实地发生过。

看见躺在床上的荆寒屿时，雁椿眼眶突然就红了。

郁小海遇害之后，他还未从残酷的刺激中走出来，就不得不接受夜以继日的讯问。他变得麻木，周遭好像升起了一面看不见的墙，将外界的声音变得闷钝。

他已经很久没有体会到鲜明的情绪了，好的坏的都没有。

可目睹他唯一的朋友生病昏迷，脸色是他未见过的苍白，好像还瘦了许多。那堵墙终于被浓烈的情绪冲塌，随之而来的是无声落下的眼泪。

荆寒屿……怎么生病了啊？

前几日，荆寒屿说要去学校，结果离开后就再也没有回来过，电话打过去，是荆重言接的。

对方语气冷淡，雁椿听出几分威胁的意味，"寒屿现在和我们住在一起，寰城一中的房子你可以继续住，但不要再接近我儿子。"

挂断电话后，雁椿呆坐了半天，一下子想到，自己不仅是个怪物，还是个丧门星，和他有关的人都不得好死。在世人眼中，他是杀人狂的儿子，也是杀死郁小海的凶手。

他们不都说了吗？一定是他杀死了郁小海，只是警方无能，找不到充足的证据，才不能给他定罪。

所有人都远离了，唯独荆寒屿还若无其事地陪着他，监督他刷题，要和他考去同一个城市。

可他怎么配？

外界越凉薄，荆寒屿的温柔就越可贵。越可贵，他就越是配不上。

他是荆寒屿完美人生里的阴影。

他从座椅上滑下来，坐在地上，双手缓慢地抓扯头发。他这个本该远离人群的怪物，被荆寒屿捡回了家，无微不至地照顾，他像缩头乌龟一般逃避现实，卑鄙地想要维持现状。

那姓言的专家劝了他那么多次，他也不愿意接受治疗，说服自己是因为想要留下来找到凶手。出国治疗的话，会耽误很多时间，将来就算治好了，凶手已经跑掉了怎么办？

其实他哪里有这么高尚？他贪图的不过是荆寒屿给他构筑的家的温暖。他这个吸血虫，攀附荆寒屿，做着美梦。

梦该醒来了。他想，再不醒，我会害了唯一的朋友。

荆寒屿出生在荆家，从小就是干净完美的宝贝，本就该有锦绣前程，千不该万不该和他这样的怪物成为朋友。荆寒屿庇护他，不像别人那样远离他，是荆寒屿善良，可他不能心安理得地享受这份善良。

现在，他已经度过了案件发生后最难熬的日子，首都来的专家给他指了一个方向，他是时候离开了。

雁椿第一次主动约言朗昭见面。言朗昭问他为什么想通了，他低下头，无言良久，最后努力挤出一个笑容，说："言警官，如果我的病治好了，今后也可以当警察吗？"

言朗昭问："你想当警察？"

"嗯，我想抓到杀害小海的凶手。"

人活在这个世上，除了阳光、空气、食物和水，还要找到目标，它是拉扯着人向前走的动力。雁椿没有目标了，没有目标的人活不下去。于是他勉强给自己重新找了一个，听上去正义而伟大，也的确是他必须做的事。

言朗昭赞同地点点头，却沉默下来。

雁椿问："不行吗？"

言朗昭实话实说："你的情况比较特殊，可能没有办法像我这样穿上警服。"

雁椿有些失望。这是他唯一能想到的目标了。

"但你也许可以做警方的顾问。"言朗昭笑了笑，"我们调查中心就有几位厉害的顾问，虽然不是警察，但有时比我们这些当警察的还敏锐。"

雁椿喃喃重复道:"顾问、顾问、顾问……"

"是。"言朗昭在他肩膀上拍了拍,"不过这是以后的事,我会尽我所能为你铺好路。你现在要做的,是配合治疗。"

雁椿点头。

"还有。"言朗昭又说,"不要再叫我'言警官'了,我大你将近二十岁,你可以叫我'言叔'。"

这称呼雁椿暂时还叫不出口,他问起自己需要做什么准备,什么时候走。言朗昭说调查中心还要留几天,他到时候和他们一起回首都,在首都会待一段时间,办好手续后出国。

雁椿回到空荡荡的家里,开始收拾行李。他的东西不多,但收拾一会儿,他就会疲惫不堪地停下来。并非身体上的累,而是即将离开荆寒屿这件事像一个巨大的链球,拖拽着他往下方沉。

他对自己的认知本就很低,四面八方涌来的责骂更是让他觉得自己是一摊肮脏的烂泥,他这烂泥溅到了荆寒屿身上,在离开前,他要把属于他的烂泥的痕迹清除干净。

那么从今往后,荆寒屿又是那个干净美好的小少爷了。

终于,他在精疲力竭中将家中一切和他有关的东西收拾好了,他需要带走的不多,其他的就扔进垃圾桶吧。

雁椿魂不守舍地出门,几乎是游荡到了荆家老宅。

他起初没想过能进去,虽然近来头脑时常陷入混乱,但他实际上是个思维能力很强的人,荆重言在电话里的态度就说明,荆寒屿因为照顾他这个"杀人犯",引发家族众怒,暂时被管束起来了。

他在老宅附近待了会儿,想象荆寒屿在做什么,然后在心里说了声:荆哥,再见。

他正要转身时,突然听见一个声音在叫自己。他以为被荆重言的人发现了,却见是爷爷过世时将他带到凉亭的年轻男子。

"你是来找寒屿的吗?"男子的语气非常平静,像蝉鸣之海里细细流淌的水流。

雁椿迟疑片刻,点头,"嗯。"

男子说:"我带你去。"

雁椿惊讶,问道:"为什么?"

男子转过身问他:"你不是想见他吗?"

"可是……"雁椿不理解,荆家的人为什么会帮他进去?

"寒屿被荆先生关起来了,生病昏迷,你想看看他的话,就跟我来。"

一听荆寒屿生病了,雁椿无暇顾及其他,立即跟着男子进入老宅。

他们走的是一条偏僻的小路,没遇到别人。到了地方,男子让雁椿先等等,自己和守在门外的保安说了几句话。不久,保安离开,男子朝雁椿招手。

"寒屿就在里面,你进去吧,不过要留意时间,我给你一刻钟。一刻钟后,荆先生的人就会回来。"

推门时,雁椿听见自己几乎要炸开的心在跳。荆寒屿一动不动地躺着,他无措地握紧拳头,知道都是自己的错。

如果不是为了帮他,荆寒屿现在一定正在学校,和其他同学一样准备高考。

"荆哥。"他蹲在床边,双手靠近荆寒屿的手,却不敢碰触,隔着两寸,虚虚握住。

荆寒屿无知无觉,一丝反应都没有。

"你怎么生病了啊?"雁椿轻声说,"你爸骂你了吗?你身体一直很好,快点好起来啊。"

从他的角度看去,荆寒屿被光线笼罩着,皮肤白得透明,鼻梁和眉骨挡住了一部分光芒,因此眼窝显得比平时更深。

雁椿知道,那里藏着最温柔的眼睛。

他很想就这么待在这里,等着荆寒屿醒来。可他只有一刻钟时间。

现在,在他即将从荆寒屿的干净人生里消失时,在短暂的一刻钟里,他终于可以说了。

两行眼泪落下来,吧嗒掉在荆寒屿手上,雁椿赶紧小心地擦掉,哽咽道:"我为什么是怪物呢?我做错了什么?我连靠近你的资格都没有。"

雁椿指甲扎在掌心,巨大的悲伤在胸膛里裂开,五脏六腑好像都被

月光沉没

震碎了。

他想起不断流逝的时间，匆匆擦掉眼泪，拖着沉重的笔，让它最终拼成一个虚妄的圆。

"荆哥，你会成为最好的大人，因为你在还是个小男孩时，就做了一件特别好特别伟大的事，你救了我和很多小孩。"

雁椿唇角挂着微笑，他努力让这微笑好看轻松，可苦涩的微笑又怎么轻松得起来？

时间走到最后，雁椿轻轻退了一步，"我这就走了，去变成一个普通人，不知道能不能做到。我……我会努力。"

男子敲门，提醒时间快到了。雁椿不舍地转身，注意到荆寒屿另一只手上还戴着他送的小石头手链。

糟糕，他想，他把家里的烂泥污迹都清理干净了，最后这个却毫无办法。

男子又提醒了一次，他没有时间摘下了。

他站在门口，再看了荆寒屿一眼，合上的门就像一个精巧的盒子，将他刚刚画成的句号关入其中。

十年后，荆寒屿说"梦"到了那一刻钟，病中听到的虽不完整，但终究不再是雁椿一个人的独角戏。雁椿的回忆在字字句句间涌入他的脑海，他看到了那个无助哭泣的少年。疑问逐渐找到了答案。

在眼前发生的死亡令雁椿的精神短暂崩溃，只剩下求生的本能。而荆寒屿就是在那时候抱起雁椿，雁椿像在冰天雪地中寻找到了唯一的温暖，急切地抓住，索取更多。那一刻他也许真是一只小狗，哪里安全，就待在哪里不走，谁对自己好，就使尽浑身解数留在谁身边。

其实那才是脱离现实的时间胶囊，回到现实后雁椿一无所知，荆寒屿却将胶囊里的一切当真，耐心地陪伴重创后消沉的好朋友，迫切地想变得强大，为此脱离家庭，与荆重言决裂，在此后的十年也抱着那个美好又残忍的时间胶囊。

姗姗来迟的真相一度让雁椿陷入迷茫，他们明明都没有错。但命运和无力的年少，却张狂地玩弄着他们。

可谁的人生能完全不被玩弄？天之骄子如荆寒屿，也逃不过。

早晨，雁椿将醒未醒时，觉得昨天发生的一切像飘在空中的梦。梦里他时而还是穿着校服的高中生，挤时间打工攒钱，挤时间和荆寒屿一起做题；时而已经是支队的顾问，和刑警们出入各种犯罪现场，面对心理疯狂扭曲的犯罪嫌疑人。

之前考虑到要在首都待几天，雁椿跟支队和学院都请了假，但既然提前回来了，也不必逃避工作。吃过早饭后，雁椿换上衣服，和荆寒屿一起出了门。

两人到了市局，雁椿没和荆寒屿同路，他的办公室挨着支队的大办公室，而荆寒屿通常去技侦那边维护设备。

难得没有案子，叶究正在会议桌上吃早饭，看见雁椿着实惊了一下："你怎么来了？不是去首都了吗？"

雁椿在荆寒屿面前再不正常，到了工作的地方也会恢复过来，拿眼神示意会议桌旁边的行为规范："昨天就回来了。是谁规定不能在这里吃饭来着？"

大办公室里只有这一张会议桌，有什么小会要开，懒得去会议室时，大家就挤在这张桌子上将就。但老有人霸占会议桌吃饭，还在上面堆零食、杂物，搞得每次开会都要收拾半天，收拾的还不是自己的。

经常有队员粗着嗓门喊"谁的盐水花生，不要扔了啊""谁的香蕉都烂了"。

叶究被领导叫去批评了几次，说他们支队一帮臭男人邋里邋遢，影响市局的精神风貌。

叶究回来就制定了行为规范，贴在会议桌边，不准在这里吃饭、放零食。

起初大家还坚决执行，后来就被队长带头破坏了。

叶究被问住了。

雁椿咳了声，打破尴尬，"有什么案子需要交给我吗？"

叶究急着吃饼，"暂时没有。"

雁椿点点头,"那我一会儿回学院一趟,有事随时通知我。"

这几年雁椿都在支队和刑事侦查学院的研究中心两头跑,一线刑警有些轻视研究中心那些"不切实际"的学术任务,每次得知雁椿要回去就不乐意,叶究都不知道自己和研究中心抢过多少回雁椿了。

他脱口而出:"你回去干吗啊?你是我们的,没事也给我待在这儿!"

"我先去办公室了。"雁椿快步离开,遇见了荆寒屿。

荆寒屿问:"中午一起吃饭吗?"

雁椿立即答应:"嗯。食堂和外面都可以。"

荆寒屿点头,回技侦组的办公区了。

整整一个上午,叶究不知是不想放雁椿回学院,还是真的冒出来挺多事,给雁椿送了一堆分局报上来的案子。雁椿放下心里的不安宁,埋头工作,快到中午时,分管刑侦的孟副局长又赶来,说是兄弟单位的心理专家到访,希望他可以去见个面、吃个饭。

雁椿不好推脱,孟局来的时候,荆寒屿也在支队办公室,看样子是决定好了吃什么,来接雁椿一起去。

雁椿和他对视,几乎要跟孟局说自己有重要的事,吃饭就不去了。孟局突然说:"荆总也一起吧?"

雁椿知道,以荆寒屿的本性,这种应酬是一定会拒绝的。但荆寒屿现在的身份是商人,商人怎么能拒绝应酬?

荆寒屿说:"行。"

来的是邻市的刑侦支队,心理研究方面的专家有不少。虽说是业务交流,但彼此之间也有较劲的意思。

骊海以前不重视犯罪心理这一块,以至于整个支队就雁椿这一名心理专家,还是个没有警职的顾问。邻市却恰恰相反,几年前就建立了一支侧写小组。两家一比,骊海落了下风。

这就是孟局一定得拉上雁椿的原因。

一顿午饭吃得很不轻松,虽然无须喝酒,但邻市的专家们抛出了许多问题,雁椿单枪匹马和他们过招,既不能丢了骊海警方的面子,又不能显露太张扬的攻击性,简直像打了一场困难的擂台。

他冷静专注的模样很有一番职场精英的味道，但注意力高度集中的情况下，他无暇顾及荆寒屿，不知道当他唇枪舌剑的时候，荆寒屿一直安静地看着他。包厢里很多人都在看他，用挑错、审视或者别的目光，唯独荆寒屿的注视没有杂质，只是看着他而已。

饭后宾客散去，孟局很满意，将雁椿叫到一旁说："雁老师，真有你的！老陈昨天还拿我们没有侧写队伍说事，今天你就给他上了一课！"

邻市的专家也都是厉害的角色，雁椿并不认为自己的水平已经到了给对方上课的地步，但孟局的恭维他收下——不收下的话恐怕还要被拦住说更多的话。

送走孟局，雁椿回头找荆寒屿，没见着人。他们从一段古怪的关系跳到了另一段古怪的关系，磨合的过程远不像昨天那样顺畅。

雁椿心中打鼓，朝卫生间走去，打算洗把脸，清醒一下，再去找荆寒屿。

水哗啦啦冲在洗手盆里，雁椿脸颊湿漉漉的，抽纸时看见荆寒屿正在门口等着他。

"我正想找你。"雁椿走过去，还没来得及擦掉脸上的水。

荆寒屿眉心紧拧，沉默了半分钟，说："从你进入支队的大门，你就是人群的焦点。"

雁椿开口道："我……"

荆寒屿却摇摇头，"每个人都很喜欢你，你也接受了他们的喜欢。"

此时的荆寒屿如同无助的小小少年。

荆寒屿接着说："支队需要你，学院需要你，孟局也需要你。"

雁椿刻板地纠正："孟局和支队、学院不能并列。"

荆寒屿不管，继续说："午宴上你是最出众的，每个人都看着你。你在光芒的中心。"

这话也许夸张了，但雁椿捕捉到荆寒屿眼里的挣扎，就很难理智地去反驳。

荆寒屿沉沉地出了口气，忽然低下头，以示弱的、寻求安抚的姿势看着雁椿，"他们看着你的时候，我也看着你。雁椿，你知道我当时在想什么吗?"荆寒屿自问自答,"我想如果你身上的、周围的光都消失就好了,你的周围是没有边际的黑暗,那样谁都看不到你,谁都不会依靠你,只有我可以找到你,你只看得见我一个。"

这番话听上去让人毛骨悚然,雁椿研究了那么多年人心,怎么会察觉不到荆寒屿的不正常?但这不正常并没有恐吓到他,他甚至愿意给自己慰藉。

高中时的荆寒屿不是这样,虽然占有欲也很强,还把他当作小狗,但绝对不到现在的地步。是他的擅自离开背叛了他们的友情,让荆寒屿越发偏执,背上了也许比他还沉重的心理负担。

"但那不对,我一直知道。小时候,我一心想让你变好。你的眼睛很亮,但衣服又旧又土,它们把你的光都遮住了。我想带走你,给你穿新的好看的衣服,那样你周身都会发亮——像你的眼睛。"

"后来我再遇到你,这想法也没改变,但我不仅想给你新衣服了,还想你优秀出色,我的'小狗'怎么能混个中等成绩?"荆寒屿的声音渐渐有些含糊,像是陷入了某些回忆,"所以从小,我都想把你推进光里,现在怎么能把你关在黑暗里?我错了……但我忍不住,黑暗才是最安全的,别人看不见你,你也看不见别人……"

雁椿在此刻打断:"我看得见你。"

荆寒屿抬起头,眼中有一丝茫然。

"我看得见你。"雁椿认真地重复,"你愿意把我推进光里,我就乐意站在光里,被衬托得更加明亮或是暗淡都没关系。你想把我藏在黑暗里,我就待在黑暗里,只让你找到。"

荆寒屿瞳孔缩了缩,很显然他在挣扎,矛盾撕扯着他,他能够判断对错,但让对错来支配言行,对一个等待了太久的人来说,是件很残忍的事。

雁椿语气比刚才更加郑重:"但不管是站在光里,还是被你藏在黑暗里,我都只有你这个好朋友。"

荆寒屿喉结忽地一提,沸腾的情绪自胸中涌起,化作哽在咽喉的胡言乱语和眼中流淌的幽光。

雁椿的语气和眼神里充满安抚人心的温暖，雁椿总是叫荆寒屿'荆哥'，被管得服服帖帖，可他才是年长的一方。荆寒屿不安的时候，他不是不能行使年长者的权利。

　　荆寒屿终于平复，道："我可能需要时间。"

　　"我们都需要时间。"雁椿说，"我们慢慢来，不急。"

　　荆寒屿唇角动了动，欲言又止。

　　"有什么话就说出来，不要瞒着我。"雁椿引导荆寒屿说出来。

　　荆寒屿默然须臾，道："如果我一直是这样，好不起来呢？"

　　雁椿笑了声，"你忘了我也是个疯子？"

　　"雁椿。"

　　"而且是个需要你束缚的疯子。"雁椿短暂停顿，"我对你有不正常的心理需求，换你对我有不正常的心理需求，不是都抵消了吗？"

　　荆寒屿不言，视线不曾离开雁椿。

　　"我们互相折磨，也算是彼此拯救了。"雁椿道，"你说呢？"

　　几秒后，荆寒屿"嗯"了一声，"我先出去。"

　　门关上，洗手的声音传来，然后是脚步声。

　　雁椿脑子放了一会儿空，想着在这狭窄空间里发生的一切。他暂时将荆寒屿安抚好了，但他们之间还有矛盾需要调和，还有不短的路需要走。

　　荆寒屿的偏执源自他，而他的内心并不像他表现的那样坚定坦然。他也许真的像言叔和博士保证的那样成了一个优秀的人，但这或许是因为十年来黑影再没有骚扰过他。

　　黑影如果再次出现呢？他会彻底沉沦，还是将罪恶曝光在正义和公理之下？

　　天气越来越热了，支队的几个前辈吓唬新来的小队员，说他们即将面临职业生涯中最恐怖的时刻——看在夏天高温高湿环境下腐败的尸体。

　　小队员们被吓得一脸菜色。大伙儿哈哈大笑，说到时候去了现场，实在害怕，就去找雁老师开解一下。雁老师特别灵，上得讲台，下得现场，没有雁老师看不穿的犯罪嫌疑人，也没有雁老师安抚不好的新人——

月光沉没

即便雁椿本人并不认为自己有这么神通广大。

没几天真有一起乡镇的案子报到支队来，尸体被丢在潮湿的堰塘边，拖的时间比较久，支队赶过去时，尸体都成巨人观了。

一个小队员当场没发作，但回来就有了心理阴影，找雁椿倾诉。

雁椿有时不得不扮演一下支队的心理医生。他跟叶究说过很多次，他的专业方向不是这个，但叶究哪懂，非把他当百宝箱。

小队员问："雁老师，我是不是很没用？那天吕哥他们讲尸体时，大家都吓着了，但是今天出现场，只有我回来呕吐得难以工作。我不配当刑警。"

小队员说着就要哭了。雁椿递给他纸，说道："害怕腐坏的尸体，是普通人都会有的情绪。但身为警察，你必须努力去克服。"

小队员擦着眼泪说："我……我知道，我今天一直在努力，可是……"

雁椿温和地打断他，"既然在为此努力，又为什么贬低自己，说不配当刑警呢？"

小队员一愣，"雁老师……"

"每个人对害怕的接受度都有差异，你的队友们比你接受得快，并不代表他们就不怕，更不代表你不配当警察。"雁椿接着说，"这只是你们第一次出现场，不要给自己太大的负担，更不要因为一点挫折，就认为自己不配当警察。"

雁椿笑了下，继续说："你能来支队实习，说明在过去的四年里你是位优秀的警校生，思想和能力都通过了严苛的考核。说不配，是对不起在警校刻苦努力的自己的。"

小队员眼眶更红了，强忍着眼泪说："我知道了，雁老师。"

雁椿又和他聊了会儿，觉得差不多了，送他走到门口。

但小队员突然转过身问："雁老师，您第一次看到尸体时害怕吗？"

雁椿眼神一顿。

小队员问："雁老师？"

雁椿平静地答："害怕。"

小队员误以为他说的是工作时见到的尸体，接着问："那您是怎么克服的?"

被问及第一次看到尸体时,出现在雁椿脑海里的其实是郁小海被残杀的一幕。但细想起来,他在此前还见过乔蓝和乔小野的尸体。

不过那时有警方陪伴,走的是确认身份流程,冲击感远没有郁小海那次强。

他沉默了几秒,道:"我没能克服。"

小队员很诧异。

雁椿无意分享,只微笑着道:"但你看,我现在不也能和叶队他们一样去各种现场了吗?"

小队员想了想,忽然受到了莫大的鼓励,说道:"我明白了,雁老师,谢谢您,我会加倍努力,将来一定会配得上这身警服!"

办公室安静下来,雁椿坐在桌沿上出了会儿神。

小队员说自己不配当刑警时,他其实有些生气。他没有主动拥有过梦想,高中时为了给乔小野治病,想考医学院。后来为了抓到黑影,想当警察。但都失败了,非要说不配的话,他在客观上不配成为刑警,只能退而求其次担任顾问。

和言叔长谈之后,他深入分析过黑影和雁盛平的关系,做过一些假设,但暂时没有证据支撑,警方当年也没有找到两起案子有关联的证据,时隔十年,再想找到蛛丝马迹会更困难。

最难以理解的是,如果假设成立——雁盛平再次作案是受到黑影唆使,而黑影唆使雁盛平的目的是为了刺激他、"唤醒"他,那他到底是怎么被盯上的?

他认识黑影吗?黑影是谁?

他梳理了许多人,连许白锋、常睿都在列,但还是没有头绪。

他计划抽空再去寰城一趟,不知是否能闯入当年视觉的盲区。

手机在这时振响,是私教发来的,提醒他该上课了。

在健身这件事上,雁椿以前虽然也不大积极,但总会抽时间去,现在却很久没去了。

私教的信息又来了,说再不去就要过期了,要不就今天晚上吧。

雁椿给荆寒屿打电话,"我今晚要去健身。你先回去。"
荆寒屿问:"是上次那个私教?"
雁椿道:"和私教没什么关系,我只是去拉一下器材。"
荆寒屿还是问:"一定要去?"
雁椿也不是非去不可,但他正要说那就不去,荆寒屿又说:"我给你订了一组器材,放在影音室,但应该需要一周才能运来。你今天就想用吗?"
雁椿有些惊讶,"也不……"
荆寒屿打断他,"那我陪你去健身房。私教会的我也会。"
挂断电话前,荆寒屿又说:"你以后雇我就行。"

私教看到雁椿打卡进来时,高兴得立即迎上去,看见雁椿旁边气势逼人的荆寒屿,又马上退缩了。他还记得上回这人威胁他的事。
雁椿跟私教说,今天就不用他陪练了,课时还是一样记,他又给荆寒屿办了张一次性健身卡,换好衣服去跑步机快走热身。
雁椿热身得差不多了,便关掉跑步机,向器材区走去。
以前私教给他上课时,他很少专心去听各个器材的作用,私教说什么项目做多少下,他就做多少下,消耗得差不多了就去狂跑。
所以现在没有私教在一旁盯着,他做什么都不得章法。荆寒屿也没有像电话里说的那样当他的教练,只是在一旁看着。
雁椿开始怀疑,荆寒屿是跟他说大话。但荆寒屿的身材肉眼可见,那些强劲的腹肌、腰肌绝对是在科学的锻炼下养成的。
雁椿自己折腾出一身汗,坐在哑铃躺椅上喘气,腿向前打直,用运动鞋尖碰了碰荆寒屿,"是谁说要给我当教练?"
荆寒屿点头,"你今天打算练哪里?"
私教也会这么问,每次主要练一处肌肉,下次再练另一处。
所以雁椿没多想,道:"哪里都行。"
荆寒屿朝练臀、腿的器械走去,"过来。"
这器械雁椿不常用,和来健身房的很多男人一样,他多数时候练的是上身肌肉。

荆寒屿给他示范了一回，就开始监督他，一次三组，每组二十下。

看起来很容易的动作，做起来才知道不容易。身体被困在器械上，只有大腿能使力，要么向两边分开，要么在大重量下抬起。

做最后一组时，雁椿动作已经变形了，大呼不做了，荆寒屿却不让他下来。他只得咬牙坚持，完成后听说还要做两次一共六组，连忙从器械上翻下来。

腿在这时根本使不上力，荆寒屿把他架住，扶到躺椅上坐下，蹲下来帮他揉捏腿部肌肉。

荆寒屿是整个健身房唯一穿衬衣、西裤的，本就惹眼，现在更是引来不少目光。

雁椿想把腿收回去，说："今天差不多了，回去吧。"

荆寒屿却严厉地说："这才刚开始。随心所欲地健身，不如不健身。"

五分钟的休息时间结束，雁椿再次被押上器械，三组之后荆寒屿又给他放松肌肉，彻底做完后他甚至不想再上跑步机。

到了晚上，雁椿才明白荆寒屿是故意的，他那酸痛不已的腿简直不像自己的了，荆寒屿下手很重，真是一点情面都不留。

荆寒屿明明是使坏的一方，此时却跟他示弱地说："雁椿，我是不是把你弄痛了？"

雁椿还不至于睁眼说瞎话，道："是。"

"我故意的。"

"我知道。"

荆寒屿并不是随时随地都不正常，他的偏执只针对雁椿。但在这些情绪被抚平之后，他马上就能平静下来。

"我下周要去寰城，处理一些事情。"荆寒屿说。

雁椿都有点迷糊了，一听寰城，眼神立即清明。他也有计划回寰城，但目的和荆寒屿并不一致。

荆寒屿在他眼里找到答案，问道："你也想去？"

雁椿点点头，"那边可能有关键线索。"

月光沉没

荆寒屿沉默一会儿,说:"会有危险吗?"

当然有,但雁椿还是选择了不那么直白的说法:"应该不会,也不一定能找到线索。你呢?是屿为科技的事?"

"我要去会一会索尚集团的人。"

商业上的事雁椿懂得不多,但看荆寒屿的神情,便能判断这一趟不会是简单的亲人重逢。他斟酌了下,问:"需要我陪你吗?"

荆寒屿不大高兴地说:"你只是自己想去寰城。"

雁椿笑了,"那你让不让我去?"

雁椿安排好学院的工作后,去支队跟叶究请假。叶究知道他要查的是十年前的案子,签字之后说,需要支队帮忙尽管开口。

回到办公室,雁椿开始整理电脑上的工作资料。他和荆寒屿后天出发去寰城,不确定什么时候回来,骊海这边的工作他得兼顾,该带的都得带走,支队需要他的时候,他远程办公。

雁椿揉揉太阳穴,收到了一封新邮件,是叶究发来的,塞了不少寰城警方的介绍、联系方式。

雁椿知道,他有必须做的事,荆寒屿也有。而人存活在这个世上,就一定会与周遭有联系。

雁椿在飞往寰城的飞机上睡了一觉,断断续续梦到一些高中时的片段。他发现自己对高中还是有所怀念的,不仅是因为遇见了荆寒屿,还因为那是他人生的一道分水岭。

他在至关重要的青春期转学,见识到了在桐梯镇不可能见识的人生的另一种可能。

其实他一直在变好,只是很多时候他不愿意去分析那些细枝末节的小事。

降落之前,荆寒屿将雁椿叫醒:"快到了。"

雁椿睁开眼,低头看了看右手,笑出了声。

屿为科技在国内的总部设在寰城,荆寒屿早就知道,总会有和索尚集团对抗的一天,所以与其躲,不如正大光明地站在索尚集团的地盘上。

荆寒屿要回来的事没多少人知道,李江炀亲自开车来接,看见雁椿和荆寒屿一起走过来,兴奋简直写在脸上。

荆寒屿向来不跟李江炀来客气那一套,倒是雁椿大方地打招呼:"李总。"

李江炀的智商全奉献给了屿为科技的产品,脑子里装的估计都是代码,一时不知道怎么叫雁椿:"老,老……"

荆寒屿瞪过去,李江炀终于正常了,"老师,欢迎来寰城。"

雁椿被叫惯了老师,回道:"谢谢李总来接我们。"

"这算什么!"李江炀打开了话匣子,"他就会指使我,一会儿叫我回国,一会儿叫我去骊海,他要去骊海,就把我一脚踹回来!"

荆寒屿冷声说:"现在想去骊海就去,我批准了。"

李江炀说:"我偏不!"

雁椿听着这两个人吵架——其实并不能说是吵架,荆寒屿几个字就能刺激得李江炀吐出一连串话,心情渐渐放松。

和荆寒屿一起来寰城是对的,仅仅是从机场到屿为科技的路上,他就看到了一个有点不一样的荆寒屿。

很显然,李江炀是荆寒屿信任的人,在二十岁出头、志向最恢宏的时候,他们一起创立了屿为科技,并且一路互相扶持走到现在。

其中的艰辛雁椿不用询问也能想象。他有点羡慕李江炀,同时也很感激李江炀。因为那时候他正怀着变成正常人的希望接受治疗,绝不可能陪伴荆寒屿。陪伴有很多种,家人的、恋人的、师长的、朋友的、搭档的……荆寒屿缺失很多,但至少有可靠的搭档。

在骊海的荆寒屿是无懈可击的商人,商场应有的礼数荆寒屿一样不缺,只有在雁椿面前会卸下伪装。

回到寰城后,荆寒屿终于放松了几分,讽刺人的话雁椿听起来都觉得顺耳。看李江炀说不过、气冲冲又没办法的样子也觉得好玩。

李江炀在后视镜里看见雁椿笑,唉声叹气道:"这公司没法待了,回头我就辞职吧。"

这当然是玩笑话,荆寒屿说:"哦,那你要去哪里高就?"

"尚讯科技?"李江炀说,"来挖几回了,估计马上就要挖到我了。"

荆寒屿收起玩笑的语气,道:"挖了几回?"

尚讯科技正是索尚集团旗下的企业,虽然是新成立的,但因为有索尚集团的强力支持,发展势头强劲,隐约有挑战屿为科技的意思。

说到正事,李江炀也不含糊了:"单我知道的就有四回,瞄准的项目负责人都是技术大牛,但我们当初都签过协议,他们以不正当手段把人挖过去,其实也没用。"

荆寒屿说:"尚讯科技的目的不是挖人,是警告我。"

李江炀最不擅长应付人事和商场上的尔虞我诈,一说起来就烦躁:"反正你回来了就你处理,你再不回来我真得去骊海闹了!"

车往寰城的科技新城开去。数年前寰城花大力气搞了这么个新城,入驻的全是科技、互联网企业,写字楼不像市中心那样高耸入云,每一栋顶多十来层,因此一些规模较大的公司——比如屿为科技——会占据整栋楼,研发气氛浓郁。

雁椿离开寰城时,还没有科技新城,他几次回来也没有走过这条路,看着两边栽种没几年的绿树,有些新奇。

不过兴奋更多来自即将去荆寒屿的公司这件事。

"到了到了!"李江炀停好车,吆喝起来,"雁老师,这就是我们屿为科技!"

科技新城的建筑大同小异,只有墙上和前门外的立体徽标展示着不同。

雁椿下车,建筑本身并没有给他多深的震撼,但"屿为科技"四个字却让他热血沸腾。

这是荆寒屿创立的公司。

"荆哥,过来。"雁椿拿出手机,朝荆寒屿招手。

荆寒屿见他向立体徽标走去,只好跟上。

雁椿一把将他拉到身边,另一只手举着手机,定格的画面上是他们和被遮得几乎看不出来的徽标。

"你拍到此一游吗?"荆寒屿语气听上去有些不耐烦。

雁椿却突然又按了一张,正好捕捉到荆寒屿唇边很浅的笑意。

荆寒屿立即压下唇角,但镜头不会撒谎,雁椿满意地收了手机。

李江炀毫无架子,和员工打成一片,荆寒屿却是员工心目中的霸道总裁。

这一下午雁椿见识了荆寒屿有多忙,自从将他安顿在办公室,就不断和各项目组的负责人、重要客户沟通,纯技术和市场上的问题都要过目。在骊海时过的闲散日子就像荆寒屿给自己放的一场假。

要查索尚集团暗地里动的手脚并不困难,荆寒屿回寰城不久,就和李江炀还有屿为科技的其他高层一起,把索尚集团的动作以及动作背后的含义调查清楚了。

荆重言和荆彩芝共同掌管索尚集团数十年,表面和睦,促成了索尚集团的长期繁荣。但再强势的企业家也会老去,荆寒屿从未放松过对索尚集团的关注,知道早在他和荆重言决裂时,这艘"航母"就隐约出现了青黄不接的情况。

上一代青出于蓝而胜于蓝,新一代在最为优渥的环境中成长,却大多长成了不思进取的纨绔子弟。

原本荆飞雄是这一辈中的翘楚,个人能力虽然说不上太强,但有野心,拉了个专业的团队,倒也能够从荆重言、荆彩芝手中接过重任。

然而荆寒屿和贺竞林的接触激怒了荆飞雄,他在不理智之时做出的决定一下子干掉了两个可能继承索尚集团的人。

现在索尚集团能摆出来的只剩下李斌奇。这个人是荆重言一手带出来的。

李家在荆家发迹时就忠诚追随,算得上索尚集团的基石,后来通过婚姻成为荆家的一分子。在荆重言这一辈,不是没有出现过如同左膀右臂的重要人物。

但和荆家一样,李家也是越繁衍越差劲,十多年前的李万冰事件让李家长辈在荆重言面前抬不起头。

出人意料的是,荆寒屿出走之后,荆重言将李家的私生子李斌奇接到身边教养。

　　起初李家长辈认为这是荆重言因为李万冰的祸事故意下李家的脸，将私生子推到台面上，让他们难堪。可后来荆重言竟真的交给李斌奇不少重要项目，颇有栽培继承人的意思。

　　不过荆重言虽然不吝惜对李斌奇的赏识，却并非只提拔他一个。在今年荆飞雄犯事之前，索尚集团新一辈在荆飞雄、贺竞林、李斌奇的竞争中维持着微妙的平衡。

　　平衡被打破的现在，李斌奇已经是一家独大。

　　索尚集团用来对付屿为科技的尚讯科技，正是在李斌奇手里。

　　科技行业中，技术是重中之重，但除了核心技术，还需要雄厚的资金。每一项研发在前期都是纯烧钱，屿为科技起步时步履维艰，便是因为荆寒屿和李江炀虽有技术，但资金没到位。

　　李斌奇从国外请来大量顶尖工程师，屿为科技做什么项目，尚讯科技就跟着做什么项目，再在宣传上大做文章。屿为科技多年来靠硬核实力积聚起来的口碑，尚讯科技不到一年便靠钱砸出来了。

　　虽然这种口碑就像空中楼阁，随时可能崩塌，但至少在短时间内，客户、消费者看到尚讯科技了，尚讯科技甚至能够用更低的价格扰乱市场平衡，如此一来，屿为科技必然受到严重影响。

　　李斌奇，或者说李斌奇背后的荆重言，他们的目的本来就不是用尚讯科技赚钱，而是想制约屿为科技，逼迫荆寒屿求饶。

　　近来业内有一些传言，说屿为科技在海外的发展因为核心技术的归属问题受到限制，又说屿为科技接触了多次的工程师选择了尚讯科技。

　　虽然都是捕风捉影，但还是给屿为科技的风评造成影响，股价也因此走低。

　　传言是谁放出来的可想而知，李斌奇不愧是操纵舆论的一把好手，在屿为科技负面新闻不断的时候，尚讯科技连续公布数个新项目和重头合作，有乘势取代屿为科技的苗头。

　　李江炀这些年来几乎从未管过营销和市场，窝在实验室闷头搞研发。他对自己的定位一向很清楚——他就是一个给荆寒屿打工的，每年把研究成果递到荆寒屿面前,天塌了都有荆寒屿顶着。

但以前是行业内的竞争,他有信心在技术上不给荆寒屿丢脸。这回却是外界的庞然大物横插其中,技术变得不那么重要,钱也成了概念,人家要的就是屿为科技和荆寒屿跪下来。

他是真的有些担心了。

但高层决策会上,荆寒屿却像往常一样冷静,吩咐正常推进研发阶段的项目,与客户的关系也继续维护,不要对传言发声,剩下的由他来解决。

"你怎么解决啊?"李江炀难得忧心忡忡,"烧钱,我们绝对不是他们的对手,尚讯科技想吃掉我们!"

荆寒屿淡淡道:"为什么不是我们吃掉尚讯科技?"

李江炀愣了下,"你疯了?尚讯科技背后是索尚集团!是你那个杰出企业家的爹!"

荆寒屿笑了一声,神色带着几分嘲讽,"正因为是索尚集团。"

李江炀是和荆寒屿一道吃过苦的,和后来才进入屿为科技的高管不同,他对荆寒屿有种无条件的信任,冷静下来之后说:"那有什么需要我做的,你及时通知我。"

荆寒屿道:"你把你手上的项目盯紧就行。"

荆寒屿回寰城的事不是秘密,索尚集团当天也许就知道了,荆寒屿这几天亲自和重点客户、业内宣传口的负责人见面,打点关系,面上丝毫不受尚讯科技的影响。不久李斌奇主动联系,李江炀如临大敌,对方却只字不提两家近段时间的摩擦,只邀请荆寒屿回家叙旧。

在索尚集团这三位明争暗斗的继承人中,李斌奇曾经是最名不见经传的一个。

荆飞雄姓荆,父亲虽然不着调,却是荆重言的亲弟弟,他的位置站得就比其他两个人高,做事也十分高调。

贺竞林圆滑,在中层里颇有声望。

李斌奇最是低调,默默做事,像一道影子。早年集团里有种声音,说他是荆重言用来约束荆飞雄的教鞭。但现在机缘巧合,他居然成了唯一的胜利者。

李斌奇说话斯文，还有几分和身份不相符的谦卑，"我们有多少年没见面了？有空的话回来坐坐吧，荆夫人上次从骊海回来，说见过你了，荆先生就总是提到你。"

在别的家族，先生和夫人多半指的是夫妻，但在荆家，却特指荆重言和荆彩芝这对兄妹。

荆寒屿答应了。

雁椿来寰城后也没闲着，他除了是骊海市局的顾问，在首都调查中心也挂着名，因此带着言朗昭签字的证明，能够在寰城市局调阅十年前的两起案子。

当年侦办郁小海一案的刑警仍在一线，他们有的在现场见过神智全无的雁椿，有的讯问过雁椿，如今再次见到雁椿，都十分惊讶。

大约没有人想到，连环杀人狂的儿子、郁小海案唯一的犯罪嫌疑人会在十年之后成为警方的顾问。

他们从对立关系变成合作关系，惊讶之后多少有些不自在。

但雁椿表现得就像从不曾被当作犯罪嫌疑人一般，举止客气周到，不卑不亢，调到资料后便沉下心来审读。

雁盛平在宣判之后不久就被执行了死刑，他的口供完整呈现了他数十年间作案的经过。他将杀死乔蓝和乔小野归因于雁椿不争气，他要用杀戮、死亡亲自教雁椿。全程没有提到是受到了暗示或者蛊惑。

雁椿又翻到郁小海的案卷，此案中的口供很大一部分来自他自己，这却是他头一次阅读从自己口中说出来的话。

不怪当年警方怀疑他，他的话确实有很多矛盾的地方。但他在口供中确定了一件事——他确实是在清醒状态下，回忆起黑影提到了雁盛平。

如果当时雁盛平还没有被执行死刑，他们说不定能够揭开黑影的面纱。

首都协查组离开之后，寰城警方依然在寻找黑影的蛛丝马迹，而言朗昭也参与其中。

雁椿一直知道言朗昭没有放弃，但此时看见实打实的工作记录，还是忍不住眼眶发热。

可惜的是，黑影再没有出现过。

雁椿站起来，揉了揉因长时间阅读而酸胀的眼睛，看向窗外夏日气息浓厚的葱郁。

雁盛平是天生反社会人格，黑影能够驱使雁盛平，必然比雁盛平更加可怕。而他作为雁盛平的孩子，对黑影来说是一个特定目标，还是普通目标？

假如是后者，那必然有与他相似的人被利用。黑影不该就此消失。

雁椿不由得再次想到淡文，这么多年下来，淡文的反应是最接近当年的他的，就像纯恶的他。淡文在讯问中唯一的一次失常，让他看到了存在幕后唆使者的可能。

那也许是一个全然陌生的人，也许正是黑影。

雁椿的思路就此卡住，没有新的线索和证据，再怎么分析，也很难有突破口。

雁椿很矛盾，新的线索意味着可能出现新的被害人，但假如新的线索永不出现，案子也许就没有水落石出的一天。

手机响了，是荆寒屿发来的，简单两个字：哥哥。

到寰城的第一天，他恶趣味发作，在荆寒屿工作的时候诱哄荆寒屿当面叫他"哥哥"。说完其实就有点后悔，因为他其实更尴尬一点。

后来几天，荆寒屿一直叫他"哥哥"，他毫无办法。

虽然只是文字，但他仿佛听见了荆寒屿那低沉的、带着一丝戏弄的声音。

雁椿耳尖烫了会儿，问他怎么了？

荆寒屿：在哪里？我去接你。

雁椿：还是在市局，你今天不加班？

荆寒屿：今天休息。

月光沉没

荆寒屿在寰城有一套大平层,他们现在就住在那里。有时雁椿下厨做点早餐和晚餐,有时在外面解决。虽然屿为科技面临回国后最大的危机,但荆寒屿觉得自己已经很久没有这么平和了。

"尚讯科技的事解决得怎么样了?"路上拥堵,雁椿问。

"后天我要去一趟索尚集团。"荆寒屿说,"李斌奇约的局,荆重言应该也在。"

雁椿连忙扭过脸,"他们想干什么?"

荆寒屿反问:"你在担心?"

雁椿将球拍回去,"我能不担心吗?"

他不会忘记高三时,荆寒屿说好给他带食堂的糯米排骨,却再也没回来。当年他以为荆家人为荆寒屿着想,不让荆寒屿和他这样的怪物做朋友,所以他理解并举双手赞成荆家的做法。

可知道一切原委后,他无法再忍受荆家对荆寒屿造成一丝一毫的伤害。

见荆寒屿不说话,雁椿又道:"我和你一起去。"

李斌奇说是在索尚集团见面,但其实是邀请荆寒屿回老宅。这早就没人居住的地方倒是比十年前更有人气,原来荆重言已经搬了回来,像爷爷当年一样过着半退休的生活,闲来没事就给花草浇浇水。

荆重言也老了,看上去少了过去的攻击性。

荆家所谓的家宴和寻常家庭的似乎也没有太大区别,到场的人不多,连荆彩芝都不在,不过令雁椿比较意外的是,万尘一居然在。

他对此人的感情有些复杂,当初是万尘一帮他见到昏迷的荆寒屿的,他感激万尘一。但前阵子突然从荆寒屿那里得知,万尘一其实是荆彩芝包养的情人。

万尘一身上有太多谜。

荆重言打量着雁椿。也许雁椿已经不再是任人拿捏的少年,他觉得荆重言的审视少了许多威力,而自己也终于能够坦然地回视。

荆重言并不掩饰眼中的鄙夷,开口时却已经转向荆寒屿,"我不记得斌奇邀请了外人。"

荆寒屿说:"他是我的兄弟。"

荆重言不屑地笑,"我以为你早就放弃了。"

雁椿浅皱起眉,荆重言对荆寒屿的揶揄让他很不舒服,这并非因为荆重言针对他,而是因为,确实是他丢下了荆寒屿。

荆寒屿说:"你今天叫我来,是想和我聊放弃和坚持?"

他的从容和不加掩饰的轻蔑触怒了荆重言,"我给你索尚集团的一切,你却要和这种人同流合污!"

荆寒屿故意看了眼李斌奇,道:"我没理解错的话,李先生才是你的继承者。你当着他的面说这种话不太好吧?"

李斌奇打着圆场:"家人哪有不争吵的?争吵也是因为心里有对方。来,先吃饭。"

荆寒屿道:"饭就不吃了,提你们的要求吧。"

李斌奇还想缓和气氛,荆重言已经愤而离席,万尘一也起身,"我去看看荆先生。"

荆寒屿年少时和李斌奇接触不多,但短暂的交流已经足够他看清,李斌奇并非完全听令于荆重言。荆重言想塑造一个继承人,但似乎没有成功。

"我们最近有些竞争,但市场的蛋糕只有这么大,索尚集团想往科技行业发展,这是高层定下的战略,尚讯科技在不得已的情况下和屿为科技产生摩擦,相信你也能够理解。"李斌奇笑容可掬地说。

雁椿没发言,只是看着荆寒屿。

他想起荆寒屿说他和邻市专家辩论时像是站在光里,此时他明白了那种感受。此时的荆寒屿科技又何尝不是站在光里?

"正当的竞争屿为科技从不排斥。"荆寒屿冷笑了声,"不正当的竞争,屿为科技也不会就此认输。"

李斌奇沉默片刻,叹气道:"寒屿,其实你只用适当向荆先生服个软。屿为科技是你的还是你的。"

荆寒屿挑眉,"我不服这个软,屿为科技就不是我的了?"

李斌奇笑道:"论硬实力,索尚集团拿下屿为科技不会是特别费力的事。"

这就是直白的威胁了。

荆寒屿却一丝慌张和愤慨都没有表现出来："谁拿下谁，现在还不好说。"

家宴草草收场，李斌奇最后向荆寒屿表达了自己也是身不由己，荆先生和荆夫人年纪都大了，做事难免有使性子的时候，贺竞林和荆飞雄的事更是让他们伤透了脑筋。

荆寒屿假装没听懂，和雁椿一起离开。

万尘一等在庄园门口，朝两个人礼貌地笑了笑，"你们很幸运。"

荆寒屿眼神不善地看向他。

他却仍旧笑得温和，"绝大多数被迫分开的人都不会在十年后再相聚。你们是千万分之一的幸运者。"

离开荆家老宅，时间还早，雁椿想着万尘一那句"你们是千万分之一的幸运者"，提议暂时不回屿为科技，顺路去市中心吃个饭。

此时已经过了饭点，荆寒屿说："你是想故地重游吗？"

雁椿笑了一声。

车轻微顿了下，荆寒屿虽然仍保持着目视前方的姿势，余光却向雁椿瞥了瞥。

荆寒屿问："你觉得我不高兴吗？"

雁椿暗自叹了口气，"我好歹是研究心理的。"

荆寒屿沉默几秒，道："回到那个地方，见到荆重言，我会不舒服。可能是条件反射。即便我现在已经不会再被他摆布，阴影还是在。"

雁椿扮演着倾听者的角色，"嗯。"

荆寒屿说："我是爷爷带大的，整个荆家，我唯一尊敬的就是爷爷。这你知道。"

雁椿点头，"他是位很好、很慈祥的老人家。"

"可即便是他，也不能消除荆重言对我的影响。"荆寒屿继续说，"我在很小的时候，就明白自己将来会继承索尚集团，因为荆重言从来就是这么跟我灌输的。我对他的事业毫无兴趣，爷爷说，我可以做真正喜欢的事，就像二叔一样。"

雁椿知道荆寒屿提及的二叔是谁——荆飞雄的父亲，荆家有名的败家子。他原以为在荆寒屿爷爷眼中，那一定是个废物儿子，事实却并非如此。

"但荆重言不同意，他将我当作继承人培养，我一次次地向他妥协。"荆寒屿停顿下来，语气忽然带上一丝自嘲，"等我长到十八岁时，已经习惯于向他妥协，还自我安慰地说因为我不够强大，所以无法反抗。"

荆寒屿的十八岁是个特殊的年份，雁椿再清楚不过。

车里安静了一会儿，雁椿说："你是因为这件事不高兴。"

荆寒屿问："你以为是别的事？"

"嗯。"雁椿现在心里很酸，"他们拿屿为科技威胁你。商业上的东西我懂得很少，但我看得出这次是个很大的难关，李江炀他们都很着急，索尚集团太庞大了……"

荆寒屿忽然笑了，"不至于。"

雁椿还是不放心，"如果索尚集团硬吃屿为科技，我们怎么办？"

荆寒屿挑了下眉，"李斌奇是个聪明人。你知道聪明的定义是什么吗？"

雁椿接不上这个哑谜，想了想说："高智商、高情商、高创造力？"

荆寒屿摇头，"是看清自我。贺竞林、荆飞雄、李斌奇，在今年年初时还互相制衡，李斌奇是最不起眼的一个。现在已经是李斌奇一家独大了。"

雁椿说："那是因为荆飞雄杀了贺竞林。"

"凶案只是表象，以荆飞雄的狂妄自大和贺竞林的偷奸耍滑，栽跟头是迟早的事。"荆寒屿冷静犀利地分析着自己的表哥、堂哥们，"李斌奇聪明就聪明在他能够看清自己的能力和处境。"

刚才在老宅，雁椿觉得荆寒屿只是在庞大的资本面前强撑，此时终于在荆寒屿的话里品出胸有成竹。不过仍不知道荆寒屿要怎么化解危机。

"李斌奇的这种聪明，连荆重言都赶不上。"荆寒屿继续道，"他到现在还觉得是在利用李斌奇，但李斌奇早就吸着他的血成长到他控制不了的地步。而且他已经老了,索尚集团有些势力正在蠢蠢欲动。他压不住。"

雁椿问:"你想和李斌奇合作?"

荆寒屿答:"他已经向我传递了合作的意图。"

雁椿搞不懂这些弯弯绕,索性不打听了,但他听出了一个很重要的信息——荆寒屿也许是利用这次危机,回索尚集团做些什么。

"你想拿回索尚集团吗?"

荆寒屿并不避讳:"是。"

"可是……"雁椿说,"你说你从来不想继承索尚集团。"

车已经开到市中心的购物中心,停在车位上,荆寒屿侧过身来,道:"人在年少的时候会有很多不切实际的奢望,长大了才会发现,人生大部分时候是身不由己。"

"如果把索尚集团比作怪物,那我不去主宰它,它就会主宰我。"荆寒屿说,"我这样解释,你明白吗?"

怪物、主宰。

雁椿忽然明白了荆寒屿的困局。

次日,荆寒屿要接受业内权威杂志的采访,提纲对方虽然已经发来了,但还有一些准备需要做。

屿为科技发展到现在,经常需要应付媒体,也必须和有话语权的专业媒体处理好关系,但他除了参加必要的产品活动,很少接受针对他个人的采访。屿为科技内部和业内都在猜测,他这次接受采访,是因为屿为科技近来遇到的麻烦。

李江炀虽然不参与采访,但从昨天就开始紧张了,一宿没睡好,一大早赶来公司,为了不给荆寒屿太大的压力,装得十分淡定,结果和他紧张得掉头发的状态迥异,人荆总不说春风满面吧,至少也是从容不迫的架势。

李江炀骂骂咧咧地走了。

采访小组准时到达,除了负责稿件的记者和摄影,还有两名高层。荆寒屿会接受邀约,他们都感到很惊讶。

能负责这种重点访谈的记者绝不是一惊一乍的新手,气氛活跃完了他们立即开始正题,提问围绕屿为科技在警用市场的深耕和下一代的核心项目,以及和尚讯科技的竞争。

荆寒屿一一作答,展现出屿为科技的光辉前景。但记者知道这是稳定投资者情绪的话术,他要的是更有看头的信息。

"尚讯科技发展势头强劲,大有和屿为科技分庭抗礼,甚至吃掉屿为科技的趋势,而且尚讯科技背后是谁,您比我们更清楚。针对尚讯科技,您有什么对策吗?"

荆寒屿给了答复:"尚讯科技背后是索尚集团,你不看好我拿回索尚集团吗?"

记者都傻了。

荆寒屿笑了笑,又道:"让屿为科技立于不败之地的最好方式就是让索尚集团成为它的保护伞。我打算拿回本就属于我的东西。"

自己人

屿为科技创始人的独家访谈刊出后,在业内引发热议。

科技行业虽然屡屡有高层互相喊话,外行看起来觉得热闹,但内行一看就明白,那不过是互相炒作的一种手段。

屿为科技和尚讯科技这次却是动真格的。索尚集团之前人事剧烈动荡,荆飞雄和贺竞林鹬蚌相争,李斌奇渔翁得利,地位直线上升,已是集团内最可能从荆重言、荆彩芝手上接棒的人物,现在他亲自管理尚讯科技,标志着索尚集团要在这个领域称雄。

在荆寒屿未回到屿为科技总部之前,尚讯科技就已经处处针对屿为科技,部分传言或者内部走漏的消息显示,李斌奇就是要拿屿为科技开刀。

大财团入局,资本疯狂吞噬小鱼小虾,真正做核心技术的企业不堪一击,最终要么消失,要么成为资本的一部分。后者无非是消失得慢一点。类似的故事在业内上演过无数次。所以就算屿为科技已经做到了顶尖,当它成为尚讯科技的猎物时,投资者还是很难看好它的前景。

访谈等于屿为科技公开向尚讯科技宣战,将之前那些暗流一下子推到海面上。

这其实不难预测,屿为科技如果要屈服,一早就私底下和尚讯科技沟通了。既然选择硬碰硬,那创始人必然出来喊话。

但没人能想到的是,荆寒屿一把火烧到了索尚集团,矛头直指李斌奇。

他从未在公开场合提及自己是荆重言的独子,屿为科技发展至今也没有依靠过索尚集团。但媒体和投资人不是傻子,屿为科技回国之后,创始人、核心工程师的背景早就被扒清楚了。不过商场过招自有一套必须遵守的法则,没有人会故意在荆寒屿面前提到索尚集团,更不会将这些秘密曝光给公众。

这次荆寒屿却主动将秘密公开了。

业内众说纷纭,最普遍的一种观点是,荆寒屿在向荆重言传递回归的信号。

豪门秘辛从来都是人们津津乐道的话题,对索尚集团稍有了解的人都知道,荆寒屿虽然没有在索尚集团工作过一天,但他自幼被荆家备受尊敬的荆老先生带在身边抚养,被荆重言视作接班人,他十年前离开荆家有很多说法,父子不和、叛逆……

当年还有索尚集团的竞争者一边看好戏一边揶揄荆重言后继无人,也有许多人认为年轻人逞一时之勇,最终还是会回归家庭。

结果荆寒屿竟硬气了十年之久,屿为科技锋芒毕露,单论在特定行业内的成就,索尚集团的那些新一代没有一个人能和他相提并论。

贺竞林遇害的社会舆论被索尚集团压了下去,但当时已有风声传出,说荆寒屿与此事有关,和贺竞林接触是为了回到索尚集团。

现在竞争者已经去了俩,他的对手只剩下一个低调的李斌奇。

索尚集团之外的声音多是看热闹起哄,恨不得屿为科技和尚讯科技打起来,荆寒屿和李斌奇打起来。但在索尚集团内部,此事带来的却是沉默。

说沉默其实不准确,这种沉默好比沸腾前的水,不断冒起细小的气泡,却还没有到爆发的时候。

像索尚这样的庞大集团,高层的派系斗争无止无休,李斌奇是荆重言一手扶持的,早前对荆重言不满的人没有将这个李家的私生子当回事,多数被荆飞雄拉拢。荆飞雄出事后,人们才发现,总是躲在角落里的李斌奇已经成为胜利者。

近两年,荆重言逐渐放权,荆彩芝略微压了他一头。不是没有人窥见荆彩芝想要独自当"女王"的野心,可只要荆重言没有彻底退出,她就很难如愿。而且她没有后代,荆重言好歹还培养了个李斌奇。

荆寒屿的访谈一下子把水搅浑了,让反李斌奇的势力看到了一种可能——他们可以利用荆寒屿,打掉李斌奇。

但也有人提出异议,荆寒屿再与荆重言不睦,也是荆重言的独子,荆寒屿若是成功回归,权力还是被紧握在荆重言一脉手中。

又有人说,荆氏父子势同水火,早就没有重归于好的可能,而且荆寒屿只是吃掉李斌奇的一枚棋子,日后再让其他人取代荆寒屿即可。

这算盘打得着实响亮,并且看起来很有可行性。老狐狸们认为,荆寒屿是在不得已的情况下自救,必然寻求索尚集团内部的支持。只要荆寒屿有所求,他们就能够控制荆寒屿。

访谈面世之后,荆重言一直没有公开露面,更未表态。倒是荆彩芝一团和气地说:"长久漂泊在外的孩子终于愿意回家,这是喜事。"

这充满家庭温情的话被解读为荆彩芝拉拢荆寒屿的信号,进一步将李斌奇推到风口浪尖上。

这位李斌奇人如其名,也算个传奇人物了,早年因为私生子的身份,在李家备受欺辱,一朝被荆重言选为后继者,连李家家长都要给他几分面子。数年来集团的新一代轮番洗牌,他从未出头,却也从未掉队,很多人眼里没他，他却出其不意地成了暂时的王者。

李斌奇只差一步就要上位之时，荆寒屿回来了。

所有人都认为他现在一定很尴尬、很焦虑，也许已经求了荆重言八百回，毕竟他这人没什么耀眼的能力，能爬到这个位置靠的是运气好和低调谦逊。

但此时在寰城西边一个因为过于文艺随性而客人寥寥的咖啡馆里，他正从荆寒屿手中接过饮品单，看了看，笑道："拿铁，原来你喜欢这么甜的咖啡。"

荆寒屿不言。他们坐的是不容易被打搅的角落。

李斌奇又道："那我也要拿铁好了。"

吧台上，咖啡师沉默地准备饮品，亲自送来，看了荆寒屿一眼。

荆寒屿注意到这道目光，李斌奇说："自己人。"

桌上摊开着一本杂志，翻到的正是荆寒屿的访谈。李斌奇说："你果然既聪明又大胆，换个人顶多向我喊话，绝对说不出你后面那一席话。"

"换个人？"荆寒屿笑了声，"换个人当初不会和荆重言决裂。"

李斌奇点头，"这倒是。没有你独一份的魄力和实力，做不出这种事。不过我还是很好奇，我们小时候接触不多，后来更是失去联系，我是荆先生和你决裂后选择的人，你凭什么在这么短的时间里选我做盟友？正常人应该都会将我视作对手吧？"

"正常人"这三个字在荆寒屿脑中短暂逡巡，令他稍感不快。但这种不快并不是来自李斌奇的话，而是因为雁椿。

这个世界上有数不尽的正常人，庸庸碌碌地生活，享受着上天的馈赠而不自知。雁椿承受了许多痛苦，生理上的、心理上的，才有了今天。

雁椿总说自己是个怪物，显然雁椿放不下。他都不敢去想，如果雁椿的治疗失败了，雁椿没有变成正常人，是不是就永远消失了？

"正常人"，成为最普通的正常人，却险些困死了雁椿。

荆寒屿的走神和眼中的不悦让李斌奇有些意外。他看懂了荆寒屿在访谈中的弦外之音，所以主动联系荆寒屿，如他所料，荆寒屿欣然赴约，在双双来到这间咖啡馆时，他们其实就已经达成盟约。刚才是他说错什么话了吗?

他试着提醒道:"荆总?"

荆寒屿放开那些不合时宜的思绪,答道:"因为你也在为自己寻找退路。"

李斌奇眉梢很轻地动了动。

"你的才华在李家这一辈中最出众,但在荆重言点你的名之前,才华没有成为你的跳板,反倒成了你的牢笼。"荆寒屿直视李斌奇的双眼,冷静沉稳,仿佛有许多齿轮在他心中转动,他早已为这次见面计算好了一切。

李斌奇端起咖啡,喝了一口。

"你原本和你母亲相依为命,十岁时,你母亲去世,你父亲将你接回家。从那时起,让你痛苦的生活开始了。"荆寒屿平静地叙述,"你家族中的同辈一方面看不起你的身份,另一方面忌惮你的才华,他们的母亲千方百计打压你。你不求财富地位,只想有一个平静生活的地方,过正常人的生活,但你做不到。"

说到这里,荆寒屿突然停下来,"你刚才说我不像正常人,其实你也没怎么过过正常人的生活。"

李斌奇苦笑,"没错。"

荆寒屿道:"在那种环境里度过青春期,没人比你更清楚被排挤、践踏、利用的痛苦。现在舆论不都热衷讨论原生家庭在人一生里的烙印吗?原生家庭就是你的阴影,即便荆重言发现了你的才华,有心栽培你,你能做好他派给你的所有事,却无法像荆飞雄、贺竞林那样在圈子里如鱼得水。"

李斌奇叹息,"是。我只比你大两岁,但我活到现在,始终是被推着往前走。虽然给我的不是我所想要的,但我不得不接受,如果我反抗,我就会掉下去。你知道,我们这样的人,要么站在最顶上,要么被啃噬得尸骨无存。"

他故意说了"我们",在某种程度上,他和荆寒屿的确面临类似的困境。

"如果当年荆先生没有选中我,我现在应该已经离开李家,但荆先生把我放在一个我不该到的高度,我就算再低调,也已经成为很多人的眼中钉。"李斌奇双手抱头,眼中流露出适当的迷茫,"当荆先生无法庇护我，我那少年时期的困局就要重演了。不，可能比那还残忍百倍。"

不用言明的是，荆重言正在衰老，或早或晚，他将失去荆重言这座靠山。在大财团里，失败者的命运都不会太好。

"荆总，你说我有才华，我很感激。但想必你也了解，我那点才华仅够我在荆先生手下做事，却撑不起整个索尚集团。"李斌奇十分坦然，"老狐狸们早就开始动作了，他们要把我抬到最高处，再将我狠狠推下去。我斗不过他们。现在他们还忌惮荆先生，以后就不好说了。"

荆寒屿说："所以你要给自己找新的靠山。"

李斌奇笑道："你比你的父亲有过之而无不及。我一个小小的暗示，你就听懂了，这就是最好的证明。"

荆寒屿也笑，"我的暗示，你不也听懂了吗？"

李斌奇将杂志拿过来，放在腿上，荆寒屿的访谈加上相关报道、图片占了接近二十页，他随意地翻动，忽然正色道："我想要的是全身而退，不再受曾经的折磨。荆总，你只要能帮我实现这一点就行。"

荆寒屿说："合作靠的是共同努力、互相帮助。"

李斌奇笑道："这倒是。我去当这个靶子，将那些瞄准你的老狐狸一网打尽。"

"他们现在应该正在计划如何利用我，先把你赶下去，再将我当作弃子弹开。"荆寒屿冷声说，"老狐狸们要失望了。"

和聪明人沟通很省事，门口传来迎客铃的响动时，荆寒屿该交代的事已经说得差不多了。索尚集团那些玩弄权术的高层怎么也不会想到，他们假意要迎回去的"真太子"，已经和"假太子"站在了一条船上。

荆寒屿看向店门的方向，眼神突然从商讨要事的冷漠变得温和。李斌奇也不由得顺着他的视线看去。来的不是别人，正是雁椿。

雁椿虽对资本、生意没什么研究，但看见荆寒屿的访谈后也吓了一跳。他看不懂其中的门道，只知道荆寒屿一定下了一着险棋。

他本着不干涉荆寒屿工作的原则，忍着没问，但就像喜爱和咳嗽藏不住一样，担心也是藏不住的。

昨天荆寒屿就看出他有心事，问他怎么了。他只好实话实说。

荆寒屿将计划说给他听，他理解了，却很不放心，因为李斌奇这个人于他而言全然陌生，既然李斌奇曾经是荆飞雄和贺竞林的对手，那和他们应当是同一类人，荆寒屿和这种人合作，必然有风险。

但荆寒屿却说，李斌奇不一样。

"哪里不一样？"雁椿靠在阳台的栏杆上，手指夹着一支烟，"都是黑心肠的商人。"

荆寒屿走过去，"我也是黑心肠的商人。"

白烟在两人之间散开。雁椿升起浓浓的保护欲，"你们见面时，我能去看看吗？不打搅你们，我就评估一下这个人。"

若论看人，雁老师当然是专业的。

荆寒屿懒懒地笑着说："好。"

雁椿很有分寸，算着时间赶来，既没有听荆寒屿和李斌奇谈话的内容，又把人给见了。

李斌奇比他想象中要平和，的确与荆飞雄之流截然不同。

李斌奇穿的是休闲格子西装，面容清隽，雁椿注意到他眼神疲惫，但那疲惫是藏在温和谦逊中的，像是被迫强撑了很多年，身心已经不堪重负，但因为有一股虽然微弱但连续不断的动力，他离放弃、绝望还很远。他是个有牵挂的人。

李斌奇注视雁椿，荆寒屿模仿他之前的语气说："自己人。"

雁椿微笑着打招呼："你好，我是雁椿。"

李斌奇了然，起身道："荆总访谈里提及的人就是雁先生吧？"

后面的寒暄荆寒屿没参与，雁椿和李斌奇聊得很随意，不涉及工作，他去给雁椿要了一杯奶茶，回来就一直看着他们。

李斌奇兴致不错，说想给他们露一手，做些甜点带回去吃。

雁椿当然说好。

李斌奇像在自家厨房一样，穿上围裙，打蛋搅油，最后还给裱了个花。蛋糕不大，圆圆的一个，只够两个人吃。

雁椿没想到李斌奇还有这等手艺，道谢之后又夸了几句。

时间不早，李斌奇将两人送到门口，向荆寒屿伸出手，"合作愉快！"

荆寒屿握住,"合作愉快!"

科技新城上一次拥来这么多记者,还是在某国际知名科技巨头正式入驻时。

屿为科技门前空前热闹,业内媒体、财经媒体、本地综合媒体,就连娱乐媒体、八卦新闻自媒体也嗅到了味儿,可劲儿往前凑。

媒体坐不住,屿为科技内部自己也亢奋得不行。前几天大家还在为索尚集团的"降维打击"焦头烂额,现在被刺激得"打了鸡血"——干创新的骨子里都有一股打不死的拼劲,老板都表态要去索尚集团拿回属于自己的一切,他们不跟着冲锋陷阵怎么说得过去?

不过越是和荆寒屿关系近的,就越是担心,比如长期只管技术的李江炀。

最了解荆寒屿的除了他,在屿为科技找不出第二个人。荆寒屿有多厌恶索尚集团,他老早就看在眼里。荆寒屿在访谈里说得恳切,近来又密切与索尚集团高层接触,在别人看来那是积极为回到索尚集团作准备,在他看来就是为救活屿为科技忍辱负重。

李江炀心里烦躁,偏偏这种烦躁又很难找个人来说。平时他跟手下什么玩笑都可以开,但他不是没有分寸的人,涉及荆寒屿的原生家庭,他再不安也只能忍着,恨就恨自己只会搞技术,遇到商场上的尔虞我诈真是一点办法都没有。

李江炀想,他得打好草稿,找荆寒屿推个心置个腹,担子不能让荆寒屿全扛了,那是一起创业的自家兄弟,他心疼。

此时荆寒屿正在寰城郊外,陪荆彩芝打高尔夫。在场的人不多,有两个荆彩芝的亲信,在索尚集团都占据重要位置,手里有股份,万尘一也在,不过几乎没说过话,做些服务人的事。

荆彩芝年轻时锋芒不如荆重言,索尚集团有段时间是荆重言的一言堂。但最近几年,随着新一代逐步接手集团,荆重言和荆彩芝都在放权,看似影响没有以前大了,但明眼人都看得出,荆彩芝手上的牌比荆重言多,也比荆重言强。

这就是李斌奇寻找新靠山的原因,一旦荆彩芝不再藏着掖着,暗涌马上就能将他卷入漩涡。

荆彩芝打扮得十分利落,打了一会儿球后,说要休息,和荆寒屿拉起家常,说到荆重言时,站在荆寒屿的角度抱怨了几句。

"你父亲年纪大了,人这一老啊,就容易变得固执,非要重用李家那孩子,李荣言自己都觉得莫名其妙。但他毕竟是你父亲,你别跟他置气。你愿意回来,我心里这一块石头也算是落了地。"

荆寒屿笑了笑,表面受用地听着。荆彩芝说的李荣言他知道,是李斌奇的爷爷,老古董一个,至今不承认李斌奇是他们李家的种。

"你父亲正在气头上,但你到底是他唯一的孩子。"荆彩芝说着像模像样地叹了口气,继续道,"要论能力,小一辈里没人能和你比,你父亲也是明白的,所以你当年要离开,他才会那么生气。破冰需要时间,我也会从中调和,不要太着急。"

荆寒屿点头,"谢谢姑姑。"

荆彩芝笑道:"客气了,我也是为索尚集团着想。李家那孩子能力是有,但不是帅才,我们这些老骨头都退下去,把索尚集团交给他,我实在难以放心。"

荆寒屿装得殷切,共实早就将荆彩芝一脉的把戏看得明白。明面上那些争斗,荆彩芝都是交给亲信去办,她惯于藏在后面,充当明事理的调解者,笼络了一大批人心,荆重言年纪上去后越发喜怒无常,虽不到众叛亲离的地步,但确实正在被架空。

荆彩芝现在跟他唱这一出亲情戏码,正是要利用他来给荆重言致命一击。

和他的春风无限相比,李斌奇正处在前所未有的困境中。荆彩芝一脉里的激进派已经跳到台面上,只要是李斌奇管理的项目和团队,他们就能挑出问题来。温和派则唱红脸,看在荆重言的面子上,假意维护李斌奇。

既然高层已经开始站队,下面自然为自身利益效仿。李斌奇正在失势,过去依附他的人已经有见势不对跑路的倾向,在绝大多数人眼中,他因为竞争者的归来变得焦虑、不正常，一边焦头烂额地打点集团内的关系，一边固执地拿尚讯科技和屿为科技拼个你死我活。

即便是老谋深算的荆彩芝，大约也想不到李斌奇和荆寒屿早就结盟。在李斌奇高超的演技下，过去藏得极深的老狐狸们逐渐露出尾巴，等待着被荆寒屿挨个儿揪出来。

但至少现在，荆寒屿还得沉住气，老老实实和荆彩芝过招。

荆彩芝处在这样的高位，任何话都是点到为止，说得差不多了就提出要休息，球杆交给亲信，让对方和荆寒屿再打一会儿。

万尘一没跟她一起走，看荆寒屿打了几杆球。

他的目光太平和了，脸上也始终带着笑意。荆寒屿很早就觉得他是荆家最特殊的人，那种恬淡不争的气质和荆家过于不搭，但恰好是这样的气质，使荆寒屿不至于像厌恶荆家其他人一样厌恶他。

但近来几次相见，荆寒屿越发感到万尘一的平和有种古怪的味道。那平和里不是没有欲望。

荆寒屿虽还没有正式回到索尚集团，但近来双方的频繁互动已经在股市上形成利好，屿为科技股价上升，一些在屿为科技和尚讯科技之间摇摆不定的合作方再次倾向选择屿为科技。

荆寒屿应酬完，抽空回到屿为科技，李江炀带着复习了百八十遍的草稿将他拦住。

李江炀说："你有难处就跟我说，屿为科技是咱俩的孩子吧？有麻烦也不能老让你一个人扛，我也可以出力。"

荆寒屿盯着他看了会儿，冷冷地笑了声，"想要孩子自己去生，谁跟你有孩子？"

他说话向来如此，没外人在场，就懒得给李江炀留面子。

李江炀气不过，"我这不是打个比喻吗？你一个人应付索尚集团，你那么讨厌他们，我要什么都不做，那我算什么兄弟？"

荆寒屿笑道："研发都是你负责，这不算做事？"

"那不一样！"李江炀说，"研发什么时候做不行？当务之急是应付尚讯科技，渡过这次难关！"

月光沉没

荆寒屿很少给人灌鸡汤,但观察了李江炀一会儿,决定还是说点好听的话。李江炀拿他当兄弟,赤胆忠心,其实他也把李江炀当自己人。

"核心技术是屿为科技的立身之本,无论什么时候都应当被摆在最重要的位置。负责研发的那个人自始至终都是屿为科技的基石。"

李江炀脑子空了一下,背好的草稿一下子全忘了。

他们一起打拼这么多年,荆寒屿不损他简直就不是荆寒屿,现在是在夸他吗?

"不要再说研发什么时候都可以做这种话,你知道我拿什么去和尚讯科技对抗,让合作方选择我们,让索尚集团不得不重视我吗?"荆寒屿认真道,"靠你交到我手上的研发成果。"

李江炀张了张嘴,"寒屿……"

荆寒屿在他肩上拍了一下,"把你的注意力放在实验室,如果我需要你的成果,而你拿不出来,我和屿为科技才会在外面抬不起头。"

李江炀被说得心潮翻涌,当即保证:"你放心,我就是死在机房,也不会让屿为科技被人瞧不起!"

这阵子雁椿和荆寒屿各忙各的,雁椿重启十年前的案子,受到客观条件限制,进展很难快起来,只能不断尝试新的方向,桐梯镇都去过几次了。小镇经过十年的发展,看上去比以前繁华,但新建的楼房其实没有什么人气,年轻人大多已经外出打拼。

雁椿刚停好车,就在后视镜里看见另一辆车的车门打开,许青成像是等候多时。

他们上次在墓园仓促见过一面,雁椿对这次见面倒不意外。他下车看向许青成,不友好也没敌意,许青成向他挤出一个勉强的笑,"在查当年的案子?"

雁椿直截了当,"有话要跟我说?"

也许是天气热了,穿的衣服少,许青成看上去比之前又单薄了些,但脱离墓园的萧索氛围,似乎没那么颓废了。

不过雁椿觉得他整个气质都变得很散淡,像是被漫长的时光隔绝开来。而高三之前的实验班"扛把子"是何等意气风发!

许青成说:"不是你想要的线索,你愿意花时间听吗?"

雁椿知道,许青成想说的只可能是关于郁小海的消息。他甚至能推断许青成此时的心理——和许青成相比,郁小海低微如蝼蚁,这么多年里,许青成恐怕接触不到一个在意郁小海的人,除了雁椿。

人在很多时候需要倾诉,十年前雁椿在发狂时险些打死许青成,许青成差一点当着警察的面刺死雁椿。然而现在,雁椿是许青成唯一一个能够倾诉关于郁小海事情的人。

雁椿端详许青成片刻,道:"找个地方吧。"

他们去的是一家茶馆,小镇里没什么咖啡馆,就茶馆多。许青成从认识郁小海时讲起,眼睛是看着雁椿的,但看的却不是雁椿。

雁椿听得很平静,时过境迁,伤痛没有被抚平,但被波及的人已经学会了理解和共情。

屿为科技和尚讯科技的争斗仍在风暴中,并且因为荆寒屿和李斌奇各自放了狠话,加上索尚集团高层纷纷站队,渐有愈演愈烈的趋势。

但两边心态截然不同,屿为科技这边大多是陪伴公司一起成长的自己人,起初被资本打压,都憋着一口气,现在荆寒屿亮出态度,大家自是士气高涨,恨不得将尚讯科技按在地上摩擦。

反观尚讯科技,却纯粹是资本堆出来的临时人马,厉害人物虽多,但都是李斌奇用钱买来的,毫无忠诚度,争锋之初还斗志昂扬,现在一见李斌奇可能失势,尚讯科技也并非索尚集团的重点项目,很难不起临阵脱逃之心。

李斌奇一方面要应对尚讯科技的困局,一方面要在索尚集团的派系中周旋,简直焦头烂额,渐渐连脾气都控制不住。

他在索尚集团向来是以低调、谦逊、温和著称,如今却当着众多下属的面发火,训斥一位经理。这事飞快传播,很多人背地里奚落,说他这私生子要栽了,豪门权力洗牌,被献祭的就该是他这种养肥了的"猪"。

李斌奇不是没有尝试自救,他找过荆重言。但荆重言似乎不想管,荆重言那一脉的老狐狸也个个缄默,集体退缩。荆彩芝的根须已经蔓延

月光沉没

到索尚集团的各个角落。

当然，这本就是他与荆寒屿预判到的发展趋势。

接到荆彩芝秘书的邀请后，李斌奇从繁忙的工作中脱身，匆匆赶到荆彩芝的住处。

荆彩芝先是以长辈的身份和他寒暄了一阵子，再说起工作，将一份内部报告放在他面前。报告上没有显示出具方，但罗列了他近期不少工作问题，有的是不实信息，有的是他故意做出来给人看的缺点和疏漏。

荆彩芝摆弄着茶具，不怎么在意的样子。李斌奇满头冷汗，着急辩解，荆彩芝却笑着让他冷静。

"年轻人犯错是难免的事，这份报告送到我这来，就算到终点了。我今天叫你来，一来是想提醒你，你现在所处的位置，被很多人盯着，寒屿毕竟是荆先生的独子，他一回来，很多事情都有了变数。"

李斌奇虚心受教。

荆彩芝继续道："二来呢，你也知道，我最看重年轻人，你有什么困难，可以及时告诉我。兴许我能帮你解决。"荆彩芝的视线落在报告上，"有人不希望你留在尚讯科技，你也知道集团的重点从来不在科技领域，你继续做，不仅是大材小用，还容易引人诟病。我这边也有不错的机会，你回去好好考虑一下。"

李斌奇感恩戴德地离开，上车后却换了副面孔。

别墅里，万尘一将刚从花园里采摘的月季拿进会客厅，对荆彩芝唤道："妈妈。"

荆彩芝走到桌边，拿过月季，一枝枝放入花瓶，右手托住万尘一的脸摩挲。

她看向万尘一的视线有种古怪的慈爱，掺杂着贪婪、怨恨、愤怒，但那主要是慈爱。

"我的都是你的，荆家的一切都是你的，我的孩子。"

在这场酝酿多年的动荡中，荆重言像是隐身了。起初所有人都认为他会出来主持大局,至少扶李斌奇一把,但他没有。

　　此时,他正待在一处不常住的庄园中,像雕塑一般盯着湖边的钓钩。

　　他的身边放着水桶、饵料篮,篮子里面竟然有一张面具。

　　这面具古怪,是一副长寿老人的面孔。

　　荆寒屿待在屿为科技的时间越来越少,媒体多次拍到他出入索尚集团,和荆家的实权人物同框。屿为科技在舆论和研发的双战场渐渐压过尚讯科技,尚讯科技那边还传出荆重言对李斌奇非常不满,李斌奇马上就要被调职。

　　这些消息对屿为科技来说原本是利好,但不知从谁开始说,荆总如果回到索尚集团,那势必抛下屿为科技,更严重一点,屿为科技说不定是荆总和索尚集团交易的筹码。

　　荆寒屿自己毫不介意这些空穴来风,倒是李江炀着急了。荆寒屿见他急匆匆地赶来,满脸焦躁,正在心里盘算怎么安抚一下,李江炀就粗着嗓门说:"你放心,我不回家了,我一天二十四小时就在公司守着,一定把人心稳定下来!"

　　荆寒屿面上不动声色,心里还是有些惊讶。他现在的重心的确在索尚集团,传出流言蜚语是意料之中的事,李江炀又是直肠子,不大会转弯,离开实验室机房,就显得脑子不大够用,听到传闻不来问个明白才奇怪。

　　但李江炀什么都没问,上来就让他放心。荆寒屿反而不知道怎么接了。

　　他没反应,李江炀也不适应,左思右想觉得荆寒屿肯定是又累压力又大,都没词语来损自己了,遂一阵心酸,道:"你别这样,职场遇到麻烦咱齐心协力克服就是。你可千万别给自己太大压力,跟你说压力大了会英年早秃的!"

　　荆寒屿无语。

　　李江炀总结道:"反正屿为科技我给你看好,你就轻松给我飞!"

　　荆寒屿忽然说:"你就没想过,传言如果是真的?"

　　李江炀一愣,很快反应过来,"我有病吗?"

自
己
人

荆寒屿挑了下眉。

李江炀在他肩头用力砸了一拳，道："要是这点信任和心有灵犀都没有，我们当初就散伙了！"

荆寒屿想起他们创业最艰难的时候。当初做项目时其实不止有他和李江炀，但一路上有人因为看见希望加进来，有人因为不断失望离开，只有李江炀毫无保留地信任他。他说屿为科技能起来，李江炀说了声"行"，就义无反顾地扎进机房。

荆寒屿不是情感充沛的人，他的温柔只有手心里那么一捧，但李江炀的话还是让他心头一热，连神情也不像平时那样冷。

李江炀说完事就要走，荆寒屿忽然将他叫住。

李总忙着呢，说道："干吗？"

荆寒屿问："你最近压力大得是不是要秃了？"

李江炀跳脚，"你可别咒我！我担心你才提醒你，谁秃我都不会秃！你李哥头发茂密得像一片苍翠森林！"

真是个只会搞研发的呆子，荆寒屿笑着摆摆手，"赶紧走你的。"

李斌奇正好在这时打来电话，荆寒屿走到窗边去接。两个人交换情报，李斌奇按照计划被逐渐架空，一部分权力被荆彩芝的人接管，在看好戏的人眼中他越发焦虑暴躁，过去温文尔雅的外衣再也穿不上，他从高处落下，但下面是粉身碎骨的万丈深渊。

"现在比较奇怪的是荆先生。"李斌奇道，"他这两年确实在一步步退让，但这次毫无动作是我没想到的。我总觉得，他的心思在别的什么事上。"

荆寒屿也有些不解，荆重言的沉默很不寻常，他一时想不出一个合理的解释。

"不过大体还算顺利。"李斌奇笑了笑，"荆夫人想拉拢我，她的格局比她的手下大得多，荆先生不救我，反倒是她来捞了我一把，明面上支持你回到索尚集团，暗地里又利用我牵制你，数都被她算完了。"

荆寒屿嗤笑："正好抓到他们更多把柄。"

"把柄我都给你，最后要控制索尚集团的是你不是我，它们在我手上没用。"李斌奇语气变得轻松，"荆总，别忘了我的目的。你要权力，我只要生活。"

荆寒屿说："嗯。"

雁椿这几天特别忙，骊海出了一起需要他处理的命案，他飞回去协助叶究，基本解决了才离开，后续的讯问他在电脑上盯着。

犯罪嫌疑人跟刑警们玩心理战术，叶究和雁椿开了几次会，在刚刚的讯问中，才迫使犯罪嫌疑人完整交代了作案经过。

雁椿有点累，合上笔记本后揉了揉眼窝，闭目养神片刻，又拿起手机看今天的新闻。

过去他从不关心科技行业、股票，现在因为荆寒屿，没事就爱点开看看。屿为科技和尚讯科技的争斗仍是热门，索尚集团的权力纷争更是抓人眼球。雁椿看来看去，居然长了些理财方面的知识，背着荆寒屿买了屿为科技的股票。

业内资讯每天都很多，雁椿一目十行。荆寒屿以前很少抛头露面。知道他不喜欢被拍，合作媒体就算拍到了，也不会轻易发出来。这次荆寒屿却一反常态，没有阻止媒体拍摄，而屿为科技正好要利用舆论，所有相关的新闻便铺天盖地全是他的照片。

媒体又不傻，本就明白他这张脸放出来热度会多高，当然争先恐后地发图，连陈年存货都发出来了。这下不懂财经、不懂科技的看客也纷纷拥来，自发将热度推高。

从新闻上看照片别有一番乐趣，尤其是今年以前的照片，那是他错过了的荆寒屿。他们是今年年初才重逢的，十年的空白，客观来说失去的就是失去了。所以当他看到荆寒屿过去的新闻照片，就像是用勺子在鸿沟里倒了一点土，填补一点是一点。

屿为科技和尚讯科技的争斗以李斌奇调任收尾，他不再主持尚讯科技的日常工作，回到索尚集团总部待命，而索尚集团也对尚讯科技的业务做出调整，尚讯科技不再继续和屿为科技唱对台戏。

几乎同时，有官方泄露的消息说，屿为科技正在与索尚集团商讨合作，荆寒屿很可能带着屿为科技衣锦还乡，主导索尚集团在科技行业的试水和发展。

在外人眼里，李斌奇有点自作自受的意思，上半年少了两个竞争对手，就急不可耐地想解决荆寒屿这个后患，没想到吃人不成反被吃。

尚讯科技不是索尚集团的重要子公司，但这子公司却是他对付荆寒屿的武器，现在尚讯科技不再归他管，调回索尚集团看起来是回到重要位置上，实际上不过是个闭门思过的闲职。

不少媒体还为他做了特别报道，财经媒体比较中肯，从各方面分析他为何失势，点出除了个人能力问题，他走到这一步主要还是因为陷入了索尚集团复杂的权力漩涡。

八卦媒体就没这么好心了，集中火力攻击他是李家私生子这一点，三百六十度无死角冷嘲热讽，还请风水师从五行八卦算起，说他生来就没有上位的命。总之是怎么夸张怎么气人就怎么来。

李斌奇的手下看不下去，花钱想让这些人删稿。李斌奇却说不用管这些事，让他们去自由发挥。

他手下气不过，说："您凭什么被推出来背这种锅？搞屿为科技又不是您的主意，是整个集团通过的，您当时还反对过！怎么现在一有问题，您就成了罪魁祸首？"

李斌奇安抚好手下，又接到荆寒屿的电话。

荆寒屿也问他，需不需要管一下媒体。

他有点意外，因为以他对荆寒屿的了解，荆寒屿根本不在意媒体和舆论——既不在意新闻怎么写自己，更不在意新闻怎么写别人。荆寒屿居然会因为媒体写得太难看来关心他？

李斌奇说了不用，任他们去写，因为他需要假装颓废或者愤怒，他甚至可以演一出疯癫的戏。

荆寒屿不像他的手下那样需要哄，确定他心态良好便要挂电话。

但李斌奇没忍住好奇，赶在通话被挂断之前问："哎荆总，你怎么突然关心这事？不是你的风格啊。"

荆寒屿顿了下，从听筒传来的只有气音。

李斌奇看着通话结束的手机，笑了笑，荆寒屿会打电话来，八成是因为雁老师。

李斌奇猜得没错，觉得新闻上写得太过分的确实是雁椿。

雁椿每天搜罗关于荆寒屿的报道，好事媒体故意将荆寒屿和李斌奇放在一起对比，春秋笔法下，失势的李斌奇简直像条被痛打的落水狗。雁椿看不下去，站在心理专家的角度有点担心李斌奇的心理健康，就旁敲侧击地跟荆寒屿提过这事。

荆寒屿很冷酷地说："那是李斌奇自己的事，他在荆重言身边跟了那么多年，不至于这些事都搞不定。"

雁椿也就是和荆寒屿回了寰城，才接触到一些商场纷争，对媒体、公关什么的并无研究，荆寒屿说李斌奇能解决，他就信了。结果今天一看，新出炉的报道写得更过分。

他是真的挺担心。李斌奇从一个私生子爬到了豪门准继承人的位置，抗压能力不可谓不高。但人的承受力总有一个极限，这一点他再清楚不过。

他担心李斌奇，一方面是因为经过在咖啡馆的接触，他对李斌奇印象不错，不想对方被舆论毁掉；另一方面才是最重要的——李斌奇现在是荆寒屿的盟友，李斌奇要是垮了，会给荆寒屿带来不可预计的负面影响。

所以荆寒屿才答应给李斌奇打个电话，结果最后却以嘲讽收场。

雁椿在一旁听得很是无语。

荆寒屿放下手机，转了下靠椅，姿态有些懒散，神情十分不满。

雁椿下午还有活儿，不能一直在屿为科技待着。荆寒屿解释了李斌奇的事，保证李斌奇不会被舆论伤害到，真有需要的时候，自己一定会出手。

荆寒屿都这么说了，雁椿当然是放心的。但这天傍晚，叶究一个电话打来，要他立即回骊海。和案子有关的事含糊不得，雁椿买了最近一班飞机的机票，荆寒屿放下手中的事，开车送他去机场。

他们来寰城时，路两旁的树叶还没有这么繁盛，时间在城市里留下了无数的注脚。荆寒屿的计划正在稳步推进，前面必然有不少艰难险阻，可以的话，雁椿想在荆寒屿身边帮他。

但他身为刑侦顾问,也有必须去做的事和必须扛起的责任。

荆寒屿说着不相信他,要把他关起来,但其实荆寒屿一直都很尊重他——尊重他这个人,也尊重他的事业,高中如此,现在也如此。

雁椿心里一时有些乱,骊海的案子、荆寒屿的处境、荆重言不肯说完的话……它们像冲向岸边礁石的海浪,带着巨响而至。

路上他频繁地看向荆寒屿,荆寒屿倒是比他平静,跟他交代各种琐事。到机场时,雁椿在这种琐碎的唠叨下奇异地平静下来。

荆寒屿看一眼时间,说:"我送你进去。"

安检口排着一长串人,有去旅行的,也有流泪送别的。和他们相比,荆寒屿和雁椿倒是正常得多。

临近安检,雁椿说:"我处理完那边的事就回来。"

荆寒屿却说:"不要着急,我抽空去看你。"

支队的车早就等在机场,雁椿一下飞机,直接被拉到了命案现场。

路上他已经看过痕检师和法医拍的照片,来接他的队员也跟他说了目前他们所掌握的情况。他了解得越多,身体里的那根弦就绷得越紧。

当初他在淡文身上捕捉到的感觉很可能没有错,淡文背后确实有一个唆使者,利用淡文、"改造"淡文,在淡文入狱之后,又寻找新目标。

这次的被害人和被淡文杀害的大学生相似,身上没有衣物,皮肤被刷满油漆,骨骼的位置用油彩画着骷髅。

不同的是,这次堆在地上的不是枯叶,而是鲜花——玫瑰、茉莉、百合、向日葵、勿忘我……几乎涵盖了所有在寻常花店能轻易买到的花。

而骷髅的线条用的也是彩色,淡文上次用的是单色。

远远看去,那骷髅竟是流光溢彩,生机勃勃。

"淡文早就被关起来了,这次很可能是模仿作案。"队员是个性子急的,一路上都在踩油门,"叶队现在最担心的是又撞上青少年犯罪。雁老师,辛苦你大晚上赶回来,现场在镇里,下了高速还有一段破路。"

雁椿摇摇头,神色凝重地看现场照片。

现在恐怕整个骊海警方都认为是模仿作案,他那唆使者的推断缺少证据支撑。淡文只出现过一次异常,而当时案子本身没有疑点,警方一致认为能够结案。

除非淡文开口,或者立即找到目前这起案子的犯罪嫌疑人,否则很难确定唆使者的存在。

接近凌晨,雁椿才到达现场——凤秀镇废弃多年的第二小学。

"又是学校。"雁椿低声道。

淡文也是在学校残杀那名大学生的。

第二小学没人打理,盛夏时节草木疯长,腐坏的植物和尸臭混在一起,非常难闻。

叶究招呼道:"雁老师,这边!"

雁椿还在观察周围,答应了一声,快步走去。

尸体已经被转移到殡仪馆的停尸房,破旧的教室里画着几道标示线,花还摆在地上,沾着污血,易败的正在枯萎,生命力旺盛的还十分艳丽。

"被害人身份还没确定,正在做DNA和指纹比对,尸检晚上做过了,男性,年龄在十九岁到二十一岁之间,身高一米七一,颈椎和头颅遭受钝器多次击打致死,死亡时间在三天以上。"

叶究顿了顿,又道:"在校园里发现了他的足迹,初步判断他是主动来到这里,在这间教室被袭击的。但原因不清楚。和淡文相比,这次的凶手更有反侦察意识,但胆子更小。"

雁椿原本蹲在标示线前面,闻言起身看向叶究:"为什么说他胆子更小?"

"模仿作案有这个特质。"叶究说,"淡文将作案地点选在主城的大学,再细心也容易留下线索。这次的凶手选择在镇里的荒废小学作案,不是胆子更小是什么?"

雁椿沉默了会儿,总觉得现在下结论还有些早。

更关键的是,他已经有一个存在唆使者的推断,凶手如果是在唆使者的影响下作案,那么大概率会呈现出更加疯狂的趋势。

骷髅从单调的颜色变成彩色,装扮物从枯叶变成鲜花,这都是"进步"。

但是凶手选择的地点从主城的大学变成小镇的废弃小学,行凶方式从锐器割刺变成钝器击打,却是"退步"。

这些细微矛盾出现在同一起案子上,给侧写带来了很多阻碍。

如果不考虑唆使者,从模仿作案的角度来看,这倒是可以理解。

雁椿看完现场,和叶究一起回到镇派出所。他们暂时不会回骊海主城,今晚只能在招待所凑合住一下。

雁椿虽然累,但脑子里有太多事,自然睡不着。他这时才注意到荆寒屿给他的信息,快速回复荆寒屿,报了平安。两人简单聊了几句,雁椿的困意便袭来。

雁椿睡了个质量不错的觉,叶究还没来叫他,他自己就醒了。

新闻推送来一个头条,屿为科技和索尚集团正式达成合作,索尚集团将为屿为科技的最新尖端研究提供资金。新闻配了两张照片,一张是双方合影,一张是荆寒屿的单人照,任谁也看得出,合作的主角是荆寒屿。他穿着十分正式的高定西装,稳重挺拔,有种掌控一切的气势。

支队效率很高,已经确定被害人的身份——刘野青,二十一岁,本地人,家里只有一个爷爷,曾在外地打工,去年回家后在镇里唯一一所职高上学,平时在餐馆做一些零工。

雁椿和叶究一起赶到刘家,那一片都是低矮的老房子,夏天气温高,巷子里有一股难闻的臭气,老人听说唯一的孙子遇害,倒不见多么悲戚,愣了一会儿,摆摆手说:"他跟我不亲,他在外面惹的事我都不清楚。"

这反应出乎叶究的意料,他看向雁椿,只见雁椿端来一张矮凳,在老人跟前坐下,大有聊一聊的架势。

叶究出去了,里面就留下雁椿和老人,他自己和队员们去周围走访,问得差不多了,雁椿也推开门出来。

大家在警车旁会合,叶究先说:"刘家挺不幸的,刘野青的父母早年在沿海打工,死于交通事故,刘野青被爷爷拉扯大,从小就叛逆,初中就跟一些社会青年鬼混,连爷爷都打,在这一片名声很差,可能有暴力倾向。"

说到这里,叶究停了一下。

暴力倾向,这是刘野青和淡文的共同点。但不同的是,前者是被害人，后者却是凶手。

雁椿点头，他从老人那里了解到的也差不离，刘野青读书时经常打伤同学，高中没念完就被开除了。老人起初认为是家庭变故让刘野青心怀不满，就尽力对他好，可之后在一次次暴力中失望，最终到了看见自己的孙子就害怕的地步。

老人说："他和他爸妈一点都不像，我每次看到新闻里说的那些犯人，就觉得他也会变成那样。"

暴力倾向成了一个关键点，雁椿突然说："刘野青和上次的被害人也有共同之处。"

叶究不明所以，"嗯？"

"他们的长相都不错。"雁椿说，"记得淡文作案的动机吗？他说那位大学生骨相太好，适合被制作成骷髅。"

这案子看起来越来越像是模仿作案了。

确认被害人身份之后，支队立即展开人际网络排查，屿为科技提供的警用追踪设备也派上了用场。

雁椿又去了一次现场，独自站在画着标示线的空教室。

被害人骨相出众，这是合理的，但刘野青为什么会兼有淡文的特质？

凶手，不，唆使者这次寻找的是一个有被害人和犯罪嫌疑人双重特质的人？

那犯罪嫌疑人的特质是什么？

晚些时候，雁椿旁听了技侦和痕检的小会。现场除了刘野青的足迹，还勘查到另一组新鲜足迹，很可能就是凶手留下的。经过建模，推断此人身高在一米七二到一米七五之间，身材消瘦。

不过足迹和指纹不同，虽然可以作为证据，但难以作为关键证据。

雁椿看着建模图，眉心紧紧拧起。

当年多次诱惑他的黑影总是戴着长寿老人的面具，但那是个很年轻的人，身高也在一米七三左右，身材绝对说不上健壮。

他手心微微出汗。

这是巧合吗？黑影终于再次出现了？可是黑影怎么会亲自动手？

郁小海被残杀的一幕浮现，雁椿狠狠咽了口唾沫，下意识甩了下头。在他眼皮底下，黑影亲自动过手！

"雁老师？"韩明明关切道，"你怎么了？不舒服吗？"

雁椿冷静下来，拿起桌上放着的烟，"我出去抽根烟。"

黑影挥之不去，雁椿点上烟时想，如果的确是黑影亲自动手，那契机是什么？和他那次一样吗？黑影诱惑某人犯罪，但没有成功，所以才亲自杀人？

可教室就是第一现场，并非抛尸现场，那里根本没有第三者的足迹。

没有第三者……被害人具有暴力倾向……

雁椿瞳孔轻缩，忽然想到另一种可能——假设刘野青就是第二个淡文，唆使者看中了他的特质，想激发他犯罪，但因为某种原因失败了，于是亲自杀了刘野青！

但这种原因是什么？唆使者为什么会急于行动？

烟抽完了，雁椿回到会议室，技侦正在展示刘野青的通信记录和遇害前的行动轨迹，可以确定的是，当天职高下了晚课后，刘野青打了一辆火三轮主动来到二小。

油漆和鲜花的来历还有待追踪，二小附近零星的监控并未捕捉到刘野青之外的可疑身影，雁椿跟叶究申请，想再和淡文见一面。

淡文现在在监狱，不归支队和看守所管了，叶究给认识的狱警打完电话，跟雁椿说："我送你过去。"

凤秀镇和关押淡文的监狱分别在襄城的东西两端，开车单程都得两个多小时。雁椿打算自己开车，"不用，这边还不够你忙的？"

"少废话。"叶究办事雷厉风行，跟副队交代一番，就催雁椿上车，"你是我们珍贵的顾问老师，不对你好点，你一气之下辞职跑了，我上哪再找像你这么好的顾问老师去！"

雁椿哭笑不得，只好随他。

上了高速，叶究扯完了闲话，才正儿八经道："我也想去看看淡文是什么反应。你给我们当这么久顾问，我相信你的判断，如果真有那么一个唆使者，这回我们一定得把他挖出来。"

穿着囚服的淡文比在支队讯问室时清瘦一些,眼神也没以前那么嚣张了。看向雁椿时,他甚至有些紧张。

"你们又来找我干什么?"

雁椿将现场照片贴在玻璃上,直视淡文的双眼。

在看清照片里的内容后,淡文惊讶得险些站起来:"这是什么?"

"又一位被害人。"雁椿收起照片,"和你的作案手法如出一辙。"

淡文摸不清他的来意,摇头道:"不是我!我从来没离开过这里!"

雁椿做了个冷静的手势,道:"有人在模仿你,你想一想,这个人可能是谁?"

淡文愣了半分钟,说:"我怎么知道?"

雁椿又道:"如果没有人模仿你,为什么现场这么像?"

淡文将嘴唇咬得发白。

雁椿往前倾了倾,缓缓开口:"没有模仿者,这次的凶手是你的'同学'。"

冷汗从淡文的额角淌下来。

"记得我曾经问过你的问题吗?"雁椿说,"是谁在影响你?你在害怕谁?"

淡文恐惧地摇头。

"唆使你的人正在唆使别的人,他要你们分担,不,全部承担他的罪行。"雁椿说着一顿,往后靠住椅背,"我其实很理解你的惧怕和怀疑。"

淡文忍不住道:"你理解什么?"

雁椿眼神锐利,盯着淡文道:"你不知道他是否真的存在,当你相信他存在时,你畏惧他,因为他能够完全左右你的情绪和行为;当你不相信他存在时,你认为那是你幻想出来的另一个自己。"

淡文惊讶得张开嘴,"你……"

雁椿说:"因为他也曾经诱惑过我。"

叶究坐在一旁一直没说话,这时终于开口:"雁老师!"

雁椿仍旧盯着淡文,"我们可以交换、分享畏惧。"

淡文将头埋得很低,肩膀阵阵发抖。在雁椿的引导下,他断断续续地讲起那个似真似幻的人。

月光沉没

淡文天生具有犯罪人格，这毋庸置疑，但在那个人出现之前，他并没有亲手杀死一个人的冲动，或者说这种冲动不强。

那人出现的频率不高，向他灌输人体骨骼之美，教导他去看国内外变态杀人狂的作案纪实。他被吸引，越发不可自拔。

那人最后一次出现时，告诉他找到了一个特别适合被制作成骷髅的人。如果他"作业"完成得好，他会给他奖励。如果完成得不好，可能会有惩罚。

他兴致勃勃，毫不畏惧惩罚，作案之后陷入自我陶醉，尤其是警察并未抓到他的时候，他认为自己就是犯罪天才。

他急于得到奖励，但那人再未出现，他开始怀疑那其实就是自己，被捉拿之后，他更是对这种想法深信不疑。

雁椿问："他长什么样？"

淡文茫然地摇头，"我……我不知道。"

雁椿说："他是不是戴着一副面具？长寿老人？"

"你在说什么？"淡文开始抓扯自己的头发，"不是，他没有戴面具，他……"

见淡文无法控制情绪，叶究冷喝一声："淡文！"

淡文猛地惊醒，看向雁椿的眼神却变了。

雁椿注意到他的古怪，问："你想起什么来了？"

此前讯问时，淡文出现异常反应，雁椿就怀疑过淡文可能被催眠，此时淡文的举止让他更加确定，唆使者在每次面对淡文时，干扰了淡文的神志。

当年黑影在接近他时，戴着长寿老人的面具，以遮挡真实面容。现在的唆使者如果正是黑影，那黑影必然更加可怕——已经到了无需面具便可影响一个人记忆的地步。

淡文呼吸变得急促，忽然将座椅推得"吱"的一声响。

这声音过于刺耳，狱警以为出了什么事，猛地按住淡文。

"你……是你！"淡文惊恐地望着雁椿，冷汗在惨白的脸上滑过。

叶究警惕地挡住雁椿。

雁椿说："我怎么？"

"是你唆使我杀人！"淡文的声音变得尖细，比刚才座椅在地板上划出的响动还难听，"我想起来了，就是你！你们一模一样！"

还有狱警在场，叶究急忙吼道："胡说八道！"

雁椿面容镇定，脑中却闪过无数思绪。他当然不至于因为淡文的话紧张和自我怀疑，但如果淡文说的是真的——淡文"看"到了一张和他一样的脸，那就说明，被针对的人是他。

十年前，现在，被针对的人一直是他。

为什么他会被针对？被针对的节点是什么？中间的十年里黑影为什么没有动作？

雁椿独自站在监狱的露台上。

他和叶究赶过来时，天气非常晴朗，蝉鸣沸腾，车在服务站停了会儿，就被晒得发烫。但现在天突然阴下来了，铅云滚滚，好像随时会浇下倾盆大雨。

一个模糊的想法在他脑海中成形，它越是清晰，他眉间的褶皱就越深。

这些年他与言叔讨论过无数次黑影，但不知是下意识还是客观上没有必要，他们从未将他、黑影、荆寒屿组合在一起。

黑影熟悉他、郁小海、他那杀人狂父亲，甚至还有许青成，他因此罗列出许多可能是黑影的人，最后又一一排除。

他们都不是，而他还没有触及那个至关重要的点。

淡文的指控虽然荒谬，却意外给他指向了另一个方向。

他不是黑影的普通目标，他一定就是那个特殊的人。而十年前和十年后，细查起来竟然有共同的契机。

复杂转盘的转速由快到慢，两个指针不偏不倚地停在了属于荆寒屿的那一格上。

单看十年前的契机其实很模糊，他高一就和荆寒屿重逢，高二经历了李万冰绑架事件，因此走进荆家人的视线，也是在高二。当局者迷，他以为只有他把荆寒屿当作唯一的朋友，但如果跳出时间线，站在旁观者的角度，荆寒屿也是一样。

尤其在高二结束之前，他还陪荆寒屿回到荆家老宅参加了荆寒屿爷爷的追悼会。

高三，一切都脱了轨。

雁盛平是黑影刺激他的工具，那么黑影盯上他的时间必然是在这之前。

具体是什么时候？他打伤许青成时，还是更早？

黑影因为他而控制了雁盛平，这足以解释雁盛平为什么在决定过寻常生活之后，再次拿起屠刀。

黑影知道他的犯罪本性，不断唆使他走向深渊，郁小海成了牺牲品。

从那之后，黑影偃旗息鼓。

为什么？

因为首都调查中心的专家插手了，继续作案很可能落入法网。

这是最合理的解释。但真正的原因，很可能是黑影认为他已经被毁掉了。不仅是他，荆寒屿也被毁掉了！

十年后的契机比十年前清晰，他在接近五年前回国，但很长一段时间里，严格约束着自己，未曾想过会与荆寒屿重逢，荆寒屿也没有找到他。

去年年底，荆寒屿终于发现了他。他无所察觉，但黑影已经知道了。

接着是淡文被唆使，枯叶骷髅案在骊海发生，而他参与了侦破这起案子。

时间线继续推进，他和荆寒屿重逢。

从枯叶骷髅到鲜花骷髅，从单色骷髅到彩绘骷髅，犯罪正在升级，可以推断黑影不仅没有收手，还在吸引更凶狠的凶手。

但凤秀镇的这起案子，应该是临时出了什么问题。

风从前方扑面而来，铅云翻滚，像是奔腾的江流。那些暗影倒映在雁椿深邃的眼睛里，将光芒遮了去。

十年的两端被重叠在一起，迷雾逐渐散开，露出里面严丝合缝扣上的齿轮。

黑影要毁掉的从来不止他，是他和荆寒屿两个人！

如果他们没有相逢，黑影就不屑于行动，他们一旦重逢，不，仅仅是有重逢的趋势，黑影就开始行动！

他身边的人早已在不断的排查中排除了嫌疑，而那个庞大的荆家却没有。淡文被唆使晚于他与荆寒屿重逢，说明黑影不是他身边的人，是荆寒屿身边的人！

雁椿深呼吸几次，心脏激烈跳动，连带着眼皮也开始颤抖。

这一刻他真正感到恐惧。十年前的噩梦仿佛卷土重来。

他这样的人，骨子里其实不怕被伤害，这一点即便在他成为正义的一方后也不曾改变，他只是将残忍、血腥克制下去了，并不意味着它们不再存在。可是他害怕荆寒屿被伤害。

一张张阴沉诡异的面孔在他眼前闪过。

李万冰当年绑架过荆寒屿，后来被送到国外，前途尽毁，现在在哪里？是不是还对荆寒屿心怀愤恨？

虎毒不食子，但在荆重言眼中，荆寒屿真的是儿子吗？十年前荆重言就不允许荆寒屿和他混在一起，他可能是动机最充足的人！

荆彩芝表面疼爱荆寒屿，但谁知道呢？他在荆寒屿爷爷的追悼会上第一次见到这个女人，就感到极其不适……

万尘一和荆彩芝的关系是畸形的，平和淡然，与荆家格格不入，当年正是万尘一带他去看望昏迷的荆寒屿，理由是什么？

还有李斌奇，荆寒屿相信这个人，但伤害和利用不正是来自信任吗？

雁椿用力甩了甩头，拳头下意识握紧。一想到荆寒屿正在寰城与他们周旋，后背就出了一片冷汗。

叶究推开露台的门，道："你怎么在这里？找你半天。"

雁椿没有转身，脸色白得很不正常。

叶究看出来了，担心地问："怎么了？哪里不舒服？"

雁椿沉默地看向他，过了大约半分钟，才勉强冷静下来，说道："叶队，这案子，还有淡文的案子，很可能和十年前发生在寰城的案子有关，我曾经是那起案子唯一的犯罪嫌疑人。"

叶究惊讶地张大嘴。

"现在我想请你做一件事。"雁椿尾音其实有很轻的颤抖，但尽力克制住了,"申请首都调查中心的协助,他们参与过十年前的案子。"

"雁老师……"这突如其来的线索让叶究有点蒙,他一直都很信任雁椿,但雁椿的判断还是给了他一个措手不及,他顿了会儿,"我先给孟局打个报告。"

虽然看不见太阳,但盛夏的天还是热。雁椿却莫名打了个冷战,顾不上擦掉手心的汗水,他就给荆寒屿拨去电话。

他很想听到荆寒屿的声音,确定荆寒屿平安。

荆寒屿正在开一场很重要的会,起初没有注意到手机在振动。

雁椿第一次没打通,马上拨了第二次。

平时他不会这样。荆寒屿有多忙他是亲眼见过的,因此工作时间几乎不会给荆寒屿打电话。这次却顾不上那么多,甚至根本没有想过他会影响荆寒屿工作。

手机第三次振动时,荆寒屿终于注意到了,一看屏幕上闪烁的名字,眉心就轻轻皱起。

雁椿出什么事了?

"抱歉,暂停一下,我接个电话。"荆寒屿起身,拿着手机快步离开,剩下一群人面面相觑。

"雁椿——"

荆寒屿的声音传过来时,雁椿绷了许久的弦突然松了,他贴着墙壁缓缓蹲下,直到荆寒屿叫他第四声时,才回应道:"我是不是打搅你了?"

身后会议室的门刚刚关上,荆寒屿大步向休息室走去,他已经听出雁椿情绪不对,答道:"没有,出什么事了?"

雁椿摇摇头,问道:"你在干什么?"

荆寒屿说:"你先回答我。"

雁椿一手抱住膝盖,用下巴抵着,声音发闷:"查案,查着查着想起你。"

荆寒屿怔住片刻,没想到是这个答案。但他很快反应过来,事情绝没有雁椿说的这么简单,必然发生了什么,雁椿才突然对他说这些话。

"跟我说实话。"荆寒屿语气强硬几分,几乎是命令。

雁椿有点后悔打这个电话了,起码他不应该让自己的语气听上去这么失常,他明明只想确认荆寒屿的安全。

"我……"

"小狗,不要骗我。"

这一声像一条看不见的丝线,将雁椿的肩背提了起来,几秒后,他轻轻说:"荆哥。"

荆寒屿说:"我在。"

雁椿站起来,不安和躁动在那句"小狗"后奇异地平复。他简要说了骊海这边的新案子和自己的分析,说到后来,已经回到平时沉稳的状态,"被针对的不是我,是我们两个,而且很可能对付我只是表象,黑影真正要毁掉的是你。"

雁椿顿了顿,说道:"所以我很担心,我刚才因为担心全乱了。"

荆寒屿沉默了一会儿,显然也在震惊。再开口时,他的语气并无太多改变:"言朗昭会去骊海吗?"

雁椿说:"叶队会向首都调查中心提交申请。"

荆寒屿明显松一口气,比起自己的安危,他更担心雁椿,言朗昭在十年前保护过雁椿,他潜意识里就认定,言朗昭在的话,雁椿会更安全。

雁椿也反应过来了,鼻腔一阵泛酸:"荆哥,你还在担心我。"

荆寒屿说:"我也过去找你。"

雁椿尚有理智,立即阻止:"不行,现在正是屿为科技需要你的时候,你走不开。而且你如果来了,很可能会打草惊蛇。这边有我、支队,言叔很快也会来。你暂时留在寰城。"

荆寒屿沉默几秒,答道:"嗯。"

雁椿以难得强势的语气说:"有什么想法,或者发现什么异常,要马上告诉我。即便是李斌奇,也要小心。我会向首都调查中心申请对你的保护,你……"

荆寒屿说:"雁椿,你是不是担心过度了?"

"听话。"他说,"不要让我害怕。"

支队向首都调查中心申请支援时,常规排查仍在进行。一份份报告被送回来,目前已经明确,刘野青尸体上的油漆和用于装点的鲜花都是他自己买来的。

他不仅将自己送到了凶手面前，还为凶手准备好了工具。

雁椿专注地看着刘野青在遇害前的行为轨迹，尝试分析他当时的心理。

这是一个和淡文相似的人，他是第二个被唆使的人，他购买鲜花和油漆，是为了杀死一个骨相很好的人，但最后却成了被杀死的人？

他不是被反杀了，是根本没有找到受害者。

为什么？

黑影的计划不该是这样，逐步升级犯罪怎么会出现疏漏？

黑影是不是着急了？打乱他计划的是荆寒屿突然对索尚集团出手？荆寒屿的强大超过了他的估量，所以他不得不将一切提前，在别无选择的情况下亲自动手？

痕检根据现场足迹完成的建模在电脑里转动，雁椿盯着那个没有面孔的立体身影。

渐渐地，空白的面部浮现出清秀的五官——万尘一。

所有出现在雁椿脑海中的黑影备选人中，只有万尘一符合这个建模。

但万尘一的动机是什么？作为荆彩芝的情人，帮助荆彩芝铲除祸患？可万尘一给荆彩芝当情人这一点本身就很诡异。

雁椿闭着眼，如果没有建模，他最怀疑的其实是荆重言。

荆重言这段时间的沉默不同寻常。

言朗昭带着一组专家赶到了骊海，另一批人马前往寰城。

当年受限于客观条件，警方无法追踪到雁椿所说的黑影，但这一次，监控、屿为科技的高精设备让罪恶再难遁形。

屿为科技将刘野青最近三个月的行踪由点串联成线，在浩如烟海的公共监控中找到了一个多次出现的身影。

虽然看不到脸，但这身影与建模基本一致。

雁椿说："和我怀疑的人一致。"

言朗昭盯着显示屏，问道："万尘一？"

寰城，科技新城。

屿为科技迎来了一位不速之客——荆重言。

荆寒屿正在做赶去骊海的准备。现在正是他的计划的关键时期，他最好不要离开。

言朗昭手下的队员已经到了，雁椿和他的联系也没有断，他留在寰城比前往骊海有用。但他无法在明知黑暗再次扑向雁椿时，在远处等待消息。

屿为科技交给李江炀，索尚集团那边的事暂时由李斌奇盯着，有几个瞬间他甚至觉得和索尚集团斗不斗都无所谓了。他什么都可以放弃，唯独不能再失去雁椿。

荆重言出现得突然且莫名，荆寒屿看见他的一刻，就想到了雁椿说过无数次的黑影。

"你总是不愿意承认我这个父亲。"荆重言将一个用黑色口袋装着的东西扔在桌上，"但任何一个正常的父亲，都不会同意你和怪物在一起。现在我老了，再也管不了你，也保护不了你了。你们如果能够解决掉另一个怪物，那也算一件幸事。"

荆寒屿将黑色口袋拿起来，解开，呼吸一滞。

口袋里放着的，是在雁椿的描述中出现了无数次的长寿老人面具。

月光不沉

当警方终于在繁杂的排查中锁定一个明确目标时,这个人想要藏住的秘密将不再是秘密。

屿为科技追踪到,万尘一在过去的半年里,曾九次前往骊海,出没于淡文的学校附近,淡文作案之前,他也正好在骊海。

在这之后,他的目的地从主城变为凤秀镇,多次跟随刘野青。

刘野青遇害前一天,他由寰城来到骊海。

寰城警方立即分组前往万尘一的住处和荆彩芝的家,万尘一却失踪了。

这失踪并非是人不见了，如今的社会，人不见了不是什么稀罕事，监控、网络痕迹很快能将人找到。

但是万尘一消失得干脆，就连屿为科技也无法定位到他。

不过随着调查的进行，更多的信息呈现在雁椿面前。

"这些年他居然一直在关注你。"言朗昭语气中有一丝后怕的情绪，盯着显示屏的眼睛泛着不少红血丝，"我们竟然一点都没有察觉。"

雁椿在言朗昭的背上顺了顺，"言叔，他在暗，我们在明，不怪您。"

言朗昭叹了口气，转向雁椿，"这个人我们当年都没注意到，他怎么会盯上你？"

雁椿沉默了一会儿，右手拿过鼠标漫无目的地滚动。

显示屏上全是从万尘一的电子设备和云储存上调取的浏览记录、资料。从雁椿回国，跟着言朗昭在首都调查中心学习，到来到骊海当顾问，再到遇见荆寒屿，万尘一都知道。

万尘一甚至出国看过雁椿，而雁椿一无所知。

今年以前，万尘一对雁椿的关注并不频繁，转变出现在去年年底，那时荆寒屿发现雁椿在骊海，开始策划重逢。

"他并不是盯上我了，自始至终他盯着的都是荆寒屿。"雁椿握紧拳头，愤怒从眼中流淌出来，"因为我跟荆寒屿是最好的朋友，我又是个怪物，所以他想用我来摧毁荆寒屿。"

荆寒屿当然知道长寿老人面具意味着什么，问题是面具为什么会在荆重言手上？

他声音渐冷，"什么意思？"

荆重言摇了摇头，说道："我无意间在老宅发现了这个面具，那时我就知道，家里面有人想要害你。连警察都拿他没有办法，我们也对他的存在毫无察觉，可见这个人可怕到了什么程度。"

荆重言再次看向荆寒屿时，眼中多了一丝极少见的属于父亲的慈爱。

但在这个算计了一辈子、冷漠了一辈子的人身上，这点慈爱几乎可以忽略不计。

月光沉没

荆重言似乎也知道自己的眼神很可笑,轻哂一声,"而且他居然懂得利用那个怪物。你懂吗?他甚至不用直接对你动手,只需要唆使那个怪物,让那个怪物发狂,就能毁掉你。"

"怪物"两个字像生锈的针,扎进荆寒屿的神经。他面色极其难看,"雁椿不是怪物。"

荆重言不在意这样的反驳,他的固执并不会在这种时刻突然消失,他继续说道:"随便你怎么定义他,但有件事你不能否认,他不在的这么多年里你过得不错。"荆重言的视线转向面具,"那个东西也知道,只有靠雁椿才能伤害你。"

荆寒屿问:"他是谁?"

"我原本也不知道他是谁,你是我唯一的儿子,想对你下手的不计其数,但他们都像李万冰一样,被我解决了。"荆重言皱起眉,老气横秋,"只有这个人,我找不出来。"

荆寒屿回忆一番,这大约是荆重言头一次向他流露出无能为力。

"当初你提出离开荆家,和我断绝关系,你以为我是真的拿你没办法?"荆重言刻薄地笑起来,"我拿他没办法的是那个人。我找不出这面具的主人,你离荆家越远,也许就越安全。无论如何,我的一切、索尚集团的一切将来都是你的。"

荆寒屿并没有因为这迟来的父爱而动容,只觉得可笑。他不禁想,如果十年前的案子发生时,爷爷还在,发现面具的是爷爷,爷爷会怎么做?

不管藏在暗处的人有多可怕,爷爷一定会将面具交给警方,而不是像荆重言这样以爱的名义隐瞒真相。

十年后,荆重言老了,不中用了,才来展示自己的用心良苦。这算什么爱?不过是浅薄的自我感动。

荆寒屿说:"那你现在知道这个人是谁了?"

荆重言抬起松弛的眼皮,说道:"是万尘一。"

"是他?"荆寒屿语气平平,没什么惊讶的样子。

倒是荆重言说:"我很意外,我以为他只是你姑姑豢养的小情人。没想到……呵呵……"荆重言的笑声十分难听,干哑沉重,"他居然也是我们荆家的孩子。"

警方找不到万尘一，荆彩芝作为万尘一最亲近的人，被带到市局。

荆彩芝这几十年什么风雨没经历过，起初根本没当回事，"小万有他的自由，我从来不过多干涉他的生活。他出什么事了吗？"

当警察告知她万尘一可能是两起命案的犯罪嫌疑人时，荆彩芝淡定地笑了笑，"怎么可能？你们肯定搞错了，小万单纯善良，胆子也小，没道理去杀人。"

直到警察对两人的关系提出质疑时，荆彩芝脸色才改变，眼神躲闪，好一会儿说："我比小万年长许多，但我们真心相爱。"

"万尘一根本不是你姑姑的情人，他是她在国外躲着所有人生下来的孩子。"荆重言目光越过荆寒屿，带着苍老和沧桑，"你姑姑和我斗了一辈子，她从来没有信任过我，也没有信任过你爷爷，她认为我一旦知道这个孩子的存在，一定会做掉他。荒唐吗？她为了保护万尘一，居然对外声称万尘一是她的情人！"

即便是荆寒屿，在这样的真相下也流露出几分讶异。

除了爷爷，他和荆家其他人都不亲，也从未去打听过上一辈的纷争。小时候，他从爷爷那里听说过荆彩芝从小要强，恨自己不是个男孩，总是和兄弟打架争执，还未成年就只身出国念书，二十多岁回国，成熟温婉了不少，不再和荆重言争抢，渐渐成为集团中仅次于荆重言的人物。

荆家那一辈中，荆彩芝是唯一没有结婚的。每每被问及婚姻，她总是笑着说，比起婚姻，事业对她来说更加重要。

万尘一以情人的身份被荆彩芝带到荆家时还未成年。不管放在哪里，这都是一件令人诟病的事，但当时荆彩芝早已是荆家的实权派，没人敢公开质疑她的做法，更没有人能想到，万尘一其实是她的骨肉。

万尘一低调寡言，不争不抢，存在感极弱，在荆家就像一个佣人。荆寒屿见过他几回，他都回以淡然的微笑。

任谁都觉得，这是个被豢养的、对任何人都构不成威胁的温柔男孩。

"年轻时,我和你姑姑争权,她争不过我。没想到,这居然成了她一辈子的心结,她唯恐我伤害她的孩子,又想将孩子带在身边,最后瞒天过海,做出这种事。"荆重言摇头,"万尘一在她畸形的爱和保护下长大,已经成了我对付不了的人。"

荆寒屿更加觉得可笑,荆重言也知道那是畸形的爱和保护,荆重言自己的感情难道不是畸形的?

"万尘一和雁椿都是怪物,万尘一见不得你好,你明白吗?"荆重言说,"只要你不和雁椿在一起,你们就都是安全的。"

说着,荆重言语气又重了几分:"我上次逼雁椿离开你,也是这个原因。但我老了,管不动了。你们为什么还执迷不悟?"

"不要再扮演慈父的角色了,荆先生,你不配。"荆寒屿将面具狠狠砸在桌上,"如果你真的将我当儿子来疼爱,你早就该将这副面具交给警察!你和万尘一一样,都见不得我好!"

说完,荆寒屿拿起面具,大步向门口走去。

荆重言喊道:"你站住!你去哪儿?"

荆寒屿没有回应。

两城警方和首都调查中心正在全力寻找万尘一,他最后一次被定位到是刘野青遇害的第二天,在凤秀镇西边的一个十字路口,之后便彻底消失了。

荆寒屿不声不响地赶到骊海,来到市局时已经是凌晨。

雁椿就睡在办公室,长时间没合眼,小憩片刻,做着和案子有关的梦。

荆寒屿提着在巷口买的消夜,没叫醒他,端来一张椅子,坐在他旁边安静地等着。

雁椿眉心紧紧皱着,中间的褶皱时不时被挤压得更深,一看就睡得很不安生。

荆寒屿并没有等太久。雁椿本就睡得浅,醒来之初眼神还有些茫然,在确定是荆寒屿后立即坐了起来。

"你怎么来了？寰城那边可能更需要你，索尚集团现在是不是很难控制？"

"黑影又来了。"雁椿说，"我们查到了线索，黑影很可能是万尘一。"

这几天雁椿每一根弦都紧绷着，即便言叔已经赶到，他也没有放松过。见到荆寒屿的此刻，他才放任自己沉下来。记忆里有个地方忽然摇曳着暗光，因为应激被他遗忘的片段一寸寸地重现。

他看见自己失魂落魄地坐在血泊中，荆寒屿被警察带着走来，使他安静下来，哄他上车……

十年了，黑影再次给他布下天罗地网时，他不再是唯一一个被囚禁在里面的人。

"我知道，荆重言找到了他的面具。"荆寒屿说了面具和万尘一的身世。

雁椿从惊讶中慢慢平复，头脑突然清晰，那些断裂的线索终于被连在一起。

许久，他低声道："难怪他会那么做。"

不是所有人都能理解万尘一，荆寒屿都难以理解其中的动机，但雁椿可以。

他压下与生俱来的邪恶，如正常人一般生活，可邪恶始终存在，这甚至是他成为刑侦顾问的先决条件。他能够和怪物共情。

"荆彩芝害怕自己的孩子被荆重言伤害，如果万尘一的存在曝光，他必然和你争夺荆家的继承权。所以她宁可将他藏起来，实在忍受不住母子分别之苦，才将他接到身边，给他的名分却是情人。

"荆彩芝想在她的有生之年取得索尚集团的绝对控制权，把荆重言彻底踩在脚下，当谁也威胁不了她和万尘一时，她才会公开真相。

"但她忽略了一点——在她畸形的爱下，万尘一心理早就扭曲了。对了，荆重言有没有说过万尘一的父亲是谁？"

荆寒屿摇头："没有查到。"

"那就说明，万尘一打一出生，就没有得到过父母的关爱，他被藏在黑暗里，荆彩芝使尽浑身解数，将他放在离光明最远的地方。"

月光沉没

雁椿抱着手臂，用一种冷酷到没有感情的语气分析道："如果荆彩芝从来没有接他回到荆家，而他又不是天生邪恶，他应该不会变成后来的样子，顶多比普通人阴沉。坏就坏在荆彩芝把他接回来了，而且是在最敏感的青春期，而且对外宣称他是她的小情人！"

荆寒屿不由得说道："真恶心！"

"对，就是恶心。"雁椿说，"万尘一知道自己的真实身份，却不得不接受母亲强加给自己的身份，他在荆家见到了很多同辈，就连李万冰之流也比他幸运，更不用说你、荆飞雄。他想'我也是这个家的孩子，为什么我不能像你们一样？'……"

"雁椿。"荆寒屿突然将雁椿摇醒，"不要这样。"

雁椿回过神来，轻轻喘了两口气："我吓着你了？"

荆寒屿摇头。

雁椿温声安抚："不用担心，我控制得了自己，你不是我的锁吗？"

荆寒屿牢牢盯着他，过了好一会儿才点头："嗯。"

雁椿也在这个空当歇了口气，继续分析："日复一日见不得光的折磨，让万尘一在没有任何人看到的角落改变。青春期是最难以把控的年纪，你的优秀和自由把他灼伤了。他想，你是荆先生的独子，他是荆夫人的独子，为什么他和你的差距这么大？荆哥，你成为万尘一的眼中钉是必然的。"

荆寒屿努力去理解雁椿，理解万尘一。在他的印象里，万尘一是出入荆家的人中最特别的一个，像是什么都不在乎，清淡得像湖边的野草。原来都是表象。

"我们当年确实冤枉荆飞雄了，潜移默化影响李万冰的不是他，是万尘一。"雁椿说，"那是万尘一做的实验。"

真相越来越清晰，在雁椿冷静的分析下更加令人唏嘘。

"然后万尘一发现了我——他的同类。他的视线从你身上转移到我身上，他很聪明，也很有手段，荆彩芝给他的钱足够他做很多想做的事，他在关注我和我的家庭一段时间后，发现了我的父亲雁盛平的秘密。"

"那一刻他一定很激动吧，他终于找到了对付你的方式，而那方式甚至不用直接对你下手。"雁椿看着荆寒屿,"他可以控制已经决定不再杀人的雁盛平,用雁盛平来刺激我,唤醒我心里的怪物,唆使我杀人。毁掉我,也就可以毁掉你。"

二人陷入很长一段时间的沉默,空气仿佛都变得凝滞。荆寒屿几次张口,都没能说出话来。

雁椿长叹一声,"而且在这中途,还发生了对万尘一来说料想不到的'好事',我失控打伤了许青成。在他眼中,恐怕没有比唆使我杀死小海更好的计划了。"

"他成功了,虽然我没有亲手杀死小海,但当时的我已经被他毁了,我离开之后,你……"

雁椿突然有点说不下去,他望着荆寒屿黑沉的眼,好一会儿才轻声说:"你这十年过得很辛苦,你差一点把自己也变成了怪物,如了他的愿。"

"所以当他发现我找到你了,我们彼此拯救,他又开始行动。"荆寒屿咬牙,那眼神凶悍得要将万尘一碎尸万段。

"万尘一想再来一次,重现十年前的结局,他比当年更强大,以前还需要用面具,现在连面具都不用了。"雁椿在国外也接触过催眠,但并没有系统学习过,了解不深,因此无法判断万尘一是怎么催眠了淡文和刘野青的,"按照他的计划,他要杀的不止两个人,但我们回到寰城,你告诉媒体要插手索尚集团的事,打乱了他的计划,而他培养的第二个淡文还不成气候,于是他亲自杀了刘野青。"

"叶队!"韩明明冲入办公室,汗水晕开了脸上的妆,看见首都调查中心的几位专家也在,已到嘴边的话突然顿住了,"领,领导……"

万尘一行踪不明,随时可能有新的命案发生,叶究已经几十个小时没合眼了,支队能派出去的都派出去了,他正在和专家们开会,手边的烟灰缸早就堆满烟头,烟灰都溢了出来。

"有事说事。"叶究操着因为疲劳而沙哑的嗓子,抹了把脸看韩明明,"咋了?"

月光沉没

言朗昭也站起来,在观察人上,他比叶究专业得多,韩明明一闯进来,他就知道不是小事。

"万……尘一在直播!"

"什么直播?"

空荡荡的房间,墙壁上是年岁积淀的灰黄斑驳,屋内没有什么家具,靠墙的凳子上绑着一个被蒙住双眼、堵住嘴巴的男人。

雁椿瞳孔在收紧之后轻轻颤动,他认出了对方,那是许青成!

许青成费力地挣扎,喉咙挤出低沉的声音,脚在地上蹭出闷响。但他被绑得太紧了,根本挣扎不开。

这一画面通过境外直播平台飞速传播,观看人数不断上涨。警方寻找多时的万尘一也出现在镜头里。

他平时多穿浅色衣物——纯白的运动鞋、奶白色的运动套装、灰白色的上衣和休闲裤,就连手机也用的是白色系。

仿佛只有这一尘不染的颜色,才能配得上他清淡的气质,就像他那非同凡响的名字。

但此时,他穿的却是纯黑的户外套装,上衣的拉链拉到下巴,连鞋子也是黑色的。

他挡在许青成面前,微笑地凝视着镜头,雁椿第一次发现,他的眸子黑得像是没有光彩。

由于直播平台在境外,想要立即关闭直播不现实,言朗昭马上联系首都调查中心,在境内屏蔽该网站。但即便如此,还是有二传视频在国内传播。

万尘一的笑容温和无害,言行举止却与恶魔无异,他盘腿坐在地上,手里把玩着一把锋利雪亮的刀,说道:"雁老师,你也在看直播吗?后面那个人,你还记得是谁吗?"

雁椿在显示屏前站得笔直,一滴汗水从额角滑了下来。

叶究在走廊上一边跑一边喊:"还没有找到万尘一?传播源全部截断!荆总,荆寒屿在哪里?"

上一级部门已经加入网络追踪,支队自己的技侦正在竭力拦截二次传播，屿为科技的设备全部开启，荆寒屿紧盯着搜索传回的数据。

万尘一正在一个他们不知道的地方准备一场杀戮，十年前他杀郁小海，是杀给雁椿一个人看；现在他杀许青成，是杀给所有人看！

雁椿不再是当年弱小的少年，他毁掉雁椿的方法也"升级"了！

荆寒屿一言不发，看似冷静，却很难克制心中的愤怒和慌张。他必须尽快锁定万尘一，阻止万尘一杀害许青成，还要阻止这场直播的传播。

"怪我。"雁椿语气平静，拳头却早已握紧，"我忽略了许青成，没想到万尘一会折回去找许青成。"

言朗昭右手按住雁椿的肩膀，摇头道："现在不是自责的时候。"

到底是在场所有人里经验最丰富的一位，言朗昭稳着军心，又说："国内看不到这个直播，但我们还可以看。万尘一的目标是你，你要有心理准备，我、支队、调查中心，还有小荆，都在你身边，不管他说什么，你都不要怕。"

雁椿脸色渐渐泛白，"言叔，我知道。"

"把我屏蔽了？无所谓，我知道你们有这个能耐，不过雁老师，熟悉你的人都看得到这个直播吧？"万尘一的笑容毫无温度，"他们都知道你是个怪物吗？知道你害死了很多人，现在即将害死另一个人吗？"

荆寒屿一拳捶在桌上，怒火简直要从眼里喷出。数据浩如烟海，却始终没有分析出万尘一的确切位置。

不能及时找到万尘一，许青成就会在他们面前被杀死！

冷静！荆寒屿狠狠一闭眼，短暂地看了看侧面的玻璃墙。雁椿就在玻璃墙的另一边，看着许青成挣扎。

十年前，雁椿孤身一人，在杀戮面前无可奈何。十年后，他不要雁椿再经受同样的悲剧。

"正在看直播的大家，你们对雁老师好奇吗？他这样的天生犯罪者居然能成为你们的顾问，把他放在这个位置上的人也配当警察？"

雁椿低声喃喃："言叔……"

言朗昭仍旧按着雁椿的肩膀，"你是我优秀的队员，也是骊海的优秀顾问！"

月光沉没

很多双眼睛盯着直播,万尘一的话的确勾起了他们的好奇心,即便是叶究,都条件反射地回头看了雁椿一眼。

"那么,先给大家介绍一下我自己。"万尘一将刀放在镜头前,脸色忽然阴沉下去,"我就是十年前在寰城杀死郁小海的人,雁椿怎么形容我?他说我是黑影,戴着长寿老人面具的黑影。"

听到"郁小海"三个字,许青成疯狂挣扎。

万尘一转身,对他说:"不要着急,很快就到你了。"

在消息爆炸的情况下,技侦很难将注意力集中在追踪和拦截上,唯有荆寒屿像聋了一样,只有锁定万尘一一个念头。

"我是个怪物,雁老师和我一样,也是怪物。不过我和他还是有些不同,他是天生的,他那杀人狂父亲的名字你们一定听说过,雁盛平,著名的'相框杀手'。我不是天生的,我是被养蛊养出来的,不过这说来话长,就不说了。"

"雁老师,你还记得你害死了多少人吗?我来帮你数数吧——你母亲乔蓝、你同母异父的弟弟乔小野,如果不是你,他们其实是不用死的。雁盛平当时已经不想继续杀人了,是我控制了他,没办法,我要让他成为刺激你的工具。"

雁椿呼吸渐渐急促,冷汗也更多。

他分明已经分析出了万尘一的动机,可当听见万尘一亲口说出来,那种深埋在身体里的痛苦还是顷刻间翻涌了出来。

万尘一其实没有说错,乔蓝和乔小野的确是因为他而死的。乔蓝当年故意让人贩子拐走他,如果他没有回来,他们也许就能够安安稳稳地生活。

"接着是郁小海,你最好的朋友。"万尘一声线更冷,阴笑着描述十年前的情景,"和你交朋友,真的很倒霉啊,你把他的朋友打得遍体鳞伤。雁老师,没有你就好了。"

许青成发出绝望的闷吼。

技侦有一半人放下了手中的活儿,这其中也包括韩明明。

但片刻后,韩明明突然喝道:"看什么看!都给我认真干活儿!视频拦截下来没有？"

被她这么一喊，队员们又各自埋下头去。她担忧地看了雁椿一眼，继续工作。

雁椿全身发冷，那种无能为力的感觉又出现了。他清楚万尘一要击垮他的心理防线，让他崩溃，他做好了准备，知道自己绝不能垮。

但太难了，那些曾经鲜活的生命在他眼前徘徊不去，因为他被恶魔盯上了，他是个怪物，那些无辜的人成了邪恶的饵料。

这个荒唐的人世，就是会有这样荒唐的事。有人好好过着自己的生活，突然就被卷入不幸。他们没有错。他有错吗？好像也没有。

但他们是因他而死，并且死亡还在继续。

万尘一耸了耸肩，"雁老师，怪物就不该拥有幸福。你凭什么？那个被画成骷髅的大学生，他本来可以有不错的未来，因为你，他成为淡文的猎物。"

残忍的现场再次出现在雁椿脑海中，青春的身体，消逝的生命，用死亡点缀的美学。

他有点转不过弯了，那是一个和他全无关系的人，却也因为他死了，就像十年前死去的乔蓝、乔小野和郁小海。

他是一个怪物，他用尽全力克制自己，但还是改变不了有人会因他而死的诅咒。

言朗昭喊："雁椿，雁椿！"

周围的声音都像隔着水面，很钝很闷，雁椿嘴里涌起血腥气，他将嘴唇咬破了，却不觉得痛。

万尘一还在说话，夹杂着开怀的笑声。

荆寒屿突然起身，声音有些发抖，"叶队，定位完成！"

警车呼啸着冲出，有刑警也有特警。万尘一竟将许青成带到了骊海，他没给自己留任何退路，想在这一次彻底击溃雁椿，哪怕和雁椿同归于尽。

雁椿毁了，荆寒屿也就毁了。

直播画面里，万尘一放声大笑。荆寒屿跑向雁椿，挡住直播画面。

月光沉没

雁椿却没有看他，视线从他肩膀越过，盯着视频里的许青成。

"本来我打算多杀几个人，我杀得越多，雁老师，你的罪孽就越深。但你也知道，不是每个人都像你我，要培养他们是很难的。淡文很优秀，刘野青却不行。"万尘一遗憾地摇摇头，"你们不给我时间，跑回索尚集团来捣乱，我只好自己动手了。"

"两个人……这远远不够啊。雁老师，你痛苦吗？你应该不算特别痛苦吧？毕竟他们对你来说都只是陌生人。所以我把许青成带来了。"

万尘一终于将那把放在地上的刀捡了起来，走向许青成。

许青成还在挣扎，雁椿仿佛看到了十年前的郁小海。

"雁椿！"荆寒屿在雁椿耳畔喊道。

但雁椿反应很弱，他掉进了一张巨网。那不是万尘一为他编织的，是从他一出生就有的。它一直在，就像那没有死去的怪物。

他用尽全力将它们束缚住，只要心神稍有动摇，它们就会再次出现。

好难受啊。他心脏痛得厉害，像要撕裂开了。

他好像真的不该存在，他活着，对自己对别人都是折磨。

"他在说什么啊？"一个不那么熟悉的声音突然响起，是支队的实习警察，他上次看过巨人观之后回来就吐了，很灰心地找雁椿开解，雁椿对他其实没有太深的印象。

实习警察一开口，留在办公室的队员都看了过来。

直播仍在继续，万尘一像最后的胜利者一般侃侃而谈。

"他说得根本就不对！"实习警察的话就像一柄剑，斩开了凝滞的空气，"犯罪的明明就是他，那些无辜的人是因他而死，他凭什么把罪恶都算在雁老师头上？"

"雁老师是我们的顾问，雁老师从来就是站在罪恶的对立面的！"实习警察很激动，但大家看着他，却觉得他异常清醒。

直播画面里，万尘一正在说："雁老师，他们都是因为你而死，你的至亲，你的好友，和你一面都没有见过的人，现在是许青成。你有没有觉得，你这种怪物该付出点什么啊？"

画面外，实习警察几乎喊破了音，"不是雁老师的错！犯罪的是你！

恶心的是你！该付出代价的也是你！"

万尘一听不到实习警察的呐喊，但队员们听到了，言朗昭和荆寒屿听到了。

雁椿也听到了。

善意和信任能够击溃黑暗，他十年前就切身体会过。那时给他善意和信任的是言叔，这次却是一个他并不熟悉的实习警察。

可细想起来，当年言叔不也是陌生人吗？

他生来就是个怪物，他的父亲罪行累累，但他很幸运，一次次被这些善意和信任挽救。他在这些平常却又珍贵的温柔中一步步挣扎出来，走在阳光下，回馈这个世间。

他……他不能被万尘一击溃，不能让真正的恶魔如愿！

"荆哥。"雁椿终于出声，眼中的痛苦和呆滞消失了，"我要去现场！"

荆寒屿锁定万尘一之后，叶究就立即带队出发了，万尘一控制许青成的地方在骊海东北边的村子上，时间不等人。

叶究出发前和言朗昭商量过，考虑到雁椿的状态，他留在支队才是最好的。

荆寒屿看向言朗昭。言朗昭紧皱着眉头，还未出声，雁椿已经转过身来，"言叔，我必须去。"

五分钟后，支队的直升机在楼顶起飞。

在旋翼的响声和风声中，雁椿突然变得很平静。和不久前强装的平静不同，此时他是真的镇定下来了。

特警和刑警将万尘一所在的三层小楼重重包围。他显然已经发现警察找到自己了，却并不慌张，面向镜头从容地笑道，"雁老师，你也来了吗？"

雁椿还在直升机上，至少还有一刻钟才能赶到现场。

叶究在队内通信频道里喊："雁老师，别着急，人质暂时安全，我们既然到了，就一定会把人质安全救下来！"

雁椿点点头，"叶队，我相信你。"

可是通话结束后，雁椿却狠狠往肺里灌了一口气。

他看向荆寒屿，"叶队他们，还有特警队，这种挟持人质的事件处理过很多次了，有经验，但是这次和以往不一样。"雁椿的手很冰，"万尘一的目的是在所有熟悉我的人面前揭露我，再在我的面前杀掉许青成，他这个疯子，故意将自己暴露出来，根本没有打算逃跑。"

雁椿顿了几秒，说："万尘一，他已经绝望了。一个绝望的人，什么事都做得出来。"

"叶队！"特警队的一名队员匆匆跑来。

天气太热了，他们穿着黑色特战服，外面是防弹防震的战术背心，还戴着头盔，已是满头大汗。

这村子没多大，也就主城一个小型社区的规模，房屋零零散散，被包围的小楼斜对面还有一个小学。刑警们正在疏散学生和群众。

"怎么回事？"叶究问。

特警队员脸色凝重，抹了把汗道："房子下面有炸弹，现在已经探测出来四枚，当量都不小，曾队已经紧急增调拆弹专家，你们赶快，学生、群众能送多远就送多远！"

炸弹是最麻烦的，叶究骂了一声，转头叫来两个组长，调整疏散任务。正在这时，手机里再次传来万尘一的笑声。

"你们不要白费工夫了，炸弹到底有多少，只有我知道。我保证，你们拆除了一枚，还有一枚等着你们，而引爆的玩意儿在我这里，我随时可以将这里变成一片火海。

"雁老师，想不到吧？你看看你的罪孽有多深？许青成只是开胃菜，你的同事，还有这一村子的老小都会因你而死。你现在心情怎么样？有没有想过，没有遇到荆寒屿就好了？"

说话时，万尘一故意将镜头转向右边，那里放着一台笔记本电脑，显示屏上是密密麻麻的红点，每一个似乎都代表着炸弹。

它们狰狞地闪烁，只要他点击鼠标，它们就会爆炸。

雁椿头皮有些发麻，理智告诉他，红点不可能全是炸弹，万尘一没有能力布设那么多炸弹。可就算只有十枚炸弹，局势也完全掌控在万尘一手中。哪些是真实的,哪些是虚晃一枪,特警队的拆弹专家到了,也需要不短的时间去甄别,而在这段时间里,万尘一完全能够启动炸弹。

现场,特警队长冲着手机咆哮:"拆弹组还有多久到?"

叶究强迫自己冷静,催促队员加快疏散学生和群众。

万尘一兴致盎然地看着这一切,笑出了眼泪。他似乎是真的感到痛快。他这一生都被他的亲生母亲藏在尘埃里,明明是豪门的继承人之一,在他人眼中,却只是个见不得人的小白脸。他受够了白眼,受够了畸形的爱,连李万冰那种人曾经都被他羡慕,更何况荆寒屿!

现在那么多成长在阳光下、被人们誉为正义使者的警察被他耍得团团转,荆寒屿呢?应该也早就紧张得发了疯吧?他怎么能不高兴呢?

"不担心。"直升机上,荆寒屿却坚定地对雁椿说道。

"追踪、搜索是屿为科技的核心项目,作为目标的并不只是人。"荆寒屿充满自信,"万尘一恨极了我,他想拿你的安危来摧毁我。但他不能再伤害你,也不能再伤害任何人。"

雁椿说:"荆哥,在我小时候,你就已经是那个保护我的人了,你一直都是那个拯救我的人。"

荆寒屿眼尾动了动,视线转回笔记本。

直升机降落之前,雁椿给言朗昭打电话,希望能想办法立即将荆彩芝接过来。

言朗昭说,荆彩芝现在和调查中心的队员在一起,已经在赶来的路上。

雁椿闭上眼,道:"言叔,谢谢。"

他在高度紧绷的状态下,有些没有考虑周全的事,他的同伴、师长都为他想到了。

荆寒屿终于抵达现场,叶究赶来,简要说明情况,村民都被疏散到安全的地方,特警队又发现了两处炸弹,而拆弹专家还没到,炸弹结构复杂,就算专家到了,一时半会儿也很难整体拆除。

荆寒屿坐在机舱里没下来,雁椿看了他一眼,说:"我和叶队去和万尘一对话。"

荆寒屿抬头,两人通过眼神交流达成一致。

平时宁静得近乎荒凉的村子此时成了争分夺秒的战场,雁椿说完后没有丝毫犹豫,转身就和叶究离开,荆寒屿看着他的背影,雁椿少年时失魂落魄的样子再一次在脑中闪现。

那时他们什么都抓不住,但这次不一样了。

时间、苦难乃至分别,在下一次重逢时都会变得有意义。

万尘一只通过一条线与警方联系,当雁椿出现在镜头中时,他露出等候多时的笑容,"雁老师,来了啊。"

后面的许青成转向镜头的方向,尽管他的眼睛上蒙着黑布,什么也看不见。

"嗯,来了。"雁椿说。

"害怕吗?当年你害怕得晕了过去,我摘下面具,你也不记得我的脸。"万尘一走向许青成,解开许青成眼前的黑布。

许青成双眼通红,悲愤交加,他眼珠转动,找寻了片刻,才与镜头里的雁椿对视。

"唔——唔——"

"十年前是郁小海,现在是许青成。雁椿,你欠你的朋友太多。"万尘一一边说一边将许青成嘴上的胶布撕开,抓住许青成的头发,阴森森地说,"如果没有他,郁小海说不定不会死。"

雁椿沉默地听着这歪曲事实的指控,心跳在耳畔轰隆作响。

是,他生下来就带着罪,他的父亲有罪,他年少时差一点就被引诱犯罪。但他并没有真正犯罪!他不是罪人!

万尘一没有得到想要的反应,眼神顿了下,他觉得不该是这样,雁椿应该气急败坏,像十年前那样痛骂他,在哭泣中崩溃,毕竟他现在做的事比十年前更加残忍,观众也更多。

"将小海从这世上带走的不是雁椿。"许青成突然开口,声音带着克制不住的颤意,他转向万尘一,咬牙切齿,"是你!"

万尘一有些惊讶。

他和许青成认识,但并不熟。他找到许青成,说有郁小海案的线索,请许青成和自己一起到骊海时,许青成几乎没有思考就答应了。

他以为许青成在得知郁小海的死亡是因为雁椿后,会对雁椿恨之入骨,没想到许青成会说出这一番话来。

他有点不理解这些正常人的思路。

许青成转向镜头,声音很是沙哑,"雁椿,我恨过你,但我恨你,更多是因为我不愿意承认自己的懦弱。"

"不是你害死小海的,你是他的朋友,这么多年,除了我,你是唯一一个会去看望他的人。小海……小海他不会恨你。"

话音刚落,万尘一一拳砸在许青成脸上。

许青成吐出一口血,嫌恶地看着万尘一,"不是要直播杀了我吗?来啊!"

雁椿喊道:"许青成!"

许青成惨笑道:"雁椿,你不必有任何心理负担,是我不想活了。十年前的案子可能找不到关键证据了,但这次可以。你说过,一定会将杀害小海的凶手绳之以法,现在凶手逃不掉了吧?"

"你!"万尘一将许青成连同座椅一同踹倒。他最不能容忍的就是自己被戏耍。

许青成头撞在地上,脸上多了一条血线,却肆意地笑起来,"我也没有你想得那么蠢。你来找我,我不确定你是不是和小海的死有关,但我愿意赌。你理解不了吧?因为你是真正的怪物!"

"闭嘴!"万尘一手中刀光一闪,刀尖刺入许青成的肩头。

雁椿瞳孔紧缩,根本来不及阻止。

他和万尘一通话,本来是为了给荆寒屿、拆弹专家、狙击手争取时间。他有把握从心理上牵制万尘一。但是许青成突然展露的清醒和决然却将局势推向了不可控的局面。

但这就是令人酸楚的人性。最普通,也最深刻。万尘一一心给许青成灌输仇恨,许青成却向雁椿表达了谅解。许青成要激怒万尘一,用自己的性命换杀害郁小海之人的死刑!

月光沉没

万尘一选择的藏身之处十分刁钻，狙击手找不到射击的角度，楼下又设置着炸弹，他随时能将炸弹引爆。

雁椿余光看见一组特警已经从侧面攀爬到楼顶，他必须稳住万尘一。

刀在许青成胸口划下一道道伤口，并不致命，却是普通人很难忍受的剧痛。

整个画面里充斥着万尘一的笑声："你这么想死，我就让你死！还有你们，那几个在屋顶上的警察，炸弹就在你们脚下！"

现场几乎静止，人质要救，但警察的命也是命！

"万尘一。"雁椿说，"你放了许青成，我来替他。"

叶究喝道："雁椿！"

万尘一颇有兴致，将许青成用力推到一边。

地上已经有不少血，光是看画面，都能猜到房间里腥臭浓重。

万尘一说："你？"

"我。"雁椿投降似的举起手，脱掉外套，将手机等随身物品丢给叶究，还在镜头前转了一圈，以示自己没有威胁。

"杀掉许青成，不如杀掉我。你最恨的是我。"雁椿说完又摇了下头，"不，你最恨的其实是荆寒屿。那你更该同意我来替许青成了。荆寒屿也在看直播，让他亲眼看到我被你杀死，对他的打击不是更大？如果我只是崩溃，早晚有一天我会恢复过来，十年前如此，现在更如此。怎么样？杀掉我，一劳永逸。"

荆寒屿没有看视频，但雁椿的声音通过耳机在他耳边响起。他敲击键盘的手忽地一顿，眼睛却没有向雁椿的方向看去。

"怎么样？我这提议你不亏吧？"雁椿说，"不管怎样，我一定会死在你手上，你有刀，我什么都不带，就算出了什么意外，你大不了引爆炸弹。"

万尘一有半分钟没说话。

叶究着急道："雁老师，就算去交换也不能是你去交换！你没有受过训练，我……"

雁椿摇头："叶队，你去，或者别的哪位队员去都不行，他要的就是我。"

"好!"万尘一突然说,"你来替许青成,但我还有一个要求。"

"你说。"

"把你的手环摘下来。"

雁椿神情极轻微地一僵。

万尘一轻蔑道:"别以为能糊弄过去,那个手环比你的手机更重要吧?"

"也没有特别重要。"雁椿迅速恢复如常,满不在乎地取下手环,交给叶究。

叶究不可能放心,还想阻止,雁椿却用口型对他说了一句话。

人质交替的过程好似一场默片,被绑起来的雁椿进,浑身是伤的许青成出,两人短暂地对视,雁椿的眼神很冷,其中的阴鸷和扭曲不逊于万尘一。

许青成愣了一下。

万尘一那把带血的刀抵在雁椿脖子上,雁椿的皮肤被刺破,一串血珠洒下。

雁椿眼都没眨一下,也没看万尘一,他盯着红点闪烁的笔记本,猜测荆寒屿已经搞定了多少枚炸弹。

荆寒屿擅长的那些东西他实在是一窍不通,怎么控制炸弹他也不知道,但离开直升机时,荆寒屿说会保护他,他就信了,百分百地相信。

就算手环现在不在他手上,他也相信。

刀在雁椿脖子上游走,雁椿双手被绑在身后,没有办法反抗,万尘一可以轻易割开他的动脉和气管。

他的脖子和胸口已经有很多道伤口,疼痛和血腥让他异常清醒,甚至是兴奋。

他努力让自己变成正常人,但在这样的紧要时刻,他和正常人还是不同的。他在亢奋,那些亢奋驱散了应有的恐惧,他作为一个怪物,钳制着另一个怪物。

万尘一举起刀,轻笑道:"荆寒屿,你好好看着——"

正在这时,巨响炸开,火光冲天。

万尘一眼中讶然,扭头向爆炸的方向看去。

月光沉没

　　万尘一在国外接受初等教育，被荆彩芝带回国后就没有再系统地念过书了，情人的身份也让他不用操心生计，甚至无须被社交所打搅，因此有足够的时间钻研一些在别人看来是邪门歪道的东西。

　　他很聪明，当一个聪明的人有时间、有资源，心里还有目标，那就没有做不成的事情。

　　他最早钻研的是侦察与反侦察，之后是心理暗示。他以旅游的名义出国，有过一位老师，刚满二十岁时就学到了老师大半生所成，只是当年在运用上还有欠缺。

　　他看上去纤瘦，但其实长期坚持锻炼，学过近身格斗，身手不差。

　　国外有一些不受政府控制的组织，他是其中的外围成员，躲避警方侦查的那一套，有一半就是在组织里学会的。

　　索尚集团在寰城很有地位，荆家和警界的来往总是有的。万尘一靠着荆彩芝的面子，也能得到部分人脉。警方没有证据指向雁盛平，但作为同类他嗅出雁盛平身上的危险气息，最终确定他就是臭名昭著的"相框杀手"。

　　潜移默化地影响李万冰是他第一次在熟人身上做心理暗示的实验，那时还不那么熟练，到了雁盛平这会儿，他的手段已经上了一个台阶。

　　雁盛平在他的诱导下亲口承认自己就是"相框杀手"，如今"金盆洗手"，想和妻儿过安宁的生活。

　　"你唯一的儿子和你很不像啊，他软弱、伪善，身上明明流着你的血，却瞧不起你，你知道他现在正在为什么事奔忙吗？给乔小野攒医药费。哈哈哈，'相框杀手'的后代，居然是这种人！"

　　雁盛平起初不为所动，但到底没扛住万尘一蛊惑人心那一套，万尘一要他再次拿起屠刀，用乔蓝和乔小野的血"教导"雁椿，他便真的这么做了。

　　当年，万尘一心理暗示那一套玩得不像现在这么溜，每次见雁椿，都要戴上一个长寿老人面具，使用变声器。

　　不过他已经算很成功了，一段时间里，他甚至让雁椿分不清现实和幻觉，认为黑影并不真正存在，只是他自己恶念的具象。

杀死郁小海那一次，他在亢奋之下赌了一把，故意摘下面具，如果雁椿还有神志，记得他的脸，他便输了；如果雁椿什么都不记得，那就意味着他彻底击溃了这个人。

事实正如他意。

雁椿垮了，荆寒屿也得垮，荆重言很上道地将荆寒屿囚禁了起来。他的计划已经成功了，所以当雁椿浑浑噩噩来到老宅时，他很大方地邀请雁椿最后看荆寒屿一眼。

这十年来，他过得很惬意。雁椿和荆寒屿天各一方，雁椿似乎正在变好，但那无所谓，他并不真正恨雁椿。相反，他对雁椿还抱有一丝歉意。因为他恨的只有荆寒屿，雁椿不过是个被利用的工具罢了，就像雁盛平，就像郁小海。

荆寒屿脱离索尚集团，千辛万苦地经营屿为科技，近几年屿为科技发展起来了，荆寒屿似乎很风光。但他知道不是，十年前的事情已经成为荆寒屿的伤，让荆寒屿像个没有灵魂的人，荆寒屿过得不好，他就快乐，他就轻松。

没有负担的十年，他又学了很多东西，老师过世时，说他已经超过了自己。

荆寒屿沉浸在信息技术领域中，荆寒屿会的，他不能落后太多，于是也开始学，学得还不错。

所以当荆寒屿找到雁椿时，他几乎是第一时间就发现了。松弛了十年的神经突然绷紧，他绝不能让荆寒屿和雁椿走到一起！他绝不能让荆寒屿得到拯救！

他可以故技重施，现在的他已经不再是十年前的他，荆寒屿和雁椿不是他的对手！他要再摧毁雁椿一次，让雁椿再也爬不起来！

可十年里，变得强大的不仅是他，还有荆寒屿、雁椿二人，他必须制造出更加耸人听闻的案子。

淡文是第一个工具，刘野青是第二个工具……还有第三个、第四个，更多个！

即便刘野青资质平庸,他也并不着急,他可以慢慢磨这个孩子。
　　但是荆寒屿释放回到索尚集团的信号,这打了他一个措手不及。
　　荆寒屿原本痛恨索尚集团,憎恶荆重言,现在竟然会像个圆滑的商人那样逐利。他一方面鄙夷,心想荆寒屿也不过如此,另一方面却很难压抑沸腾的嫉妒。
　　荆寒屿要回来了,这个自幼就集整个荆家荣光于一身的人带着产业回来,所到之处尽是赞美。他不由得想起刚被荆彩芝带回荆家的时候,他的母亲和荆寒屿的父亲一样出众,荆寒屿却远不是他能比的。
　　荆寒屿对谁都很冷,但所有人都在讨好荆寒屿,老爷子最疼爱荆寒屿,他帮老爷子照顾再多的花花草草,在老爷子心里,他都只是个外人。可他明明是荆家的外孙啊!
　　现在荆寒屿比那时候更加闪耀了,那是打磨十年的光芒,李斌奇黯然失色,连他的母亲也不得不拉拢荆寒屿。
　　理智上他明白,自己可以等,但荆寒屿的光芒快要把他逼疯了!
　　而且雁椿竟然陪荆寒屿回到寰城,他不怕雁椿重启郁小海案,他怕的是目睹荆寒屿过得快乐。他必须提前行动!
　　刘野青当不了淡文二号,就当第二具骷髅吧。作案之后,他立即离开凤秀镇,前往骊海东北的村子作准备。
　　屿为科技最强的是追踪搜索,可他也不是不懂反追踪。消失的时间里,他设置好炸弹,引来了许青成。
　　为了方便控制,炸弹经过重重加密,仅能由他引爆。即便在他的笔记本电脑上,红点都具有欺骗性。只有他,才知道哪些是真正的炸弹。
　　但是刚才,他什么都没有做,一枚炸弹居然被引爆了。
　　万尘一的第一反应是不可能,第二反应是程序出了差错。他最不愿意去想的,是他精心设置的程序已经成为别人手中的武器。
　　这一声爆炸让万尘一错愕,却让雁椿得到信号。千钧一发之时,一秒钟足以扭转局势。
　　雁椿学过如何解开捆绑的结,爆炸声响时,他被束缚在身后的双手已经挣脱,万尘一的视线从他身上移开的瞬间,他利落地闪身,带着满胸膛的血,从背后扼住万尘一的咽喉。

万尘一还紧握着刀,用力向后刺去。雁椿飞快握住,锋利的刀刃割破了他的手掌,鲜血与疼痛染红他的双眼。

但当万尘一与他对视时,却发现他竟然在笑。

雁椿将刀从万尘一手中抽了出来,扔向门的方向。那双血手狠狠掐住万尘一的脖子,膝盖撞向万尘一的腹部。

和荆寒屿打架时,雁椿从不舍得上真功夫。

他那温和的外衣掩饰着他本性里的暴戾,这一刻,那些阴鸷和残忍全都暴露了出来。不是要比谁更可怕吗?他一个流着杀人狂的血的怪物,还会惧怕另一个怪物吗?

一拳,一拳,又是一拳。万尘一再怎么学过格斗,此时也不是发狂了的雁椿的对手。

不久前刀在脖子和胸膛划过时,雁椿一直在忍耐,他相信荆寒屿说到做到,这一次一定能够保护他,他的手环丢在外面,他们失去了联系的媒介,但是没有关系,荆寒屿会有办法!

那声爆炸就是荆寒屿给他的另一个手环!

荆寒屿在告诉他,入侵已经完成,所有的炸弹已经在警方的控制中!

怪物正在心底发出阴森森的笑,雁椿终于不用再忍耐了,他将万尘一掼在地上时,笑声残忍得连他自己都觉得陌生。

不是要唤醒他的怪物体质吗?好,那就让他这个怪物,来制裁逍遥法外十年的怪物!

炸弹全部被控制,万尘一无法再引爆,拆弹专家已就位。荆寒屿飞奔向小楼,楼顶的特警也通过绳索快速落下,枪口直指血泊中的人。

特警队长喝道:"雁老师,住手!"

雁椿仿佛无法接收外界的信息了,像一尊浑身浴血的罗刹。他狞笑着向万尘一挥拳,滚烫的泪水却从眼中大滴大滴地滑落。

填满他脑海的是郁小海被残杀时绝望的喊声,乔蓝和乔小野四分五裂的残肢,他给乔小野攒的再也花不出去的医药费,许青成站在郁小海墓前平静又孤独的笑容……还有无辜死去的大学生,被教唆的淡文和刘

月光沉没

野青……

还有荆寒屿,他是个怪物,但是荆寒屿的温暖,让他可以当一个普通的正常人!

一切悲剧都源自地上的这个人!

雁椿的视线在眼泪中模糊,听觉也变得迟钝,特警上前想拉住他,他却浑身发抖,差一点对特警动手。

让他清醒过来的是一道低沉而急促的声音:"雁椿!"

蒙在耳边的鼓碎了,他像是突然被人从水中拖拽了起来,视线重新变得清明,声音也不再不清晰。

他看清朝他走来的人,是荆寒屿。

荆寒屿脸上是很少显露的急切和不安,衬衣上有汗水,裤子上还有不知道在哪里沾上的尘土——像是在砂石地上摔了一跤。

荆寒屿不从容也不体面,甚至很狼狈。

但在雁椿眼里,向自己奔跑而来的人仍旧皎洁得像山间的月亮。明亮,却不刺眼,足够照亮他的视野;温暖,却不灼热。

月亮高悬于天,从未沉没,却将所有的光亮和所有的温度,毫无保留地给了他。

他眨了眨眼,下意识用手去擦眼睛,想确定自己是不是眼花了,荆寒屿周遭到底有没有那一圈温柔的月光。

雁椿的身体却在此刻被稳住,荆寒屿焦灼地看着他,这一眼沉重得几乎要将他吞噬掉。他蓦地战栗了一下,这才意识到自己满手的血。

他忽然就失去反应的能力了,刚才蜂拥的暴戾像是凝固在了高处,它们让他显得像个残忍的罪犯。可是它们正在夜晚轻柔的月色下龟裂,他听得见那种细微的、寸寸裂开的声响。

然后是一声不逊于爆炸的巨响,邪恶分崩离析,化作月光里的齑粉。

雁椿猛然深呼吸,一双手将他从无序和失控中拉了回来。

十年前,他在应激下忘了荆寒屿来救他的事。前阵子,他恍惚想起一些片段,但它们显得很不真实,像是荆寒屿刻意灌输给他的。

但是在这一刻,他彻底想起来了。

那时候也是这样，他一身的血，意识脱离了身体，没有人能将他唤回来，警察怎么叫他，他都没有反应。

是荆寒屿从血泊里把他拉起来，告诉他不要害怕，他们上了警车，他还一直安抚他。就算是怪物，也贪恋这一刻的护佑。他带着哭腔向荆寒屿诉说委屈，换来更多的回报，换来荆寒屿对他的不离不弃。

总是这样，荆寒屿不害怕他染上的血，不怕他是拴不住的怪物，不怕他流露的残忍和冷酷。现在，他们都长大了，荆寒屿还是像当年一样给他温暖。

"不怕。"荆寒屿轻声说，"雁椿，我在，别怕。"

荆寒屿给予他的是皎洁，他却再一次给予荆寒屿血污。但这一次他不再害怕，也不想再逃避。

"哈哈哈……哈哈哈……"

但他们还没来得及清算，万尘一断断续续的笑声就传了过来。

雁椿转身，下意识挡在荆寒屿跟前。

不过万尘一已经被特警控制住。这个罪魁祸首，剩下的只有垂死挣扎。

"荆寒屿，你为什么这么幸运？"万尘一笑过之后，声音变得更加沙哑、苦涩，"我……"

后面的话断在剧烈的咳嗽中，万尘一站不起来，最后是被担架抬上直升机的。荆彩芝已经赶到，被眼前的一切震撼得面色惨白。

这个和自己的哥哥斗了一辈子的女人，恐怕从来没有承受过这样的冲击。

她站在万尘一面前，嘴唇动了几次，都说不出话来。直升机舱门关闭之前，万尘一看看她，又看向她后面的雁椿和荆寒屿，神情是失败之后的绝望。

舱门关闭时，万尘一也闭上了双眼。

荆彩芝茫然地蹲下，轻轻自语："我，我只是想保护你，为你创造更好的未来……荆家的一切，本来都会是你的……"

同一时刻，在寰城市局，荆重言和首都调查中心的专家，还有部分

月光沉没

刑警看到了现场传回的画面。

十年前困扰寰城警方和首都调查中心专家的黑影终于落网,但没有人心里是轻松的。

荆重言站起来,步伐有些蹒跚地向门口走去。不久前他正式将知道的一切告知警方。

荆彩芝恐惧的事其实并不会发生,他还不至于狠毒到对妹妹的孩子下手。

只是现在说什么都晚了。他看向放晴的天空,目光苍老而晦暗。

雁椿住的单人病房要么挤着支队的人,要么荆寒屿在守着,许青成推着吊瓶架去看了几回,都识趣地中途折返。临到出院了,才逮着一个雁椿独自待在病房的机会。

许青成没立即进去,在房门上敲了两下。

雁椿正靠在床头单手玩手机,闻声抬头,见是他,眉峰不大明显地挑了一下。

"能进来吗?"许青成说。

雁椿点头,放下手机,作势要起来。

许青成连忙说:"你就坐着,手不要用力。"

雁椿身上那些刀伤在高温下容易感染,所以病房里冷气开得很足,床上搭着一条毛毯,他肩上还披着一件针织衫。

许青成把门带上,看了雁椿一会儿,气氛有些尴尬。

他一方面是来看看雁椿的伤好得怎么样了,一方面是跟雁椿道谢。但以他们的关系,不管是关心还是致谢,都不那么容易说出口。

时间抚平了很多伤痛,可不会长大也不会老去的郁小海仍然在那里,谁也忘不掉。

"快出院了吧?"雁椿先开口,很平和的语气。他猜到许青成会来找自己,但见面又很难不尴尬。

许青成点头,抬了一下手,"我手上没伤,医生说明天就可以出院了。"

又是几分钟无话,再开口时,许青成已经换上郑重的口吻,"雁椿,谢谢你。"

很简单的三个字,雁椿却听得出里面的含义。

许青成要谢的不是自己那天和他交换,而是谢谢他终于抓到了凶手。甚至还感谢他,在发狂时企图杀死万尘一。

雁椿笑了一下,"嗯。"

他接受许青成的道谢,但其实并不需要,他不是为许青成做这些事。

不过现在已经不用再去争论为谁了,许青成一定要道这个谢,他就接受。

雁椿出院前夕,叶究又来看他,不情不愿地说支队和学院考虑到他四年来没有休过一个长假,这次给他放个假,好好调养一下。

雁椿哭笑不得。

叶究说完还叮嘱,说他仍是支队的人,不能休完假就跑了,首都和寰城都不行,还得回骊海。

雁椿应道:"好好好。"

他本来也没打算去首都,言叔问过他在基层锻炼够了,要不要回到调查中心。他拒绝了,骊海还有用得着他的地方,孟局因为心理研究队伍不如邻市而郁闷,市局总结经验教训,反思了过去不重视心理的问题,跟他谈过几次,他打算留下来组建一支不输邻市的心理专家队伍。

至于组建好了之后的打算,那就是将来的事了。将来的事,就交给将来。

万尘一的案子横跨十年,牵扯众多,首都成立了专案组,彻底结案还需要时间。

雁椿没再去见万尘一,出院之后在家休息了几天,和荆寒屿一同去了寰城。

寰城近来比骊海热闹得多。荆彩芝一蹶不振,她的派系几乎溃散。荆重言站出来主持工作,但已经无意再揽大权。

两个风光了一辈子、争了一辈子的人,双双离开权力中心。

索尚集团在荆重言和荆彩芝手上走向鼎盛,鼎盛之后却是风雨飘摇。

月光沉没

商场残酷，许多人败在他们手上，不夸张地讲，他们树敌无数，那些眼睛全都盯着他们，等着索尚集团倒闭的一天。

但荆寒屿却撑起了索尚集团的天。索尚集团权力洗牌，不仅没有倒，反而开始在科技领域开疆拓土。几个月前，李斌奇是所有人眼中的弃儿，此时却摇身一变，主管索尚集团的传统业务。

当初他也没想到会这样，和荆寒屿联手时，他想的只是全身而退，不再充当权力斗争的牺牲品。但当自己成为掌权的人时，心态就不一样了。

这担子是荆寒屿交给他的，要他把索尚集团稳住。他临危受命，干得倒也不赖。不过荆寒屿要给他更多的任务，他就有点吃不消了。

"饶了我吧，荆总。"李斌奇笑着投降，"我都一个月没回过我的咖啡店了。"

李江炀在一旁搭腔："就是，我们都成资本家的驴了，打工好累啊！"

俩姓李的成了一对难兄难弟，天天被荆寒屿"压榨"，嘴上虽然抱怨，但心里其实没有任何不满。

阴云散去，现在的生活是有奔头的。

荆寒屿说他俩："你们不是资本家？"

若要说进取心，荆寒屿的进取心还不如李江炀和李斌奇，他始终被命运拖拽着去争取权力，到现在，他扛着很多人的希冀和生活。

他必须继续肩负着重担走下去，这是他的责任。

他和雁椿，都有放不下的属于这个社会的责任。

转眼就来到第二年春天，雁椿主导的心理研究室已经开始考核潜力成员，索尚集团基本稳定下来，最近荆寒屿几乎都待在骊海——这边有屿为科技的不少新项目。

去年的这个时候，雁椿被学院叫去参加针对少年儿童心理问题的公益项目，认识了从绯叶镇来的小男孩小敢。

雁椿忙里偷闲，突然提议："这个周末我们去绯叶村看看吧，那里的杏花该开了。"

荆寒屿是没有周末的，不过临时抽两天出来也不是不行。

飞机降落在离绯叶镇最近的城市，提早定好的越野车已经在机场等待。春天的西北时常有严重浮尘，这天却是个大晴天。

长而笔直的路延伸向远方，荆寒屿开了会儿车，雁椿非说他累，和他换了座位。

到了绯叶镇，还要开一个多小时才到绯叶村。好在西北日落很晚，七八点钟仍有太阳。

当年与世隔绝的村子已经修好了柏油马路，每年这个时刻都会迎来大批游客。

当年被警察解救时，雁椿以为自己永远不会再来了，如今重新踏上这片土地，鼻子竟然有些泛酸。

从镇到村，不宽敞的路两边，是如同烟霞般的杏花。他们来得正巧，近来绯叶村连日晴天，杏花已经开了八成。

春光烂漫，这是绯叶村最美丽的时节。

离绯叶村还有几公里，雁椿逐渐放慢车速，不断有越野车超过他们，向那被粉红簇拥的村落驶去。

雁椿从路上拐下去，停在河滩上。白色的鹅卵石尽头，是碧蓝色的溪水。

荆寒屿转过来，问道："换你？"

雁椿解开安全带，道："我们下去走走吧。"

荆寒屿看着他，在他眼中读懂了他的意思。

他们小时候，就追着这条溪流跑过。当时觉得跑了好远好远，其实也就到了绯叶村的村口。他们从来没有一起跑出过绯叶村。

没办法，那时候他们实在是太小了，顶多也就在山头上淋着花雨，遥望更远处的大山。

阳光很晒，两人都戴了鸭舌帽和墨镜，雁椿走在前面，荆寒屿跟在后面。

小时候他也喜欢跑在荆寒屿前面，因为荆寒屿是弟弟，是客人，是宝贝，他没那么宝贝，得在前面探路，摔倒也没关系。

月光沉没

　　户外鞋踩在鹅卵石上,没有硌脚的感觉,雁椿微扬起脸,眼睛在光线下轻轻眯起来。
　　这里很干燥,风吹在脸上有粗粝的质感,走过这一片河滩,前面就是盛开的杏花林。
　　风将飘落的花瓣吹了过来,纷纷扬扬。
　　雁椿催促荆寒屿走快些,不久就来到杏花林中。
　　荆寒屿一直安分地跟着他。他转身时,正好看见荆寒屿将手举起,挡在他的头顶。而风将更多的花瓣刮落,他们像站在雨中。
　　雁椿忽然想起了什么,心中一阵悸动。
　　荆寒屿说:"给你挡挡雨。"
　　墨镜遮住了雁椿泛红的眼眶,他假装不懂:"挡什么雨啊?"
　　"当然要挡。"荆寒屿轻声道,"你比较宝贝,我才给你挡的。"
　　稚嫩的声音裹挟在风中,吹过青春的他们。

番外　绯叶村的黄沙

1

　　荆寒屿不信燕子已经九岁了，昨天在杏花树下吵一架，闹了个不欢而散，今天燕子拉着阿婆过来证明自己真的九岁了，他……他还是不愿意相信。

　　来绯叶村之前，爷爷说西北边城的人个子都很高，燕子比他大的话，怎么个头还没有他高？

不过他最介意的其实不是个头,是燕子说话很讨厌,非说他是弟弟,燕子给他当弟弟还差不多!

阿婆没待一会儿就走了,土墙根儿下又只剩两个小孩。

燕子证明了自己不是骗子,看上去很高兴,明明找不到事干,却也不走,就在荆寒屿面前晃来晃去,时不时踢一下脚边的小石子。

荆寒屿有点烦,"你不回家吗?"

他其实也没事干,这个院子是爷爷跟村民租下来的,除了他们爷孙俩,就住着一个保姆。爷爷看出他对民俗手艺没兴趣,昨天打发他和燕子玩,结果他跟燕子没玩好,吵完架就生着闷气回来了,今天哪儿都没去,拿了本书坐在院墙脚下看。

书不好看,就是燕子不来烦他,他也早就走神了。

"天还没黑呢。"燕子见他理自己了,赶忙跑到他跟前蹲下,歪着脑袋看他的书皮,"你看的啥书啊?"

一颗毛茸茸的脑袋在荆寒屿跟前拱来拱去,发旋很圆,荆寒屿有点想摸一下。

但他还没动手,燕子忽然抬头看他,咧着嘴笑:"弟弟,不看书了吧,我带你去玩!"

荆寒屿矜持地皱眉,转身不理人:"说了不要叫我弟弟。"

燕子脸皮厚,还是蹲着,脚在地上拐了几下,又拐到他面前:"可你比我小,你就是弟弟呀。"

荆寒屿更烦了,往另一个方向转。

他一转,燕子便跟着转。如此几个回合,他一个字没看进去不说,看过的也忘了。

他从小脾气就不怎么好,燕子是真的把他惹恼了,他想一脚把燕子踹开——反正燕子还蹲着,很容易踹。

可还没有使力,他突然看见地上的一圈扇形痕迹。

绯叶村哪哪都是土和砂石,地上不像家里那样平整。就这一会儿,燕子跟着他左挪右挪,居然以他为中心,差点挪出一个圆。

荆寒屿心里突然有种很陌生、很不平静的感觉,可八岁的他还不能很清楚地理解这种感觉。只知道有一个小孩围着他转，他是这个小孩的中心。

这个小孩正眼巴巴地看着他。

他再次看向下方，这次注意到的是燕子破破烂烂的拖鞋，以及沾了好多灰的脚丫子。

他穿的是崭新的小皮鞋，燕子那鞋就是两块塑料，看着都快断了，燕子刚才又在地上磨了半天，脚趾都戳在外面。

燕子的衣服也和这鞋差不多，很旧，像马上就要烂了。

"弟弟，你看啥呢？"燕子好奇地问。

荆寒屿当然不会承认自己正在看人家的脚趾，别开视线说："我看书。"

"你才没看书。"燕子揭穿他，"你一页都没有翻。"

荆寒屿没说话。

"你根本不喜欢看书，你做样子给大人看。"

荆寒屿有点无语。

"没关系，我也经常做样子。"

荆寒屿站起来，要回屋了。

在家时，只要他流露出一点想自己待着的意思，就不会有人来打搅他，燕子却是个傻子。那他进屋去把门关着总行了吧？

可别说屋子，就连院门他都没跨进去，就被燕子抓住手说："走吧走吧，带你去看水！"

大约玩水对所有小孩子来说，都有神秘的吸引力。荆寒屿还真跟着去了。

西北干燥，绯叶村也不例外，但它在高原的山谷里，雪山融化的水汇集成一条蜿蜒的溪流，从村中经过，远远看去，像碧蓝色的丝带。

下午，孩子们农活儿都干完了，雁椿带着荆寒屿去时，溪水边、鹅卵石滩上已经有一些小孩。

他们穿的都是拖鞋，在水里跑出一片片白浪。

燕子也往水里蹦。虽然还是春天，气温不算高，但下午的溪水被阳光烘得暖和，一点也不冷。

月光沉没

瞎乐了半天,燕子才发现荆寒屿没跟上,回头一找,他还在鹅卵石上站着呢。

"下来呀!"燕子一边挥手一边喊。

荆寒屿沉着一张小脸。他怎么下去?他穿的是皮鞋,皮鞋里面还有袜子。

燕子没光顾着自己玩,踢着水跑回来,说:"你怕水呀?"

"不怕。"

"那你不下来?"

荆寒屿不想解释,燕子聪明,眼珠子一转就明白了,大方地将拖鞋一踢,"你穿我的。"

荆寒屿皱眉。他不穿别人的鞋,而且这鞋也太破了。

"那你穿什么?"他问。

燕子已经蹲下去帮他挽裤脚了,"我不穿,水里都是圆石头,不会刺着脚。"

荆寒屿拍燕子的手,不让他弄自己的裤脚,但燕子也太麻利了,不仅挽他的裤脚,还要扒他的鞋。

他听过一句俗语叫"光脚的不怕穿鞋的",他被迫穿上燕子的鞋时想,这俗语形容的可能就是燕子和他。

第一次穿别人的鞋,他意外地没有特别抵触,大概是因为鞋已经在水里冲刷过,没什么灰土。

下水前,燕子还很贴心地将他的皮鞋和袜子放在一块大石头上。

溪水很浅,中间最深的地方也就能淹到肚子,大家一般不去那么远,就在两边打水仗。

荆寒屿刚下水时不大放得开,小步小步地走。水没过小腿肚,轻轻柔柔的,确实很舒服。

"燕子!阿旺打我!燕子救救我!"

声音是从最闹腾的那群小孩里传出来的,燕子和荆寒屿都循声望去,他俩正牵着手,荆寒屿以为燕子要过去,却听燕子说:"不救你了,你自己打!"

那边更热闹了。

燕子回头，神情有点小骄傲地说："龙宝喊我呢，阿旺他们总欺负他，他一挨揍就找我，我是大哥。"

荆寒屿不是很信，心想你这么矮，还能当人大哥？

"那你现在怎么不去救他？"

燕子说："我要陪你玩水呀！"

燕子说完就迎面踢来一脚，荆寒屿没准备，从头到脚都湿了。

燕子哈哈大笑，踩着水跑开，"你踢回来呀！"

荆寒屿才没那么幼稚，他转了个身，往岸边走。

燕子一看荆寒屿没来追自己，有点吃惊，也跟着荆寒屿上了岸。

"你生气了？"

"没有。"

"那你不理我！"

荆寒屿看了看燕子，觉得人家有点委屈。但委屈什么呢？他被踢了一身水，燕子还委屈了？

燕子撇了下嘴，说："我只是想跟你玩，我们都是这样玩的。"

他俩都上岸了，燕子光着脚，脚趾对在一起。

荆寒屿想起自己还穿着燕子的拖鞋。

"对不起。"燕子偷偷瞄他，"下次不踢你了。"

说完又来拉他，他侧了下，"干吗？"

燕子说："你踢回来。"

荆寒屿说："算了。"

"那你还生气吗？"

"本来就不生气。"

燕子那点委屈劲马上就散了，搬来两块石头说："那我们坐这里晒晒。"

俩小孩并排坐下，脚都放在水里，阳光直往身上洒，风是干的，没多久荆寒屿身上的水就被晒干了。

那群闹腾的小孩这会儿也消停了，纷纷坐下来休息。荆寒屿被晒得

月光沉没

有点懒,后知后觉地发现这么坐着也挺舒服,起码比在墙根下看书舒服。

燕子犯困,脑袋一歪一歪的,后来还靠在他身上睡了一会儿,醒来后揉揉眼睛说:"我们该回去了。"

"嗯。"荆寒屿还没有给人当过枕头,肩膀有点酸。

燕子将他的鞋袜拿来,见他脚湿着不好穿袜子,很大方地把腿伸过去,"你在我裤子上擦擦。"

荆寒屿本来觉得不好,但燕子都伸到他脚边了,他犹豫了会儿,踩上去把水擦掉了。

穿好鞋,他们一起往回走时,他才注意到燕子有点不对劲,身子一歪一歪的。

他没马上问,观察了一会儿才说:"你脚怎么了?"

"啊?"燕子停下来,"没怎么啊。"

荆寒屿要么不问,既然问了就是确定燕子脚不对劲。

"你这只脚怎么跛了?给我看看。"

燕子脚板心痛,光着脚时被尖石子给戳了个洞。但这事太常见了,小孩子嘛,膝盖啊、脚板心,手肘啊,不是这伤,就是那伤。

"你说这个?"燕子把脚抬起来,"被戳了下,没事。"

荆寒屿不觉得没事,那伤看着有点吓人,在流血,周围一圈肿了。最重要的是,燕子如果不把拖鞋让给他,就不会被戳伤。他有责任。

但他一时也不知道这责任该怎么负。

燕子把脚往拖鞋里一塞,又一拐一拐地往前走。

荆寒屿叫住他,蹲下来,"我背你。"

燕子吓一跳,连退好几步,"背啥背啊!"

"就背。"荆寒屿一不耐烦就显得凶,"你上不上来?"

他也不知道这不耐烦的劲头是哪儿来的,因为害人受伤,还是燕子不听话?

燕子手都搭他肩上了,还不是很相信地问:"你真要背我啊?"

荆寒屿不说话。

"但我是哥哥哦。"

荆寒屿侧过去，瞪了燕子一眼。燕子肩膀一耸，连忙扑在他背上。

从溪边走回住的地方要经过大片杏花林，风迎着他们吹来，花瓣直往他们身上招呼。燕子一手环着荆寒屿的脖子，一手拎着那双褪色的拖鞋。

花瓣实在是太多了，有的差点飞到荆寒屿的眼睛里。他想给荆寒屿挡一下，但两只手都不得空。他只得举起手和鞋，挡在荆寒屿头上。

这是他第一次给荆寒屿挡花雨，但他没说是挡花雨。

所以荆寒屿有点生气，大声道："不要把鞋放我头上，很臭。"

"不臭的！"燕子急着争辩。

他怎么好心没好报啊？

荆寒屿还臭着脸，"就是臭，拿开点。"

燕子只得将手放下去，后面的路都没跟荆寒屿说话。

村里这时候都在准备晚餐了，各家大人看见燕子被背回来，还以为出了什么大事，几个阿婆急急忙忙要去找张家。

燕子有点紧张，但又有点得意。

那时还是太小了，他也搞不懂自己在得意什么，就觉得自己受了小伤，有个这么干净的男孩背着自己，被别人看见了，心里很激动。

但这点小兴奋又得藏着掖着，他凑到荆寒屿耳边，小声说悄悄话："我不痛了，你放我下来，他们在看。"

荆寒屿下意识缩了下脖子，不高兴地说他："别凑这么近。走路痛，不放。"

燕子"哦"了一声。虽然被凶了，但燕子一点也没生气。

他是被拐来的，张家对他其实不差，他在这里生活，就跟其他小孩一样，但那些人到底不是他真正的家人，他来了好几年，早就学会了看人脸色。

荆寒屿是为他好才不放他下来的，他一高兴，环着荆寒屿脖子的那条手就勒得更紧。

荆寒屿被勒得出不了气，差点儿把他撂下来，"你干什么！"

燕子这才老实。

荆寒屿没送燕子回张家，直接背到自己的住处，扔麻袋似的把燕子

月光沉没

扔到土床上。

这边的床很像北方的炕，虽然铺着垫子，但还是很硬。

燕子被硌着了，哎哟哎哟叫个不停。

保姆看见俩小孩回来，还一个背着一个，连忙跑来看需不需要帮忙。

保姆很吃惊，在荆家干了几十年，荆寒屿自从被老爷子带在身边，照顾荆寒屿就是她的工作。荆寒屿很少说话，独来独往，她从未见过荆寒屿跟哪个小孩玩得这么好。

燕子在土床上打滚，滚够了又掰起自己的脚丫子看。

他这年纪一天爬山下河的，伤就没断过，以前都觉得无所谓，回家涂点药水又冲出去瞎玩，这回被荆寒屿关心了，他就娇气起来，越看越觉得那伤挺吓人的。

荆寒屿跟保姆说拿点消毒药水来，转头就看见燕子脑袋都快埋脚上了，像是在吃脚。

燕子当然没吃脚，他就是后知后觉地发现有点痛，一边吹一边自我安慰，"吹吹就不痛啦！"

保姆不仅送来药水，还打了一盆热水，里面泡着一条毛巾，"我看他脚上好多沙，得擦擦。"

荆寒屿犹豫了下，说："我来吧。"

荆寒屿愿意交朋友，保姆是高兴的，叮嘱道："就在伤口周围擦擦，伤口别沾到水。"

荆寒屿坐在土床沿上，把燕子的脚拉过来。

燕子很老实，确切地说，他是头一次被这么认真地对待，惊讶得不知道怎么反应。

他也知道自己脚挺脏的，荆寒屿还嫌他鞋子臭呢。但这脏兮兮的脚就放在荆寒屿腿上，被荆寒屿捏在手里，温热的毛巾从脚面擦过，有点痒。

他没忍住，笑了起来。

荆寒屿看他一眼，他又不敢动了。

荆寒屿做事仔细，搓了两回毛巾，确定完全擦干净了，才去拿药瓶。棉签蘸好药后没立即往伤处戳，他观察怎么下手才好。

这是他第一次给人上药,毫无经验,要说紧张,肯定是有的。

但燕子这时候却讨嫌起来,"弟弟,你现在又不嫌臭了?"

燕子说:"你都抓着我的脚好半天了,你擦不擦药啊,你不是嫌我鞋子臭吗,那我脚肯定更臭哦!"

要不是这人因为把拖鞋给自己才受伤,荆寒屿现在已经撂下这蹄子走人了。

蹄子没撂,但他被气到了,下手就重,燕子被药水刺激得直叫唤。他也知道痛,荆寒屿动作就轻了些,终于擦完,看见燕子泪汪汪地瞪着自己。

"好痛啊。"燕子小声说,"刚才没这么痛,之前也没这么痛的。"

荆寒屿被他这么看着,居然也有点内疚。但他还没想到说点什么,燕子已经伸出脚,"那你给我吹吹。"

滚!

燕子还在那大声说:"反正你不觉得臭。"

荆寒屿怎么可能吹,转身就走。

燕子被晾了会儿,把脚抱起来,"那我自己吹。呼呼——"

爷爷跟民俗艺人们讨教完,回来看见燕子正往土床下跳,和蔼地说:"来和寒屿玩啊?"

燕子乖巧道:"爷爷好!"

荆寒屿从另一间房跑来,拿着一双蓝色的拖鞋,一看就是新的,材质远非燕子那双可比。

燕子好奇道:"咦?"

荆寒屿往他脚下一扔,"穿这个。"

燕子不要,说:"我穿我自己的。"

荆寒屿一脚将旧拖鞋踢到门口。

燕子震惊了,说道:"你怎么这样?"

荆寒屿没有表情地说:"让你穿你就穿。"

爷爷看着他们吵架,也有些诧异。荆寒屿还没有这么蛮不讲理的时候。但荆寒屿这么鲜活的情绪,又让他感到很难得,便没有阻止,看看他们怎么闹。

要是平时,燕子赤着脚就跑过去了,但今天不行,他的脚才被擦干净,还上了药,他珍惜着呢。

门口那么远,腿还那么短。燕子够了半天,实在没办法,只能穿上荆寒屿给的拖鞋。

眼看他要去捡门口的拖鞋,荆寒屿抢在前面,捡起拖鞋,藏在身后。

燕子看着他,"你!"

荆寒屿说:"你说给我了。"

"我是借你下水用的!"

"不管。"

燕子很着急,但他说不过荆寒屿,脸都气红了。

爷爷差不多看明白了,笑着打圆场:"寒屿感谢你借他拖鞋,这双是他送你的,你就收着吧。"

"可是……"

"你们是朋友,下次你来找他玩,也可以送他小礼物。"

燕子觉得这爷爷太慈祥了,想了想,郑重地点头道:"我知道了。"

爷爷问:"在我们家吃饭吗?"

燕子摇摇头,"我要回家吃饭。"

爷爷笑道:"好,有空常来和寒屿玩。"

燕子穿着新拖鞋回去,家里人问他哪儿来的鞋,他撒了个谎,说下水弄丢了鞋,老板见他没鞋穿,送给他的。

老板指的就是荆家爷孙俩。他们的到来在村里引起不小的轰动,村民们没什么见识,知道他们有钱,而有钱的都叫老板。

燕子这么一说,家里人也没多问,觉得老板有钱,给燕子一双拖鞋也不是什么事。

经过这一闹,燕子和荆寒屿的距离一下子就拉近了。燕子每天上午要帮家里干活儿,下午就跟村里的小孩们疯玩。他们名义上是要上学的,但绯叶村太落后了,顾不上教育,三天打鱼两天晒网地上学,根本学不到什么知识。

龙宝是燕子最好的朋友,吃完午饭就来找燕子玩,他昨天在河滩上被揍了,要燕子帮他揍回去。

结果燕子穿着崭新的拖鞋走出来,说不跟他玩,要去老板家。

龙宝不乐意了,"你昨天就没和我玩!"

燕子理亏,干脆给他看自己脚板心的伤,"我走不动,等我伤好了再说。"

龙宝蹲在地上看,"那你还出去?"

燕子说:"老板给我涂药!"

荆寒屿又坐在土墙底下看书,看得很不专心,不时地挠头发、捂鼻子。

倒不是他有注意力不集中的问题,而是他来绯叶村几天了,不适应的感觉越来越明显。这里很干,风里总夹着沙,前几天还好,浮尘不算重,今天一早起来,天就是灰黄色的,沙子直往眼睛鼻子里钻,很难受。而且头发里夹着沙,也很不舒服。

村里洗澡不方便,没有淋浴,只能烧水洗。他昨晚才费力地洗过头,现在往头发里一摸,指甲里又全是沙。

但他也不怎么想回去,爷爷在这里挺快乐的,他觉得自己可以克服一下。

他正出着神,就看见一个熟悉的身影。

燕子好像完全不在意这漫天的沙尘,张嘴喊道:"弟弟!"

荆寒屿皱眉,第一反应不是反驳这声"弟弟",而是想,他嘴张那么大,沙子灌进去不难受吗?

燕子几步就跑过来,要不是脚有点痛,还能跑得更快。

荆寒屿无聊了大半天,燕子来找他,他其实不讨厌,但故作深沉说:"你有什么事吗?"

燕子抬脚,说:"来找你给我涂药呀!"

五分钟后,俩小孩又坐在昨天的位置。荆寒屿看了看,已经结痂了,周围也消了肿。燕子很自觉地把脚放他腿上,拍拍自己胸口:"我今天肯定不抖,也不喊痛!"

荆寒屿无语,心想都结痂了,你还喊什么痛?但他还是认真给燕子涂了药。

燕子记着爷爷的话，很有主人翁意识地思考今天带荆寒屿去哪里玩。他现在都不想和龙宝他们玩了，一方面他有自己的计划——等和荆寒屿玩好了，他要拜托荆寒屿救自己，另一方面他本来就想和荆寒屿玩，小孩子嘛，对新来的都难免好奇。

不过他想了好几个玩的地方，荆寒屿都说不去。

"为什么呀？"

"你又要看书？"

"可你根本没看。"

荆寒屿被他说烦了，加上眼睛、鼻子、头发哪儿哪儿都不舒服，懒得再理他。

但燕子转眼就溜达过来，两人四目相对。

燕子的观察力又发挥作用了，道："你是不是哪里不舒服啊？"

荆寒屿确实不舒服，鼻子这会儿特别难受，伸手揉了下。但还嘴硬道："没有不舒服。"

"我看出来了！"燕子揭穿，"你鼻子难受，眼睛是不是也难受啊？今天下沙呢。"

荆寒屿想，你也知道下沙啊？那还想出去玩？还在外面张那么大嘴说话？

燕子说着就动手，居然把荆寒屿的鼻子给捏住了。

荆寒屿惊呆了。

燕子还不是光捏着，他还左右揉，振振有词道："我知道我知道，沙子钻鼻子里难受，我每次难受就这样捏，捏完就好了。"

他讲解完，怕荆寒屿不信，另一只手捏住自己的鼻子。

荆寒屿想推开他，但被捏了几下后，鼻子好像是好些了，就忍着没推。

燕子像模像样地捏，突然说："哎呀！"

荆寒屿烦道："又怎么了？"

燕子松开手，惊讶极了，将手指亮给荆寒屿看，"弟弟，你流鼻血了。"

荆寒屿愣住了。

燕子小心翼翼地狡辩："不是我捏出来的。"

荆寒屿没流过鼻血，但来之前家庭医生提醒过他和爷爷，说绯叶村太干燥，可能会流鼻血，要多喝水多吃水果。

燕子手忙脚乱地拿来一堆纸，想往荆寒屿鼻孔里塞。荆寒屿凶他，让他不要捣乱，自己老成地处理。

燕子乖乖地坐在一旁，双手还放在膝盖上，一副做了错事的模样。

荆寒屿把血止住了，看他那么老实，又觉得好笑。

两人半天没说话，荆寒屿开口："跟你没关系，别怕。"

燕子轻轻说："哦。"

荆寒屿觉得自己把人给吓着了，极难得地想找点话说："头发不舒服，有办法没？"

燕子说："洗。"

荆寒屿想，我当然知道洗，但洗完沙子就钻进去，洗也白洗。

燕子跳下床，说："我去给你烧水吧，我会洗头！"

每户院子里都有个烧水房，洗澡也是在烧水房里。

荆寒屿看燕子折腾，小矮子提着水桶，晃晃悠悠的，但动作又很熟练。他想上去帮忙，燕子还吼他，让他在一边等着，不然会被烫到。

燕子手上忙，嘴上也不消停："你是不是一周没洗头了，所以才难受？"

荆寒屿冷冷道："昨天才洗。"

燕子吃惊，"那为啥难受？"

荆寒屿说，"全是沙，裹里面了。"

燕子恍然大悟，"我有办法！"

这办法就是把荆寒屿的头发剪了。

荆寒屿起初看着剪刀退了一步，燕子很有经验地说："龙宝的头发就是我剪的，你头发那么多，难怪沙要裹里面，我给你剪短点，就不难受了。"

也不知是实在难受，还是燕子那双眼睛太干净太明亮，荆寒屿犹豫一会儿，还真让他剪了。

剪刀声咔嚓咔嚓，两人不断说着话。

"好了没？"

"快了快了!"

"还没好?"

"马上,我再给你修一下,修好看点。"

当荆寒屿看到镜子里自己像狗啃了一样的头发时,燕子已经缩到老远,小声地说:"你头发太多了,不,不好剪呢……"

2

荆寒屿原来的发型是男孩寻常的偏分,长短合适,平常打理得很干净,现在被燕子一祸害,说是被狗啃的,狗都要生气地汪几声。

村里没有剃头匠,大家都是自己在家里随便剪剪。燕子挪到荆寒屿跟前,邀请他上自己家去修一下。

荆寒屿当然不乐意。

他本就讨厌别人碰他的头,理发要用专门的发型师,刚才脑子短路让燕子剪,谁再来修他也不愿意了。

燕子倒是松了一口气。他被拐来时已经是记事的年纪了,知道自己是怎么来的,和张家总有一层隔阂,亲不起来,荆寒屿要真跟他去了,他才别扭。

"那……"燕子很认真地提议,"我给你找块布吧。"

荆寒屿不明白。

燕子说:"你把脑袋包一下,下沙的时候很多人都这么包的。"

荆寒屿确实看到过村民在头上裹块布,难不难看都无所谓了,能挡风沙的话好像还行。

见荆寒屿不像要拒绝的样子,燕子扭头就跑,生怕荆寒屿反悔了不要他的布似的,边跑还边喊:"你等着我啊,我去去就回!"

燕子给他剪发时,烧水房还烧着水,已经烧好了,兑点凉水就能洗头。他没自己兑过,但脖子上、背上全是头发楂子,不洗难受。再说兑个水也不是什么难事,他便一勺一勺舀出来,和凉水一起倒在大盆里,脱掉衣服,往身上浇。

这门也没上锁,刚来那天他就发现了,这整个院子就院门有道锁,还是那种一撞就开的锁。他不大适应,但好在爷爷和保姆都不会在他用厕所和烧水房时跑进来。

洗了一刻来钟,热水不够了,他试着自己烧了一锅,挺容易的,今后不用保姆帮着烧了。

但就在他为掌握了一项技能而心情不错时,门哐当一声砸在墙上。燕子抱着一堆布戳在门口。

荆寒屿遮都来不及遮,倒不是他反应太慢,主要是被这一声砸蒙了。

燕子也蒙了,张着嘴,呆呆地盯着荆寒屿。

不是等他回去拿布吗?怎么把衣服脱了?

荆寒屿先反应过来,匆忙扯过裤子套上,裤子马上就被打湿了。

荆寒屿臭着脸说:"你不会敲门吗?"

燕子打小生活的环境中根本就没敲门这种说法,他哪次上龙宝家不是直接冲进去?

"我……"燕子卡了半天,委屈上了,"我不敲门咋啦!"

荆寒屿心道,不敲门还有理了?

"你又不是女的。"燕子说着突然看见还有一锅水正在烧,眼睛顿时瞪得老大,"你自己烧的水?"

荆寒屿没好气道:"惊讶什么?又不是只有你会烧水。"

"那我烧的呢?"

"用了。"荆寒屿指了指水桶和水盆,地上全是水,都是他刚才浇的。

"你!"燕子脸都气红了,"你用了这么多水!"

多吗?荆寒屿很不理解,他本来还想再用一盆的。

"我每次洗澡只用半盆热水!"燕子大声控诉,"你的老师没告诉你要节约用水吗?"

绯叶村虽然有一条溪流,但水资源并不丰富,更没有城里的自来水,大家用的水都是从溪流里打上来的。小孩们从小就被教育要节约用水,村里小学功课没讲多少,老师三不五时就提醒不要浪费水。

荆寒屿洗个澡就用了这么多水,燕子能不气吗?

月光沉没

被吼了,荆寒屿本来有点不平,想驳回去,但又想起爷爷确实说过,到了什么地方就要尊重什么地方的习俗,别人节省水,他就不能按照自己的习惯用水。

"知道了。"他拿过毛巾擦头发,不太想和燕子说话。

可燕子不依不饶的,绕到他跟前给他讲水的重要性,什么如果不节约,太平洋就要干了之类的话。

荆寒屿无语地看燕子一眼。

燕子说:"你不信啊?"

荆寒屿说:"你还知道太平洋?"

燕子不服气,他为啥不知道太平洋,"课本上写着呢!"

两人又扯了半天皮,荆寒屿把衣服穿好了,燕子拿着条扫帚扫水,嘴里还喋喋不休,心疼那些水。

荆寒屿被念叨烦了,脾气也上来了,"那我洗不干净怎么办?沙那么大!"

小孩子就是这样,道理可以讲,但不能长时间输出,已经认识到错误的情况下还被人叨叨,那逆反心理就冒出来了。

燕子张口就来:"我给你洗!"

燕子刚才嘀咕半天,牢骚也发完了,现在特别真诚地解释:"我有经验,保证给你洗干净。我还带了好多布来,你挑挑。"

荆寒屿不肯让燕子帮他洗,也看不上那些布。他不动,燕子就动,拿起一根桃红色的往他头上套。

"拿开。"荆寒屿挥手,"这是红色的!"

"红的有啥?"

"女的才包红头巾。"

燕子一听,哈哈直乐。

荆寒屿被笑得不自在,不跟他待一块儿了。

燕子连忙追上去,说:"可你来的第一天,就穿的粉红色衬衣呀!"

荆寒屿很惊讶。他是有件粉红色衬衣,但他在绯叶村穿过吗?到的那天穿的什么衣服他根本没在意,燕子居然记得?

燕子绘声绘色跟他讲:"我看见你从车上下来,你就是穿的粉红色衬衣，还有很亮很亮的皮鞋！弟弟，我从来没见过比你还亮的小孩。"

虽然这比喻很奇怪，但荆寒屿嘴唇还是扬了下，又很快被他压下去，"哦。"

燕子说："所以这块布你干吗不要？"

荆寒屿说什么都不要桃红布，最后燕子给他挑了一块灰蓝色的，裹在头上一看，两个人都笑了。

晚饭时爷爷回来了，居然也包着头，爷爷以为荆寒屿那布是保姆给包的，跟保姆道谢，保姆愣了下，说："是寒屿自个儿包的。"

爷爷还算了解自己的孙子，知道这家伙绝不可能自己包，想了想，只可能是那个叫燕子的孩子，心里很是欣慰。这趟他带荆寒屿出来，也是想让荆寒屿看看外面的世界，散散心。荆寒屿不喜欢家里的亲戚，从小就是一个人玩，如果在完全陌生的环境里能交到朋友，那出来吃吃苦也很值。

不过荆寒屿将布摘下来时，爷爷看见那坑坑洼洼的头发，还是没忍住笑。

"怎么剪成这样了？"

荆寒屿下午跟燕子掰扯半天，这时候却不愿意说燕子的不好了，只说道："沙子进去不舒服，就剪了。"

爷爷问："自己剪的？"

荆寒屿点头："嗯。"

爷爷是个精明人，看出荆寒屿是想维护给自己剪发的人。大约又是燕子。他看着荆寒屿长大，从来就没见过荆寒屿维护过谁。

"燕子给你剪的？"

荆寒屿别开眼，不出声。

爷爷笑着说："我们寒屿交到朋友了。"

荆寒屿下意识就反驳："不是朋友。"

爷爷问："哦？那是什么？"

荆寒屿还没有定义过燕子是什么，燕子有点讨厌，但是他又不排斥燕子的靠近，爷爷说燕子是他的朋友，他想了想觉得不准确，哪里不准确他也说不清。

他不会要求朋友听他的话,但面对燕子,他会希望燕子听他的话。

只有小狗才会无条件地听话,那燕子是小狗吗?

这是他第一次将燕子和小狗联系起来,但他没有对爷爷说。

爷爷点到为止,见荆寒屿不想说了,就没接着问,说道:"头发是就这样,还是让爷爷给你修剪一下?"

荆寒屿问:"您会剪头发?"

爷爷说:"保管给你修好。"

村里这几天有点忙,燕子干完活儿还得去上学,终于有空找荆寒屿玩,一看人家头发居然不像狗啃的了。

"哇!你头发这么快就长好了!"

他没出现,荆寒屿自然不可能去找他,但心里一直惦记着,这下见着人了,又故意沉着脸说:"笨蛋,我修过。"

被骂了笨蛋,燕子也不生气,往土床上一蹦,又要给荆寒屿看脚。

他穿的仍然是荆寒屿送的拖鞋,一脚蹬了老远,晃着脚丫子。

荆寒屿推开他的脚,"脚有什么好看的?"

燕子说:"我脚好啦!弟弟,谢谢你给我涂药,还送我新鞋。"

荆寒屿觉得这没什么可谢的,但燕子笑嘻嘻地望着他,他又觉得高兴。

他很难有鲜明的情绪,开心和愤怒都很少,荆家那些人背地里说他小小年纪就有城府,他听到了也不在意。但和燕子在一起,他的情绪就丰富得多,高兴时是飘起来的,被惹毛了好像也是飘起来的。

燕子把鞋穿好,挽起袖子,煞有介事地说:"现在该我帮你的忙了。"

荆寒屿不记得自己有什么事需要燕子帮忙。

燕子很期待地说:"给你洗澡啊,你忘啦?你洗不干净呢!"

荆寒屿差点被说得脸红了。澡都洗不干净,他是残废吗?

"不要,我自己可以洗。"

"但你浪费水!"

"我也可以节约水。"

"但你节约了就洗不干净!"

又绕回去了,荆寒屿吵不赢,闭上嘴不说话。

燕子干脆凑近,在他头发上嗅,然后露出一言难尽的表情。

燕子说:"不洗就臭了,洗了我们上山去看杏花,没沙下了,不会裹沙的。"

荆寒屿被推到烧水房,两人讨价还价,最后澡是他自己洗的,燕子在外面待着,洗头发时燕子才进来,燕子搓得他有点想吐。但总归是在没有浪费水的前提下洗干净了。

这之后燕子就包了给他洗头的任务。老师让交一篇节约用水的小作文,燕子写的就是给弟弟洗头。

3

燕子每次来找荆寒屿,只要能遇见爷爷,爷爷都会和他聊聊天,请他吃糖吃水果,表达一下多带荆寒屿玩玩的意思。

燕子自己也想和荆寒屿玩,但和成天没事干、不是装作看书就是发呆的荆寒屿相比,他实在是太忙了。

他要帮着家里干活儿,要勉强念个书,更重要的是还有一堆人等着他一起玩。他老跟外来户玩,他那些小伙伴早不乐意了。

燕子写完作业,被家里人叫去赶羊。

绯叶村没多少羊,养来也不是做生意的,张家就几只,燕子虽然还小,但赶着也不费劲。

今天有只羊调皮,死活不听话,燕子追了半天,还摔了一跤,弄得一身脏兮兮的。他刚把羊全都关进羊圈里,还剩下打扫食槽、拌下一顿饲料的事要做,龙宝和阿旺就来了。

这俩打架归打架,平时也在一起玩,此时一致把矛头对向燕子,问燕子到底啥时候能和他们玩。

燕子也有点过意不去,埋头干活,扫帚一扬,地上的沙尘啊、饲料渣啊,全都飞起来了,还带着羊粪的臭味。

他也不是故意这么干的,就是扫得太卖力了。龙宝和阿旺呛了个半死,冲上来就跟燕子闹。

羊圈边哪能闹啊?草灰全飞起来了,仨小孩也不是真打,就你给我一拳我踹你一脚打着玩,燕子被那俩按地上,边打边笑,呛了一喉咙灰,架没打完,肺倒是要呛出来了。

荆寒屿站在那一片烟尘外,嘴角向下撇了撇。

以前都是燕子来找他,昨天和今天燕子都没来。

昨天下午他其实就在等燕子了,书没怎么看进去,今天就更烦躁,连书都懒得翻开了。

爷爷还打趣:"想找燕子玩啊?"

他不吭声。

爷爷说:"次次都是燕子来找你,你也可以去找他啊。"

他摇头,"没什么好玩的,我看书了。"

爷爷没多说,笑了笑,又出门找民俗艺人讨教去了。

他到底没忍住,出门时心想,我只是在村子里随便转转,村子这么小,我经过张家也不稀奇。

村子确实小,还没走到张家呢,他就听到了燕子的声音。

"哈哈哈哈哈哎呀痛!"

"龙宝你居然打我,你到底和谁一头的?"

荆寒屿很无语。

张家的羊圈外打得那叫一个精彩,荆寒屿莫名地有点不舒服,他喊了一声燕子,燕子哪听得到,光顾着打架了。

荆寒屿想走,但步子又没挪,一直在原地看着燕子。

他又觉得燕子像小狗了,不然怎么会和野狗们打架?

三人闹够了停下来,燕子头上身上全是灰,脸上有个脚印,还沾着草。

龙宝先看见荆寒屿,扯扯燕子的脏衣服说:"燕子燕子,你那个新朋友来找你了!"

燕子一转身,见荆寒屿正看着自己,似乎不怎么高兴。

但他高兴,荆寒屿居然来找他了!

"弟弟!"燕子有了新朋友忘了老朋友,火速丢下龙宝和阿旺,"你来找我啊？"

随着燕子而来的是一股臭熏熏的羊屎味，荆寒屿皱眉，下意识地退后。

燕子才意识不到这些，又上前，咧着嘴笑，正想显摆一下自己一对二的战绩，就听荆寒屿说："你好臭啊。"

燕子嘴都张大了，"啊？"

龙宝和阿旺在后面好奇地打量他们。

荆寒屿打量燕子，小孩子不那么会掩饰情绪，他是真的觉得燕子太脏了，他的脸在灰里滚得本色都看不出来了，唯一和平时没差别的只有那一双眼睛，还是圆圆的、亮亮的。

燕子看出荆寒屿嫌弃自己了，但这没啥好生气的，他自己都闻到羊屎臭了。他现在比较好奇荆寒屿为啥来找自己。

这问题把荆寒屿难住了。为什么找燕子？因为燕子两天没去找他了。

但荆寒屿说不出口。要是燕子老实待在家里写作业，他还会说实话。但燕子和别人玩得正起劲，显然根本没把找他当回事。

他怎么说？

他想跟燕子玩，但燕子有别的人一起玩。

他扫了龙宝和阿旺一眼，觉得他们十分讨厌。

龙宝拍拍阿旺，小声说："新朋友为什么瞪我们？"

阿旺拍回去，"你傻蛋，人家才不是你的新朋友。"

燕子见荆寒屿不说话，又问了一遍。

荆寒屿说："我想洗头。"

话一出口，他自己都愣了。

这阵子燕子经常跑来给他洗头，但他根本用不着，昨天燕子没来，他自己就洗了，比燕子洗得还干净。

但刚才他脑子里突然就冒出这个回答，想改都改不了了。

燕子当了真，笑嘻嘻地拉荆寒屿的手，"好啊好啊，我们走！"

后面那俩急了，阿旺说："燕子你上哪儿去？不拍纸画了？"

龙宝爸给他买了新纸画，他们刚才说好了拍纸画玩。

燕子说："我有事呢，明天再玩！"

月光沉没

龙宝说:"你能有啥事啊,你羊都喂完了!"

燕子说:"就有事,明天我去找你。"

两个小伙伴翻着白眼,阿旺和龙宝说:"那个城里来的真讨厌,燕子总跟他玩,他是不是有新纸画?"

来绯叶村之前荆寒屿根本就不知道纸画是啥。

本来燕子在他和别人之间选择了他,他应该高兴,但燕子又跟别人说明天去找他们,那明天就不找他了吗?

燕子哪知道自己把两边都得罪了,还觉得计划得挺美,今天给荆寒屿洗头,明天和朋友们拍纸画,友谊万岁!

等下洗头时再跟荆寒屿说说,如果能带荆寒屿和龙宝他们一起玩就最好了。

他看得出荆寒屿害羞,爷爷也这么说,那他让荆寒屿和大家玩到一起,也算对得起爷爷给的糖了。

然而头还没开始洗,心还没开始谈,他就被荆寒屿浇了一身的水。

他都蒙了。

那水……不是烧来给荆寒屿洗头的吗?

荆寒屿才没打算洗头,燕子这么脏,他忍不下去了,他烧水、兑水、浇水,只想把燕子洗干净。

燕子反应过来,觉得自己被捉弄了,气得直叫唤,冲上去就要跟荆寒屿打架。

他满身是水,把荆寒屿也弄湿了。荆寒屿没打过架,脚一滑摔到地上,燕子捧起水就往他脸上洒。

燕子一天之内打了两架,都是闹着玩,从他身上冲下来的水都是脏的,荆寒屿起初还有点矜持,后来也不管了,靠着身体优势把燕子扔桶里,烧了三趟水,终于把他洗干净了。

燕子那衣服是没法穿了,荆寒屿拿来自己的让燕子换上。燕子没穿过这么好的衣服,在布料上摸了好几回。

他比荆寒屿矮,裤脚得挽起来,上衣也有点宽大,但他还是觉得舒服。

两人都闹累了,坐在院子里休息,吃保姆切好的西瓜。

燕子吃着吃着就开始内疚，忧愁地叹了口气。

荆寒屿问："叹什么气？"

燕子答："我们浪费了好多水啊。"

荆寒屿没说话。

燕子又说："明天太平洋干了怎么办？"

荆寒屿无语。

一说明天他就想起来，明天太平洋不会干，但燕子会去找别人玩。

小孩子的思维太跳跃了，燕子刚担心完太平洋，马上又想起约荆寒屿和自己的朋友一起玩的计划，扭头看着荆寒屿说："明天我们去找龙宝他们玩吧。"

荆寒屿一听更不高兴，"不去。"

燕子很贴心地说："哦，那就不去。"

他是很了解荆寒屿的，害羞的人都是这样，第一次不愿意去，还有第二次、第三次，不应该强迫人家。

但他放弃得也太干脆了，荆寒屿有点失落。

燕子还在那说龙宝、阿旺有多好玩，为下次邀请荆寒屿一起玩作铺垫。

荆寒屿越听越烦，说道："你回去吧。"

燕子说："我西瓜还没吃完呢。"

荆寒屿一边往屋里走一边说："吃完就回去。"

燕子喊："你不和我玩了？"

荆寒屿没理他。

燕子莫名其妙，吃完西瓜拍拍屁股走人，第二天干完活儿就去龙宝家里拍纸画，他技术高超，运气还好，差点儿把龙宝的新纸画全赢过来。

荆寒屿在家看了一天书。

第三天燕子也没来。

第四天燕子还是没来。

燕子其实没别的事，但那天荆寒屿好好的不理他，他想不通。不过他有求于荆寒屿，今后还要靠荆寒屿救自己，所以还是决定去讨好一下荆寒屿。

可他还没去,荆寒屿自己就来了。
"你不是说要带我玩吗?现在去?"
这话荆寒屿说得很不自在。他当然不想和燕子以外的人玩,但燕子有很多朋友,和不和他玩都无所谓。

他拒绝和他们玩,燕子就不来找他了。他看见燕子和一群人上学放学,上山下河,背上插着杏花枝追逐打闹,围在一圈拍纸画,笑得很大声。他想和燕子玩,就只能和那些人一起。夜里他想了很久,没睡着,才做了这个退而求其次的决定。

但燕子不知道,还特别开心,连忙拉住他的手说:"我们要去打仗,你来和我一头,我特别厉害!"

小孩子打仗能打什么,不就是泥里滚土里跑吗?绯叶村这边别具一格,还要在背上插杏花枝,燕子说这叫有气势。

荆寒屿厌恶汗流浃背、浑身脏污的感觉,但还是点点头,和燕子一起打仗去了。

4

荆寒屿根本没法和村里的小孩打架,具体表现在人家把泥巴团成球互相扔时,他只能被动地躲,绝不可能也抓一块泥巴拿在手里搓。

但单是躲根本躲不过,沾在身上、脸上的泥巴让他难受,尤其是脸上的,他停下来擦了半天,都快擦破皮了,又痛又痒。

这时背上又挨了一团,他连忙转过身,只见阿旺正冲着他哈哈大笑。
他没理阿旺,想找燕子。

他是因为燕子才答应参加这脏兮兮的打仗游戏的,燕子往他背上插杏花枝时跟他保证,一定会保护他。

刚打起来时,燕子确实保护他了,伸着两条短胳膊将他挡在后面,还唠唠叨叨的,叫他跟紧自己。

可自从脑门挨了一团泥巴后,燕子就野了,冲出去报仇时压根儿忘了还有他,这一跑就跑了个没影。

他找不着燕子,又不愿意和另外的队友一起,只得一个人在山里瞎走,沾着泥的地方难受,心里也闷得慌。

燕子这个骗子一点也不讲信用。他后悔来找燕子玩了。

泥巴干了更痒,他想去水边洗一下,但是这里离小溪很远,他找不着,只能摸索着往山下走。

他走了好一会儿,没人追着他扔泥巴了,但山里没路,他只能抓着大点的石头和树干往下滑着走。

他踩不稳,也抓不牢,摔了好几跤,裤子擦破了,下巴也被树枝划出一道小口子。

那种难受的感觉更强烈了,他气燕子,更气自己。

如果没有来找燕子就好了。

绯叶村春夏的天气说变就变,好好的大晴天,忽然就下起了沙。

荆寒屿望着黄沙滚滚的天空,右手紧紧抓着旁边的藤蔓。

"啊!今天怎么能下沙呀!"龙宝气愤地喊起来,"我还没有玩够呢!"

泥猴儿们在山上集中,七嘴八舌,要么显摆自己的战绩,要么抱怨天气,还有几个说着说着就又打起来。

他们早就适应浮尘天了,知道一下沙就要赶紧回家,小孩子哪个不爱玩?但没办法,找齐了自己的伙伴,就结伴回家。

燕子突然说:"谁看见小荆了?"

他们现在不管荆寒屿叫老板了,都叫小荆。

龙宝说:"他不是跟着你吗?"

燕子这才知道着急。他今天玩得可开心了,哪还顾得上荆寒屿?

顾不上荆寒屿的也不止他,大家都觉得荆寒屿不好玩,起初大家还兴冲冲地朝荆寒屿扔泥巴,人家不回击也不给眼神,在小孩眼里,这就叫扫兴。没人愿意和扫兴的孩子玩。

燕子慌了,是他把荆寒屿带出来的,现在荆寒屿丢了!

而且一下沙,天就跟黑了一样,他去哪找荆寒屿啊?

有几个小孩已经往下山的方向走了,龙宝拉了拉燕子,"我们也回去吧,我去找我哥和爸爸,叫他们来找小荆。"

番外　绯叶村的黄沙

燕子想也不想就摇头,"我不回去,我现在就去找小荆。"

他知道荆寒屿讨厌下沙,每次下沙都说鼻子难受,头发难受,那还是有他陪着的时候,现在荆寒屿一个人,岂不是更难受?

他会不会……会不会哭了啊?

龙宝连忙追上去,"等等我!我也去!"

阿旺喊道:"不是那个方向!"

燕子停下,问:"你看见他了?"

阿旺支支吾吾,最后承认是看见了,还扔了一团泥巴,荆寒屿不高兴,一个人往南边走了。

一听南边,燕子就更着急了,绯叶村这些山大多不险峻,只有南边有几处悬崖。每家每户的大人都跟孩子说不能去南边,最皮的几个孩子都没去过。

燕子拔腿就往南边跑。

阿旺急着喊:"燕子,你别去!我们回去叫大人!"

燕子头也没回,喊道:"来不及,我先去!"

龙宝犹豫了一下,也跟着燕子跑,"燕子等等我!"

"你别来!"燕子急得要死,却不得不停下来阻挡龙宝,他可以去,但龙宝不行,万一出事了,他没法跟龙宝家里交代。

"为什么啊?"龙宝眼巴巴的,"你敢去,我也敢去,我们一起把小荆找回来!"

阿旺也往他们这边跑,燕子立即将龙宝推过去,"阿旺,你带龙宝下山,去找荆爷爷!"

沙下得更大了,能见度越来越低,燕子说完就走,几步就消失在阿旺和龙宝的视野里。

知道他们没有跟上来,燕子稍微放心,快速朝南边走。

村里没有小孩去过南边的山,但他是个特例。他曾经想过逃走,而且回家的想法至今仍然存在,所以就算阿婆说过逃走的小孩会被打死喂狗,他也做过一些尝试。比如去大家都害怕的南边看看。

万一那里有逃出去的路呢?

路没有找到,但是去过几次后,他对南边有了几分了解。

南边的山更陡,也更加荒凉,他还看见过狼的脚印。他记得方位,不至于像第一次来的人那样抓瞎。

天更暗了,他必须尽快找到荆寒屿。

开始下沙后,荆寒屿就没再往前走了,他找了块石头,躲在背对风的那一面,将自己紧紧团起来。

但即便这样,沙还是钻进他耳朵、鼻子里,眼睛也被吹得睁不开。

风把什么声音都压住了,他总觉得风的呜咽里,好像夹着野兽的吼声。

他有点害怕。不,不是有点,是很害怕。

害怕、生气、后悔、难过……所有负面情绪都翻涌了起来,他握着拳头,发出很低很低的咕隆声。

他从来没有感受过这么多的情绪,它们就像一双双裹着泥的小手,不间断地在他脸上扒拉。

他愤愤地说:"燕子,骗子!"

可一张口,风沙就灌到喉咙里,激得他不断咳嗽。眼泪都咳出来了。

燕子听到了咳嗽声,大声喊:"弟弟!弟弟!你在哪儿?"

风沙也同样灌进燕子的喉咙,他顾不上那么多,往咳嗽声传来的方向跑去。

荆寒屿听见有人在喊,喊的还是"弟弟"。

只有燕子会这么喊他,但是他觉得是自己听错了。风声那么大,他刚才不也把风声听成野兽的吼声了吗?而且燕子没有良心,还喜欢骗人。他来找燕子玩,燕子说过保护他,结果话一说完人就跑了。

即便如此,他还是忍不住,从石头后面探出身子,往后面看了看。

风沙里有个矮小又模糊的身影。

荆寒屿双眼猛然睁大了。是燕子?

"弟弟——"燕子焦急地喊。

真的是燕子!

荆寒屿嘴唇动了两下,但没能发出声音来。

他面向风,沙吹进他的眼睛里,他却不愿意闭上眼。他看着那个矮

月光沉没

小的身影越来越清晰,直至穿过风沙,出现在他面前。

"弟弟!"燕子也看到人了,激动万分地跑过来,路上被绊倒也不管,爬起来拍都没拍就继续跑。

俩小孩隔着石头看着彼此,燕子彻底松口气,荆寒屿却震惊得说不出话来。

燕子伸出手,摸荆寒屿的眼角,"弟弟,你哭了吗?"

荆寒屿没哭,但眼睛进了沙,很红。

他刚才还那么生燕子的气,现在气却全消了,一时竟然不知道说什么。

"你……你来干什么?"最后荆寒屿只憋出这么一句。

"我来找你呀!"燕子双手搭在石头上,像上课那样,"阿旺说你到南边来了,吓死我了!"

荆寒屿疑惑道:"你担心我?"

"当然!你一个人,现在又下这么大的沙,摔到山下去了怎么办?被狼叼走了怎么办?"

荆寒屿不要燕子摸自己眼睛了,燕子这么说,他突然有点不好意思。荆家每个人好像都很关心他,但除了爷爷,其他人的关心都没有温度。

如果用温度来衡量关心的真假深浅,那么那些关心就是虚假的。

燕子的关心却像太阳一样炙热,仿佛能够将此时铺天盖地的沙尘也蒸发掉。

荆寒屿胸膛咚咚直响。

燕子有在户外遭遇浮尘的经验,跟荆寒屿说先不急着下山,等这一次强的风沙过去再说。

荆寒屿点点头,燕子绕了一圈,和荆寒屿一起坐在背风的一面。

在沙尘里说话很不舒服,两人都有一阵子没说话。

燕子在心里想:太好了太好了,弟弟没有丢。

荆寒屿想得就更多了,他自己也很难厘清,但他还是开口了:"我夏天就要回去了。"

燕子一愣,转过来看荆寒屿。他知道荆寒屿待不了多久,但不知道他为什么突然说这个。

"所以你也不会陪我太久。"荆寒屿没看他,低着头说,"在我回去之前,你不能只陪我玩吗?"

燕子眨眼。好像听明白了,又好像没有。

荆寒屿的语气渐渐急切,也终于看向燕子,"我不喜欢和他们玩,泥巴、树枝,我都不喜欢,很脏。"

"可你说了愿意打仗。"

"因为只有打仗,才能和你玩。"荆寒屿心里堵得慌,他不想说这样的话,这太不酷了,可他忍不住,就像他说的,他夏天就要回去了,燕子陪他这一小段时间都不行吗?

燕子轻轻张开嘴,很惊讶的样子。

"你不来找我,你只找你的朋友。"荆寒屿说,"我不答应打仗,就不能和你玩了。"

燕子用力摇头:"没有!"

他怎么会不和荆寒屿玩?他也不知道荆寒屿答应打仗是因为他,他还以为荆寒屿也喜欢打仗呢!

荆寒屿说:"你还找我玩吗?"

燕子看着荆寒屿红红的眼睛,不由得内疚起来,去抱荆寒屿的肩膀:"你不想打仗,我也不打仗了,我明天,不,今天回去了,我洗个澡就去找你玩。"

荆寒屿不是很相信。

"真的,我保证!"燕子又摸摸他的眼睛,"我陪你玩,在你回去之前都陪你玩,你不要伤心了。"

种子也许就是在这时候种下的。也许是在更早,在燕子举起拖鞋挡花雨的时候。

可无论是什么时候,都不再重要了。

黄沙退去,燕子牵着他的弟弟,小心地往山下走去。

编后记

本书版权由北京长佩网络科技有限公司授权，由北京宏泰恒信文化传播有限公司出品，由中国言实出版社出版。

在此真挚地感谢在《月光沉没》出版过程中参与策划、创作的贡献者。北京宏泰恒信文化传播有限公司参加本书选题策划、封面设计、插图绘制等工作的人员有：连慧、李艳、有点态度设计工作室·蜀黍、今天星期天。

2024 年 4 月